ullstein

SILKE ZIEGLER lebt mit ihrer Familie in Weinheim an der Bergstraße. Zum Schreiben kam sie 2013 durch Zufall, als sie während eines Familienurlaubs im Süden Frankreichs auf ihre erste Romanidee stieß. Wenn sie nicht gerade in ihre französische Herzensheimat reist, liest und schreibt sie sich die traumhafte Kulisse einfach herbei.

Von Silke Ziegler ist in unserem Haus erschienen:
Die Frauen von der Purpurküste - Isabelles Geheimnis

II

Silke Ziegler

Die Frauen von der Purpurküste

Julies Entscheidung

Roman

Ullstein

Besuchen Sie uns im Internet:
www.ullstein.de

MIX
Papier
FSC® C083411

Originalausgabe im Ullstein Taschenbuch
1. Auflage September 2020

Umschlaggestaltung: zero-media.net, München
Titelabbildung: © nobleIMAGES / alamy images (Crêperie);
© FinePic®, München (Landschaft)
Gesetzt aus der Quadraat Pro powered by pepyrus.com
Druck und Bindearbeiten: CPI books GmbH, Leck
ISBN 978-3-548-06212-9

Für meine Kinder

Prolog

Januar 1944
Maternité suisse d'Elne,
Schweizer Mütterklinik Elne

Julie starrte abwesend auf das rot gefärbte Wasser, das unter ihren Händen unaufhörlich in den Abfluss lief, während sie das Blut aus dem braunen Handtuch schrubbte. Der Gedanke an den winzigen Säugling, der vor einer knappen halben Stunde das Licht der Welt erblickt hatte, zauberte ihr ein schwaches Lächeln auf die Lippen. Doch bereits im nächsten Moment wurde die Freude über das neue Leben von der Sorge um die ungewisse Zukunft des Babys überschattet. Was würde dieses Kind erwarten? Wann musste die Mutter zurück in das Internierungslager, aus dem sie vor drei Wochen hergebracht worden war?

Julie schloss für einen Moment die Augen und versuchte, die Verzweiflung zu verdrängen, die sich in ihr auszubreiten drohte. Was würden die nächsten Jahre für den kleinen Erdenbürger bereithalten? Würde er jemals ein Leben außerhalb des Lagers kennenlernen dürfen? Würde ihn eine Kindheit erwarten, die man auch so nennen konnte? Würde er mit anderen Kindern herumtoben und Spaß haben können? Oder würde er in einem Lager arbeiten, Hunger leiden und gehorchen müssen?

Die Fragen schnürten Julie die Kehle zu. Sie umfasste das Handtuch fester und tauchte es erneut in die Seifenlauge.

Zwei Schwestern betraten den Waschraum und stellten sich an das Becken gegenüber von Julie.

»Bist du dir wirklich sicher?«

»Louis hat es von seinem Cousin gehört.«

»Ich frage mich langsam, welchen Sinn unsere Arbeit hier hat, wenn die Deutschen dermaßen brutal gegen ihre eigenen Landsleute vorgehen.«

»Landsleute?« Die Jüngere lachte bitter.

Julie meinte, sich zu erinnern, dass sie Marine hieß. Da sie erst wenige Wochen hier arbeitete, war sie sich aber nicht sicher.

»Louis hat mir erzählt, was sie mit den Juden machen.«

Julie hätte am liebsten ihre Ohren verschlossen. Sie wollte das nicht hören. Natürlich kannte auch sie die Geschichten, die man sich hinter vorgehaltener Hand berichtete. All die Schreckensnachrichten drangen auch zu Julie vor, doch ihr Verstand konnte nach wie vor nicht begreifen, zu was Menschen fähig zu sein schienen.

Julie versuchte, das Gespräch der beiden Frauen auszublenden, und dachte erneut an das Baby, das zumindest erst mal sicher bei seiner Mutter verweilte, die sich hier in den nächsten Tagen von den Strapazen der Geburt erholen konnte. In Ruhe. Ohne Schikanen und ohne die ständige Angst, die die Menschen in den Lagern nie wieder losließ.

Als die Stimmen der beiden Schwestern hinter ihr plötzlich lauter wurden, drehte sie sich um.

»Julie?« Die Schwester, von der sie glaubte, sie hieße Marine, sah sie fragend an. »Du bist doch Julie, oder?«

»Ja.«

»Wir bekommen gleich drei Hochschwangere. Zwei Frauen, die angeblich für die Résistance gearbeitet haben, und eine deutsche Jüdin. Da wir heute Abend nicht voll besetzt sind, wäre es gut, wenn du noch ein wenig bleiben könntest.«

»Drei Schwangere auf einmal?«, fragte Julie überrascht.

Die andere Schwester nickte ernst. »Die Jüdin wurde vor Kurzem auf der Flucht erwischt. Ihren Mann haben die Nazis noch an Ort und Stelle erschossen. Sie ist seit zwei Wochen in Haft, hätte eigentlich nach Deutschland zurückgebracht werden sollen, aber ...« Sie verstummte, da sie alle wussten, dass eine Rückkehr nach Deutschland den sicheren Tod für diese Frau und ihr ungeborenes Kind bedeutet hätte.

»Wann kommen sie?«

»Sie müssten jeden Moment eintreffen.«

»Gut, ich bleibe.« Hoffentlich würden sich Julies Eltern keine Sorgen machen, wenn sie nicht wie üblich nach Hause käme. Doch was sollte sie tun? Zu dieser späten Stunde befand sich nur eine Hebamme im Haus. Drei Schwangere, dachte Julie beklommen. Hoffentlich standen ihnen unkomplizierte Geburten bevor.

Als Julie wenige Minuten später das nasse Handtuch aufhängte, drang aus dem Erdgeschoss Stimmengewirr zu ihr herauf, begleitet von schmerzvollem Stöhnen.

»Die da schafft es wohl kaum. Auf der Fahrt dachte ich mehrmals, sie sei schon verreckt.« Der harte Akzent eines Deutschen. Julie presste die Lippen aufeinander. Rasch trocknete sie ihre Hände ab und eilte die Treppe hinunter. Als sie im Erdgeschoss ankam, waren die Schwestern damit beschäftigt, die werdenden Mütter zu stützen und in die Geburtszimmer zu bringen. Eine der Frauen hatte die Augen geschlossen, ihr Kopf hing schlaff auf der Brust.

»Was ist mit ihr?«, wollte Julie leise wissen.

Der Deutsche sah sie stirnrunzelnd an. Er hatte brünettes

Haar und war anderthalb Köpfe größer als sie. Hastig senkte sie den Blick.

»Sind Sie auch Schweizerin?«

Julie schüttelte den Kopf, während sie beobachtete, wie zwei Pflegerinnen die Frau behutsam auf einem der Eisenbetten im ersten Geburtszimmer ablegten. »Ich bin Französin«, erwiderte sie unsicher.

Er lachte. »Halten Sie all das hier«, er zeigte in den Eingangsbereich, »nicht für völlig überflüssig? Diese Frauen sind Verräterinnen. Gefangene, Kommunistinnen, Judenschweine. Warum dieser Aufwand?« Er schüttelte den Kopf, während ein dreckiges Grinsen auf seinem Gesicht erschien.

»Eine Geburt ist etwas sehr Persönliches«, erklärte Julie voller Überzeugung. »Jede Frau sollte ...«

»Das da sind keine Frauen«, unterbrach der Soldat sie barsch und spuckte auf den Boden. »Das sind nicht einmal Menschen.«

Julie drehte sich bei seinen abfälligen und verächtlichen Worten fast der Magen um. Doch sie wagte nicht zu widersprechen, da sie wusste, dass mit den Deutschen nicht zu spaßen war. Ihr Vater hatte ihr oft genug eingebläut, den Besatzern aus dem Weg zu gehen. Sie waren unberechenbar, richteten Menschen auf offener Straße hin, nur weil ihnen deren Blick nicht gefiel, verhafteten Leute aufgrund von Lappalien. Nein, auf keinen Fall durfte Julie sich auf eine Diskussion mit dem Nazi einlassen. »Pardon, ich muss ...« Sie deutete in den Geburtsraum, in dem sich die Bewusstlose noch immer nicht rührte.

Er winkte ungeduldig und drehte sich um.

Lautlos atmete Julie aus und hastete zu der Frau. Da sie keine ausgebildete Krankenschwester war, half sie den Pflegerinnen, indem sie ihnen zuarbeitete, Handtücher und heißes Wasser brachte, Hilfestellung nach Anweisung leistete und die jungen

Mütter, soweit es ihr möglich war, umsorgte und pflegte. Es war nicht viel, was Julie tun konnte, doch es war eine sinnvolle Aufgabe, die sie mit Dankbarkeit und Ehrfurcht erfüllte.

Die nächsten Stunden zählten dennoch nicht zu den schönsten Momenten ihrer Arbeit. Sie zogen sich wie ein nicht enden wollender Albtraum dahin. Zwei der Frauen lagen in den Anfangswehen und erfüllten die Klinik abwechselnd mit beklemmendem Wimmern, schmerzerfüllten Schreien und fluchendem Jammern, weil es nicht voranging, während die Schwestern angestrengt versuchten, Sara Rosenbaum, die deutsche Jüdin, zu stabilisieren, weil sie immer wieder das Bewusstsein zu verlieren drohte. Nicht einmal die Hebamme wusste, wie sie der jungen Frau noch helfen konnte. Die aufreibende Flucht, auf der sie und ihr Mann von den Deutschen gefangen genommen worden waren, schien ihr sämtliche Lebenskräfte geraubt zu haben.

Julie half, wo sie konnte. Sie redete den beiden *Verräterinnen*, wie der Deutsche die Frauen mehrfach tituliert hatte, gut zu und bemühte sich, ihr Leiden zumindest ein wenig zu lindern, indem sie ihnen behutsam Kissen hinter den Rücken schob oder langsam ein paar Schritte mit ihnen im Flur auf und ab ging, um den Geburtsvorgang weiter voranzutreiben. Den Frauen stand der Schweiß auf der Stirn, das Haar hing ihnen strähnig ins Gesicht. Julie mochte sich gar nicht ausmalen, welch unsagbare Schmerzen sie gerade erlitten.

Bei Sara Rosenbaum freute sie sich hingegen über jeden noch so leisen Ton, den die Gebärende von sich gab, denn das signalisierte ihnen, dass die völlig erschöpfte Frau noch bei Bewusstsein war. Die ernsten Gesichter der Pflegerinnen und der Hebamme ließen Julie jedoch erzittern. Das Leben von Mutter und Kind schien am seidenen Faden zu hängen. Das Baby steckte im

Geburtskanal fest, und die junge Frau hatte nicht mehr genügend Kraft, um aktiv bei den Wehen mitzuhelfen.

Während Julie ihr ein kaltes Tuch auf die Stirn legte, kämpfte sie mit den Tränen. Ein grausiges Röcheln entfuhr der Kehle der Schwangeren. »Sie schaffen das«, raunte Julie ihr tröstend zu. »Denken Sie an Ihr Baby.«

Sara Rosenbaum schüttelte kaum merklich den Kopf.

Julie war sich nicht einmal sicher, ob sie sie überhaupt verstanden hatte. »Es ist gut«, stotterte sie unsicher auf Deutsch. Im Laufe der Jahre hatte sie immer mal wieder ein paar Brocken der ihr fremden Sprache aufgeschnappt. Und auch durch ihre vorherige Arbeitsstelle kannte sie den einen oder anderen deutschen Ausdruck.

Sara riss die Augen auf und schüttelte erneut den Kopf. »Nichts ist gut. Sie haben ihn erschossen. Wie ein Tier. Er hatte …« Sie begann zu weinen.

Hastig bemühte sich Julie, die Frau zu beruhigen. Sie brauchte jetzt all ihre Kräfte für die Geburt, für das Kind. »Sie bekommen ein Baby«, erklärte sie lächelnd. »Ein Baby, das seine Mama braucht.«

Doch Sara wirkte, als verliere sie jeden Moment das Bewusstsein. Julie erhob sich und starrte verzweifelt in das Gesicht der Gefangenen.

»Wie geht es ihr?«, erklang die Stimme der Hebamme hinter ihr. »Das erste Baby haben wir gerade wohlbehalten willkommen geheißen.«

In diesem Moment ertönte zorniges Säuglingsgeschrei im Nebenraum.

Julie schloss kurz die Augen und dankte Gott, bevor sie der Hebamme antwortete. »Es geht ihr überhaupt nicht gut. Sie ist völlig aufgelöst wegen ihres Mannes. Ich fürchte, dass der Verlust ihr jeden Lebenswillen genommen hat.«

Die Hebamme nickte. »Wir müssen das Kind schnellstens holen. Sie wird es nicht allein schaffen.« Sie bedachte Julie mit einem durchdringenden Blick. »Holen Sie mir zwei Schwestern, und kümmern Sie sich um das Neugeborene nebenan. Hier würde sich Ihnen gleich kein schöner Anblick bieten.«

Julie lief es trotz der hohen Temperatur im Zimmer eiskalt den Rücken hinunter. Ein letztes Mal musterte sie Saras bleiches Gesicht, bevor sie den Raum verließ.

Während sie wenige Minuten später den neugeborenen Jungen sorgfältig wusch und ankleidete und nebenher ein paar Worte mit der Mutter wechselte, die völlig entkräftet in ihrem Bett lag, versuchte sie angestrengt, das schmerzerfüllte Geschrei aus dem Nebenraum auszublenden. Welche Höllenqualen musste die schwache Frau in diesem Moment erdulden? Wohl wissend, dass der Vater ihres Kindes nicht mehr lebte. Dass sie, sobald es ihr besser ginge, zurück in Gefangenschaft käme, gemeinsam mit einem hilflosen und schutzbedürftigen Neugeborenen. Begleitet von dem Gefühl, den Nazis ausgeliefert zu sein, in den Klauen unsäglicher Todesangst.

Julie kehrte zurück zu der Frau und dem Baby vor ihr und legte den Säugling in eine vorbereitete Obststeige aus Holz. »Voilà. Ihr zauberhafter Sohn.« Lächelnd verfolgte sie, wie das Gesicht der frischgebackenen Mutter zu strahlen begann. »Wissen Sie schon, wie er heißen soll?«

»Jean«, hauchte sie glückselig. »Wie sein Vater.«

Gerührt betrachtete Julie, wie die Frau behutsam das Gesicht ihres Kindes streichelte. »Wie zart er ist.«

Julie nickte. Solche Momente waren es, die ihre Aufgabe mit Sinn erfüllten.

»Julie«, ertönte es plötzlich hinter ihr. »Komm schnell.«

Besorgt hastete sie über den Flur ins Nachbarzimmer. Eine der Schwestern hatte ein kleines blutiges Bündel auf dem Arm, während eine andere mit einem frischen Handtuch herbeieilte.

Die Hebamme berührte Julie am Arm. »Der Säugling ist sehr schwach. Wir müssen uns dringend um ihn kümmern.« Sie zeigte mit dem Kinn zu der jungen Mutter, deren Gesicht Julie noch blasser vorkam als vor der Geburt. »Bleiben Sie bei ihr.«

»Aber …«, wollte Julie widersprechen.

»Wir können nichts mehr für sie tun. Sie war zu …«, die Stimme der Hebamme versagte. »Bleiben Sie bei ihr. Spenden Sie ihr ein wenig Trost.«

Julies Augen begannen zu brennen. Wie in Trance registrierte sie, wie die drei Frauen mit dem Säugling den Raum verließen. Sara Rosenbaum lag mit geschlossenen Augen auf dem Bett, die Laken unter ihr waren blutverschmiert. Als sich Julie der Sterbenden näherte, musste sie einen Würgereiz unterdrücken.

»Madame«, setzte sie vorsichtig an. »Sara.« Sie nahm die Hand der Frau in ihre und erschrak über die Kälte. »Sie haben ein gesundes Kind zur Welt gebracht«, bemühte Julie sich, langsam zu sprechen. »Verstehen Sie mich?«

»Ich sterbe«, erwiderte die Frau kaum hörbar, ohne die Augen zu öffnen.

»Sie …« Julie schluckte. Was sollte sie ihr sagen? Wie musste es sich anfühlen, den nahenden Tod zu spüren? Wie konnte sie in diesen letzten Minuten das Leid der Frau lindern? Als Julie einen leichten Druck an ihrer Hand verspürte, sah sie Sara wieder ins Gesicht. Die Lider hoben sich um wenige Millimeter.

»Bitte …«, flehte die junge Mutter schwer atmend.

Julie beugte sich vor, um sie besser verstehen zu können. »Was möchten Sie mir sagen?«

Die nächsten Worte Sara Rosenbaums ließen Julie erschaudern. Ihre Hand begann zu zittern, während sie sich hastig vergewisserte, dass sie allein im Raum waren. Als sie zu der Frau zurückblickte, schlossen sich deren Lider, und die Hand in ihrer eigenen erschlaffte.

Julie begann, bitterlich zu weinen, leise und verzweifelt. Sie weinte um diese Frau, die sie kaum gekannt hatte. Um deren Mann, der erschossen worden war wie ein streunender Hund. Und um ein Baby, das gerade zur Waisen geworden war und dessen Leben in einer Welt, wie sie momentan existierte, weniger wert war als der Schmutz an den Fenstern dieses Zimmers.

Als sie nach einer gefühlten Ewigkeit eine Hand auf ihrer Schulter spürte, blickte Julie mit tränenverhangenen Augen auf. Eine der Schwestern stand hinter ihr und sah sie mitfühlend an.

»Du wirst dich noch daran gewöhnen. Den meisten können wir helfen, einigen wenigen leider nicht. Du wirst lernen, den Tod zu akzeptieren. Wir können nicht alle retten.«

Julie erwiderte nichts. In diesem Augenblick konnte sie sich nicht annähernd vorstellen, irgendwann einmal anders als mit unendlicher Trauer auf den Tod eines Menschen zu reagieren. Etwas anderes als diese endlose Leere und Mutlosigkeit zu empfinden. Verlorene Leben, sinnloses Sterben. Warum musste die Welt nur so grausam sein?

Julie räusperte sich. »Wie geht es dem Säugling?«

»Das Baby wird es schaffen, wenn wir alle kräftig mithelfen«, erwiderte die Schwester zuversichtlich. »Komm mit.«

Sie verließen den Raum. An der Eingangstür stand der Deutsche und ließ sich gerade von der Hebamme berichten, was in den letzten Stunden geschehen war.

Was interessierte ihn dieses kleine Wesen, dachte Julie zornig. Hatte er etwa Angst davor, dass dieses hilflose Menschenkind seinem großen Führer gefährlich werden konnte? Sie spürte, wie es in ihr zu brodeln begann, während sie sich den beiden näherte.

Als die Hebamme sie ansah, schüttelte Julie schweigend den Kopf.

»Wir werden uns um den Bastard kümmern«, bellte der Nazi ungerührt. »Ich hole ihn morgen Vormittag ab. Sorgen Sie dafür, dass alles vorbereitet ist.«

Das Gesicht der Hebamme nahm einen irritierten Ausdruck an. »Das Baby ist hier besser aufgehoben. Wer soll sich denn im Lager um das Kleine kümmern?«

»Lassen Sie das unsere Sorge sein. Wir holen es morgen ab. Das ist ein Befehl.«

Julie begann zu zittern. Sie versuchte, ihre Hände ruhig zu halten, obwohl sie dem Deutschen am liebsten an den Hals gesprungen wäre. Stattdessen hob sie langsam den Kopf und musterte abschätzig das scharfkantige Gesicht des Besatzers. Während sie dem Mann fest in seine stahlblauen Augen blickte, wurde ihr schlagartig klar, dass diese Nacht ihr Leben für immer verändern würde.

1

»Das Bild würde dem Esszimmer eine besondere Note verleihen«, erklärte Simone Wagner ihrem Mann, während Lara Eriksen nickte.

»Das Blau des Himmels wirkt sehr nahbar und authentisch«, bestätigte Ralf Wagner nachdenklich.

Während das Ehepaar weiter über die Wirkung des Gemäldes sinnierte, schweiften Laras Gedanken ab. Unauffällig sah sie auf die Uhr. Noch drei Stunden, bis sie ihre Mutter auf deren letzten Gang begleiten musste. Sie spürte, wie die Trauer erneut von ihr Besitz ergriff. Vor drei Wochen noch hatte sie mit Freunden, ihren Großeltern und ihrer Mutter ihren dreißigsten Geburtstag gefeiert. Zehn Tage später war Vanessa Eriksen gestorben. Neun Monate vor ihrem fünfzigsten Geburtstag.

»Ist der Preis verhandelbar?«, riss Simone Wagner Lara aus ihrem Grübeln.

»Jan Martin ist ein aufstrebender österreichischer Jungkünstler«, erwiderte Lara wie ferngesteuert. »Kenner der Branche prophezeien ihm eine glänzende Karriere. Sein Talent wurde in mehreren einschlägigen Kunstzeitschriften als außergewöhnlich bezeichnet.«

»Das heißt, der Preis ist fest«, folgerte Ralf Wagner gedehnt.

Lara seufzte innerlich. »Wenn Sie ernsthaftes Interesse haben, kann ich gern mit Frau Weissner sprechen.«

Katinka Weissner war die Inhaberin der Galerie, in der Lara seit vier Jahren arbeitete. Nach ihrem Studium der Kunstgeschichte hatte sie eine befristete Halbtagsanstellung in einem Hamburger Museum ergattert, bevor sie die Anzeige für die Galeristenstelle entdeckt hatte. Zwischen Katinka und Lara hatte es auf Anhieb sowohl menschlich als auch fachlich gepasst, und so hatte sie sich gegen zwanzig Mitbewerber durchsetzen können und den Job bekommen.

Die Wagners kannte Lara bereits seit Beginn ihrer Tätigkeit in der Galerie. Das wohlhabende Industriellenpaar gehörte zu Katinkas langjährigen Stammkunden. Da Lara den Kontakt zu Jan Martin hergestellt hatte und in der Folge auch seine Werke betreute, hatte Katinka sie vorsichtig gefragt, ob sie das Verkaufsgespräch vor der Beerdigung führen könne.

»Das Bild gefällt uns«, erklärte Simone Wagner, während sie vor dem Werk mit bedächtigen Schritten auf und ab ging, um es in Ruhe auf sich wirken zu lassen.

»Es ist eines seiner schönsten«, bestätigte Lara und betrachtete die einsame Berglandschaft, die Martin in sorgsam ausgesuchten und fein aufeinander abgestimmten Grün- und Brauntönen auf die Leinwand gezaubert hatte.

»Was denkst du?«, wandte Ralf Wagner sich an seine Frau, die ihre Hand ans Kinn gelegt hatte und mit schräg gelegtem Kopf auf das Bild starrte.

»Ich möchte es haben«, entgegnete sie abwesend.

Lara wandte sich ab und verfolgte aus der ersten Etage, wie eine ältere Dame im Erdgeschoss die Galerie betrat und auf Katinka zusteuerte, die hinter dem Empfangstresen gerade damit beschäftigt war, eine Abrechnung zu prüfen.

Wieder musste Lara an die anstehende Beisetzung denken. Als man vor drei Jahren bei ihrer Mutter bei einer Routineuntersuchung Leukämie feststellte, waren sie beide aus allen Wolken gefallen. Vanessa Eriksen war ihr Leben lang eine sehr aktive und lebensfrohe Frau gewesen. Ihren Vater kannte Lara nicht. Er hatte sich schon vor ihrer Geburt aus Vanessas Leben verabschiedet. Doch Lara hatte es all die Jahre während ihrer Kindheit und Jugend an nichts gefehlt. Vanessas Eltern, Laras Großeltern, nahmen seit jeher einen großen Platz im Leben ihrer Enkelin ein. Sigurd Eriksen, der Vater ihrer Mutter, hatte mal mehr, mal weniger die Rolle des männlichen Erziehungsberechtigten übernommen. War mit Lara zum Fußball gegangen, wenn Werder Bremen spielte, hatte ihr gezeigt, wie man aus einem Ast Pfeil und Bogen schnitzte, und sie bei ihrem Abschlussball als Vaterersatz zum Tanz geführt. Nein, Lara hatte nie das Gefühl gehabt, dass ihr etwas fehlte. Für sie war es das Normalste der Welt, mit ihrer Mutter einen reinen Frauenhaushalt zu führen. Und da sie immer nur zu zweit gewesen waren, hatte ihre Beziehung eine sehr innige Nähe und Vertrautheit entwickelt. Von Mutter und Tochter zu allerbesten Freundinnen.

Direkt nach der Diagnose hofften sie noch, dass Vanessa den Blutkrebs besiegen könne. All die Monate wirkte sie erstaunlich stark und kämpferisch. Doch trotz ihres starken Willens gelang es ihrem Körper nicht, die Schlacht für sich zu entscheiden. Im letzten halben Jahr war Vanessa Eriksen sichtlich abgemagert und in sich zusammengefallen. Jedes Mal, wenn Lara ihre Mutter in der Klinik besucht hatte, war die Gewissheit in ihr größer geworden, dass Vanessa es nicht schaffen würde. Ihre Augen begannen zu brennen.

»Gut«, beendete Ralf Wagner in diesem Moment die Entscheidungsfindung seiner Frau. »Wir nehmen das Bild. Simone gefällt es. Und wenn ich den Tag meiner Frau mit einer kleinen Aufmerksamkeit versüßen kann, wäre ich ein Tölpel, wenn ich diese Gelegenheit ungenutzt verstreichen lassen würde.« Er lächelte zufrieden.

Eine kleine Aufmerksamkeit von knapp zwanzigtausend Euro, dachte Lara im Stillen, bestärkte ihren Kunden aber in seinem Entschluss.

»Ralf, du bist verrückt«, säuselte seine Frau und hakte sich gut gelaunt bei ihm unter.

»Nach dir, Darling«, erwiderte er ernst. »Nur nach dir.«

»Ist er nicht wundervoll?«

Lara erwiderte Simone Wagners Blick und nickte. »Sie haben einen sehr großzügigen Mann mit einem exzellenten Geschmack.«

»Gibt es noch weitere Werke des Künstlers?«

Lara begleitete die beiden nach unten. »Ja, ich kann Ihnen gern den Katalog zukommen lassen.«

»Ja, bitte, schicken Sie mir weitere Informationen zu.«

Wagner hob die Hand in Katinkas Richtung, während er mit seiner Frau auf den Eingang zusteuerte. »Sie regeln alles, Frau Eriksen?«

»Ich melde mich wegen der Anlieferung«, bestätigte Lara dem Ehepaar, bevor sie ihnen die Tür öffnete. »Vielleicht schaffen wir es noch in dieser Woche.«

»Dann könnte ich es Samstagabend schon unseren Freunden aus Dubai zeigen. Rashida wird begeistert sein«, freute sich Simone Wagner und strahlte ihren Mann an.

»Auf Wiedersehen, Frau Eriksen.« Ihr Kunde tätschelte seiner Frau die Hand und zwinkerte Lara verschwörerisch zu.

Sie schloss die Tür hinter den beiden und trat zu Katinka an den Tresen. Die ältere Kundin schlenderte an den ausgestellten Werken im Erdgeschoss entlang.

»Gut gemacht«, lobte ihre Chefin sie lächelnd.

»Wenn alle Kunden so durchschaubar wären wie die Wagners«, seufzte Lara und warf einen Blick auf die Abrechnung. »Alles in Ordnung?«

Katinka zog die Brauen hoch. »Mehr oder weniger.«

Lara sah sie fragend an.

»Nicht jetzt«, wiegelte ihre Chefin ab. »Lass uns morgen sprechen. Ich rechne es dir hoch an, dass du heute überhaupt gekommen bist, trotz ...« Sie brach ab.

Lara nickte bedrückt. »Kein Problem. Sonst hätte ich den ganzen Vormittag zu Hause gesessen und gegrübelt. Manchmal ist Ablenkung die einfachere Alternative.«

»Deine Mutter ist gestorben«, entgegnete Katinka ernst. »Trauer zuzulassen ist sehr wichtig.«

Lara nickte. »Sie fehlt mir so unglaublich.« Tränen stiegen in ihr hoch.

»Geh nach Hause«, forderte Katinka sie behutsam auf. »Bereite dich auf euren Abschied vor. Und nimm dir die Zeit, die du brauchst. Wenn du morgen nicht kommen magst ...«

»Doch«, unterbrach Lara sie nachdrücklich. »Doch, morgen komme ich auf jeden Fall wieder. Ich ... zu Hause fällt mir nur die Decke auf den Kopf.«

»Wie du meinst. Wenn du aber merkst, dass es nicht geht, meldest du dich, einverstanden?«

»Danke, Katinka.« Lara holte ihre Tasche und verließ die Galerie.

Schweren Mutes machte sie sich durch die Wallanlagen auf den Nachhauseweg. Lara hatte fürchterliche Angst vor dem Moment, in dem ihre Mutter für immer in dem dunklen und kalten Erdloch verschwinden würde. Auch wenn ihr Verstand natürlich wusste, dass Vanessa Eriksen tot war, verabscheute sie den Gedanken, die Frau, die sie dreißig Jahre lang in jeder Lebenslage durch ihre kleineren und größeren Abenteuer begleitet hatte, für immer loslassen zu müssen. Fröstelnd zog sie ihre Jacke enger. Es war Mitte September, seit einigen Tagen hatte der Herbst in Bremen Einzug gehalten. Auch heute wehte ein kalter Nordwind.

»Lara!«

Überrascht hob sie den Kopf und sah direkt in das Gesicht ihres Ex-Freundes. Konnte der Tag noch schlimmer werden?

»Frank«, erwiderte sie und bedachte die Frau neben ihm mit einem kurzen Seitenblick.

»Wir haben von Vanessa gehört …«, setzte er unsicher an, während er hastig die Hand von Laras ehemals bester Freundin Saskia Leuthaus losließ. »Es tut mir wirklich sehr leid«, fuhr er fort.

Lara nickte. »Mir auch.« Sie zögerte. »Dass ich mich so in meinem Partner und meiner besten Freundin getäuscht habe.«

»Lara …«, ergriff Saskia das Wort und trat einen Schritt auf sie zu. »Vielleicht könnten wir …«

Lara sah sie überrascht an. »Ach ja? Was meinst du könnten wir?«

Vor vier Jahren hatte Lara Frank auf der Party eines gemeinsamen Bekannten kennengelernt. Bei beiden war es Liebe auf den ersten Blick gewesen. Den gesamten Abend hatten sie nur Augen füreinander gehabt. Damals hatte es sich mehr als richtig angefühlt, dass Lara Frank bereits in jener Nacht in ihre Wohnung eingeladen hatte. Ihre Kennenlernphase hatte sich innerhalb kürzester Zeit zu einer innigen, leidenschaftlichen und wundervollen Beziehung entwickelt. Nach sechs Monaten hatten sie sich eine gemeinsame Wohnung gesucht, da beide davon überzeugt gewesen waren, den Partner fürs Leben gefunden zu haben. Auch Laras Mutter hatte die Wahl ihrer Tochter wohlwollend zur Kenntnis genommen und akzeptiert. Vanessa und Frank konnten stundenlang über aktuelle politische Ereignisse diskutieren. Mehr als einmal hatte Lara im Spaß bemerkt, dass er wohl mit der falschen Eriksen zusammen sei. Während ihre Mutter sich ständig in diversen Bürgerinitiativen engagierte und sehr oft ausging, war Lara introvertierter. Sie bevorzugte es, in ihren eigenen vier Wänden die Zweisamkeit mit Frank zu genießen. Aufgrund ihres Berufes war sie allzu oft gezwungen, Vernissagen zu besuchen und Ausstellungen zu begutachten, wodurch ihr Bedarf an Menschenaufläufen meist mehr als gedeckt war.

»Denkst du nicht, wir sollten uns demnächst mal treffen, um ...«

»Wozu?«, unterbrach sie Frank ungehalten. »Meine Freizeit verbringe ich gern mit Menschen, die mir guttun und die ich mag. Nachdem ich dich mit Saskia in unserem gemeinsamen Bett erwischt habe, trifft dies leider auf keinen von euch beiden mehr zu.« Sie zuckte mit den Achseln. »Tut mir leid. Aber vielleicht findet ihr ja bald neue Freunde.«

»Lara, lass uns doch reden«, mischte sich Saskia erneut ins Gespräch.

»Willst du mir tatsächlich sagen, was ich zu tun habe?« Lara schüttelte ungläubig den Kopf. »Wie lange haben wir uns gekannt, bevor du mit meinem Freund gevögelt hast? Knapp zwanzig Jahre?«

Saskia schaute betreten auf ihre Füße.

»Wisst ihr was? Ich habe keine Lust, meine Zeit noch länger mit euch zu verbringen. Außerdem muss ich weiter.« Lara blickte auf die Uhr. »In zwei Stunden muss ich nämlich meine Mutter beerdigen. Vielleicht erinnert ihr euch noch an sie. Sie hatte zu eurer Aktion übrigens eine klare Haltung: Reisende soll man nicht aufhalten.« Ohne ein weiteres Wort hob Lara eine Hand und ließ die beiden stehen. Während sie sich entfernte, hörte sie Frank und Saskia hinter sich heftig miteinander diskutieren. Doch das war nicht ihre Baustelle. Nicht mehr.

Noch ganz genau konnte sie sich an den Moment erinnern, als sie die gemeinsame Wohnung aufgeschlossen und Saskias Gegluckse aus dem Schlafzimmer vernommen hatte. Frank war an dem Tag davon ausgegangen, sie habe noch eine längere Besprechung mit Katinka, doch ihre Chefin hatte den Termin kurzfristig absagen müssen, da sie von heftiger Migräne geplagt wurde.

Und als Lara zwei Stunden zu früh nach Hause gekommen war, vergnügte sich ihr Lebensgefährte gerade mit ihrer besten Freundin in ihrem gemeinsamen Bett. An die folgenden Minuten konnte Lara sich kaum noch erinnern. Wie in Trance hatte sie die Klinke zur Schlafzimmertür heruntergedrückt, bevor sie beim Anblick der beiden erstarrte. Saskia hatte aufgeschrien und sich eine Decke vor den nackten Körper gezerrt, während Frank die Gesichtszüge entgleist waren. Noch nie in ihrem Leben hatte Lara eine größere Enttäuschung verspürt. Alles, woran sie geglaubt hatte, ihr Lebensentwurf, ihre Beziehung, die gemeinsamen Zukunftspläne, lag plötzlich in Scherben vor ihr. Zerstört von dem Mann, dem sie wie keinem anderen vertraut hatte. Von dem sie dachte, er sei ihr Seelenverwandter. Offenbar hatte sie sich etwas vorgemacht. Frank war erst durch ihre Beziehung sesshaft und häuslich geworden. Vorher war er als Lebemann bekannt gewesen, der seine Freizeit gern auf Partys verbrachte. Seit er mit Lara zusammen gewesen war, waren sie kaum noch ausgegangen. Die lebenshungrige Saskia stellte das perfekte Gegenstück zu Laras Ex-Freund dar. Lara vermutete, dass ihm die Beziehung zu eng, zu eintönig geworden war. Und sie selbst war ein zu konsequenter Mensch, als dass sie ihm seinen Fehltritt hätte verzeihen können. Nein, die erste Zeit war hart gewesen. Sie hatte umgehend die Wohnung gekündigt, die sie allein nicht hätte halten können. Aufgrund der angespannten Immobilienlage hatte der Vermieter sie zwei Monate früher als befürchtet aus dem Vertrag gelassen. Da Lara darauf gedrungen hatte, dass Frank noch an jenem unsäglichen Abend ausziehen musste, hatte sie es in relativ kurzer Zeit geschafft, sich ein eigenes Leben ohne Partner aufzubauen. Und die Krankheit ihrer Mutter hatte ein Übriges getan, Lara an die wesentlichen Dinge im Leben zu erinnern.

In ihren letzten Wochen war sie Vanessa Eriksen nicht mehr von der Seite gewichen. Direkt nach dem Aufstehen fuhr sie ins Klinikum und verließ das Krankenzimmer nur, um in der Galerie arbeiten zu gehen. Nach Feierabend kehrte sie ins Krankenhaus zurück und saß oft schweigend am Bett ihrer Mutter, bis diese einschlief. Und selbst danach hatte Lara ihre Mutter oft noch lange beobachtet, bis die Schwester sie irgendwann nach Hause schickte. Lara hatte gehofft, wenn sie ihre Mutter nur lange genug betrachtete und sich ihr Aussehen einprägte, weniger schnell zu vergessen, wie sich ihre Anwesenheit angefühlt hatte. Und jetzt? Noch immer erschien es ihr völlig unwirklich, dass sie nie wieder mit der doch noch so jugendlich agierenden Frau sprechen konnte. Nie wieder ihre Stimme zu hören, ihre Meinung zu den unterschiedlichen Aspekten des Lebens. Nein, Vanessa Eriksens Zeit war noch nicht gekommen gewesen. Sie hatte noch so viel vorgehabt.

Erst jetzt bemerkte Lara, dass ihre Wangen tränenfeucht waren. Ihre Mutter fehlte ihr so unglaublich. Und es waren noch keine zwei Wochen vergangen seit ihrem Tod. Wie sollte sie es nur allein schaffen?

2

Gedankenverloren starrte Lara in den kleinen Garten hinter dem Reihenhaus ihrer Großeltern, über dem sich ein wolkenverhangener Himmel erstreckte. Sie hatte es geschafft. Die Beerdigung war überstanden. Seit Tagen hatte sie die Angst vor der Endgültigkeit des Abschieds kaum noch schlafen lassen.

Glücklicherweise hatte ihre Oma Lara bei den Pflichtterminen bei Pfarrer und Bestattungsunternehmen stets zur Seite gestanden. Die heutige Trauerfeier war sehr bewegend gewesen. Während der Abschiedsreden von Vanessas Freundinnen waren bei Lara ununterbrochen die Tränen geflossen. Ihre Mutter war eine Seele von Mensch gewesen. Sie hatte über einen großen Freundes- und Bekanntenkreis verfügt und sich sozial engagiert. Die Kapelle war aus allen Nähten geplatzt, einige Trauergäste hatten nicht einmal mehr einen Sitzplatz ergattern können. Die Feier hätte Laras Mutter gefallen. Die Bänke waren mit weißen Rosen geschmückt gewesen, Vanessa Eriksens Lieblingsblumen. Auch das Pult war in weißen Stoff eingehüllt worden. Laras Mutter hatte die Farbe Schwarz gehasst.

Lara hatte mit ihren Großeltern in der ersten Reihe gesessen. Ihre Oma hatte einige bewegende Worte über ihre Tochter erzählt. Lara bewunderte sie für diese Stärke. Niemals hätte sie es übers Herz gebracht, vor so vielen Menschen zu sprechen. Und selbst wenn Lara sich hätte überwinden können, ihre Trauer hätte es kaum zugelassen, drei Sätze zu formulieren, ohne dass sie in Tränen ausgebrochen wäre.

Fröstelnd schlang sie ihre Arme um den Oberkörper.

»Ist dir kalt?« Sigurd Eriksen sah seine Enkelin über die Lesebrille hinweg an. »Soll ich den Kamin anfeuern?«

Lara winkte ab. »Nein, es geht schon, Opa.«

Am Grab hatte der Chor, in dem ihre Mutter seit knapp zwanzig Jahren Mitglied gewesen war, Robbie Williams' »Angels« gesungen. Spätestens da waren bei Lara alle Dämme gebrochen. Schluchzend hatte sie sich an ihre Oma gelehnt, Halt suchend und um Trost bittend. Trauer vereinte die Menschen. Lara konnte nicht mehr sagen, wie viele Beileidsbekundungen sie nach der Beisetzung entgegengenommen hatte. Von jedem hörte sie fast immer ähnliche Worte. Wie hilfsbereit und mitfühlend ihre Mutter gewesen sei, wie aufopfernd und empathisch. Als ob Lara sie nicht am besten gekannt hätte. Und ja, sie hatte ihre Mutter stets für deren Arbeit und soziales Engagement bewundert. Sei es ihre Beschäftigung als Kinderärztin oder ihr ehrenamtliches Einbringen für Flüchtlingskinder, die sie in ihrer Freizeit in den verschiedenen Unterkünften aufsuchte und deren Eltern sie mit Rat und Tat zur Seite stand.

Ihre Oma war unbemerkt hinter sie getreten und legte eine Hand auf Laras Schulter. »Wie geht es dir, Kind?«

Lara griff nach ihrer Hand und drückte sie. »Wenn ich morgens aufwache, denke ich, dass alles nur ein böser Traum ist. Dass gleich das Telefon klingelt und Mama dran ist, um mich zu fragen, ob ich nach Feierabend mit ihr noch ein wenig spazieren gehe.«

»Vanessa wusste immer, wie sie jemanden aufmuntern konnte«, entgegnete die ältere Frau. »Als du dich von Frank getrennt hast, lag sie mir tagelang in den Ohren, ich solle mich auch nur gut um dich kümmern, damit du diesem Idioten …«, sie lächelte, »… so war ihr Wortlaut, damit du diesem Idioten nicht hinterherrennst und ihn auch ja in die Wüste schickst.«

»Das klingt ganz nach Mama.« Lara wurde warm ums Herz. Ihre Mutter hatte noch nie ein Blatt vor den Mund genommen und stets geradeheraus zu ihrer Meinung gestanden. Andererseits erwartete auch Vanessa Eriksen von ihrem Gegenüber Direktheit und Offenheit. Nicht jeder kam mit dieser oft schonungslosen Art zurecht, doch wer sie gekannt hatte, wusste, dass man sich in jeder Lebenslage auf sie hatte verlassen können.

»Vor der Beerdigung habe ich ein altes Fotoalbum von Vanessa gefunden«, fuhr Laras Oma jetzt fort. »Ich dachte, dass du es vielleicht mitnehmen möchtest?«

Lara drehte sich um. Auf dem Wohnzimmertisch lag ein lilageblümtes Album.

»Die meisten Fotos haben wir selbst auch. Es sind einige schöne Erinnerungen von ihr, als sie jung war.«

»Jung«, merkte Lara bitter an. »War sie jetzt etwa alt?«

Sie kehrte auf die Couch zurück und zog das Buch zu sich heran.

Als sie es aufschlagen wollte, rutschte ein Foto heraus und fiel vor ihr auf den Boden. Lara bückte sich, um es aufzuheben. »Wo ist das?«

Ihre Oma kehrte ebenfalls zum Tisch zurück und blickte auf das Bild. »Zeig mal, bitte.«

Als Lara es ihr hinhielt, entdeckte sie die Worte auf der Rückseite des Fotos.

Mit zusammengekniffenen Augen betrachtete Béatrice Eriksen das Motiv. »Das ist Vanessa in Collioure.«

»Ma belle Vanessa, 1988«, las Lara nachdenklich vor, bevor sie sich selbst übersetzte: »Meine schöne Vanessa. Wer hat das geschrieben?«

Ihre Großeltern wechselten einen unsicheren Blick miteinander.

»Kennt ihr das Bild?«

»Nein, nicht direkt«, wich ihre Oma aus. »Vanessa war 1988 einige Monate als Au-pair-Mädchen in Südfrankreich und hat dort bei einer Familie gelebt, der sie beim Haushalt und mit der Kinderbetreuung unter die Arme gegriffen hat.«

Lara horchte auf. »Warum weiß ich davon nichts? Das hat sie mir nie erzählt.«

»Sie hatte wohl keine allzu guten Erinnerungen an diese Zeit«, murmelte ihr Opa.

»Was soll das heißen?« Lara rutschte nach vorn. »Wann genau war sie denn in Collioure?« Natürlich war ihr bekannt, dass der kleine Ort an der Côte Vermeille die Heimat ihrer Oma war. Doch ihre Mutter war nie mit ihr nach Frankreich gefahren. Früher hatte sie Lara immer wieder erklärt, dass die Strände angeblich nicht für Kinder geeignet seien und das Land in den letzten Jahren sowieso völlig von Touristen überlaufen sei. Lara hatte diese Aussagen nie infrage gestellt. »Wann genau war sie dort unten?«, wiederholte sie ihre Frage jetzt lauter.

»Im Herbst 1988«, erwiderte ihre Oma knapp.

Lara schnaufte laut.

»Kind, wir wissen nicht, was damals geschehen ist. Vanessa hat mit uns nie darüber gesprochen.«

Lara funkelte ihren Opa an. Demonstrativ hielt sie ihren Großeltern das Bild vor die Nase.

»Ma belle Vanessa, 1988.« Sie nickte nachdrücklich. »Wer würde solche Worte wohl benutzen: meine schöne Vanessa.« Sie schnaubte. »Ihre Au-pair-Familie? Eine Freundin? Sicher nicht.«

Sie deutete auf das Motiv. Ihre Mutter trug ein kurzes blaues Kleid, die dunkelblonden Haare waren vom Wind zerzaust, ihre Wangen gerötet. Im Hintergrund konnte man das Meer erkennen, links im Bild befand sich eine alte Kirche.

Ihre Großeltern schwiegen.

»Seht sie euch doch mal genau an. Sie strahlt über das ganze Gesicht.« Lara schüttelte den Kopf. »Ihr Blick verrät sie. Meine Mutter ist auf diesem Foto unübersehbar bis über beide Ohren verliebt.« Triumphierend sah sie zwischen ihren Großeltern hin und her. »Und ihr wisst genauso gut wie ich, in wen. In den Fotografen dieses Bildes. In meinen Vater!«

• • •

Lara war nicht in der Lage, den Nachrichten zu folgen, die gerade über den Bildschirm flimmerten. Nachdenklich schaltete sie den Fernseher aus und erhob sich vom Sofa. Ihre Mutter hatte sie belogen. All die Jahre. Wie ferngesteuert verließ sie das Wohnzimmer und holte das Fotoalbum aus dem Flur. Dann trat sie in die Küche, nahm ein Glas und eine Flasche Wasser aus dem Kasten und kehrte an den Esszimmertisch zurück. Für einige Sekunden blieb sie reglos vor dem geschlossenen Album sitzen. Wie konnte das sein? Und sagten ihre Großeltern die Wahrheit, wenn sie behaupteten, Vanessa habe nie mit ihnen über Laras Vater gesprochen? Kopfschüttelnd öffnete sie das Album und holte das lose Bild hervor, um es vor sich auf die Tischplatte zu legen. Behutsam strich sie mit ihrem Finger über das Foto. »Wen lachst du gerade so strahlend an, Mama?«

Warum hatte sie Lara nie die Wahrheit gesagt? Natürlich hatte sie ihre Mutter immer wieder einmal nach ihrem Vater gefragt. Meist dann, wenn Lara durch Einladungen bei Freundinnen oder

Bekannten die Tatsache vor Augen geführt wurde, dass in ihrem Haushalt, in ihrem Leben eine wichtige Bezugsperson fehlte. Ihre Mutter war stets bei der Behauptung geblieben, sie habe sich als junges Mädchen von gerade einmal achtzehn Jahren in einem schwachen Moment von einem Austauschstudenten verführen lassen, Name und Herkunft unbekannt. Das Ganze sei eine einmalige Angelegenheit gewesen, die Vanessa zwar nicht bereut habe, auf die sie aber auch nicht stolz sei. Und Lara hatte ihr einfach geglaubt. Hatte sich irgendwann damit abgefunden, dass sie nicht das Produkt einer romantischen Liebesbeziehung, sondern eines stürmischen »Ausrutschers« war.

Sie nahm das Foto erneut auf und hielt es sich dicht vors Gesicht. Wie jung ihre Mutter darauf wirkte! Wie sie richtig bemerkt hatte, war Vanessa Eriksen auch zum Zeitpunkt ihres Todes keine alte Frau gewesen, doch auf diesem Bild umgab sie unübersehbar noch diese Unschuld der Jugend, die Unbeschwertheit und Leichtigkeit des Augenblicks, die im Alter oft einer gewissen Gesetztheit wich.

Ihre Großeltern hatten Lara erzählt, dass ihre Mutter im Sommer 1988 als Au-pair nach Collioure gegangen war. Vanessa Eriksen hatte die Gegend aus sporadischen Urlauben mit ihren Eltern bereits gekannt und nach dem Abitur entschieden, sich vor dem Studium diese Auszeit zu nehmen. Als sie im Dezember völlig überraschend und unerwartet nach Hause zurückkehrte, war ihren Eltern klar gewesen, dass während Vanessas Aufenthalt in Südfrankreich etwas furchtbar schiefgelaufen sein musste. Doch trotz fortlaufender Nachfragen hatte sie ihnen nie erzählt, was damals vorgefallen war. Als ihre Tochter Sigurd und Béatrice Eriksen kurz darauf mitteilte, schwanger zu sein und das Kind allein aufziehen zu wollen, hatten sich ihre Eltern in ihrer Annahme bestätigt gefühlt, dass es ein Mann gewesen sein musste, der den Aufenthalt ihrer Tochter so abrupt beendet hatte.

Doch warum hatte ihre Mutter Lara all die Jahre angelogen? Sie erhob sich, nahm das Bild und ging ins Badezimmer. Das Foto legte sie vor sich auf die Ablage. Nachdenklich betrachtete sie sich im Spiegel. Während sie sich durch ihr lockiges hellblondes Haar fuhr, das sie mit ziemlicher Sicherheit von ihrem dänischen Opa geerbt hatte, senkte sie den Kopf und betrachtete erneut ihre Mutter. Das Gesicht war runder als Laras, Vanessa war etwa zehn Zentimeter kleiner als ihre Tochter gewesen. Was hatte sie wohl von ihrem Vater geerbt? Die schlaksige Figur? Wie mochte der Mann aussehen, der in jenem Augenblick den Finger auf den Auslöser gedrückt hatte? Hatte er Vanessa etwas zugerufen, das sie so erstrahlen ließ? Oder hatte er sie so lange am Kai hin und her dirigiert, bis das für seinen Geschmack perfekte Motiv stand? War es lediglich ein magischer Augenblick gewesen, der ihre Mutter derart zum Leuchten gebracht hatte?

Der wolkenlose Himmel über Vanessa leuchtete in einem unvergleichlichen Blauton, Schaumkronen tosten auf dem Meer.

Wer war Laras Vater? Nach belangloser Schwärmerei sah der Blick ihrer Mutter nicht aus. Welcher Mann hatte es geschafft, Vanessa derart zu verzaubern? Und warum hatte sie nie wieder ein Wort über ihn verloren?

Lara nahm das Bild wieder auf und kehrte damit ins Wohnzimmer zurück. Frustriert ließ sie sich auf die Couch fallen und öffnete erneut das Album. Ihre Großeltern hatten recht, es handelte sich um Bilder aus Vanessas Schulzeit. Vereinzelt waren auch Fotos dabei, die ihre Mutter sowohl in der Heimat ihres Opas zeigten als auch in Südfrankreich. Ihre Mutter war schon immer sehr attraktiv gewesen, mit üppigeren Rundungen als Lara und einer glatten Wallemähne, die über den gesamten Rücken fiel.

Lara lehnte sich zurück. All die Jahre hatte sie angenommen, ihr Vater habe für ihre Mutter ein namenloses kurzes Abenteuer dargestellt. Nun musste sie ihre Meinung wohl revidieren. Offenbar hatte ihr Vater Vanessa Eriksen tüchtig den Kopf verdreht. Warum daraus letztlich keine glückliche Beziehung geworden war, darüber konnte Lara nur spekulieren. Ob sie ihre Mutter an deren einstige südfranzösische Liebe erinnert hatte? Was hatte Vanessa gedacht, wenn sie ihre Tochter betrachtete?

Lara zog die Knie an den Körper und umschlang die Unterschenkel. Sie fühlte sich schrecklich einsam. Die Frau, die ihr all ihre Fragen hätte beantworten können, lebte nicht mehr. Wahrscheinlich würde sie niemals erfahren, welche Umstände zu ihrer Geburt geführt hatten. Wusste ihr Vater überhaupt von ihrer Existenz? Konnte sie sich in Bezug auf Vanessa Eriksen überhaupt noch auf ihre Vermutungen und Schlussfolgerungen verlassen? Lara war völlig verwirrt. All die Jahre hatte ihr in ihrem Leben nichts gefehlt. Ihre Mutter war eine Powerfrau gewesen, hatte in jeder Lebenslage einen Lösungsvorschlag zur Hand gehabt.

Jetzt spürte Lara eine eigenartige Sehnsucht in sich aufsteigen. Was für ein Typ Mensch ihr Vater wohl war, schoss es ihr durch den Kopf. Hatte er weitere Kinder, eine Familie, oder hatte er den Frauen nach der Trennung von Vanessa abgeschworen?

Seit Lara denken konnte, hatte ihre Mutter keine ernsthafte Beziehung geführt. Es gab immer mal den einen oder anderen Mann, mit dem sie essen ging oder von dem sie sich ins Theater ausführen ließ. Soweit sie wusste, hatte es keiner in Vanessas Schlafzimmer geschafft. Warum fiel ihr das erst jetzt auf? Ihre Mutter war neunzehn gewesen, als Lara geboren wurde, eine junge Erwachsene. Wäre es nicht das Normalste der Welt gewesen, wenn sie sich verabredet hätte? Wenn sie vielleicht irgendwann geheiratet und eine Familie gegründet hätte? Der Gedanke an Geschwister fühlte sich für Lara merkwürdig an. Doch mit einer Schwester oder einem Bruder wäre sie jetzt in ihrer Trauer nicht allein.

Ihre Mutter hatte nie auch nur ein Wort darüber verloren, dass ihr etwas fehlte, dass sie etwas vermisste. Und Lara? Sie nahm das Leben hin, wie sie es kannte. Vanessa war immer viel unterwegs gewesen, sie lebte für ihren Beruf, trat für die Dinge ein, die ihr wichtig waren, und war Lara die beste Mutter gewesen, die sie sich überhaupt vorstellen konnte. Doch war dieses hektische, stets von Terminen und Verabredungen geprägte Leben nicht vielleicht eine Flucht vor sich selbst gewesen? Hatte das ruhelose Treiben Vanessas seinen Ursprung tief in deren Vergangenheit? Laras Mutter war eine sehr intelligente Frau gewesen, die zu allem eine Meinung vertreten hatte. Warum hatte sie es nicht geschafft, ihrer Tochter die Wahrheit über den Mann zu sagen, der ihr Gesicht vor über drei Jahrzehnten zu diesem wunderschönen Leuchten gebracht hatte? Die Geheimniskrämerei passte nicht zu einer Frau, die ihrer Tochter stets gepredigt hatte, dass Ehrlichkeit und Vertrauen unabdingbare Faktoren jedweder Beziehung seien.

Lara blätterte die Albumseite um. Die Bilder mussten auf der Abschlussfeier der Schule entstanden sein. Die drei abgebildeten jungen Frauen trugen schicke Kleider in Flieder, Hellgrün und Gelb, die mittlere war Vanessa. »Warum hast du mich belogen?«

Auf dem nächsten Foto hatte ein junger Mann seinen Arm um die Schultern von Laras Mutter gelegt.

Lara legte das Bild, das wenige Monate später in Collioure entstanden war, daneben und verglich die beiden Gesichter ihrer Mutter. Auf dem Abiball sah ihre Mutter auch zufrieden aus. Wahrscheinlich handelte es sich um einen Schnappschuss mit irgendeinem Klassenkameraden. Auf dem Collioure-Foto blickte ihre Mutter dagegen verträumt und wehmütig in die Kamera, sie leuchtete förmlich von innen heraus. »Wie gern würde ich mit dir reden, Mama.«

Ein Schluchzen entrang sich Laras Kehle. Frustriert warf sie das Album auf den Tisch und starrte ins Leere. Hatte sie nicht das Recht darauf, zu wissen, woher sie kam? Wer das andere Teil des Puzzles darstellte, dem sie entsprungen war? Wut mischte sich in ihre Trauer. Warum hatte ihr ihre Mutter nicht die Wahrheit anvertraut? Und was war mit ihrem Vater? Was wusste er? Wo lebte er? Und warum war er nicht bei Vanessa geblieben?

3

Lara hatte kaum geschlafen. Müde schloss sie die Tür zur Galerie auf. Auf dem Weg hierher hatte Katinka sie angerufen, um ihr mitzuteilen, dass sie aufgrund eines dringenden Termins später käme. Außerdem hätte sie eine Verabredung mit einer jungen Künstlerin, die Lara doch bitte übernehmen solle.

Lara schaltete das Licht ein und legte ihre Tasche unter den Tresen. Während sie auf die Malerin wartete, überflog sie interessiert die heutigen Termine. Da es draußen ungemütlich und stürmisch war, erwartete Lara einen eher ruhigen Tag.

»Guten Morgen!« Eine junge rothaarige Frau betrat die Galerie, unter den rechten Arm hatte sie eine großformatige Mappe geklemmt. »Ich bin Maria Kaarst. Sind Sie Frau Weissner?« Sie sah Lara lächelnd an.

»Nein, ich bin Frau Weissners Mitarbeiterin, Lara Eriksen.« Sie streckte der jungen Frau die Hand hin. »Meine Chefin ist leider kurzfristig verhindert. Aber sie hat mich gebeten, mir Ihre Werke anzusehen. Kommen Sie.« Lara geleitete die junge Künstlerin an den Besprechungstisch, der sich hinter einem weißen Paravent in einer Ecke des Ausstellungsraumes befand. »Bitte. Nehmen Sie doch Platz. Möchten Sie etwas trinken? Einen Kaffee vielleicht?«

Die junge Frau verneinte.

Nachdem sie sich gesetzt hatten, sah Lara Maria Kaarst aufmunternd an. »Dann zeigen Sie doch mal, was Sie uns Schönes mitgebracht haben.«

Die Künstlerin legte die Mappe auf den Tisch und öffnete sie. Auf dem ersten Bild war eine Dünenlandschaft mit unzähligen Strandkörben von hinten zu sehen. Das Bild wirkte leicht verschwommen, besaß jedoch unbestreitbar einen gewissen Charme. Neugierig beugte sich Lara über die Tischplatte. »Interessant.«

Das nächste Bild war vom Meer her gemalt. Es war derselbe Strandabschnitt, nur diesmal von vorn.

Maria Kaarst hatte noch drei weitere Werke mitgebracht. Eines schien früh am Morgen entstanden zu sein und zeigte einen phänomenalen Sonnenaufgang, während die beiden anderen sich erneut mit weitläufigen Dünenlandschaften beschäftigten. Auf einem waren Dutzende Reiher und Möwen zu sehen, das andere wirkte allein durch die stark intensivierten Farben der Natur.

Lara nickte anerkennend. »Sie haben unübersehbar Talent.«

Das Gesicht der Künstlerin begann zu strahlen. »Finden Sie wirklich?«

Lara lächelte. »Ja, ganz ehrlich. Ihre Werke gefallen mir sehr gut. Und ich glaube, Frau Weissner wäre ebenfalls angetan.«

Maria Kaarst schloss kurz die Augen und faltete die Hände. »Sie wissen gar nicht, was mir Ihre Worte bedeuten.« Sie blickte Lara wieder offen an. »Meine Eltern liegen mir ständig in den Ohren, ich solle mich um einen Ausbildungsplatz bemühen und meine Zeit nicht mit der Malerei vergeuden.« Sie schüttelte den Kopf. »Aber das Malen ist alles, was ich möchte, alles, was ich brauche. Nach meinem Schulabschluss bin ich auf die Inseln gefahren und habe viele Tage am Strand verbracht. Immer auf der Suche nach dem besten Licht, der perfekten Kulisse.«

»Wo waren Sie?«

»Norderney, Langeoog, Baltrum«, zählte die junge Frau eifrig auf. »Ich liebe die Stille am frühen Morgen, bevor die Touristenboote übersetzen. Oft waren die Strände menschenleer. Und in den Dünen ist man ganz allein mit einer Handvoll Möwen. Die Atmosphäre hat etwas Magisches.« Sie lächelte verlegen. »Sicher halten Sie mich für vermessen, aber als ich mich dort so allein am Strand aufhielt, musste ich sehr oft an van Gogh denken. Er hat doch stets über das besondere Licht Südfrankreichs gesprochen, das ihn zu vielen seiner Bilder inspirierte. Oder auch Gauguin. Ich dachte mir, bei den beiden war es das Licht des Südens. Bei mir ist es nun das Licht des Nordens.«

»Ich finde Ihre Gedanken überhaupt nicht vermessen«, entgegnete Lara ernst, da sie die Worte der jungen Frau berührten. Van Gogh hatte auch für sie eine besondere Bedeutung. »Im Gegenteil. Mir gefällt Ihre Motivation. Und ich kann mir sehr gut vorstellen, dass einen die Ruhe und die Weite der Dünen am Strand zu diesen bemerkenswerten Motiven beflügeln.«

»Zu Hause habe ich noch einige mehr. Aber ich dachte, ich bringe Ihnen erst mal eine kleine Vorauswahl mit. Ich wusste ja nicht ...«

»Nein, das ist gut so. Wenn es möglich ist, würde ich die Mappe gern hierbehalten und mit Frau Weissner besprechen, sobald sie ins Haus kommt. Wir würden uns dann bei Ihnen melden.«

»Ja, natürlich geht das.« Die junge Frau erhob sich und ließ den Blick durch die Galerie schweifen. »Die Räume sind toll. Wenn ich mir vorstelle, dass auch meine Bilder hier möglicherweise hängen könnten ...«

»Sie haben großes Talent«, wiederholte Lara nachdrücklich. »Ich möchte Frau Weissner nicht vorgreifen, aber ich könnte mir Ihre Werke ebenfalls sehr gut hier vorstellen.«

»Ich danke Ihnen.«

»Gern. Und wie gesagt, wir melden uns bei Ihnen.«

Nachdem die junge Künstlerin die Galerie verlassen hatte, kehrte Lara zu den Bildern zurück und betrachtete sie erneut eingehend. Sie strahlten eine sehr ruhige, friedliche Stimmung aus. Ganz im Gegensatz zu Laras Innerem, in dem ein Sturm an Gefühlen tobte.

Sie seufzte, schob die Bilder vorsichtig zusammen und verstaute sie wieder in der Mappe. Im Anschluss begann sie, altes Prospektmaterial zu sichten und auszusortieren, was nicht mehr benötigt wurde. Wie erwartet, verlief der Vormittag ruhig. Lediglich zwei unentschlossene Kunden unterbrachen Laras Ablagearbeiten.

Gegen Mittag betrat Katinka die Galerie.

»Hat sich dein Termin länger hingezogen?« Lara musterte das ernste Gesicht ihrer Chefin.

»Leider ja.« Katinka zog die Jacke aus und legte ihre Tasche neben Laras. »Hast du einen Moment für mich?«

»Natürlich. Ich wollte auch mit dir reden. Maria Kaarst war vorhin da.«

Stirnrunzelnd verfolgte Lara, wie Katinka zur Eingangstür ging, von innen abschloss und das »Geschlossen«-Schild an der Scheibe anbrachte.

»Ist etwas passiert?«

»Komm, setzen wir uns.« Müde winkte ihre Chefin Lara in die Besprechungsecke.

Besorgt nahm sie Katinka gegenüber Platz. Was war geschehen?

»Ich wollte schon lange mit dir sprechen«, setzte Katinka nach kurzem Zögern an. »Aber irgendwie war nie der richtige Zeitpunkt. Erst die Sache mit Frank ...« Sie stockte. »Dann deine Mutter. Und als es ihr in den letzten Wochen immer schlechter ging, brachte ich es einfach nicht übers Herz, dir …«

»Um was geht es denn eigentlich?«, unterbrach Lara sie ungeduldig.

Sekundenlang blickten sich die beiden Frauen schweigend an, bevor Katinka die Stille durchbrach: »Ich kann dich nicht länger hier beschäftigen.«

Lara meinte, sich verhört zu haben. »Was?«

»Es tut mir unendlich leid. Du weißt, dass ich deine Arbeit und deine Expertise sehr schätze. In den vier Jahren, in denen wir uns kennen, warst du für mich immer weit mehr als meine Mitarbeiterin. Ich mag dich als Mensch, und ich schätze dich als Kollegin. Aber ich hatte gerade ein Gespräch mit der Bank, und sie haben mir unmissverständlich zu verstehen gegeben, dass ich kurz vor der Insolvenz stehe.«

Lara rieb sich über die Stirn. In ihrem Kopf herrschte heilloses Chaos. Wie sollte es jetzt weitergehen? Sie konnte es nicht fassen. »Wirst du schließen müssen?«

Katinka atmete tief durch. »Ich versuche natürlich erst mal, die Galerie zu halten. Aber ich weiß nicht, ob ich es schaffe. Die Geschäfte gehen schlecht. Der Umsatz hat sich in den letzten anderthalb Jahren halbiert.«

»Ich verstehe das nicht«, murmelte Lara ungläubig. Sie hatte immer den Eindruck gehabt, die Galerie habe sich zu einer bedeutungsvollen Einrichtung in der Bremer Kunstszene entwickelt. »Vielleicht könnte ich ja meine Arbeitszeit etwas reduzieren?«

Bekümmert schüttelte Katinka den Kopf. »Wenn du wüsstest, wie ich mich vor diesem Gespräch gefürchtet habe. Aber ich kann dich nicht mehr bezahlen, Lara. Auch nicht in Teilzeit. Meine eigene Existenz steht auf dem Spiel. Ich muss mir überlegen, ob ich möglicherweise irgendwo anders kleinere günstigere Räume anmiete. Ich habe absolut keine Ahnung, wie es weitergehen soll.«

»Du kündigst mir also«, folgerte Lara entmutigt.

»Es tut mir sehr leid«, wiederholte Katinka traurig. »Und ich weiß, dass es nicht fair ist. Aber was soll ich machen?«

»Fair«, presste Lara hervor. »Wann ist das Leben schon fair?«

Zwei Stunden später klingelte Lara am Reihenhaus ihrer Großeltern. Die Tränen liefen ihr immer noch unaufhaltsam über die Wangen. Nachdem sie ziellos durch Bremen geirrt war und doch keinen klaren Gedanken zu fassen bekam, hatte sie plötzlich das tiefe Bedürfnis nach Nähe und Trost in das Stadtviertel getrieben, in dem ihre Großeltern wohnten.

Als ihre Oma die Haustür öffnete, erfasste sie mit einem Blick Laras Zustand. »Was ist denn passiert, Kind?«

»Kannst du mich bitte einfach nur in den Arm nehmen?«, schluchzte sie.

Béatrice Eriksen zog ihre Enkelin ohne zu zögern an sich. Lara umarmte die kleine ältere Frau und verbarg das Gesicht an ihrer Schulter.

»Ach je«, seufzte ihre Großmutter mitfühlend. »Lass es raus. Es war einfach alles zu viel in letzter Zeit.«

Minutenlang standen die beiden vor dem Haus auf dem Treppenabsatz und hielten sich in den Armen. Als sich Lara endlich beruhigen konnte, löste sie sich von ihrer Oma und blickte betreten zu Boden.

»Lass uns reingehen.«

Im Flur spürte Lara den Arm ihrer Oma um ihre Taille, die sie mit Nachdruck ins Wohnzimmer schob. »Setz dich.«

Lara rückte sich einen der Stühle zurecht und nahm am Esszimmertisch Platz. Sie schniefte. »Wo ist Opa?«

»Er trifft sich mit einem Arbeitskollegen von früher«, erwiderte ihre Oma leise, während sie ein Glas Wasser vor Lara abstellte.

Sigurd Eriksen hatte als junger Mann direkt nach seinem Studium seine Heimat in Dänemark verlassen, da ihn eine lukrative Stelle als Schiffbauingenieur in eine der großen Bremer Werften lockte. Mit einigen seiner Kollegen stand er bis heute in Kontakt.

»Katinka hat mich gefeuert«, stieß Lara hervor.

»Einfach so?« Ihre Oma verengte die Augen.

»Der Galerie geht es finanziell sehr schlecht, und sie kann sich keine Mitarbeiterin mehr leisten«, erwiderte Lara und nahm einen großen Schluck.

Die ältere Frau setzte sich neben Lara und strich ihr beruhigend über den Rücken.

»Katinka meinte, sie habe es mir schon seit Längerem sagen wollen, aber nie den richtigen Zeitpunkt gefunden.«

Ihre Oma nickte bedächtig. »Sie hat recht. Erst das Theater mit Frank, dann die Sorgen um Vanessa und jetzt ...«

»Und jetzt erfahre ich, dass mein Vater gar keine so unbedeutende Schwärmerei meiner Mutter war, wie sie mich immer glauben machen wollte«, ergänzte Lara.

»Ach, Kind.« Béatrice Eriksen atmete tief durch. »Die letzten Monate waren nicht einfach. Ich wünschte, Vanessa könnte dir noch erklären, was damals geschehen ist.«

»Sie hatte dreißig Jahre lang Zeit.« Lara schüttelte den Kopf. »Und selbst, als sie spürte, dass sie die Leukämie nicht würde besiegen können, hat sie es nicht für nötig gehalten, mir die Wahrheit zu sagen.« Erneut begannen ihre Augen zu brennen. Ungehalten wischte sie die aufsteigenden Tränen weg und stand auf. Während sie den irritierten Blick ihrer Großmutter auf sich spürte, betrat sie entschlossen die Küche. »Was hältst du davon, wenn ich uns ein paar Crêpes backe?« Wieder musste sie an Vanessa denken. »Sicher freut sich Opa auch darüber, wenn er nach Hause kommt.«

Ihre Großmutter schwieg einen Moment, bevor sie nickte. »Ja, wenn man sich mit Dingen beschäftigt, die einem Spaß machen, wird der Kopf frei, und man kann seine Gedanken ordnen. Und du backst ja so gern.«

»Hast du Eier, Milch und Mehl da?«

Ihre Oma lächelte. »Diese Zutaten haben wir immer vorrätig.« Als sie sich ebenfalls erheben wollte, bedeutete Lara ihr, sitzen zu bleiben. »Lass dich überraschen.«

»Nichts lieber als das«, entgegnete Béatrice und zog sich eine herumliegende Zeitschrift heran. »Wenn du etwas brauchst, sag es mir.«

»Habt ihr Äpfel?«

Ihre Oma runzelte die Stirn. »Äpfel? Ja, da drüben auf der Anrichte im Obstkorb müssten welche liegen.«

Lara legte sich die Zutaten zurecht und begann, den Teig zu rühren. Wie immer, wenn sie die fließende Masse mischte, spürte sie, wie sie sich entspannte, wie ihr Inneres gefasster wurde. Anschließend gab sie etwas Butter in eine Pfanne. Während Lara darauf wartete, dass sie heiß wurde, schnitt sie die Äpfel in Scheiben und stellte sie zur Seite. Dann begann sie, nacheinander die einzelnen Crêpes auszubacken. Die routinierte Abfolge, das Abmessen und Hinzufügen der Zutaten, das Rühren der Crêpes-Mischung beruhigten Lara und entwirrten ihre Gedanken. Sie musste sich jetzt dringend überlegen, wie es mit ihr weitergehen sollte. Vielleicht konnte sie die Kündigung als Chance begreifen. Sie war noch jung, ihr standen zig andere Wege offen. Lara liebte ihr Fachgebiet, die Vielfalt an Aspekten, die Kunstwerke zu bieten hatten. Die Geschichten, die sie erzählten. Doch sie war realistisch genug, um zu wissen, dass es sehr schwer werden würde, eine gleichwertige Stelle in einer Galerie oder einem Museum zu finden. Zumal sie sich eine längere Pause finanziell überhaupt nicht leisten konnte.

»Hm, das duftet ja schon unwiderstehlich«, bemerkte ihre Oma aus dem Esszimmer.

»Es dauert aber noch einen Moment«, vertröstete Lara sie schon merklich ruhiger. Sie stapelte die fertigen Crêpes auf einem Teller und gab erneut Butter in die Pfanne. Seit Längerem hatte sie das Rezept ausprobieren wollen, doch für sie allein fehlte ihr meist die Motivation, sich an den Herd zu stellen. Vorsichtig streute sie Puderzucker in die zerlaufene Butter und ließ die Masse karamellisieren.

»Ich bin wieder da«, ertönte in diesem Moment die Stimme von Laras Opa aus dem Flur. »Was riecht denn hier so gut?«

Als Lara zu ihrer Oma blickte, verzog die das Gesicht. »Was willst du damit sagen, Sigurd? Dass es sonst bei uns nicht gut riecht? Du kommst genau rechtzeitig.«

Der ältere Mann betrat den Wohnraum und lächelte nachsichtig. »Ach, Béatrice. Du weißt, dass ich deine Kochkünste seit unzähligen Jahren verehre. Aber die Crêpes unserer Enkelin ...« Er stellte sich neben Lara und schnupperte demonstrativ an der Pfanne. »Was gibt das?«

»Crêpes mit karamellisierten Äpfeln«, erwiderte Lara stolz und fühlte sich mit einem Mal leichter.

»Das ist neu, oder?«

»Ich wollte es schon lange ausprobieren.«

»Lara wurde heute entlassen«, erklärte Béatrice Eriksen ihrem Mann.

»Was?« Überrascht sah er Lara von der Seite an. »Ist etwas passiert?«

Ein weiteres Mal berichtete sie von ihrem Gespräch mit Katinka.

»Das kann sie doch nicht einfach machen«, empörte er sich.

»Leider doch«, widersprach Lara. »Eine Eine-Frau-Galerie kannst du nicht mit einem großen Unternehmen wie der Werft vergleichen.«

»Aber es gibt doch trotzdem Kündigungsfristen«, fuhr er ungehalten fort.

»Die nützen mir auch nichts«, wiegelte Lara ab und gab die erste Portion Äpfel auf einen der Crêpes. »Sie kann mich nicht mehr beschäftigen. Punkt. Aus. Ich muss mir etwas anderes suchen.«

»Jobs gibt es genug«, erklärte Sigurd Eriksen, »aber nicht in deiner Branche. Kunst und Kultur. In dem Bereich wird doch immer zuerst gekürzt, wenn die Gelder knapp sind.«

»Ich weiß, Opa.« Lara legte den Crêpe auf einen Teller und hielt ihn ihrem Großvater hin. »Voilà. Der Erste ist für dich.«

»Komm, setz dich«, forderte Béatrice ihren Mann auf und erhob sich, um sich ebenfalls einen Crêpe bei ihrer Enkelin zu holen. »Das riecht fantastisch, Lara.«

»Und schmeckt auch so«, verkündete ihr Mann im nächsten Moment zufrieden.

Nachdem Lara alle Crêpes mit den karamellisierten Äpfeln gefüllt hatte, nahm sie den dritten Teller auf und setzte sich zu ihren Großeltern. Während des Backens war ihr ein Gedanke gekommen, der sich in den letzten Minuten, als sie dem Geplänkel ihrer Großeltern zuhörte, weiter verfestigt hatte. Doch bevor sie ihren Plan offenbarte, probierte sie erst selbst – und war überrascht von dem exzellenten Geschmack.

»Wow, sind die super«, entfuhr es ihr.

Ihr Opa grinste. »Habe ich doch gesagt.«

»Ich glaube, ich weiß, was ich mache«, verkündete Lara zögernd, nachdem sie alle Crêpes aufgegessen hatten.

Ihre Großeltern sahen sie fragend an.

»Ich fahre morgen nach Collioure, um meinen Vater zu suchen. Ich möchte herausfinden, wer Mama damals so glücklich gemacht hat.«

4

Gedankenverloren starrte Lara in die Dunkelheit. Hatte sie sich das Ganze wirklich reiflich überlegt? Nein, hatte sie nicht. Aber vielleicht war das genau das Richtige in ihrer Situation. Immer noch ergriffen von der tiefen Trauer um ihre Mutter, in die sich jetzt aufgrund des Fotos Zweifel und Unsicherheit schlichen, blieb ihr nur, sich aufzuraffen und etwas zu unternehmen. Sich zu Hause zu vergraben und zu grübeln war definitiv keine Lösung. Auf was wartete sie also?

Sie drehte sich auf die Seite und schaltete die Nachttischlampe ein. Es war kurz vor sechs. Da sie eh nicht mehr schlafen konnte, schlug sie die Decke zurück und setzte sich auf. Ihr Leben lag in Scherben. Andere feierten ihren dreißigsten Geburtstag mit Familie und Freunden, mit Mann und eigenen Kindern. Legten die Basis für ihre berufliche Karriere. Und Lara? Sie stand in jeder Hinsicht bei null und musste ganz von vorn anfangen.

Schwerfällig erhob sie sich, ging ins Bad und stellte die Dusche an. Gepackt hatte sie bereits am Abend zuvor. Auch ein kleines Pensionszimmer etwas außerhalb von Collioure hatte sie kurzfristig übers Internet buchen können. Für die französischen Schüler waren die Sommerferien vorbei, in den Touristenorten hatte bereits die Nebensaison begonnen.

Ihre Großeltern waren nach Laras Ankündigung alles andere

als begeistert gewesen. Mehrfach hatten sie versucht, ihr die Idee auszureden, hatten sie davon überzeugen wollen, sich ihren Plan nochmals gründlich zu überlegen. Doch je mehr ihre Oma und ihr Opa auf sie einredeten, desto stärker war Laras Entschlossenheit geworden. Vielleicht stand sie wirklich an einem Scheideweg in ihrem Leben. Natürlich hatte ihr Opa recht, wenn er erklärte, der momentane Arbeitsmarkt könne besser kaum sein. Das galt nur leider nicht für Laras Bereich. Ein Urlaub auf unbestimmte Zeit im hochpreisigen Südfrankreich war mit Sicherheit zwar auch nicht die richtige Antwort auf ihre derzeitige Situation, doch sie brauchte Klarheit, musste endlich wissen, wo sie herkam, was ihre Mutter ihr all die Jahre verschwiegen hatte.

Während das warme Wasser über ihren Körper lief, musste sie wieder an die gestrige Diskussion denken. Was hatte ihr Opa mit seiner Bemerkung gemeint, Collioure sei kein guter Ort für seine Frauen? Gut, dass Vanessa Eriksen den Heimatort ihrer Mutter Hals über Kopf verlassen hatte, hatten ihre Großeltern Lara vor zwei Tagen schon erzählt. Und dass hinter dieser Flucht ein Mann steckte, erschien auch offensichtlich. Aber warum verband ihre Oma ebenfalls schlechte Erinnerungen mit dem auf den ersten Blick so idyllischen Städtchen?

Gestern Abend hatte Lara stundenlang Informationen zur Côte Vermeille, der Purpurküste, gesammelt, an der Collioure lag. Das Château Royal, die alte Wehrkirche, die auch auf dem Foto ihrer Mutter auftauchte, und die traumhafte Lage direkt am Meer sorgten dafür, dass sich der Ort über Jahre zu einem Touristenmagneten entwickelt hatte. Die Bilder hatten ihre Sehnsucht danach, ihr jetziges Leben für eine Weile hinter sich zu lassen und zu neuen Ufern aufzubrechen, weiter verstärkt. Lara war sich nicht sicher, ob sie ihren Vater finden würde. Die Chancen, nach so vielen Jahren herauszufinden, mit wem sich eine junge Deutsche damals getroffen hatte, standen mehr als schlecht. Doch wann, wenn nicht jetzt, sollte Lara es zumindest versuchen? Ihre Mutter war tot. Die einzige Familie, die sie je gehabt hatte, gab es nicht mehr. Ihre Großeltern waren hochbetagt. In ein paar Jahren würde sie mutterseelenallein sein. Ein Partner, mit dem sie irgendwann eine eigene Familie gründen könnte, war weit und breit nicht in Sicht. Nein, auch wenn es auf die berühmte Suche nach der Nadel im Heuhaufen hinauslaufen würde, Lara hatte keine Wahl.

Sie stieg aus der Dusche und trocknete sich ab. Vor der langen Fahrt graute es ihr ein wenig. Eintausendfünfhundert Kilometer Autobahn lagen vor ihr. Sollte sie es bis heute Abend nicht bis Collioure schaffen, würde sie irgendwo auf der Strecke eine Zwischenübernachtung einlegen. Sie war noch nie so weit gefahren und schon gar nicht ganz allein. Doch auch das gehörte zu ihrem Vorhaben. Lara musste endlich aus ihrer Komfortzone hervorkommen. Vielleicht war die Trennung von Frank sogar nötig gewesen, um sie aus einer gewissen Lethargie zu reißen, die sich in ihr Leben geschlichen hatte. Die Stelle in der Galerie hätte sie beruflich nicht weiter vorangebracht. Steckte nicht mehr in ihr? Hieß es nicht immer, an jedem Ende stehe ein neuer Anfang? Sie konnte sich zwar kaum vorstellen, wie der in ihrer Situation aussehen sollte, doch was hatte sie noch zu verlieren?

Während Lara sich ankleidete, klingelte das Telefon.

»Eriksen.«

»Guten Morgen, Lara. Ich bin es, Katinka.«

Lara verdrehte die Augen, während sie das Telefon zwischen Wange und Schulter klemmte und ihre Jeans zuknöpfte.

»Du bist gestern nicht mehr an dein Telefon gegangen«, fuhr ihre Chefin fort.

»Ich war unterwegs.« Laras Blick fiel auf den gepackten Koffer.

Katinka räusperte sich. »Es tut mir ehrlich leid. Ich weiß, dass ich dich gestern mit meiner Ankündigung kalt erwischt habe. Vor allem nach dem, was mit deiner Mutter …«

»Das hat mit meiner Mutter absolut nichts zu tun«, unterbrach Lara sie.

»Kommst du später in die Galerie?«, fragte Katinka, ohne darauf einzugehen.

Lara ging in die Küche. »Nein, ich verreise heute noch.«

Katinka schnaufte am anderen Ende. »Ich dachte, du könntest bis Ende des Monats bei mir bleiben. Natürlich zahle ich dir auch dein Gehalt weiter.«

»Tut mir leid. Ich nehme ab sofort meinen Resturlaub.« Sie schaltete die Kaffeemaschine an. »Meine Pläne stehen, und ich fahre später los.«

»Dann war es das wohl«, entgegnete Katinka enttäuscht.

»Sieht so aus. Tschüss, Katinka.«

Nachdem sie das unerfreuliche Gespräch beendet hatte, packte Lara ihre restlichen Sachen zusammen und wartete, bis der Kaffee durchgelaufen war.

Als es kurz darauf an ihrer Tür klingelte, sah sie stirnrunzelnd auf die Uhr. Kurz vor sieben. Wer konnte das sein?

»Wir sind es, Lara, machst du uns bitte auf?« Als sie die verzerrte Stimme ihrer Oma durch die Sprechanlage hörte, öffnete sie erstaunt die Tür.

»Was macht ihr denn so früh hier?«, setzte Lara an, während die beiden langsam die Treppe hinaufstiegen.

Béatrice Eriksen blieb schnaufend vor Lara stehen und blickte beschwörend zu ihrem Mann. »Denkst du wirklich, ich lasse dich allein in meine Heimat reisen? Ohne zu wissen, was dich dort erwartet? Du kennst dich doch überhaupt nicht in Frankreich aus.«

Lara sah sie fassungslos an. »Was willst du damit sagen?«

»Dass sie dich begleiten wird«, erklärte ihr Opa verschmitzt. »Wir haben gestern Abend noch die Adresse der Familie herausgesucht, bei der Vanessa damals gelebt hat. Dort könnt ihr mit eurer Suche beginnen.«

Sie konnte es nicht glauben. »Ich weiß nicht, was ich sagen soll.«

»Ich dachte, du freust dich zumindest ein wenig«, empörte sich Laras Oma.

»Aber ...« Ihre Gedanken rasten. »Ja. Ja, natürlich freue ich mich. Und wie.« Stürmisch umarmte sie die ältere Frau. »Ich hatte nur überhaupt nicht damit gerechnet und mir gerade schon überlegt, wie ich die lange Fahrt allein durchstehen soll.«

»Ich war Jahre nicht mehr in Collioure«, erwiderte ihre Oma mit Wehmut in der Stimme. »Und ich werde nicht jünger. Vielleicht ist es das letzte Mal, dass ich die Möglichkeit habe, noch einmal meinen Heimatort zu besuchen.«

»Ein weiteres Zimmer in der Pension zu bekommen, dürfte kein Problem sein. Die Saison ist zu Ende. Und gestern gab es noch vier freie Zimmer.«

Ihre Oma griff in ihre Tasche und zog einen Schlüssel an einem ledernen Etui hervor. »Wir brauchen keine Pension. Wir haben doch ein Haus.«

»Wie bitte?« Lara starrte auf den Schlüssel. »Was denn für ein Haus?«

»Mein Elternhaus. Es war nach meinem Weggang aus Collioure über Jahrzehnte vermietet. Im Erdgeschoss befand sich lange Zeit ein Café. Aber seit dem letzten Jahr steht es leer. Ich hätte mich längst darum kümmern müssen.«

»Gibt es sonst noch etwas, das ich vielleicht wissen sollte, bevor wir aufbrechen? Weitere Offenbarungen, Geheimnisse, Familienimmobilien, von denen ich nichts ahne?« Lara breitete ihre

Arme aus. »Falls ja, wäre jetzt der passende Zeitpunkt, um es mir zu sagen.«

Meine liebe Béatrice, meine geliebte Schwester,

wo soll ich nur anfangen? Ich weiß nicht einmal, ob diese Zeilen dich jemals erreichen werden. Wie komme ich überhaupt dazu, mich hinzusetzen und dir zu schreiben? Ich weiß nicht, wo du lebst, habe keine Vorstellung davon, wie dein Leben aussieht. Ob du einen Mann und Kinder hast, ob du glücklich bist. Ich befürchte fast, du kannst dich nicht einmal mehr an mich erinnern. Hat Maman dir je erzählt, dass du eine ältere Schwester hast? Doch schon hier muss ich mich korrigieren. Eine Schwester wäre für dich da gewesen, ich jedoch habe dich im Stich gelassen. Warum, das möchte ich dir erklären, bevor es für mich zu spät ist. Mittlerweile bin ich eine alte Frau. Während ich das schreibe, muss ich lachen. Eine alte Frau ... Wer bestimmt, wer alt ist? Mein Geist fühlt sich nicht anders an als früher, mein Körper dagegen ... Das Gehen fällt mir schwerer. Wenn ich im Bett liege, drangsaliert mich mein Rücken. Die Augen wollen nicht mehr so wie ich. Das ist wohl der angemessene Preis, den wir dafür zahlen müssen, dass wir leben und unsere Zeit auf dieser Erde bis zum Letzten auskosten dürfen. Eine Tatsache, die vor vielen Jahren alles andere als selbstverständlich war.

Du wirst dich nicht daran erinnern können, aber der Krieg hat unser aller Leben damals unwiderruflich verändert. Als die Deutschen in Frankreich einmarschierten, konnte keiner von uns erahnen, welche Konsequenzen die Besatzung für uns mit sich bringen würde. Auch ich war damals zu jung, um begreifen zu können, was Krieg bedeutete. Unser Vater hatte bereits im Ersten Weltkrieg ge-

kämpft. Die schwere Knieverletzung, die er sich damals zugezogen hatte, schützte ihn mehr als zwei Jahrzehnte später davor, erneut eingezogen zu werden.

Aber ich schweife ab ... fangen wir doch bei deiner Geburt an. Als Maman Papa und mir verkündete, sie sei schwanger, war sie sechsunddreißig Jahre alt. In der damaligen Zeit ein ungewöhnlich hohes Alter, um ein Kind zu bekommen. Am Tag, als du auf die Welt kamst, wurde die Vichy-Regierung unter Marschall Pétain eingesetzt. Im Sommer 1940 ruhten unsere Hoffnungen noch auf der Teilung des Landes. Der Norden Frankreichs war von den Deutschen besetzt worden, wir im Süden dachten, wir hätten mehr Glück.

Maman und Papa waren ganz vernarrt in dich. Beide hatten nicht mehr damit gerechnet, nochmals Eltern zu werden. Ich war fünfzehn Jahre alt und so unglaublich stolz auf meine süße kleine Schwester. Du warst ein richtiger Wonneproppen. Wir herzten dich, wir spielten mit dir und liebten dich über alles. Ich kann auch heute noch neidlos behaupten, dass du der Sonnenschein unserer Familie warst.

Papa arbeitete zu jener Zeit auf einem Weingut und unterstützte den Winzer als dessen rechte Hand. Maman half stundenweise in einem kleinen Lebensmittelgeschäft aus, bevor es schließen musste, als die Deutschen Ende 1942 auch den Süden besetzten. Die Zeiten wurden schwieriger, das Geld knapper. Von alldem hattest du glücklicherweise nichts mitbekommen. Wahrscheinlich erinnerst du dich gar nicht an diese Zeit. Während Maman in den ersten Kriegsjahren noch gearbeitet hat, kümmerte ich mich nach der Schule um dich. Sehr oft habe dir vorgelesen, du hast auf meinem Schoß gesessen, mich mit großen Augen angesehen und aufmerksam meiner Stimme gelauscht. Dein Lieblingsbuch war die Geschichte einer kleinen Maus, die nach Paris ging, um die Welt zu entdecken. Ich kann mich nicht mehr an den Titel erinnern, aber wenn ich meine Augen schließe, sehe ich die wunderschönen, liebevollen Illustrationen vor mir. Die kleine braune Maus mit dem riesigen gelben Koffer in der Hand, wie sie vor dem Eiffelturm steht und ihn andächtig betrachtet. Die Erinnerung lässt mich wehmütig werden. So viele Jahre sind seither vergangen, und doch erscheint es mir, als sei es eben erst geschehen. Wenn wir jung sind, denken wir, noch alle Zeit der Welt vor uns zu haben. Doch wie schnell verrinnen die Monate, Jahre, Jahrzehnte? Manchmal mag ich es nicht glauben, wenn mein Körper mich wieder einmal mein wahres Alter spüren lässt. Ach, Béatrice, auch du bist mittlerweile nicht mehr die Jüngste. Wie konnte ich damals nur zulassen, dich für immer zu verlieren? Wenn ich an unsere gemeinsamen Jahre zurückdenke, möchte ich am liebsten am Rad der Zeit drehen. Doch tief in meinem Inneren weiß ich, dass ich mich auch jetzt, mit meinem Wissen von heute, nicht anders entschieden hätte.

Versteh mich bitte nicht falsch, ich möchte mich nicht beklagen. Der Krieg dauerte viele lange Jahre und forderte so unfassbar viele Tote, die keine Entscheidungen mehr treffen konnten, weil sie dem verqueren Rassenwahn der Nazis zum Opfer fielen. Wenn man die Dimensionen betrachtet, ist ein einzelnes Leben mit all seinen Optionen und Alternativen so unbedeutend im Angesicht der Gesamtheit, dass ich vor allem Demut und Dankbarkeit verspüren mag. Ich habe mich damals für meinen Weg entschieden, weil ich musste. Es gibt Schlüsselmomente im Leben, in denen man über sich selbst hinauswächst. Man wagt Dinge, die man sich in seinen kühnsten Vorstellungen niemals erträumt hätte. Man trifft Entscheidungen, die entgegen jeder Warnung und jeder Vernunft mehr als gefährlich und doch so unendlich richtig erscheinen. Und die ich bis heute noch keine Sekunde bereut habe. Es ist nicht das Glück, das uns wachsen und reifen lässt, es sind die Hürden und Stolpersteine, die uns stärken. Sie lassen uns das Glück erst als solches erkennen.

Ich hoffe so sehr, dass auch du dein Glück gefunden hast, wie ich das meinige fand.

Und ich habe noch einen letzten Herzenswunsch, den ich seit Jahrzehnten mit mir herumtrage: Béatrice, ich möchte dich noch einmal zu meinen Lebzeiten sehen. Es wäre das Schönste, was ich mir überhaupt vorstellen könnte. Wenn ich an dich denke, sehe ich das kleine Mädchen mit den zwei dicken Zöpfen und den großen Augen vor mir. Das seine Lippen zu diesem strahlenden Lächeln verzieht. Und das seine kleinen Hände in meine legt und mir zuflüstert: »Wann besuchen wir die kleine Maus in Paris?«

Das Alter macht mich sentimental. Ich kann nichts gegen die Tränen ausrichten, die sich unaufhörlich ankündigen, wenn ich an damals denke. Wie gern hätte ich mit dir Paris erkundet! Vor vielen Jahren, ich weiß schon gar nicht mehr, wie lange es her ist, habe ich ein paar Tage in der Hauptstadt verbracht. Die Reise war ein Geschenk gewesen. Und bei jedem Schritt, den ich dort gegangen bin, warst du bei mir. Damals kam mir der traurige Gedanke, dass ich dich nicht einmal erkannt hätte, wenn du in der Warteschlange vor dem Eiffelturm hinter mir gestanden hättest …

Aber was bringt dieses Selbstmitleid? Es war schließlich meine eigene Entscheidung. Nicht deine, nicht die unserer Eltern. Warum beschwere ich mich jetzt? Erwarte ich zu viel? Oder war ich zu nachlässig? Hätte ich vielleicht mehr unternehmen sollen, um nun nicht einen Brief schreiben zu müssen, den du mit großer Wahrscheinlichkeit niemals lesen wirst? Ich weiß es nicht. Es gab so viele Weichenstellungen in meinem Leben, jede einzelne hätte zu einem gänzlich anderen Ergebnis geführt. Und wie viele Entscheidungen wirst du im Laufe der Jahre zu treffen gehabt haben? Leider können wir die Konsequenzen unserer Entschlüsse oft erst viele Jahre später erfassen. Wir müssen damit zurechtkommen, können Fehler manchmal nur noch geringfügig korrigieren. Doch es ist nie zu spät. Nicht für Änderungen, nicht für Entschuldigungen, nicht für Verzeihen. Solange wir atmen, solange wir Herr über unsere Sinne sind, sollten wir unsere Zeit nutzen. Denn sie ist ein Geschenk, das wir schätzen und lieben müssen. Und für das wir die Pflicht haben, das Beste daraus zu machen.

Die Geschichte, die ich dir erzählen möchte, beginnt im Spätjahr 1943. Südfrankreich war seit Langem ebenfalls eine besetzte Zone der Deutschen, Marschall Pétain nur eine Marionette, die von den Besatzern beeinflusst und gelenkt wurde. Ich hatte vor einigen Monaten die Schule beendet und war bei Maman und dir zu Hause. In dieser Zeit eine Arbeit zu finden, war schier unmöglich. Die Menschen kämpften um ihr Überleben. Nachbarn tauschten Lebensmittel, da die Preise explodierten. Fleisch war so gut wie nicht mehr zu bezahlen. Maman verzweifelte, weil sie nicht mehr wusste, was sie uns noch auftischen sollte.

Da Papas Chef schon seit längerer Zeit Geschäfte mit den Nazis unterhielt, lief das Weingut nach wie vor prächtig. Doch die Deutschen zahlten wesentlich schlechter. Widerspruch wäre lebensgefährlich gewesen, und so bekam Papa auch weniger Lohn. Durch seine Arbeit hatte er immer wieder mit den Deutschen zu tun, da diese die Qualität des südfranzösischen Weins mittlerweile schätzen gelernt hatten. Oft berichtete er uns von Begegnungen mit den Besatzern. Einmal war ein hohes Tier der Wehrmacht auf dem Gut und verlangte auf der Stelle eine Weinprobe für sich und seine Soldaten. Die Nazis tranken sich durch das halbe Sortiment, sodass Stunden später keiner von ihnen mehr gerade stehen geschweige denn gehen konnte. Papa blieb nichts anderes übrig, als die Männer in einem der Keller ihren Rausch ausschlafen zu lassen und am nächsten Tag gute Miene zum bösen Spiel zu machen. Die Deutschen verhielten sich, als sei nichts geschehen, waren genauso herablassend und verächtlich wie gewöhnlich. Keine Spur von Scham oder Reue.

Da er schon lange auf dem Gut arbeitete und ein fast freundschaftliches Verhältnis zu seinem Chef pflegte, bekam Papa ab und zu Weine geschenkt, die Maman dann in unserer Not gegen Lebensmittel eintauschte. Alle sehnten die Ankunft der Alliierten herbei. Immer wieder kursierten Gerüchte, Hitler baue an unbesiegbaren Wunderwaffen, während die Gegenseite verbreitete, sich auf den großen Gegenschlag vorzubereiten. Ich glaubte damals weder der einen noch der anderen Partei. Wir saßen in unserem kleinen Ort und konnten nichts tun. Der Anblick der deutschen Soldaten in unseren Straßen ließ mich zusammenzucken, das Geräusch der genagelten Sohlen auf dem Asphalt jagte mir jedes Mal von Neuem eine Heidenangst ein.

Wenn mir zu Hause die Decke auf den Kopf fiel, traf ich mich mit Freundinnen, und wir setzten uns ans Meer. Oder wir fuhren mit unseren Rädern aus dem Ort heraus und wanderten in den Weinbergen umher. Ich war achtzehn Jahre alt. Der Hunger nach Leben, nach neuen Erfahrungen nagte an mir. Ich ahnte, dass es noch so vieles gab, was mir wegen des Krieges vorenthalten wurde. Ich lechzte geradezu nach Abenteuer, nach dem verheißungsvollen Geschmack des Erwachsenwerdens. Auch unsere Eltern bemerkten meine Unruhe.

Eines Abends, es muss ein Freitag gewesen sein, ging ich noch mal los, um Baguette zu besorgen. Maman hatte am Morgen ein großes Stück Fleisch von einer Nachbarin bekommen, die wiederum zwei gute Flaschen Wein gesucht hatte, weil sie einen runden Geburtstag feiern wollte. Ja, auch im Krieg bemühte man sich, zumindest vordergründig seinen Alltag weiterzuführen, so gut es eben möglich war. Und es gab weiß Gott wenig genug Gelegenheiten, um ein bisschen ausgelassen zu sein und die Sorgen für ein paar Stunden zu verdrängen.

Ich sollte also nun Baguette holen und machte mich auf den Weg zur Boulangerie.

Als ich schon von Weitem erkannte, dass in dem kleinen Laden noch Licht brannte, atmete ich erleichtert aus. Ich betrat das Geschäft und kaufte drei Baguettes. Während ich die Brote anschließend auf meinem Fahrrad befestigte, hörte ich im Dunkeln neben dem Haus ein Rascheln und Schnaufen. Ich lehnte das Rad wieder gegen die Hauswand und schlich zur Ecke. Neben dem Haus entdeckte ich einen größeren schwarzen Behälter, vor dem ein junger Mann stand. Hektisch kramte er in der Tonne herum. Wir waren ganz allein in der Gasse, es war dunkel, und doch verspürte ich merkwürdigerweise keinerlei Angst. Vielmehr war es meine ungezügelte Neugier, die mich fragen ließ: »Was tun Sie da?«

Erschrocken fuhr er herum und betrachtete mich prüfend. Ich schätzte ihn nur wenige Jahre älter als mich. Seine Augen funkelten mich zornig an. Das gelockte Haar fiel ihm wirr ins Gesicht. »Wer sind Sie?«

»Ich habe gefragt, was Sie da tun?« Ich deutete auf das Baguette in seiner linken Hand. »Haben Sie das Brot aus der Tonne genommen? Das ist Diebstahl!«

»Diebstahl«, stieß er abschätzig hervor. »Dieses verfluchte Land, dieser verfluchte Krieg, diese verfluchten …« Seinem Akzent konnte ich entnehmen, dass er kein Franzose war.

»Auch wenn Sie Frankreich nicht mögen, können Sie sich nicht einfach so bedienen. Sie müssen das Baguette bezahlen – wie jeder andere auch.«

»Bezahlen?« Er lachte verächtlich und kam einen Schritt auf mich zu.

Erst jetzt wurde ich mir der Situation bewusst, in die ich mich ohne Nachdenken hineinmanövriert hatte.

»Und was machen Sie, wenn ich nicht zahle?« Seine Lippen verzogen sich zu einem spöttischen Grinsen. An seinem Kinn bildeten sich zwei kleine Grübchen.

Ich wusste nicht, wieso, doch ich hatte eigentümlicherweise immer noch keine Angst vor ihm, obwohl er einen Kopf größer war als ich und mich alles andere als freundlich anblickte. »Sie sollten wirklich bezahlen«, entgegnete ich wenig überzeugend.

Wieder lachte er. »Dieser Dreck ist von vorgestern.« Er hielt mir das Baguette hin. »Fassen Sie es an. Hart wie Stein. Und es schimmelt zum Teil bereits.« Er fuchtelte mit dem Brot vor meinem Gesicht herum. »Na los. Überzeugen Sie sich.«

Ich schüttelte den Kopf. »Nein, es ist schon gut …«

Er trat noch einen Schritt näher. Sein eindringlicher Blick ließ mich zusammenzucken. »Was? Plötzlich so kleinlaut?«

»Ich dachte nur …«, stammelte ich unbeholfen und kam mir wie eine Idiotin vor. Warum steckte ich meine Nase in Dinge, die mich rein gar nichts angingen?

»Hören Sie, Mademoiselle.« Er betonte das letzte Wort voller Sarkasmus, bevor er seine Hand mit dem Brot sinken ließ. »Ich bin kein Dieb. Aber ich habe Hunger. Und meine Familie hat ebenfalls Hunger.« Wieder ließ er seinen Blick über mich wandern.

Er hat schöne Lippen, schoss es mir in dem Moment durch den Kopf. Trotz seiner harten Worte wirkten sie weich und verletzlich. Nervös sah ich mich um.

»Was? Haben Sie Angst vor mir?« Er lachte wieder, seine Miene wurde sanfter. »Vor mir?«

Ich schüttelte nur stumm den Kopf.

»Das hier ist das Einzige, was ich heute Abend essen werde.« Er machte eine Pause. »Nachdem ich es geteilt habe.«

»Es tut mir leid ...«, murmelte ich unsicher. Ja, ich war definitiv eine Idiotin an jenem Abend.

»Sie sind nicht schuld daran«, entgegnete der junge Mann versöhnlicher. Er blickte kurz in den Nachthimmel und schüttelte den Kopf.

»Es geht mich nichts an.«

Er nickte, während er mich erneut betrachtete. »Natürlich geht es Sie nichts an. Wie es niemanden etwas angeht. Niemand will das Leid sehen. Alle sind mit sich selbst beschäftigt. Doch wenn keiner etwas tut«, er senkte die Stimme, »wird das hier für uns alle böse enden.«

Ich nahm all meinen Mut zusammen. »Woher kommen Sie? Von Ihrem Akzent her würde ich vermuten, dass Sie Deutscher sind. Aber dafür sprechen Sie unsere Sprache zu fehlerfrei.«

Einen Moment lang sah er mich fassungslos an, bevor er in gedämpftes Gelächter ausbrach. »Sie sind gut, Mademoiselle ...«

»Julie«, hauchte ich leise, während ich ihn ansah. Seine Augen wirkten mit einem Mal warm und vertraut. Er strahlte etwas aus, dem ich mich nur schwer entziehen konnte.

»Julie«, wiederholte er meinen Namen langsam.

»Machen Sie es gut, Julie. In diesen Zeiten sind wir alle Einzelkämpfer.«

Ich wandte mich fast enttäuscht ab und ließ ihn ohne ein weiteres Wort stehen.

»Ach, und sollten Sie sich doch dafür interessieren, was um Sie herum passiert ...«

Ich hielt inne, drehte mich aber nicht mehr um.

»Das letzte verfallene Haus rechts den Hügel hinauf, Richtung Norden. Dort können Sie mehr erfahren. Aber nur, wenn Sie allein kommen ...«

Während ich nach Hause radelte, gingen mir seine Worte unentwegt durch den Kopf. Wer war er? Der Mann hatte irgendetwas an sich gehabt, das mich ihn nicht vergessen ließ. Ich konnte es nicht benennen.

Viel später haben wir oft darüber gesprochen, warum er mir damals überhaupt sein Versteck verraten hatte. Ich hätte eine Kollaborateurin sein können, dann hätte ihn seine Vertrauensseligkeit in Lebensgefahr gebracht. Er erklärte mir, er habe etwas in meinen Augen gesehen, das ihm in jenem Moment Hoffnung geschenkt habe. Hoffnung, doch irgendwann wieder ein normales Leben führen zu können. Hoffnung, dass es noch Menschen gab, die sich um andere sorgten. Er fand es mutig, dass ich ihn in jener Nacht in dieser einsamen Gasse auf sein Verhalten angesprochen habe, ohne zu wissen, wer er war. Die vielen Jahre, die er sich damals bereits auf der Flucht befand, hatten ihn sehr einsam werden lassen – und auch ein wenig unvorsichtig.

Ja, meine Erzählung klingt vielleicht etwas romantisch, obwohl wir uns im Krieg befanden. Aber wir waren damals noch so jung und hatten letztlich die gleichen Sehnsüchte wie alle unsere Altersgenossen. In jenem Moment existierte mit Sicherheit noch keine Liebe zwischen uns. Aber vielleicht Interesse, Neugier?

Das Leben ging weiter, doch den jungen Mann von der Boulangerie konnte ich nicht vergessen. Immer wieder musste ich an seine Worte denken. Wer war er? Und warum musste er Baguette aus dem Müll essen?

Nachdem ich also eine weitere schlaflose Nacht hinter mich gebracht hatte, traf ich eine Entscheidung. Es war vier Uhr nachmittags, bald würde es dämmern. Ich hielt es für besser, niemandem zu erzählen, was ich vorhatte. Was hätte ich auch sagen sollen? Ich möchte einen Mann besuchen, den ich an der Boulangerie beim Brotstehlen erwischt habe? Seinen Namen kenne ich zwar nicht, aber er machte auf mich einen vertrauenerweckenden Eindruck. Nein, unsere Eltern wären wenig begeistert gewesen, wenn ich ihnen von meinem Plan berichtet hätte. Irgendetwas hatte mich allerdings auch davon abgehalten, meiner besten Freundin Lilou von dem Fremden zu erzählen. Lilou war der Mensch, der einfach alles über mich wusste, doch von meiner Begegnung an der Boulangerie wollte ich ihr aus irgendeinem Grund nichts sagen.

Ich machte mich auf den Weg, obwohl ich nur eine ungefähre Ahnung davon hatte, wo ich ihn finden würde. Auf dem Hügel, den er mir beschrieben hatte, standen sehr wenige Häuser, die meisten waren unbewohnt, da die Besitzer weggezogen waren. Niemand kümmerte sich um die Gebäude, sie zerfielen, und keinen interessierte es. Keuchend stieg ich den Trampelpfad hinauf, der sich von dem mächtigen Château Royal am Hafen den Hügel hinaufschlängelte. Mein Herz pochte wild. Ich erkannte mich selbst nicht wieder. Was hatte ich mir nur bei meiner Aktion gedacht? Wie würde der Fremde reagieren? Was würde seine Familie dazu sagen, wenn ich dort auftauchte? Nein, mit einer vernünftigen Entscheidung hatte das alles nicht das Geringste zu tun. Vielleicht war es Langeweile, ich kann es bis heute nicht sagen.

Als ich die Anhöhe erreichte, die er mir beschrieben hatte, lief mir der Schweiß den Rücken hinab. Meine Bluse klebte unangenehm an der Haut, meine Füße schmerzten. Ich blieb kurz stehen und blickte auf Collioure hinab. An dieser Stelle war ich nie zuvor gewesen. Ich kannte das Fort, das mir gegenüber oberhalb der zerfallenen Windmühle über unserem Städtchen thronte, doch diese Seite des Hügels war mir gänzlich unbekannt. Während mein Blick über die Landschaft schweifte, herrschte Totenstille. Der Himmel färbte sich bereits leicht dunkelblau, bald würde die Sonne untergehen. Das Meer schimmerte in der Ferne fast geheimnisvoll. Ganz schwach konnte ich hier oben das Möwengeschrei vernehmen. Ich drehte mich wieder um und blickte suchend den Weg entlang. Wie sollte ich den Fremden finden? In meinem Blickfeld konnte ich mindestens ein halbes Dutzend heruntergekommene Häuser ausmachen. Ich konnte doch nicht von Tür zu Tür gehen, um festzustellen, ob sich jemand im Inneren befand? Genervt von meiner eigenen Blauäugigkeit, schüttelte ich den Kopf und schlenderte langsam den Weg weiter. Außer mir schien keine Menschenseele hier oben zu sein. Plötzlich sah ich aus dem Augenwinkel, wie sich in einem zerfallenen Gebäude auf der rechten Seite eine Gardine bewegte. Ich blieb stehen und wartete. Hatte ich mich getäuscht? Noch immer war es mucksmäuschenstill. Während ich auf das Haus zuging, schaute ich immer wieder hinter mich. Meine Aufregung wuchs. Die Eingangstür war nur angelehnt, in einem der Fenster fehlte die Glasscheibe. »Hallo?«

Der Vorgarten war völlig verwildert, ein ehemals angelegter Weg aus Steinplatten war von Moos überzogen. Meine Nervosität stieg ins Unermessliche, und ich fragte mich erneut, was ich mir eigentlich beweisen wollte.

»Was machen Sie hier?«

Ich schrak zusammen. Eine junge dunkelhaarige Frau mit verfilztem Haar stand im Türrahmen und sah mich mit zusammengekniffenen Augen an. »Ich habe Sie etwas gefragt.«

Der gleiche Akzent wie der Unbekannte, dachte ich mit einem Hauch Erleichterung. »Ich suche jemanden.«

»Hier oben?« Sie schüttelte den Kopf. »Hier ist niemand.«

»Sie sind hier«, erwiderte ich lächelnd.

Die Frau sah mich sichtlich irritiert an. »Bitte gehen Sie.«

»Ich suche einen Mann«, erklärte ich mit fester Stimme. »Ich habe ihn vor einiger Zeit in Collioure getroffen.«

»Sie müssen sich irren«, versuchte sie ein weiteres Mal, mich abzuwimmeln. »Bitte, gehen Sie.«

»Wovor haben Sie Angst?«

Sie senkte den Blick und schwieg.

»Wie heißen Sie?«, fragte ich behutsam.

»Rebecca«, entgegnete sie leise.

»Sind Sie Deutsche?«

Sie nickte.

»Warum verstecken Sie sich hier oben?« Ich verstand immer noch nicht, was hier los war. »Sind Sie allein? Wo ist Ihr Mann?«

»Mein Mann?«, wiederholte sie.

»Ich hätte nicht damit gerechnet, dass Sie hierherfinden«, ertönte in diesem Moment eine bekannte Stimme in meinem Rücken. Ich drehte mich um und sah in die dunklen Augen des Unbekannten von der Boulangerie.

»Du kennst sie?«, zischte die Frau auf Deutsch, bevor sie aufgeregt loszeterte. Von ihrer nachfolgenden Schimpftirade verstand ich so gut wie nichts mehr, doch ihre Wut war unüberhörbar.

Der Unbekannte drückte ihr eine zerknitterte Papiertüte in die Hand und redete beschwichtigend auf sie ein. Ich stand hilflos daneben und fragte mich zum mindestens hundertsten Mal, was ich hier eigentlich tat.

Als die junge Frau sich plötzlich abrupt umdrehte und im Inneren des Gebäudes verschwand, wandte der Fremde sich mir zu und musterte mich durchdringend. Da waren sie wieder, die beiden Grübchen, die mir schon bei unserem ersten Gespräch ins Auge gefallen waren.

»Hier wohnen wir«, durchbrach er die Stille zwischen uns.

»Warum verstecken Sie sich?« Ich ließ meinen Blick über sein Gesicht wandern. »Ihre Frau sagte mir, Sie seien Deutsche.«

Er lachte. »Rebecca ist nicht meine Frau, sie ist meine Schwester. Und ja, wir waren einmal Deutsche. Zumindest dachten wir das. Mittlerweile sind wir nur noch Juden.«

Ich schluckte.

»Jetzt hat es Ihnen wohl die Sprache verschlagen«, stellte er in ernstem Ton fest.

»Kann ich irgendwie helfen?«

Sein Blick wurde intensiver. »Sie wollen uns helfen? Wieso? Sie kennen uns doch gar nicht.«

Was sollte ich darauf erwidern? Er hatte recht. Ich kannte weder ihn noch seine Schwester.

»Vielleicht verraten Sie mir Ihren Namen. Nach dem, was mir beigebracht wurde, steht die Vorstellung der eigenen Person am Anfang eines jeden Kennenlernens.« Ich lächelte schwach.

»Ich habe Sie wohl unterschätzt«, entgegnete er grinsend, bevor er mir seine Hand hinstreckte. »Ich heiße Samuel.«

Ich nickte zufrieden. »Ein guter Anfang.«

»Ein Anfang? Von was?«

Ich legte den Kopf schief. »Ich weiß nicht. Sagen Sie es mir. Immerhin haben Sie mir verraten, wo ich Sie finden kann.«

»Sie haben recht.« Er überlegte. »Und ich weiß noch nicht einmal, warum ich das getan habe. Ehrlich gesagt, habe ich nicht damit gerechnet, Sie nochmals zu sehen.«

»Ich würde Ihnen wirklich gern helfen«, betonte ich ein weiteres Mal. »Vielleicht mit Lebensmitteln? Mit frischem Baguette?«

Er zögerte. »Das ist sehr nett, aber das können Rebecca und ich auf keinen Fall annehmen. Ich denke, wir wissen beide, was passiert, wenn man Sie dabei erwischt, wie Sie untergetauchte Juden unterstützen.«

»Das ist mir egal. Wer sollte mich hindern? Ich bin keine Deutsche.«

Samuel betrachtete mich sekundenlang, bevor er anhob: »Nein, das sind Sie nicht. Aber ich würde mir niemals verzeihen, dass ich Sie in Schwierigkeiten gebracht habe.«

»Ist es dafür nicht ein bisschen spät? Ich weiß jetzt, wo Sie sich verstecken. Allein, dass ich das nicht melde, macht mich schon zur Verräterin.«

Er seufzte. »Und nun?«

Ich dachte nach. »Wie wär's, wenn Sie mich hineinbitten und Ihrer Schwester vorstellen?«

Wieder schüttelte er den Kopf. »Ich weiß nicht, was ich von Ihnen halten soll.«

Ich zuckte mit den Achseln. »Vielleicht gibt es Momente im Leben, in denen man sich entscheiden muss, auf welcher Seite man steht.« Ich reckte das Kinn vor. »Erst vor Kurzem sagte mir jemand, wenn keiner etwas tue, werde das für uns alle hier böse enden.«

Samuel zog die Brauen hoch, und ich erkannte Anerkennung in seinem Blick. »Bitte sehr, herzlich willkommen in unserem bescheidenen Heim.«

Lächelnd folgte ich ihm ins Innere des Hauses.

5

Es war kurz nach sechzehn Uhr, als sie hinter Lyon auf einen Rastplatz fuhren. Nachdem sie ausgestiegen waren, streckte Lara ihre Arme in die Höhe und vollführte einige Luftsprünge. »Endlich Bewegung«, seufzte sie, während sie ihr Gesicht der Abendsonne entgegenreckte.

»Mir war gar nicht mehr bewusst, wie weit Collioure doch von uns entfernt ist«, erwiderte ihre Oma, die Lara mit einem Schmunzeln betrachtete. »Wir können uns gern auch irgendwo hier in der Nähe eine Unterkunft nehmen, wenn du heute nicht mehr weiterfahren möchtest.«

Lara schüttelte den Kopf. »Nein. Lass uns kurz Pause machen, dann geht es weiter. Ich bin schon so gespannt auf dieses Haus.«

Sie steuerten auf das Geschäft neben der Tankstelle zu.

»Erwarte lieber nicht allzu viel«, entgegnete ihre Oma. »Das Gebäude wurde nie richtig saniert. Und die Räume über dem Café sind seit den späten Siebzigerjahren unbewohnt, als meine Eltern starben.«

»Ich finde es trotzdem spannend, dass wir in dem alten Haus wohnen werden, das deiner Familie gehört hat.«

Die ältere Frau blieb stehen. »Es ist tatsächlich gut und gern mehr als hundert Jahre alt.«

Lara pfiff anerkennend. »Ein Haus mit Vergangenheit und Charakter.«

Béatrice Eriksen verzog das Gesicht. »Ich befürchte, wohl eher mit viel Staub und Schimmel.«

»Ach, Oma. So schlimm wird es schon nicht werden.«

Sie betraten das Geschäft und begutachteten die Auslage an der Theke.

»Möchtest du für uns bestellen?«

»Ich …«, stammelte Lara erschrocken. »Oje. Es ist so lang her, dass ich Französisch gesprochen habe.«

»Wenn du magst, können wir uns auf der Fahrt ein wenig darauf einstimmen.«

Lara lachte. »Einstimmen ist gut. Du musst nur einen Hebel umlegen, ich dagegen …« Ihre Großmutter hatte schon als Kind mit Lara oft Französisch gesprochen. Ihrem Abitur in der Muttersprache ihrer Oma war die jahrelange Übung mehr als zuträglich gewesen. Auch Vanessa Eriksen hatte sich mit ihrer Mutter stets auf Französisch unterhalten, wohingegen sie von ihrem Vater Dänisch gelernt hatte. In letzter Zeit jedoch hatte sich mehr und mehr Deutsch als gemeinsame Sprache innerhalb der Familie durchgesetzt, sodass Lara sich nun aufgeregt an die Verkäuferin wandte. Zu ihrem Erstaunen wurde sie trotz ihres Gestammels verstanden.

Stolz nahm sie die bestellten Sandwiches in Empfang. »Voilà.« Grinsend übergab sie ihrer Oma das Schinkenbaguette.

»Siehst du, du schaffst das.«

Sie verließen das Geschäft wieder und setzten sich auf eine Holzbank in der Nähe von Laras altem Käfer.

»Ich wünschte, Mama wäre jetzt hier bei uns«, bemerkte Lara leise, nachdem sie zu Ende gegessen hatten.

Ihre Oma wischte sich über die Augen. »Sie war noch nicht an der Reihe.«

»Nein«, bestätigte Lara, vor deren geistigem Auge das gütige Gesicht ihrer Mutter auftauchte. »Sie fehlt mir so unglaublich. Wie gern würde ich ihr von unserer Reise erzählen. Von der Fahrt. Ja, sogar davon, dass ich seit Jahren zum ersten Mal wieder Französisch gesprochen habe.«

Béatrice Eriksen legte eine Hand auf den Unterarm ihrer Enkelin. »Sie war sehr stolz auf dich. Immer. Nach deinem Schulabschluss. Und als du dich für das Kunstgeschichte-Studium entschieden hast. Wie du dein Leben stets gemeistert hast.«

Lara sah ihre Großmutter erstaunt an. »Ich dachte immer, Mama hätte sich gewünscht, dass ich ebenfalls Ärztin werde.«

Ihre Oma schüttelte lächelnd den Kopf. »Wie kommst du darauf?«

Lara zuckte mit den Achseln. »Ich hatte irgendwie den Eindruck, dass Mama von mir erwartet hätte, dass ich mich genauso sozial engagiere wie sie.«

»Nein, das hat sie nie gesagt.«

»Gesagt nicht, aber ...«

»Nein«, unterbrach ihre Oma sie bekümmert. »Ich glaube, deine Mutter war ihr Leben lang auf der Suche. Nach dem Sinn ihres Lebens. Nach Seelenfrieden. Nach ... ich weiß nicht was.«

»Du denkst, sie war unglücklich?« Lara beobachtete ein junges Pärchen, das sich auf die Bank neben ihnen setzte und einen Picknickkorb auspackte.

»Nicht direkt unglücklich«, korrigierte die ältere Frau nachdenklich. »Aber ich hatte manchmal den Eindruck, dass sie nie wirklich zufrieden war. Sie hat sich in so vielen Einrichtungen eingebracht. Sich um Flüchtlinge gekümmert, um benachteiligte

Kinder.« Traurig blickte Béatrice Eriksen Lara an. »Aber hat sie sich denn je um sich selbst gekümmert?«

Umständlich kramte sie ein Taschentuch aus ihrer Handtasche und putzte sich die Nase. »Mach bitte nicht denselben Fehler wie sie.«

Lara sah sie überrascht an. »Wie meinst du das? Welchen Fehler?«

»Lass dich nicht treiben. Zweifle nicht an dir. Du bist eine intelligente und hübsche Frau, genau, wie deine Mutter einer der warmherzigsten Menschen war. In den letzten Monaten ist so viel passiert. Aber du bist nicht daran schuld. Weder an Franks ...« Sie zögerte. »... Eskapaden noch an deiner Kündigung.«

»Aber ich stehe trotzdem vor dem Nichts«, erwiderte Lara resigniert. »Mit dreißig habe ich absolut nichts vorzuweisen.«

»Ich habe deinen Opa erst mit dreißig kennengelernt«, erzählte ihre Großmutter. »Meine Eltern fürchteten schon, aus mir würde eine alte verknöcherte Jungfer, die ihnen bis zu ihrem Lebensende im Nacken säße.« Sie lachte. »Ein Jahr später war ich verheiratet und hatte ein Kind. So schnell kann es manchmal gehen. Dreißig galt damals als uralt.« Sie musterte ihre Enkelin. »Sieh dich heute an. Du stehst in der Blüte deines Lebens.« Sie strich über Laras Locken. »Du wirst deinen Weg finden. Vielleicht nicht heute und nicht morgen. Aber du wirst ihn entdecken, wenn er sich dir aufzeigt.«

»Im Moment fühlt es sich eher an, als seien mir alle Wege verschüttet worden«, merkte Lara leise an.

»Das Leben ist ein ständiges Auf und Ab«, sinnierte ihre Großmutter. »In einem Moment könntest du vor Glück laut aufschreien, und im nächsten fragst du dich, warum es ausgerechnet dich trifft.« Sie sah zu Boden. »Als Vanessa uns von ihrer Diagnose berichtete, habe ich gedacht, die Welt stürze ein. Immer wieder habe ich mich gefragt, warum meine Tochter diesen Kampf auf sich nehmen muss, warum nicht ich. Sie hatte doch noch so viele Jahre vor sich. Ich dagegen ...« Bekümmert schüttelte Laras Oma den Kopf. »Bis zum Schluss hatte ich gehofft, dass sie die Leukämie bekämpfen könne. Sie war eine so unglaublich starke Frau voller Energie. Sie hat dich ganz allein großgezogen. Und sieh, was aus dir geworden ist. Vanessa hatte allen Grund, auf ihr Leben, auf sich und auf dich stolz zu sein.«

Lara nahm die rechte Hand ihrer Großmutter und drückte sie. »Ich bin so froh, dass du mitgefahren bist, Oma.«

Béatrice Eriksens Augen glänzten feucht. »Nächstes Jahr werde ich achtzig. Viel Zeit bleibt mir nicht mehr. Man weiß nie, was das Alter noch für einen bereithält.«

»Du bist doch fit«, widersprach Lara heftig. »Wer weiß, wie oft wir in Zukunft noch nach Collioure fahren? Und das nächste Mal nehmen wir Opa mit.«

Einige Minuten lang herrschte friedliches Schweigen zwischen ihnen. Autos fuhren vom Parkplatz weg, neue kamen an.

»Vermisst du deine Heimat eigentlich?«

Ihre Großmutter lächelte. »Es war die schwierigste Entscheidung meines Lebens, als Sigurd mich fragte, ob ich zu ihm nach Bremen kommen wolle.«

»Hast du sie je bereut?«

Béatrice schüttelte den Kopf. »Nein, keine Sekunde. Ich liebe Collioure, das Meer, die Menschen. Dieses ganz besondere Lebensgefühl, das dem Süden vorbehalten ist. Aber Sigurd liebe ich noch mehr. Es war mein Herz, das damals die Entscheidung getroffen hat. Und heute weiß ich, dass es die richtige war. Einen besseren Mann als deinen Opa könnte ich mir nicht vorstellen.«

»Das klingt so romantisch.«

»Das war es mit Sicherheit nicht immer. Aber am Ende zählt

das Gesamtpaket. Schlechte Zeiten gehören zum Leben dazu. Aber mit dem richtigen Mann an deiner Seite kannst du auch die überstehen.«

Als die beiden Frauen auf dem Parkplatz am Château Royal in Collioure ankamen, war es Viertel nach neun.

»Du hast ein schönes Tempo vorgelegt«, bemerkte Béatrice, als sie aus dem Wagen stiegen. Kühle Abendluft schlug ihnen entgegen.

»Ich bin wirklich heilfroh, dass wir angekommen sind. Die letzten Kilometer haben sich unendlich hingezogen.« Lara öffnete den Kofferraum vorne und holte ihr Gepäck hervor. »Aber jetzt bin ich neugierig auf das Haus.« Sie richtete sich wieder auf, schloss kurz die Augen und sog den schwachen Geruch von Salz und Algen ein. Unter ihnen hörte man die Wellen an den Strand rollen. »Es fühlt sich jetzt schon gut an«, erklärte Lara leise, während sie erneut an ihre Mutter denken musste. Hatte sie sich ähnlich gefühlt, als sie vor einunddreißig Jahren allein hierherkam? Neugierig auf das Unbekannte? Begierig auf das Leben im Süden?

»Warte erst mal, bis es hell ist«, entgegnete Laras Oma stolz. »Collioure ist eines der schönsten Fleckchen Erde, die ich kenne. Und das meine ich nicht nur, weil es meine Heimat ist.«

Lara griff nach den Koffern und blickte in die Dunkelheit. »Wo geht es lang?«

»Hier.« Ihre Großmutter zeigte zu einem schmalen Pfad auf der linken Seite, der den Hügel hinabführte. »Pass auf, man kann kaum etwas erkennen«, warnte sie ihre Enkelin, bevor sie selbst voranging.

Während sie sich auf den Weg konzentrierte, spürte Lara mit einem Mal, wie die Müdigkeit sie unaufhaltsam überrollte. Waren sie wirklich erst heute Morgen in Bremen aufgebrochen? Sie konnte kaum glauben, dass sie es tatsächlich geschafft hatte, eine so weite Strecke zu bewältigen. Sie wertete es als gutes Zeichen für den Anfang. Alles andere würde sich finden, sobald sie sich ausgeschlafen und eingerichtet hätten.

»Alles sieht so anders aus«, bemerkte ihre Oma in diesem Moment vor ihr. »Viele Häuser wurden in den letzten Jahren auf Vordermann gebracht. Ich war viel zu lange nicht mehr hier.«

Als Lara den Enthusiasmus in der Stimme der älteren Frau vernahm, musste sie schmunzeln. Ihre Oma wirkte aufgeregt wie ein junges Mädchen. Die lange Fahrt schien ihr weniger zugesetzt zu haben als Lara. »Wie weit ist es noch?«

»Ungefähr zehn Minuten«, erklärte Béatrice aufgekratzt. »In der Altstadt gibt es keine Parkplätze, deswegen müssen wir laufen.«

Während sie durch die Gassen gingen, bewunderte Lara die alten Dorfhäuser, die im Schein der Straßenlaternen ihren ganz eigenen Charme entfalteten. Ihnen kamen nur wenige Leute entgegen. Lara konnte die Neugier kaum noch aushalten. In der nächsten Quergasse, in die sie einbogen, befanden sich viele heruntergekommene Häuser. Nur vereinzelt sah man sanierte Gebäude mit aufwendig renovierten Fassaden. Blumen rankten sich an Balkonrüstungen entlang, vor einigen Häusern standen bunt lackierte Holzbänke. Aus einem offenen Fenster vor ihnen ertönte leise Musik. Fast schien die Gasse aus der Zeit gefallen. Keine Spur von Großstadthektik oder Verkehrslärm, wie Lara es aus Bremen gewohnt war.

Béatrice deutete auf einen kleinen Laden. »Der ist neu.«

Lara betrachtete das Schaufenster, in dem mehrere Baguettes kunstvoll übereinandergestapelt lagen. »Somit ist unser Frühstück schon mal gesichert.«

»Während meiner Kindheit befand sich hier ebenfalls eine Baguetterie«, bemerkte ihre Oma wehmütig, während sie die Auslage betrachtete. »Die Besitzerin hat das Geschäft aber bereits vor vielen Jahren aufgegeben.«

»Du kanntest sie?«

Béatrice lächelte. »Sie war einige Jahre älter als ich. Eher im Alter von …« Sie verstummte.

»Eher im Alter von?«, wollte Lara irritiert wissen.

Ihre Oma schüttelte den Kopf. »Kennst du nicht. Entschuldige bitte.«

»Lass uns zum Haus gehen«, bat Lara und gähnte. »Sonst schlafe ich noch auf der Straße ein.«

»Natürlich, Kind.«

Skeptisch musterte Lara die ältere Frau. Ihrer Großmutter mussten tausend Erinnerungen durch den Kopf gehen. Hoffentlich überforderte die Reise sie nicht.

Als ihre Oma um die nächste Ecke bog und auf eines der Häuser in der Reihe zeigte, machte sich Erleichterung in Lara breit. Sie konnte nicht mehr, wollte nur noch die Augen schließen und endlich schlafen.

»Voilà. Mein Elternhaus.«

Als sie sich dem Haus näherten, verstand Lara, was ihre Oma mit ihrer Aussage gemeint hatte, sie solle sich nicht allzu viel versprechen. An der Fassade, die irgendwann einmal grün gewesen sein musste, blätterte großflächig der Verputz ab. Lange, breite Risse durchzogen die Holzklappläden der Fenster. Die Regenrinne war gebrochen.

Béatrice zog den Schlüssel aus ihrer Tasche und öffnete die verstaubte Haustür. Als sie sich zu Lara umdrehte, erkannte diese Tränen in den Augen der alten Frau.

»Es ist alles gut, Kind. Es sind nur so viele Gedanken, die mir durch den Kopf gehen … Dieses Haus …«

»Lass uns reingehen. Ich freue mich darauf, wenn du mir alles zeigst.«

Doch im nächsten Moment verwandelte sich Laras Freude in Entsetzen. Im Erdgeschoss schlug ihnen beim Eintreten abgestandene, von Moder und Staub geschwängerte Luft entgegen. Während ihre Großmutter laut aufseufzte, durchquerte Lara hastig den großen Raum und nestelte ungeduldig an den Fenstern herum, die sich an der Rückseite des Hauses befanden. Sie öffnete die Klappläden, lehnte sich hinaus und schnappte nach Luft.

»Wie hübsch«, entfuhr es ihr, als sie den kleinen Hinterhof wahrnahm, der, von den Nachbarhäusern umringt, wie ein friedliches Kleinod wirkte.

Béatrice trat neben sie. »Mit etwas Arbeit wird es sicher wieder hübsch.« Das Kopfsteinpflaster auf dem Boden war mit Moos überzogen. An den Wänden schlängelten sich lieblos wild rankende Kletterpflanzen entlang. Zwei umgefallene Eisenstühle lagen neben einem völlig verschmutzten Tisch.

»Aber nicht mehr heute Abend«, bat Lara und wandte sich wieder dem Innenraum zu. »War hier unten das Café?«

Ihre Oma nickte. »Ja, da drüben steht noch die Theke.« Sie deutete auf einen gemauerten halbhohen Tresen, der mit weißen Fliesen verkleidet war. »Als ich vor langer Zeit mit meinen Eltern hier gelebt habe, befanden sich unsere Küche und das Wohnzimmer hier unten. Die große Fensterscheibe zur Gasse hin wurde von der Mieterin nachträglich eingebaut.«

An der Wand standen etwa zehn kleine runde Tische nebeneinander. Mindestens doppelt so viele Stühle waren ineinandergestapelt.

»Lass uns nach oben gehen«, schlug ihre Oma vor und wandte sich der schmalen Holztreppe zu, die Lara erst jetzt ins Auge fiel.

Die ausgetretenen Stufen knarzten beim Hochsteigen. Béatrice schnaufte schwer.

Im ersten Stock schlug ihnen die gleiche stickige Luft entgegen. Laras Oma öffnete in dem zur Gasse gerichteten Raum die Fenster, während Lara eilig die Flügel des hinteren Zimmers aufriss.

»Ich glaube, es ist gut, dass ich uns Bettwäsche mitgebracht habe«, erklang Béatrices Stimme aus dem vorderen Bereich.

Als Lara auf sie zusteuerte, stand ihre Oma vor einem offenen Holzschrank. »Der Inhalt muss mindestens fünfzig Jahre alt sein.«

»Hat die Mieterin denn nicht hier gewohnt?«

»Sie wollte das nicht, weil sie befürchtete, dass sie dann nie Feierabend haben würde. Ich glaube, sie hat die oberen Räume ab und zu als Lager benutzt, mehr aber auch nicht.«

»Das sind die Möbel deiner Eltern?« Interessiert musterte Lara das schwere Bett aus dunklem Holz.

»Ja«, erwiderte ihre Großmutter abwesend.

»Möchtest du hier schlafen?« Lara sah sie besorgt an.

»Das war schon vor vielen Jahren mein Zimmer, mein Bett.«

»Das war dein Kinderzimmer?« Lara konnte es nicht fassen.

»Da drüben schliefen meine Eltern.«

»Was ist in der Etage darüber?«

»Das war … nur eine Kammer«, erwiderte ihre Oma leise. »Sie ist klein, da sich daneben noch eine wunderschöne Dachterrasse befindet.«

»Lass uns hochgehen«, schlug Lara vor.

»Nicht mehr heute, Kind. Ich bin sehr müde.« Ihre Oma deutete auf den Flur. »Rechts ist das Bad. Es wird aber wohl in einem ähnlichen Zustand sein wie die Zimmer.«

»Ich finde es wunderschön hier. Was dieses Haus in all den Jahrzehnten schon erlebt haben muss …« Lara war ehrlich begeistert, nachdem sie den ersten Schreck verdaut hatte. Sie liebte alte Gebäude mit ihren Geschichten, mit ihrer Vergangenheit, interessierte sich schon immer für Architektur und Design. »Morgen gehen wir einkaufen, und ich putze alles durch. Oma, du wirst sehen, das wird toll.«

Béatrice schmunzelte. »Schön, dass du nicht enttäuscht bist.«

»Enttäuscht? Aber …« Lara überlegte. »Ich glaube, wir werden hier eine wundervolle Zeit verbringen. Und das bisschen Staub wird uns daran nicht hindern.« Melancholie stieg in ihr auf. »Aber eine Person wird uns sehr fehlen.«

In diesem Moment vernahmen sie ein leises Klopfen an der Haustür. Überrascht sahen sich die beiden Frauen an.

»Ja, bitte?« Lara blickte die dunkelhaarige Frau, die vor der Haustür stand, fragend an.

Die lächelte und verdrehte leicht die Augen. »Bonsoir, Madame. Bitte entschuldigen Sie die späte Störung. Mein Name ist Amélie Trauber.« Sie deutete die Gasse entlang. »Ich wohne in der nächsten Querstraße, und als ich eben hier vorbeigegangen bin, ist mir Licht in Ihrem Haus aufgefallen. Und da es bisher all die Monate leer stand, wollte ich …« Sie biss sich auf die Unterlippe. »D'accord, ich gebe es zu: Ich war neugierig.«

Lara musterte die attraktive Schwarzhaarige, die sie etwa in ihrem eigenen Alter schätzte. »Trauber? Sind Sie mit einem Deutschen verheiratet?«

Amélie lachte. »Ich bin Deutsche. Hört man das nicht an meinem Akzent?«

Überrascht prustete Lara los. »Ich komme aus Bremen«, wechselte sie erleichtert in ihre Muttersprache.

»Sie kommen auch aus Deutschland? Ich bin aus Heidelberg. Aber mein Vater ist Franzose. Er kommt aus Collioure.«

»Wie meine Oma«, entgegnete Lara, für die sich die Unterhaltung mit dieser wildfremden Frau völlig normal und ungewohnt vertraut anfühlte.

»Lara?« Béatrice trat hinter ihre Enkelin. »Was ist los?«

»Das ist Madame Trauber, eine Nachbarin von uns«, stellte Lara die Frau vor, bevor sie der Fremden den Namen ihrer Oma und ihren eigenen nannte.

»Freut mich sehr«, erwiderte die Dunkelhaarige lächelnd und streckte ihnen zur Begrüßung ihre Hand hin. »Und entschuldigen Sie bitte nochmals meine Aufdringlichkeit.«

»Kein Problem«, erklärte Lara sofort, da die Nachbarin ihr auf Anhieb sympathisch war.

»Sie kommen auch aus Deutschland?«, wollte ihre Oma ebenso überrascht wissen.

»Ja, ich lebe erst seit einigen Monaten hier unten.« Amélie verdrehte die Augen. »Aber das ist eine lange Geschichte. Vielleicht kommen Sie einfach mal zu uns rüber, wenn Benjamin wieder da ist. Benjamin ist mein Lebensgefährte.«

»Wo genau wohnen Sie denn?«, wollte Lara interessiert wissen.

»Haben Sie die Baguetterie gesehen?«

Lara und ihre Oma nickten.

»Sie gehört mir.«

»Ihnen?« Béatrice Eriksen verzog anerkennend das Gesicht. »Ich kannte die Vorbesitzerin.«

»Isabelle?« Amélies Augen weiteten sich. »Das ist meine Oma.« Sie senkte den Kopf. »Leider ist sie im Juni dieses Jahres verstorben.«

»Das tut mir sehr leid«, entgegnete Laras Oma mitfühlend.

»Mir auch«, schloss sich Lara an.

»Sie war eine sehr nette Frau.«

Amélie zögerte einen Moment, als wollte sie noch etwas sagen, schwieg dann aber und hob ihre Hand, in der sie eine weiße Papiertüte hielt. »Eigentlich wollte ich Ihnen nur kurz ein kleines Willkommensgeschenk vorbeibringen.« Sie grinste wieder. »Zwei Baguettes mit ein wenig Dip.«

»Wir waren schon fast am Verhungern«, erklärte Lara begeistert. »Können Sie etwa Gedanken lesen?«

Amélie zuckte mit den Achseln. »Jetzt möchte ich Sie aber wirklich nicht länger stören. Wenn ich daran denke, wie ich damals abends ankam und wie …« Ihr Gesicht nahm einen verträumten Ausdruck an. »Aber es hat sich ja alles zum Guten gewendet«, fuhr sie hastig fort. »Ich wünsche Ihnen einen guten Start in Collioure. Und falls Sie etwas brauchen, wissen Sie jetzt, wo Sie mich finden können. Ich muss wieder zurück. Mein Lebensgefährte kommt heute Nacht noch aus Lyon zurück.« Sie schaute auf ihre Uhr. »Oje, so spät schon?«

»An Lyon sind wir vorhin auch vorbeigefahren«, erwiderte Lara. »Arbeitet er dort?«, wollte sie wissen.

»Auch. Aber wir waren die letzten Tage bei seiner Familie, die dort lebt, da sein Opa vor zwei Wochen verstorben ist.«

»Das tut mir leid«, merkte Béatrice ein weiteres Mal an. »Aber es scheint, dass meine Generation nun tatsächlich nach und nach an der Reihe ist.«

»Ach, Oma«, entgegnete Lara betreten.

»Benjamins Opa war um einiges älter als Sie«, erwiderte Amélie leise. »Er stammte übrigens auch aus Deutschland.«

Lara zog die Brauen hoch. »Das klingt ja interessant.«

Amélie legte den Kopf schief. »Interessant? Ja, das trifft es wohl ziemlich genau. Jetzt muss ich aber wirklich los. Kommen Sie die nächsten Tage gern bei uns vorbei, dann können wir uns ausführlicher unterhalten. Schönen Abend und gute Nacht!«

»Ebenso«, erwiderte Lara. »Und vielen Dank für das Baguette.«

Nachdem sie die Tür geschlossen hatte, zog Lara einen der Tische vor und stellte zwei Stühle dazu.

Während sie das Baguette in den Dip tauchten, hingen die beiden Frauen schweigend ihren Gedanken nach.

»Sie ist nett, oder?«

»Sehr«, erwiderte Laras Oma zustimmend.

»Sie backt sehr gut.«

»Und sie scheint eine komplizierte Familiengeschichte zu haben.«

»Wer hat die nicht?«, frotzelte Lara lachend. »Sieh doch uns an: eine Französin, die mit einem Dänen in Deutschland lebt. Tochter und Enkelin sind Deutsche. Der Vater der Enkelin ist ein unbekannter Franzose.«

»Es tut mir leid«, merkte ihre Großmutter ernst an. »Du musstest in letzter Zeit sehr viel mitmachen.«

Lara atmete tief durch. »Ich kann hier endlich wieder zu mir kommen, Oma. Herausfinden, wer ich bin und was ich möchte. Wie es mit mir weitergehen soll.«

»Das wirst du. Und ich helfe dir dabei.« Sie erhob sich langsam. »Aber nicht mehr heute Abend. Bist du mir böse, wenn ich mich zurückziehe?«

Lara blickte in das müde Gesicht der Älteren. »Nein, geh nur. Ich räume noch ab. Aber ich bin auch sehr erschöpft und werde mich bald hinlegen.«

Nachdem Lara das Geschirr weggeräumt hatte, trat sie noch einmal in den Hinterhof hinaus und starrte in den Himmel. Tausende Sterne leuchteten am dunklen Firmament. »Bist du irgendwo da oben, Mama?« Wieder spürte sie die tiefe Trauer in sich, Hilflosigkeit aufgrund dieser Endgültigkeit. Warum konnte ihre Mutter nicht hier bei ihr sein? Sie in den Arm nehmen und ihr sagen, dass sie ihr bei der Suche nach Laras Vater helfe? Tränen stiegen in ihr auf. Hastig wandte sie sich um, kehrte ins Gebäudeinnere zurück und schloss die Tür hinter sich.

Müde stieg sie die Stufen hinauf und betrat ihr Zimmer. Mit einem Schmunzeln bemerkte sie die rosa karierte Bettwäsche, die ihre Großmutter ihr aufs Bett gelegt hatte. Sie faltete die Laken auseinander und zog sie über die Federdecke. Ihren Koffer würde sie morgen früh auspacken, dafür war sie heute Abend zu erschöpft.

Als sie das Gepäckstück neben das hintere Bett schieben wollte, verhakte es sich an der Ecke des Holzschrankes. Lara beugte sich vor, ruckelte und wollte den Koffer zurückziehen, als sie etwas Weißes entdeckte, das zwischen Schrank und Wand eingeklemmt war. Vorsichtig betastete sie mit ihrer Hand die Lücke, bis sie das Papier mit den Fingern zu greifen bekam. Stirnrunzelnd erkannte Lara einen vergilbten Briefumschlag. Was war denn das? Das Material fühlte sich merkwürdig hart an. Das Kuvert war nicht zugeklebt, die Lasche lediglich eingeklappt. Mit zitternden Fingern öffnete sie den Umschlag und zog einen kleinen Notizzettel hervor. Die Schrift war stark verblasst und kaum mehr lesbar. Lara hielt das Papier ins Licht und kniff die Augen zusammen, um die Worte besser entziffern zu können.

Liebe Maman, lieber Papa, bitte macht Euch keine Sorgen um mich. Es geht mir gut. Ich liebe Euch. Gebt Béatrice einen Kuss von mir. Eure Julie

Wie vom Donner gerührt starrte Lara erst auf die Notiz, bevor ihr Blick Richtung Tür wanderte. Was hatte diese Nachricht zu bedeuten? Wer war Julie? Und hatte sie etwas mit ihrer Oma zu tun?

Heute Morgen erst hatte Lara erfahren, dass ihre Großmutter ein Haus in ihrer alten Heimat besaß. Und plötzlich machte es ganz den Anschein, als ob hier im tiefen Süden Frankreichs noch weitere Geheimnisse darauf warteten, gelüftet zu werden. Aus dem Zimmer ihrer Oma drangen tiefe Atemzüge. Während Lara sich umzog, überlegte sie fieberhaft, was es mit dieser Notiz, die fast wie eine Art Abschiedsbrief klang, auf sich hatte. Morgen würde sie ihre Großmutter fragen, wer Julie war. Und warum sie noch nie von ihr erzählt hatte.

6

Als Lara erwachte, musste sie sich erst mal orientieren, wo sie war. Während ihr Blick zu dem alten Holzschrank vor ihrem Bett wanderte, fiel ihr wieder alles ein. Sie schlug die Decke zurück und öffnete das Fenster. Die Luft war klar und kühl. Ganz schwach meinte sie, den salzigen Duft des Meeres wahrzunehmen. Aber vielleicht bildete sie sich das auch nur ein.

Während Lara den kleinen Hinterhof mit den verwilderten Pflanzen unter sich bei Tageslicht betrachtete, gingen ihr unzählige Gedanken durch den Kopf. Sie wandte sich ab und nahm erneut das vergilbte Kuvert zur Hand. Grübelnd drehte sie es um die eigene Achse, fuhr mit den Fingern über das starre Papier. Aus dem Zimmer gegenüber drang kein Laut zu ihr. Ihre Oma schien noch zu schlafen. Leise zog Lara den geschlossenen Koffer hervor, legte ihn aufs Bett und begann, ihre Kleidung in den dunklen Holzschrank zu räumen. Im untersten Fach lagen Handtücher und Bettwäsche, doch der Geruch, der die Textilien umgab, war wenig verlockend. Lara ließ die Schranktüren geöffnet und räumte die alte Wäsche heraus. Ob es hier eine Waschmaschine gab? Lara bezweifelte es nach den gestrigen Erklärungen ihrer Oma. Sie suchte sich eine kurzärmlige Bluse, Unterwäsche und frische Jeans heraus und verließ auf Zehenspitzen den Raum. Das Bad, das sie gestern Abend noch in Augenschein genommen hatte, war tatsächlich im gleichen Zustand wie der Rest des Hauses. Die hellblauen Fliesen mussten jahrzehntealt sein. Durch die verblasste Emaille der Badewanne zogen sich unzählige kleine Kratzer. Ein gründlicher Hausputz würde dem alten Gemäuer guttun, dachte Lara zuversichtlich, während sie den knarzenden Wasserhahn aufdrehte. Die Regulierung funktionierte mehr schlecht als recht, und bevor Lara sich noch an den viel zu heißen Temperaturen verbrühte, wusch sie sich lieber mit kaltem Wasser.

Nachdem sie sich angezogen hatte, lauschte sie kurz an der Zimmertür ihrer Oma. Doch da noch immer Stille im Raum herrschte, schlich sie die Treppe hinunter, schnappte sich Tasche und Geldbeutel und verließ das Haus. Eine Gruppe Schulkinder, deren Ranzen viel zu groß für die kleinen Körper schienen, passierte die Gasse. Lara folgte ihnen, da sie das Meer in der Richtung vermutete. Das Haus ihrer Oma war dreistöckig, während die meisten Gebäude, an denen sie nun vorbeikam, vier Etagen besaßen. Je weiter sie sich von Béatrices Elternhaus entfernte, desto gepflegter sahen die Fassaden aus. Lara vermutete, dass die Häuser des Viertels, in dem sie wohnten, ähnliche Geschichten vorzuweisen hatten wie Béatrices. Die ursprünglichen Eigentümer waren verstorben, und die Erben konnten sich nicht um die Gebäude kümmern, aus welchen Gründen auch immer. Lara bewunderte die fein ausgearbeiteten Details an einigen der sanierten Häuser: bunt lackierte Fensterläden, die im Schein der Morgensonne leuchteten, sorgfältig restaurierte Natursteinmauern, wunderschön gezeichnete Hausnummern auf Lavendelfliesen, liebevoll arrangierte Rosenstöcke neben einer gelb gestrichenen Haustür. Vor einem der Gebäude wuchs in einem terrakottafarbenen Kübel ein knochiger halbhoher Olivenbaum. Der Straßenzug wirkte wie aus dem Bilderbuch. Und Lara hatte recht behalten: Hinter der nächsten Biegung erstreckte sich das tiefe

Blau des Mittelmeers. Sie trat an den Kai und starrte auf den felsigen Untergrund, der sich deutlich unter der glasklaren Wasseroberfläche abzeichnete. Wie wundervoll die Bucht aussah! Lara konnte sich kaum sattsehen. Sie ließ den Blick über das kleine Örtchen schweifen, das sich so harmonisch an die sanften Hügel schmiegte. Alte Natursteinhäuser zwischen modernen Villen mit gelb getünchten Mauern. Die Straße schlängelte sich den Berg entlang Richtung Norden. Als Lara die alte Wehrkirche zu ihrer Linken entdeckte, hielt sie kurz inne. Hier irgendwo musste das Foto mit ihrer Mutter entstanden sein. Sie blickte sich um und versuchte, sich an die Perspektive zu erinnern.

Ein mulmiges Gefühl überkam Lara, während sie sich vorstellte, wie Vanessa Eriksen vor mehr als dreißig Jahren hier gestanden und den Mann angelächelt hatte, der höchstwahrscheinlich zu Laras Vater geworden war. Ob er noch hier lebte? Ob er sich überhaupt noch an Vanessa erinnerte? Plötzlich verließen Lara der Mut und die Zuversicht, die sie gestern Abend beim Anblick des alten Hauses verspürt hatte. Was würde sie erwarten, wenn sie in der Vergangenheit ihrer Mutter herumstocherte? War ihr Vorhaben überhaupt legitim? Hatte nicht jeder Mensch ein Recht auf seine Privatsphäre, auf seine ganz persönlichen Geheimnisse?

Lara ging in die Hocke und tauchte die rechte Hand ins Wasser. Gedankenverloren ließ sie ihre Finger durch das kalte Nass gleiten. Jeder einzelne Kiesel am Meeresgrund war klar erkennbar. Nicht weit von ihr entfernt stand eine Möwe auf einem Felsvorsprung und putzte ihr Gefieder.

Nein, entschied Lara schließlich. Auch sie hatte ein Recht darauf, zu wissen, wo sie herkam. Und da ihre Mutter sie all die Jahre belogen hatte, stand es ihr zu, die Vergangenheit zu hinterfragen, um endlich eine Antwort auf ihre Frage zu bekommen.

Als ihr Magen zu grummeln begann, richtete sie sich wieder

auf, drehte sich um und versuchte abzuschätzen, in welcher Richtung die kleine Baguetterie lag.

Nachdem sie zweimal falsch abgebogen war, stieg ihr plötzlich der frische verführerische Duft von Brot in die Nase. Hier musste sie richtig sein. Als sie um die nächste Ecke bog, meinte Lara, sich zu erinnern, dass sie bereits gestern Abend hier vorbeigekommen waren. Kurz darauf erblickte sie das Schild der Baguetterie und seufzte erleichtert auf.

Sie steuerte auf die Tür zu und betrat das kleine Geschäft. In den Regalen an der Wand sowie in der Auslage stapelten sich die Stangenbrote. Am Verkaufstresen befand sich eine kleine Fläche, in der Dutzende Schälchen mit weißen, orangefarbenen und gelben Dips standen. Zwei Frauen waren noch vor Lara an der Reihe. Hinter der Theke stand eine junge Angestellte, die Lara auf Anfang zwanzig schätzte.

»Bonjour, Madame«, begrüße die Verkäuferin Lara schließlich, nachdem sie zuvor die beiden Kundinnen verabschiedet hatte.

»Bonjour«, setzte Lara beherzt an. »Ich hätte gern zwei Baguettes und zwei der Dips.«

»Welche Geschmacksrichtung?« Die Angestellte umwickelte die Baguettes mit weißem Papier.

»Was können Sie denn empfehlen?«

Die junge Frau lachte. »Sie schmecken alle sehr lecker. Und sie wurden alle von der Inhaberin persönlich kreiert.« Sie deutete auf zwei Schälchen. »Dieser Dip hier ist mit Gorgonzola und dieser mit Paprika und Schafskäse.«

Lara nickte. »Dann nehme ich die beiden.«

»Möchten Sie noch etwas?«

Lara zog ihre Geldbörse hervor und bezahlte, als sie im hinteren Teil des Ladens Schritte und Gelächter hörte.

»Lara!«

Amélie tauchte im Durchgang hinter dem Verkaufsraum auf, neben ihr ein blonder, gut aussehender Mann.

»Amélie«, begrüßte Lara die Nachbarin. »Ihr Baguette hat es uns gestern wirklich angetan, sodass ich heute früh gleich wieder zuschlagen musste. Nochmals vielen Dank.«

Amélie und ihr Begleiter umrundeten die Theke und traten zu Lara. »Das ist unsere neue Nachbarin. Ich hatte ganz vergessen, dir von meiner gestrigen Aktion zu erzählen.«

Mit Erstaunen registrierte Lara, dass die Inhaberin der Baguetterie mit ihrem Freund deutsch sprach.

»Benjamin Lemarre. Sehr erfreut.« Amélies Lebensgefährte reichte Lara die Hand.

»Lara Eriksen.«

»Sie besitzen auch ein Haus hier in der Altstadt?« Er sah sie interessiert an.

Erneut erklärte Lara die Eigentumsverhältnisse von Béatrices Elternhaus.

»Wie lange bleiben Sie?«

Lara zuckte mit den Achseln. »Ich weiß es noch nicht …«

»Ja, dieser Ort kann einen schon aus dem Konzept bringen«, erwiderte Amélie lächelnd. »Ich kam ursprünglich auch nur für ein paar Tage. Und jetzt?« Ihr Lebensgefährte fasste nach ihrer Hand und sah sie liebevoll von der Seite an.

Die Geste versetzte Lara einen leichten Stich. Die beiden wirkten sehr glücklich miteinander. »Nein«, wiegelte sie ab. »Ich muss auf jeden Fall wieder nach Deutschland zurück, weil ich …« Ja, warum eigentlich? Außer ihrem Großvater wartete niemand auf Laras Rückkehr. »Ich bin in erster Linie hier, um einige Fragen für mich zu klären.«

Benjamin Lemarres Blick wurde aufmerksamer. »Sie sind für Nachforschungen hier?«

»Benjamin ist Journalist«, erklärte Amélie grinsend. »Das Wort ›Fragen‹ versetzt ihn sofort in Alarmbereitschaft.«

»Na, na«, witzelte ihr Freund. »So schlimm ist es doch nicht mit mir, oder?«

Amélie stieß ihm sanft einen Ellenbogen in die Seite. »Es ist eben deine Berufung.«

»Es geht um etwas Persönliches«, erklärte Lara leise.

»Wir wollten nicht indiskret sein«, beeilte Amélie sich zu sagen.

»Nein, nein. Es ist ja kein Geheimnis.« Lara erzählte den beiden kurz von der Au-pair-Zeit ihrer Mutter in Collioure, von deren kürzlichem Tod und ihrer eigenen Vermutung, dass sie damals Laras Vater hier kennengelernt hatte.

Amélie und Benjamin sahen sich schweigend an.

»Habe ich etwas Falsches gesagt?«, wollte Lara verunsichert wissen.

»Nein, gar nicht«, erwiderte Benjamin hastig. »Es ist nur … Auch wir beide kamen hierher, um Antworten zu finden. Aber das ist eine sehr lange Geschichte.«

»Und sind Sie fündig geworden?«

Amélie lächelte sanft. »Mehr als das. Wir haben nicht nur Antworten auf unsere Fragen gefunden, sondern auch uns.«

»Das klingt … wunderschön.«

»Wenn wir Ihnen helfen können …«, setzte Benjamin an. »Wenn Sie Unterstützung benötigen, melden Sie sich gern.«

Amélie nickte nachdrücklich. »Wir leben zwar auch erst seit einigen Monaten hier, aber ich weiß, wie wichtig es ist, nicht allein zu sein. Wir meinen es ernst. Scheuen Sie sich nicht, zu uns zu kommen.«

Lara war von der aufrichtigen Hilfsbereitschaft des Paares überwältigt. »Vielen Dank. Das ist wirklich sehr liebenswert.«

»Haben Sie denn die Adresse der Familie, bei der Ihre Mutter damals gewohnt hat?«, wollte Benjamin wissen. »Dort würde ich zuerst ansetzen. Fragen Sie nach Bekannten Ihrer Mutter, mit wem sie sich traf, wer ihre Freundinnen waren, ob sie in einem Verein war. Sammeln Sie alles, was Sie an Informationen bekommen können. Danach gehen Sie die Fakten nochmals durch und versuchen, die Personen von damals ausfindig zu machen. In Zeiten des Internets dürfte das nicht allzu schwierig werden.«

Lara nickte. »So ungefähr hatte ich es mir auch vorgestellt. Nochmals ganz herzlichen Dank. Aber jetzt muss ich gehen. Meine Großmutter hat vorhin noch geschlafen. Ich muss mal schauen, ob sie mittlerweile wach ist.«

Lara verabschiedete sich von den beiden und verließ die Baguetterie. Nach dem Gespräch kehrte ihre Zuversicht zurück. Amélie und Benjamin hatten es kein bisschen befremdlich gefunden, dass Lara mehr über ihre Herkunft wissen wollte. Ihre Mutter lebte nicht mehr. Wer also sollte sie daran hindern, endlich die Wahrheit herauszufinden?

• • •

»Guten Morgen, Kind.«

Als Lara das Erdgeschoss des alten Hauses betrat, stand ihre Oma hinter dem Tresen und holte gerade Geschirr hervor.

»Ich habe uns Frühstück besorgt«, erklärte Lara stolz, während sie die Baguettes hochhob.

»Hast du schon zu dieser frühen Stunde Collioure unsicher gemacht?« Béatrice lächelte.

»Ich war nur kurz am Château«, erwiderte Lara, »da ich unbedingt das Meer sehen wollte.«

»Und? Bist du zufrieden?«

»Es ist traumhaft. Das Wasser, diese endlose Weite, wenn man zum Horizont schaut, die so unglaublich frische und reine Luft«, bekannte sie ehrlich. »Ich glaube, wenn ich an diesem Fleckchen gelebt hätte, wäre ich für nichts auf der Welt von hier weggezogen.«

Ihre Großmutter musste lachen. »Dann ist dir die wahre Liebe noch nicht begegnet.«

Lara stimmte in das Lachen ein. »Ich hatte es fast befürchtet.« Sie legte die Brote und die Dipschälchen auf den Tisch und trat zu ihrer Oma. »Ich glaube, ich habe den Kaffee vergessen.«

Béatrice deutete auf die Tassen vor sich. »Für heute muss es das Instantpulver tun.«

»Du bist ein Schatz.« Lara umarmte sie und drückte ihr einen Kuss auf die Wange.

Während sie sich Stücke von dem Baguette abbrachen und in die Dips tauchten, überlegte Lara, wie sie die Notiz ansprechen sollte, die sie gestern gefunden hatte. Schließlich entschied sie sich für den direkten Weg. »Wer ist Julie?«

Ihre Oma verschluckte sich und begann zu husten.

Sachte schlug Lara ihr auf den Rücken und schob ihr die Kaffeetasse hin.

Als ihre Großmutter sich wieder gefangen hatte, wiederholte Lara die Frage: »Wer ist Julie?«

Béatrice blickte schweigend auf die Tischplatte.

»Oma, wer …?«

»Ich habe dich verstanden«, flüsterte Béatrice kaum hörbar. »Woher hast du den Namen?«

Wortlos holte Lara das Kuvert aus ihrer Tasche und schob es ihrer Oma hin.

»Was ist das?« Béatrice blickte verwundert auf.

»Lies es, und sag du es mir.«

Bedächtig fuhr Laras Oma mit ihren Fingern über das starre Papier.

»Öffne ihn«, forderte Lara sie ein weiteres Mal auf, bevor sie ein Stück Baguette in den Schafskäsedip tunkte.

In Zeitlupentempo schlug Béatrice die Klappe des Umschlags um und holte die Notiz hervor. Ihre Hände zitterten.

Sekundenlang starrte sie stumm auf das Papier, bevor sie sich schwerfällig erhob und zu ihrer Handtasche ging, die auf dem Tresen lag. Zögernd holte sie ihre Brille hervor und schob sie sich auf die Nase. Dann kehrte sie an den Tisch zurück.

Mit angehaltenem Atem studierte Lara das Gesicht ihrer Großmutter, während diese die kurze Nachricht las. Der Miene der älteren Frau war keine Gefühlsregung zu entnehmen.

»Wo hast du das her?«

Lara erkannte ihre Stimme kaum wieder. Mit knappen Sätzen erzählte sie ihr von dem Fund gestern Abend. »Wer ist Julie?«

Lara zog das Kuvert zu sich heran und musterte ein weiteres Mal das alte Papier. Als sie aufsah, erschrak sie. Tränen liefen ihrer Oma über die Wangen. »Was ist?«

Béatrice schüttelte den Kopf und bedeckte den Mund mit der rechten Hand.

»Oma, sag doch etwas«, bat Lara verunsichert.

»Julie ist meine Schwester«, presste die ältere Frau leise hervor. »War meine Schwester.« Sie rieb sich über die Augen. »Ich weiß es nicht.«

Lara verstand überhaupt nichts mehr. Bis heute war sie davon ausgegangen, dass ihre Oma ein Einzelkind war. Noch nie zuvor hatte sie von einer Schwester gehört. »Ich kapiere nicht …«

»Ich auch nicht.«

»Aber was ist denn mit deiner Schwester?«

Béatrice zuckte mit den Achseln. »Niemand weiß etwas über ihren Verbleib.«

Lara nahm ihrer Oma die Notiz aus der Hand und las die Sätze ein weiteres Mal. »Das hier klingt wie eine Art Abschiedsbrief.«

Die ältere Frau räusperte sich. »Julie war vierzehn Jahre älter als ich, daher kann ich mich so gut wie gar nicht an sie erinnern.«

»Du hast nie von ihr erzählt.« Lara umfasste die linke Hand ihrer Oma mit ihren Fingern und drückte sie sanft.

»Wie gesagt, ich kann mich kaum an sie erinnern.«

»Ich verstehe es immer noch nicht. Was ist denn passiert?«

Nach einem weiteren Moment des Schweigens wischte sich Béatrice ihre Tränen weg und begann zu erzählen. »Julie war achtzehn, als sie verschwand.«

»Wann war das?«, wollte Lara wissen.

»Anfang 1944.«

»Aber warum ist sie weggegangen?«

»Ich wusste nicht, dass sie weggegangen ist.«

»Du hast diesen Brief nie zuvor gesehen?« Lara mochte es nicht glauben. »Wenn du recht hast und deine Schwester diese Nachricht Anfang 1944 geschrieben hat, dann ist die Notiz mehr als fünfundsiebzig Jahre alt.«

»Ich war vier, als Julie verschwand. Eines Tages war sie einfach weg.«

»Und was dachten deine Eltern? Sie müssen den Brief doch gekannt haben.«

Béatrice verzog das Gesicht. »Ich weiß es nicht, Lara. Mir hat man immer gesagt, Julie sei in den Kriegswirren ... verschollen, umgekommen.« Hilflos betrachtete sie den Brief.

»Umgekommen? Durch die Nazis?«

»So dachte ich zumindest.« Sie schluchzte auf. »Wie ist das möglich? Wo kommt dieser Umschlag nur her?«

»Deine Eltern haben dir also erzählt, deine Schwester sei im Krieg gestorben?« Laras Spürsinn war geweckt.

»Ja, ich glaube schon.« Béatrice kniff die Augen zusammen. »Meine Mutter hat den Verlust von Julie nie wirklich verwunden. Sie war immer so unglaublich traurig, wenn sie über sie sprach.«

»Haben sie dir nie erzählt, was wirklich passiert war?«

Laras Oma schüttelte den Kopf. »Sie wussten es nicht.« Sie lachte bitter auf. »Auf jeden Fall habe ich das angenommen. Ich weiß, dass Julie vor ihrem Verschwinden für kurze Zeit in einer Klinik gearbeitet hat, die von einer Schweizerin betrieben wurde.«

»Aber irgendjemand musste doch etwas über den Verbleib deiner Schwester wissen«, bohrte Lara weiter. Menschen verschwanden nicht einfach grundlos.

»Ich bin all die Jahre davon ausgegangen, dass ihr etwas zugestoßen ist.«

Lara tippte auf den Brief. »Für mich klingt das eher so, als ob sie freiwillig weggegangen ist. *Gebt Béatrice einen Kuss von mir*«, zitierte sie.

»Ich kann es einfach nicht glauben.«

»Wer könnte denn etwas über ihr Schicksal wissen?«

»Wie gesagt, Julie war vierzehn Jahre älter als ich. Sie wäre heute über neunzig.« Wehmütig starrte die Ältere zum Fenster. »Ich kann mich kaum noch an sie erinnern. Aber ich weiß, dass sie mir immer aus einem Kinderbuch vorgelesen hat. Die Geschichte handelte von einer kleinen Maus, die nach Paris reiste, um die Welt zu entdecken.« Immer noch rannen ihr Tränen über die Wangen. »Ich hatte mir damals immer gewünscht, irgendwann mit Julie nach Paris zu reisen, um die kleine Maus zu suchen.«

»Eine schöne Geschichte«, bemerkte Lara ernst.

»Damals herrschte Krieg, Kind. Südfrankreich stand unter deutscher Besatzung.« Ihre Großmutter presste die Lippen aufeinander. »Ich weiß nichts von dieser Zeit. Als die Deutschen kapituliert haben, war ich gerade einmal fünf Jahre alt.«

»Wir könnten versuchen, herauszufinden, warum Julie damals verschwand«, schlug Lara eifrig vor. »Wir suchen meinen Vater und deine Schwester.«

Béatrice lachte auf. »Ach, Lara. Das ist so lange her. Wie willst du denn nach so vielen Jahrzehnten noch an brauchbare Informationen kommen?«

Lara dachte nach. »Ich weiß es noch nicht. Aber sicher fällt uns etwas ein. Wenn Julie damals nicht gestorben ist, wie du all die Jahre angenommen hast, muss sie doch Spuren hinterlassen haben.«

Béatrice erhob sich und murmelte leise vor sich hin, während sie auf den Tresen zusteuerte.

Lara verfolgte, wie ihre Großmutter sich bückte und hinter der Theke verschwand. »Was tust du da?«

Kurz darauf tauchte der grauhaarige Kopf wieder auf. »Du hast mich ganz aus dem Konzept gebracht, Lara. Sieh mal, was ich gefunden habe.« Triumphierend zeigte sie auf einen Gegenstand.

»Ein echtes Crêpes-Eisen«, rief Lara verzückt.

»Ein echtes Doppel-Crêpes-Eisen«, verbesserte ihre Oma sie lächelnd. »Um uns mal wieder in der Gegenwart zu verorten.«

»Wo hast du das her?«

»Es lag hier in der Küche. Möglicherweise wurden in dem kleinen Café auch Crêpes angeboten. Wer weiß.«

Lara erhob sich und steuerte auf ihre Großmutter zu. Skeptisch begutachtete sie das Küchengerät. »Nachdem wir es einer ordentlichen Reinigung unterzogen haben, sollten wir es unbedingt ausprobieren.«

»Eine gute Idee«, erwiderte Béatrice etwas gefasster.

»Bevor wir auf Spurensuche gehen«, setzte Lara nach.

Die Wohnverhältnisse von Rebecca und Samuel gingen mir nicht mehr aus dem Kopf. In dem Haus auf der Anhöhe hatte es modrig und feucht gerochen. Die Geschwister hatten sich in einem der Räume zwei Matratzen hergerichtet, auf denen zerschlissene Decken und löchrige Kissen gelegen hatten. In der Mitte hatte Samuel aus einigen Holzbrettern notdürftig eine Art Tisch als Ablage gebaut. Die anderen Zimmer des Hauses waren nicht nutzbar. Schwarze Schimmelsporen zogen sich überall über die Wände. Mehrere Fenster waren undicht, sodass der Wind durch die Ritzen pfiff. Rebecca hatte mich misstrauisch beäugt, während ich ihrem Bruder ins Haus folgte. Es war offensichtlich gewesen, dass sie mit Samuels Entscheidung, mir das Versteck zu verraten, nicht einverstanden war. Wir hatten noch ein paar Worte gewechselt, bevor auch Samuel verstummt war und ich mich wieder verabschiedete. An der Tür hatte er kurz nach meiner Hand gegriffen und mit seinen Fingern sanft darübergestrichen. »Es ist nicht deine Schuld«, sagte er behutsam.

»Julie?« Die Stimme meiner Mutter riss mich aus meinen Gedanken. »Hm?«

»Magst du noch Kartoffeln?« Maman sah mich stirnrunzelnd an.

Ich nickte abwesend und schob ihr meinen Teller hin. Wenn ich an Samuel dachte, fühlte ich mich aus irgendeinem unerfindlichen

Grund beschwingt und leicht wie eine Feder. Sein Gesicht tauchte vor meinem geistigen Auge auf.

Was würde passieren, wenn man die beiden fände?

»Warum hasst Hitler die Juden so?«, platzte es unbeherrscht aus mir heraus.

Papa warf mir einen kurzen Blick zu. »Wie kommst du denn jetzt darauf?«

»Ich meine nur«, wiegelte ich hastig ab. »Hat er schlechte Erfahrungen mit ihnen gemacht? Und warum will er sie alle verhaften?«

»Verhaften?« Papa zog die Brauen hoch. »Hitler will die Juden nicht verhaften.« Er schwieg einen Moment. »Er will sie vernichten.«

»Bertrand«, mahnte meine Mutter.

»Warum soll ich es beschönigen?«, verteidigte er sich. »Denkst du, die Geschichten, die man überall hört, entsprechen nicht der Wahrheit?« Er schüttelte den Kopf. »Hört mal Radio London.«

»Aber du machst doch auch Geschäfte mit ihnen«, warf ich ein.

Er verzog das Gesicht, während er sich die Schüssel mit dem Gemüse heranzog. »Wenn ich meine Arbeit nicht mehr hätte, Julie, könnte ich euch nicht ernähren. Es reicht doch jetzt schon kaum noch, um uns ordentlich zu versorgen.«

Ich nickte, meine Bemerkung war nicht gerecht gewesen.

»Von irgendetwas müssen wir leben. Wem würde es nutzen, wenn ich zu Hause bleiben und nicht mehr zu Charles gehen würde? Wie sollte ich dann meine Familie satt bekommen?«

Klang Papas Stimme tatsächlich verzweifelt? Ich betrachtete ihn. Bisher hatte ich mir noch nie Gedanken darüber gemacht, was es für ihn bedeuten musste, mit den sales boches, wie die Deutschen von vielen Franzosen genannt wurden, Geschäfte zu machen. Vielleicht hatte Samuel doch recht, und ich hatte jegliches Gespür dafür verloren, was um mich herum passierte.

»Was würdest du tun, wenn du wüsstest, dass sich in Collioure Juden versteckten?«

»Was ist denn heute Abend mit dir los? Du interessierst dich doch sonst nicht für Politik.«

Ich senkte den Blick. »Vielleicht habe ich einfach zu viel Zeit zum Nachdenken.«

»Wenn die Deutschen untergetauchte Juden aufspüren, nehmen sie sie fest und schicken sie in eines der Konzentrationslager. Da sich der Krieg zu wenden scheint, sind sie momentan sehr nervös und reagieren noch aggressiver als sonst.«

»Du würdest sie nicht verraten?«

Er schüttelte den Kopf. »Wenn ich nur einen Einzigen von ihnen retten könnte, würde ich es tun. An meinen Händen klebt kein Blut.«

Ich erwiderte nichts. Die Worte klangen dumpf in meinem Kopf nach. Wenn ich nur einen von ihnen retten könnte ... Hatte ich vielleicht die Möglichkeit, zwei von ihnen zu retten?

»Warum fragst du?« Papa sah mich aufmerksam an.

Ich zuckte mit den Achseln. »Ich höre viel. Da habe ich mich einfach gefragt, ob es überhaupt möglich ist, dass sich noch irgendwo Menschen vor den Deutschen verstecken, und wie die dann überleben können.«

Er schnaufte. »Ich glaube, es befinden sich mehr Leute im Untergrund, als wir denken. Die Résistance hilft ihnen bei der Beschaffung falscher Papiere oder versucht zumindest, sie vor den Nazis zu verstecken.«

»Woher weißt du das denn nur alles?« Jetzt war es unsere Mutter, die Papa konsterniert ansah.

»Auch ich höre viel«, wiederholte er meine Worte ernst.

Einen Moment lang herrschte angespanntes Schweigen am Tisch. Das Essen war beendet. Du hattest bis zu dem Zeitpunkt noch keinen Ton von dir gegeben. Maman hob dich behutsam von deinem Stühlchen und verschwand mit dir in deinem Zimmer.

Papa lehnte sich in seinem Stuhl zurück und sah mich abwartend an.

»Was ist?«

»Einer der Stabsoffiziere war heute auf dem Gut und hat mehrere Kisten Wein bestellt.« Warum erzählte er mir das?

»Er hat mich gefragt, ob ich nicht eine junge Frau kennen würde, die einige Schreibdienste für ihn erledigen könne. Es geht wohl vorwiegend darum, Briefe und Dokumente auf Französisch zu verfassen.« Sein Blick wurde sanfter.

»Und du denkst, ich solle für die Nazis arbeiten?« Ich konnte es nicht glauben.

»Sie zahlen nicht schlecht, Julie. Und niemand kann sagen, wie lange diese unsägliche Situation noch andauern wird. Mein Lohn reicht kaum noch aus, um genügend Lebensmittel für uns alle zu beschaffen. Wenn du ebenfalls etwas Geld nach Hause bringen würdest, wäre es für die Familie wesentlich leichter.«

»Ich habe Angst vor ihnen«, erwiderte ich nervös.

»Das musst du nicht. Du hättest nichts zu befürchten. Wie gesagt, es geht um drei oder vier Stunden Schreibarbeiten am Tag. Denk bitte auch an deine Mutter und an Béatrice.«

Ich atmete tief aus. »Ich weiß nicht, ob ich das schaffe.«

Papa lächelte. »Wenn du dir solch tiefgreifende Gedanken machst, glaube ich fest, dass du das kannst.«

»Ich überlege es mir.«

Er nickte. »Mehr möchte ich auch gar nicht.« Er hielt inne. »Und, Julie?«

»Hm?«

»Wenn es da etwas gäbe, das wir wissen sollten, würdest du es uns doch sagen, nicht wahr?«

Ich bemühte mich, keinerlei verräterische Reaktion zu zeigen. Hastig verbarg ich meine zitternden Hände unter dem Tisch. »Was meinst du?«

»Deine Fragen eben.«

»Ich wollte nur wissen, ob …« Ich verstummte, da ich es kaum über mein Herz brachte, ihn zu belügen.

»Du weißt, dass du mit uns reden kannst«, erklärte Papa ernst. »Wir leben in schwierigen Zeiten. Aber unsere Menschlichkeit sollten wir uns um jeden Preis bewahren.«

Ich nickte, doch mir war klar, dass ich Papa niemals von Rebecca und Samuel erzählen konnte. Ich würde meine Eltern in größte Gefahr bringen, wenn ich ihnen von meinem Geheimnis berichten würde. Ja, genau das war meine Bekanntschaft mit Samuel und Rebecca. Ein Geheimnis. Und ich wusste zu jenem Zeitpunkt nicht, was dieses Geheimnis noch für mich bereithielt.

Zwei Tage später fand ich mich trotz meiner enormen Bedenken in der Gendarmerie von Collioure wieder. Papas Lohn war erneut gekürzt worden, und ich wusste, dass ich meine Familie nicht im Stich lassen durfte. Ich war so aufgeregt, dass ich fürchtete, bei dem bevorstehenden Gespräch kein Wort herauszubekommen. Was hatte ich mir nur dabei gedacht? Mit klopfendem Herzen ließ ich den Blick durch den Flur schweifen, in dem ich seit einer Viertelstunde auf einem unbequemen Holzstuhl wartete. Neben mir saß eine weitere junge Frau, die ein paar Jahre älter zu sein schien als ich. Ich schielte zu ihr hinüber und verfolgte, wie sie abwesend ihre Finger knetete. Ihre offensichtliche Unruhe machte mich noch nervöser. Ich schloss kurz die Augen und atmete einmal tief aus. Dann nahm ich meinen ganzen Mut zusammen und drehte mich erneut zu ihr. »Sind Sie auch wegen der Schreibarbeiten hier?« Obwohl ich geflüstert hatte, hallte meine Stimme erschreckend laut von den Wänden des leeren Ganges wider.

Sie blickte mich erstaunt an. »Ja. Sie auch?«

Ich nickte.

Ihre Schultern sackten herab. »Ich dachte schon ...«

Da sie nicht weitersprach, ergriff ich wieder das Wort. »Was dachten Sie?«

»Ich dachte, ich sei die einzige Bewerberin. Sie sehen noch so ... jung aus.« Sie lächelte schwach.

»Ich bin achtzehn«, erwiderte ich entrüstet. »Woher wissen Sie von der Stelle?«

Sie schlug ihre Augen nieder. »Meine Mutter hat es von einer Bekannten gehört. Seit mein Vater ...« Sie presste sich eine Hand vor den Mund. »Mein Vater ist vor einem Jahr gestorben. Seitdem hat sich vieles verändert. Meine Mutter ist krank und kann nicht arbeiten. Und meine beiden kleinen Geschwister ...« Sie schüttelte den Kopf.

Ich bekam Mitleid mit ihr.

»Und Sie?«

Überrascht schaute ich sie wieder an. »Einer der Wehrmachtsoffiziere hat meinen Vater gefragt, ob er nicht jemanden kennen würde. Mein Vater verdient wegen des Kriegs immer schlechter, meine Mutter hat keine Arbeit, und meine kleine Schwester ...« Ich verstummte.

Enttäuschung machte sich auf ihrem Gesicht breit. »Wenn der Deutsche Ihren Vater kennt, kann ich wohl gleich wieder nach Hause gehen.«

»Nein«, widersprach ich vehement. »Der Offizier und mein Vater kennen sich nicht.« Ich verzog den Mund. »Also, nicht so richtig.«

»Dieser verfluchte Krieg«, flüsterte sie kaum hörbar. »Mein Vater wurde von einem Zug überrollt, als er Sprengstoff an den Gleisen anzubringen versuchte.« Hastig schaute sie sich um.

Entsetzt starrte ich sie an. »Ihr Vater war bei der ...?« Ich verschluckte das letzte Wort.

»Ja. Er sagte immer, wenn wir uns nach dem Krieg noch im Spiegel ansehen können wollen, müssen wir jetzt etwas tun. Meine Mutter hat ihn immer wieder davor gewarnt, dass er mit diesen Aktionen die ganze Familie in Gefahr bringt, aber er hat nicht auf sie gehört.«

»Wissen die Deutschen, was er getan hat?« Ich konnte mir kaum vorstellen, dass sie die Tochter eines Widerstandskämpfers beschäftigen würden. Mehr als einmal hatten wir davon gehört, dass Familien von Verrätern genauso bestraft wurden wie die Verräter selbst.

Die Frau schüttelte heftig den Kopf. »Mon Dieu. Nein, sie wissen nichts. Mein Vater war damals nicht allein. Als er ...« Sie schluckte. »Ihm wurden die Beine abgetrennt. Seine Mitstreiter haben seine ... Leiche mitgenommen, um uns zu schützen. Damit die Nazis nicht auch noch uns für seinen Anschlagsversuch büßen lassen.«

Betroffen musterte ich sie. »Das tut mir sehr leid.«

»Ich bin Lorraine.«

»Julie.«

»Seit Papa nicht mehr lebt, ist meine Mutter nicht mehr dieselbe. Wir durften ihn nicht offiziell beerdigen. Die Résistance befürchtete, dass die Nazis aufgrund des Zustands seiner Leiche die richtigen Rückschlüsse gezogen hätten. Sie haben ihn ...« Wieder schluchzte sie auf. »... irgendwo begraben, wo man ihn nicht finden wird. Wir haben nicht einmal einen Ort, an dem wir ihn besuchen können.«

»Es muss schwer für Sie sein, jetzt hier zu sitzen«, folgerte ich bestürzt.

Lorraine schüttelte den Kopf. »Was soll ich denn tun? Wir müssen von irgendetwas leben. Im Augenblick gibt mir kein Franzose Arbeit. Jeder kämpft doch für sich selbst.«

In dem Moment öffnete sich vor uns eine der Bürotüren, und ein junger Soldat Anfang dreißig erschien im Flur. »Mademoiselle Lambert, Mademoiselle Ruppert?« Er sah uns aufmunternd an.

Wir nickten fast synchron, brachten jedoch kein Wort hervor.

»Bitte, kommen Sie doch herein.« Sein Französisch war gut verständlich. Lächelnd zeigte er in den Raum hinter sich.

Lorraine und ich wechselten einen kurzen Blick, bevor wir gemeinsam das Büro betraten. Der Soldat setzte sich hinter einen alten verkratzten Holzschreibtisch und bat uns, auf den Stühlen davor Platz zu nehmen.

»Mesdemoiselles, bitte entschuldigen Sie meinen Akzent, aber Französisch ist für uns Deutsche keine leichte Sprache.« Wieder lächelte er. So hatte ich mir einen Deutschen nicht vorgestellt.

Er stützte die Ellenbogen auf der Holzplatte ab und legte seine Hände wie zum Gebet zusammen. »Ich bin Oberfeldwebel Hans Reimann. Danke, dass Sie gekommen sind. Wir suchen junge Französinnen, die uns bei unserem täglichen Schriftverkehr mit Behörden und Privatpersonen zur Hand gehen.«

»Müssen wir Deutsch sprechen können?«, warf Lorraine schüchtern ein.

Ich hielt den Atem an. Obwohl ich einige Jahre eine deutsche Lehrerin gehabt hatte, die uns ab und zu ein paar Worte ihrer Muttersprache nähergebracht hatte, traute ich mir nicht zu, Notizen oder gar komplette Briefe auf Deutsch zu verfassen.

Er schüttelte den Kopf. »Nein. Wir freuen uns selbstverständlich, wenn Sie Interesse an unserer Sprache zeigen. Aber die Schreibarbeit, die anfällt, wäre auf Französisch.«

Lorraine atmete erleichtert neben mir aus.

»Vielleicht stellen Sie beide sich kurz vor.« Er nickte uns aufmunternd zu.

Da Lorraine schwieg, erzählte ich kurz von meiner Familie und dass ich im vergangenen Sommer die Schule abgeschlossen hatte.

»Das klingt doch sehr nett.«

Ich zuckte mit den Achseln. Was sollte ich dazu auch sagen?

»Und was ist mit Ihnen?«

Lorraine zuckte zusammen und begann stotternd, von ihren Geschwistern zu berichten. Sie erzählte ihm von ihrer kranken Mutter und dem Tod des Vaters.

Nachdem sie wieder verstummt war, blickte der Wehrmachtssoldat von Lorraine zu mir. »Arbeit haben wir mehr als genug.« Er nickte nachdrücklich. »Deutschland steht kurz vor einem erneuten Durchbruch. Der Führer rechnet fest damit, dass wir weitere Gebiete erobern werden. Da ist es unabdingbar, dass wir vor Ort Mitarbeiter haben, auf die wir uns verlassen und denen wir vertrauen können. Was meinen Sie?«

Wieder nickten wir beide stumm, antworteten jedoch nichts. Der Soldat musste denken, uns habe es die Sprache verschlagen. Nachdem einige Sekunden des Schweigens verstrichen waren, setzte er erneut an: »Na schön. Wahrscheinlich sind Sie gerade sehr aufgeregt. Wann können Sie bei uns anfangen?«

Verunsichert sah ich zu Lorraine. »Wen von uns meinen Sie?«

Er lachte. »Sie beide.«

7

Lara schwirrte der Kopf von der Erzählung ihrer Oma. Nachdem sie das Crêpes-Eisen näher in Augenschein genommen hatte, hatte Béatrice ihr verkündet, sie wolle auf den Friedhof gehen, um ihre Eltern zu besuchen. Lara hatte sich vorgenommen, vor dem Großputz, der heute noch anstand, die Familie zu besuchen, bei der ihre Mutter vor dreißig Jahren gewohnt hatte. Falls die Arnauds noch unter der Adresse zu finden waren. Das Rätselraten um Béatrices Schwester ließ sie jedoch ebenfalls nicht mehr los. An Entspannung war momentan weiß Gott nicht zu denken. Neugierig betrachtete Lara die Häuserreihen, die sie passierte. Hohe Mauern in Gelb, Weiß und hellem Rot umsäumten großzügige Grundstücke. In einigen Vorgärten erblickte Lara hochgewachsene Palmen, buschige Olivenbäume und farbenfrohe Bougainvilleen. Das Viertel war wesentlich jünger als die Altstadt. Lara schätzte, dass die meisten Häuser aus den Siebzigerjahren stammten. Sie genoss für einen Moment die wärmenden Sonnenstrahlen auf ihrer Haut. Die Atmosphäre wirkte friedlich und entspannt. Lara blickte kurz auf den Zettel, den ihre Oma ihr überreicht hatte, und glich die Straßennamen miteinander ab. Dort vorne musste es sein. Sie beschleunigte ihre Schritte und sah sich um. Vor dem Bungalow mit der entsprechenden Nummer befand sich ein kleiner gepflegter Vorgarten, in dem zwei Palmen neben dem gepflasterten Weg Schatten spendeten. Die Klappläden der Fenster waren weiß gestrichen. Der terrakottafarbene Putz wirkte sauber und gepflegt. Laras Puls beschleunigte sich. Weder an der Außenmauer noch neben der Haustür konnte sie einen Namen finden. Wohnten die Arnauds wirklich noch hier? Dreißig Jahre waren eine furchtbar lange Zeit. Wie oft war ihre Mutter seitdem umgezogen?

Lara atmete tief durch, bevor sie schließlich das kleine schwarze Törchen öffnete und die Haustür ansteuerte. Sie wartete einen Moment, bevor sie mit pochendem Herzen auf die Klingel drückte.

Es dauerte nicht lange, bis sie hastige Schritte im Inneren des Hauses hörte. Die Tür wurde aufgerissen, und eine ungehaltene männliche Stimme ertönte. »Hatte ich mich nicht klar ausgedrückt? Es gibt nichts mehr zu …« Ein dunkelhaariger Mann erschien am Eingang.

»Pardon«, setzte Lara verunsichert an. »Ich wollte nicht …«

Der Mann winkte ungeduldig ab. »Vergessen Sie es. Ich habe Sie … ich hatte mit jemand anderem gerechnet.« Er schüttelte den Kopf. »Was kann ich für Sie tun?«

»Ich bin …«, stotterte Lara. »Ich wollte …«

»Ja?« Der Blick des Mannes wurde intensiver. Er war schlank und überragte Lara um einen halben Kopf. Seine braunen Augen musterten sie fragend, während er das markante Kinn vorschob.

»Mein Name ist Lara Eriksen«, brachte sie fahrig hervor.

»Eriksen?« Er stutzte.

Lara nickte. »Ich möchte zur Familie Arnaud.« Sie sah auf ihre Notiz. »Bernadette und Paul Arnaud.«

»Was wollen Sie von den beiden?« Der Mann machte weiter keine Anstalten, sie hereinzubitten.

»Kennen Sie die Familie?«, wollte Lara wissen, während sie sich eine Locke aus der Stirn strich.

»Möglicherweise«, entgegnete der Dunkelhaarige knapp. In seinen Augen blitzte kurz etwas auf.

»Meine Mutter heißt Vanessa Eriksen«, wagte sich Lara ein Stück weiter vor. »Sie hat vor dreißig Jahren als Au-pair-Mädchen bei der Familie Arnaud gewohnt und in deren Haushalt geholfen.«

»Vanessa ist Ihre Mutter?« Dem Mann fiel fast die Kinnlade herunter.

»Sie kannten sie?« Lara musterte ihn neugierig. Er schien nicht viel älter als sie selbst zu sein.

Er nickte. »Ich bin Félix Arnaud.« Jetzt reichte er ihr seine Hand. »Möchten Sie vielleicht hereinkommen?«

Erleichtert ließ Lara die Schultern sacken. »Sehr gern.«

»Bitte.« Er trat zur Seite und zeigte in den Flur. »Gehen wir doch ins Wohnzimmer.« Er ließ Lara den Vortritt und deutete auf eine beigefarbene Couch. »Möchten Sie etwas trinken?«

»Nein, danke. Ich möchte Ihnen keine Umstände machen.«

Arnaud lachte. »Das machen Sie nicht. Ich bin ganz froh über ein wenig Abwechslung. Meine Eltern befinden sich gerade im Urlaub, und ich komme jeden Tag ein paar Stunden her, um nach den Katzen zu sehen.« Er zog eine Grimasse. »Aber die beiden Damen sind schon wieder auf Wanderschaft. Ich habe keine Ahnung, wo sie sich momentan herumtreiben. Hunger scheinen sie zumindest keinen zu haben.«

»Danke«, erwiderte Lara, während sie auf der Couch Platz nahm.

»Was führt Sie denn zu uns?« Félix Arnaud setzte sich neben Lara und sah sie interessiert an.

»Meine Mutter ist vor einigen Tagen gestorben«, begann Lara zu erzählen.

»Das tut mir sehr leid«, warf er ein.

»Und … ich habe mich entschlossen habe, nach Collioure zu fahren, um herauszufinden, was damals während ihres Aufenthalts geschehen ist.«

»Ich verstehe nicht ganz …« Seine braunen Augen blickten Lara aufmerksam an.

»Meine Mutter war im Herbst 1988 hier unten. Und ich wurde im August 1989 geboren«, erklärte Lara verlegen.

Félix Arnauds Augen weiteten sich. »Sie meinen, Sie sind das Ergebnis des Au-pair-Aufenthalts Ihrer Mutter?« Er lachte.

»Sie hat mir leider nie etwas über meinen Vater erzählt«, erklärte Lara. »Wobei … das stimmt so nicht ganz. Sie sagte mir, mein Vater sei eine kurze Liebschaft gewesen, von der sie nicht einmal mehr den Namen wüsste.«

»Wenn Sie allerdings Ihren Biologiekenntnissen Glauben schenken, kommen Sie zu einem anderen Resultat.«

»Nach dem Tod meiner Mutter erzählten mir meine Großeltern, dass sie damals Hals über Kopf nach Deutschland zurückgekehrt sei. Viele Monate, bevor der Aufenthalt eigentlich beendet gewesen wäre.« Lara rutschte auf der Couch nach vorn. »Und kurz darauf hat sie ihnen dann verkündet, dass sie schwanger sei.«

»Das heißt, Sie sind tatsächlich in Collioure entstanden.« Wieder lachte er.

Lara musterte sein Gesicht. Félix Arnauds Miene strahlte Ruhe und Zuversicht aus. Er hat warme Augen, schoss es ihr durch den Kopf. Sein Mund wirkte verletzlich und sanft.

»Ja, sieht ganz so aus.«

»Ihre Mutter hat sich damals um mich gekümmert. Ich kann mich kaum noch an sie erinnern, da ich noch ein kleiner Junge von drei, vier Jahren war. Aber meine Mutter hat mir auch später noch oft von Vanessa erzählt. Sie war sehr angetan von ihr.«

Lara horchte auf. »Hat sie Ihnen vielleicht auch gesagt, dass sie früher als vereinbart abgereist war? Möglicherweise kannte Ihre Mutter sogar den Grund für die überstürzte Heimkehr.«

Arnaud überlegte kurz, bevor er mit den Schultern zuckte. »Ich glaube nicht, zumindest kann ich mich nicht daran erinnern. Pardon.«

»Schade«, bekundete Lara ihr Bedauern.

»Es tut mir leid, dass sie gestorben ist.« Sein Blick wurde eindringlicher.

»Sie hatte Leukämie«, erklärte Lara leise. »Obwohl sie tapfer gekämpft hat, musste sie …« Ihre Stimme versagte.

»Entschuldigen Sie. Ich wollte Sie nicht traurig stimmen.«

»Manchmal kann ich es immer noch nicht glauben«, bemerkte Lara betrübt. »Sie war … immer da. In jeder Phase meines Lebens. Sie war ein so herzensguter Mensch, hat sich stets um andere gesorgt.«

»Warum sprechen Sie so gut Französisch?« Arnaud erhob sich.

»Die Mutter meiner Mutter, meine Oma Béatrice, kommt ursprünglich aus Collioure. Sie war es auch, die mir ihre Muttersprache beigebracht hat. Wobei ich alles andere als sicher spreche …«

»Doch, Sie sprechen sehr gut«, bestätigte er erneut. »Warten Sie kurz. Ich komme gleich wieder.«

Während Félix Arnaud das Zimmer verließ, sah Lara sich interessiert um. An den Wänden hingen mehrere Familienfotos. Lara konnte die Personen darauf jedoch nicht erkennen. Da sie nicht neugierig erscheinen wollte, unterließ sie es, aufzustehen und die Bilder näher zu betrachten.

»Ich wusste, dass Maman die Alben irgendwo in meinem alten Zimmer aufbewahrt.« Triumphierend hielt Félix Arnaud ein grünes Fotoalbum in die Luft. »Schauen Sie.« Er setzte sich dichter neben Lara und schlug das Album auf. »Hier sind einige Bilder mit Ihrer Mutter und mir.«

Als Lara die junge Vanessa auf dem ersten Foto erblickte, mit rotem Minirock und langen braunen Stiefeln, musste sie schlucken. Auf dem Arm hielt sie einen kleinen dunkelhaarigen Jungen.

»Das bin ich.« Arnaud tippte grinsend auf das Bild.

»Sie sieht so jung aus«, bemerkte Lara nachdenklich.

»Sie war ja damals fast selbst noch ein Kind«, stimmte Félix Arnaud zu. »Sie sehen ihr sehr ähnlich.«

Lara schaute ihn irritiert an. »Finden Sie wirklich?«

Er nickte. »Ja, wenn ich mir Sie beide nebeneinander vorstelle, könnten Sie glatt Schwestern sein.«

»Na ja«, wiegelte Lara ab. »Ein paar Jährchen älter als meine Mutter auf diesem Bild bin ich schon.«

»Sie haben die gleiche Nase. Und sehen Sie sich die Kinnpartie an.« Er fuhr mit dem Finger über das Foto.

»Ich dachte immer, ich hätte mehr von meinem Vater«, sinnierte Lara. »Die Locken, die schmale Gesichtsform, die Figur.«

»Schwierig zu sagen, wenn man den zweiten Elternteil nicht kennt.«

»Deshalb bin ich hier«, bekannte Lara zögernd. »Ich möchte meinen Vater suchen.«

Félix Arnaud sah sie überrascht an. »Sie wollen Ihren Vater suchen? Ich dachte, Sie wollten die Vergangenheit Ihrer Mutter durchleuchten.«

»Für mich gehört das zusammen«, erwiderte Lara. »Ich möchte herausfinden, wo ich herkomme. Wer mein Vater ist.«

»Sie sollten mit meinen Eltern sprechen«, überlegte Arnaud laut. »Vielleicht können sie Ihnen einen Tipp geben, mit welchen Leuten Ihre Mutter sich während ihres Aufenthaltes getroffen hat.«

»Das wäre toll«, erklärte Lara dankbar.

»Was halten Sie davon, wenn Sie mir Ihre Nummer geben und ich Sie anrufe, sobald ich mit den beiden gesprochen habe?«

• • •

Béatrice atmete schwer, während sie den Hügel hinauflief. Immer wieder blieb sie stehen, damit ihr Puls sich beruhigen konnte. Vielleicht hätte sie doch das Angebot ihrer Enkelin annehmen und sich zum Friedhof fahren lassen sollen. Früher hatte sie mit Sigurd stundenlange Wanderungen unternommen. Ob im dänischen Flachland oder in den österreichischen Bergen, sie waren in ihren Urlauben immer sehr viel zu Fuß unterwegs gewesen. Doch sie waren keine fünfzig mehr. Das Alter hinterließ immer stärkere Spuren an ihrem Körper. Nächstes Jahr stand ein runder Geburtstag an. Wo war nur die Zeit geblieben? All die Jahrzehnte? Béatrice fühlte sich alles andere als alt. Ihr Geist war klar und scharf wie eh und je. Und deshalb war sie sich mittlerweile auch nicht mehr sicher, ob die Reise nach Collioure wirklich eine so gute Idee gewesen war. Von Anfang an, schon als Lara ihnen ihren Plan verkündet hatte, war Béatrice skeptisch gewesen. Nachdem sie die halbe Nacht mit Sigurd diskutiert hatte, waren sie zu dem Schluss gekommen, ihre Enkelin nicht allein nach Südfrankreich fahren zu lassen. Lara kannte sich nicht aus, und nach allem, was in der letzten Zeit geschehen war, hätte Béatrice kein gutes Gefühl bei dem Gedanken an ihre Enkelin gehabt – mutterseelenallein auf der Suche nach einem unbekannten Vater.

Nach dem Fund der Nachricht ihrer Schwester hatte Béatrice jedoch dringend Zeit für sich selbst benötigt. Noch immer konnte sie nicht glauben, was Lara im Schlafzimmer ihrer Eltern zutage gefördert hatte.

Während sie die Avenue Jacques Delcos entlangging, schossen Béatrice tausend Fragen durch den Kopf. Wieso hatte der Briefumschlag zwischen Wand und Schrank gesteckt? Hatten Maman und Papa die Nachricht überhaupt je gesehen? Oder waren sie wirklich all die Jahre davon ausgegangen, dass Julie etwas Schlimmes zugestoßen war? Dass sie ihre Familie nicht freiwillig verlassen hatte? Wenn Béatrice sich die Gespräche mit ihren Eltern ins Gedächtnis rief, kam sie immer wieder zu dem Schluss, dass auch diese von einem tragischen Unglücksfall ausgegangen waren, der ihrer älteren Tochter widerfahren sein musste. Béatrice dachte an das sorgenvolle Gesicht ihrer Mutter, wenn die sie in ihrer Jugend ermahnt hatte, pünktlich zu Hause zu sein. Ja, ihre Eltern waren stets ängstlich gewesen, wenn Béatrice ausgegangen war oder sich mit Freunden getroffen hatte. Vielleicht war es sogar diese übersteigerte Furcht ihrer Eltern, die sie in frühen Jahren davon abgehalten hatte, ihren eigenen Weg zu gehen. Wie sie Lara vor Kurzem erzählt hatte, war sie Sigurd erst sehr spät begegnet. Spät, dachte sie jetzt fast belustigt. Sie war knapp dreißig gewesen. Heute erschien ihr dieses Alter blutjung. Ihre Enkelin hatte noch ihr ganzes Leben vor sich. Béatrice war sich sicher, dass Lara ihr Schicksal meistern würde. Durch ihre Lebenserfahrung sah sie deren Trennung von Frank sowie die Kündigung in der Galerie gelassener, als sie ihrer Enkelin gegenüber zugeben würde. Lara würde sich nicht ernst genommen fühlen, wenn Béatrice nicht aus vollem Herzen mit ihr mitlitt. Und natürlich waren solche Einschnitte und Fehlschläge bitter.

Als sie die Mauern des Friedhofs erblickte, blieb Béatrice stehen, stemmte die Hände in die Hüften und schnaufte tief durch. Sie hatte es geschafft. Der Heimweg würde nach dieser Tortur zu einem Kinderspiel werden. Wenn Sigurd sie jetzt sehen könnte! Langsam steuerte sie auf den Haupteingang zu. Sie war Jahre nicht hier oben gewesen. Die Parkplätze vor der Mauer waren leer. Außer ihr schien sich niemand auf dem Friedhof aufzuhalten.

Während sie an den Gräbern vorbeilief, las sie einige der Inschriften. Die meisten Geburts- und Todesdaten zeugten von einem langen Leben. Anders als bei Vanessa, dachte Béatrice traurig. Der Schmerz des Verlusts saß sehr tief. War es nicht erst gestern gewesen, dass sie mit ihrer Tochter bei deren Einschulung die Lehrer begrüßt und lachend zugehört hatte, wie Vanessa ihren Mitschülern ihre Herkunft zu erklären versuchte? »Meine Mama kommt aus dem Süden und mein Papa aus dem Norden. Deshalb leben wir jetzt in der Mitte.« Die Erinnerungen ließen Tränen in Béatrice aufsteigen. Wie stark und selbstbewusst Vanessa immer durchs Leben gegangen war! Im Gegensatz zu Béatrice hatte sie alle Unwägbarkeiten des Lebens ganz allein durchgestanden, stets ohne Partner. Sie hatte ihre Tochter aufs Höchste bewundert für deren Zuversicht und Optimismus.

Lediglich einmal hatte sich Vanessa ihnen gegenüber schwach gezeigt. Das war kurz nach ihrer Rückkehr aus Collioure gewesen, als sie ihnen ihre Schwangerschaft offenbarte. Mutter mit neunzehn, dachte Béatrice wehmütig. Und trotz eines Kindes hatte ihre Tochter das Medizinstudium mit exzellentem Abschluss geschafft. Natürlich hatten sie Vanessa immer unterstützt, hatten sich um ihre Enkelin gekümmert, wenn Prüfungen anstanden und Vanessa lernen musste. Doch die Hauptarbeit, dieser enorme Kraftakt aus Studium und Kindererziehung, hatte ihre Tochter komplett allein geschultert.

Béatrice bog in einen kleinen Weg ein, der rechts abging, und steuerte gedankenversunken auf das Grab ihrer Eltern zu. Von hier hatte sie einen weiten Blick auf Collioure, das Meer und das Umland. Weinreben zogen sich die Hügel hinauf. Sogar einen Zipfel der felsigen Steilküste konnte sie von hier erkennen. Die Purpurküste war ihre Heimat. Béatrice liebte das Leben in Bremen mit Sigurd und Lara. Doch niemals würde sie vergessen, wo sie herkam. Nirgends sonst strahlte der Himmel in diesem einzigartigen Blau. »Einen schöneren Platz, um seinen Frieden zu finden, gibt es kaum«, murmelte sie, während sie vorsichtig in die Hocke ging und etwas Unkraut am Rand der Grabplatte abzupfte. »Passt mir gut auf meine Vanessa auf.«

Als sie sich wieder aufrichtete, begann ihr rechtes Knie zu schmerzen. Vor Jahren schon hatte sie an diesem Bein ein künstliches Gelenk bekommen. Obwohl sie sich nicht beschweren konnte, da sie einige Bekannte hatte, die auch nach der Operation nicht mehr schmerzfrei hatten laufen können, signalisierte ihr der Fremdkörper in regelmäßigen Zeitabständen, dass Béatrice es mit der Bewegung wieder einmal übertrieben hatte. So wie jetzt, nachdem sie den weiten Weg aus der Altstadt hierher absolviert hatte. »Ja, wir werden nicht jünger«, seufzte sie genervt, während sie vor dem Grab ihrer Eltern verharrte. »Was habt ihr gewusst? Was ist mit Julie geschehen? Und warum hat sie euch einen Abschiedsbrief geschrieben?« Nachdenklich schüttelte sie den Kopf. Fühlte Lara sich gerade ähnlich? Auch sie war von ihrer Mutter belogen worden. Doch hatten Béatrices Eltern wirklich etwas geahnt? War es möglich, dass der Briefumschlag seit mehr als siebzig Jahren unentdeckt in dem Spalt gehangen hatte? Béatrice konnte sich das kaum vorstellen.

»Bonjour«, ertönte es auf einmal neben ihr.

Sie hatte gar nicht bemerkt, dass eine weitere Besucherin den Friedhof betreten hatte. »Bonjour«, grüßte Béatrice zurück und drehte sich um.

Die Frau blieb stehen und starrte auf den Grabstein. »Haben Sie die Lamberts gekannt?«

»Das sind meine Eltern.«

Jetzt trat sie einen Schritt näher und blickte Béatrice an. »Béatrice?«

Verwundert musterte sie das runzelige Gesicht ihres Gegenübers. Die Gesichtszüge kamen ihr merkwürdig vertraut vor. »Kennen wir uns?«

»Ich bin es, Brigitte.«

»Brigitte«, rief Béatrice überrascht. »Das gibt es doch nicht.«

Ihre ehemalige beste Freundin lachte. »Scheint, dass wir mittlerweile ein Alter erreicht haben, in dem man sich nur noch auf dem Friedhof zufällig trifft. Was machst du hier?«

Béatrice erzählte ihr von Vanessa Tod und der Reise mit Lara.

»Leider waren mir keine Kinder vergönnt«, merkte Brigitte leise an, nachdem sie Béatrice ihr Beileid ausgesprochen hatte. »Bénédict und ich hatten uns jahrelang Nachwuchs gewünscht. Als klar wurde, dass wir allein bleiben würden, haben wir uns zwei Hunde angeschafft.« Sie lächelte. »Ein schwacher Ersatz. Und seit mein Mann vor zwei Jahren gestorben ist, bin ich meistens allein.«

»Das tut mir leid«, erwiderte Béatrice betroffen. »Es ist sicher nicht leicht, nach so vielen Jahren Ehe ...«

Brigitte schüttelte den Kopf. »Bénédict war mein Leben. Es fühlt sich noch immer an, als sei ein Teil von mir mit ihm gestorben.« Sie verzog das Gesicht. »Ich frage mich oft, was ich hier noch soll. Ganz allein.«

»Was ist mit deinen Geschwistern?«

»Meine Schwester ist schon vor über zwanzig Jahren nach einem Schlaganfall gestorben. Und mein Bruder lebt mit seiner Familie im Norden. Wir sehen uns kaum noch.«

Béatrice nickte bedächtig. »Ja, unsere Kinder, unsere Enkel halten uns jung. Ohne Lara ...« Ihre Stimme versagte. »Ich weiß nicht, wie ich Vanessas Tod verarbeiten sollte. Aber durch meine

Enkelin bin ich gezwungen, stark zu bleiben. Ich darf mich nicht hängen lassen, denn sie braucht mich noch. Jetzt mehr als zuvor.«

»Ja, das klingt schön, Béatrice. Du hast jemanden, um den du dich kümmern kannst.«

»Sie hatte es nicht leicht.«

»Erinnerst du dich noch an Lilou?«, wollte Brigitte wissen.

»Julies Freundin?«

Brigitte nickte. »Sie lebt schon seit vier Jahren in einem Pflegeheim. Ich habe sie vor einigen Monaten besucht. Und trotz ihrer Demenz hat sie sich nach dir erkundigt.«

»Nach mir?« Verwundert schüttelte Béatrice den Kopf. »Vielleicht hat sie mich mit Julie verwechselt.«

»Nein, ich glaube nicht. Sie wusste, dass du nicht mehr in Collioure wohnst, hat gefragt, wann du wieder nach Frankreich kommst.«

»Merkwürdig«, erwiderte Béatrice. »Wir sind uns immer mal wieder über den Weg gelaufen. Aber eigentlich war sie Julies Freundin. Und als meine Schwester verschwunden ist, war ich ja noch klein.«

Brigitte zuckte mit den Achseln. »Vielleicht gehst du mal zu ihr? Sicher würde sie sich sehr freuen. Ich glaube, sie bekommt nicht mehr viel Besuch.«

»Ich überlege es mir.«

»Ach, Béatrice, was sind wir alt geworden! Erinnerst du dich noch, als wir nach der Schule immer am Strand gefeiert haben?« Brigitte lachte. »Wann war das? Ende der Fünfzigerjahre? Mon Dieu, ist das lange her. Und wir waren damals ganz schön wild.«

Béatrice musste ebenfalls lachen. Ja, diese Zeiten waren lange her. Aus einem spontanen Impuls heraus trat sie einen Schritt auf ihre ehemals beste Freundin zu und umarmte sie innig. »Es ist schön, dass wir uns hier getroffen haben.«

8

»Und du hast sie wirklich nicht erkannt?« Während Lara den Kühlschrank auswischte, blickte sie kurz zu ihrer Oma, die gerade das Crêpes-Eisen mit der Stahlbürste bearbeitete.

»Ich lebe seit knapp fünfzig Jahren in Deutschland. Und genauso lange habe ich Brigitte nicht mehr gesehen.«

»Unvorstellbar«, erwiderte Lara. Sorgfältig trocknete sie die Glasflächen ab. »Wie ich wohl in fünfzig Jahren aussehen werde?«

Béatrice lachte. »Darüber macht man sich in deinem Alter eigentlich keine Gedanken. In meiner Generation galt man mit dreißig als alt. Die meisten meiner Bekannten waren längst verheiratet und hatten Kinder. Auch Brigitte war damals schon lange unter der Haube.« Sie spülte das Küchengerät mit klarem Wasser ab. »Wenn ich dagegen die heutigen Frauen mit dreißig sehe ... Ihr seid noch so bezaubernd jung ...«

»Bezaubernd jung?« Kopfschüttelnd schloss Lara die Kühlschranktür. »Ich fühle mich momentan weder jung noch bezaubernd.« Sie stemmte die Hände in die Hüften und sah sich um. »Dafür, dass wir uns im Urlaub befinden, waren wir heute ganz schön fleißig.«

»Du warst fleißig«, verbesserte sie ihre Großmutter. »Ich fürchte, ich war eher keine große Hilfe. Aber mein Knie ...«

»Doch, wir waren gemeinsam fleißig«, widersprach Lara vehement. »Und jetzt backen wir uns Crêpes!«

Béatrice sah sie stirnrunzelnd an. »Wir wollten doch morgen erst auf den Markt gehen.«

Lara nickte. »Richtig. Aber als ich vorhin die Reinigungsmittel gekauft habe, habe ich gleich auch noch Mehl, Milch und alles, was wir für unser Lieblingsessen benötigen, mitgenommen.«

»Wir könnten auch in ein Restaurant gehen«, schlug Laras Oma vor. »Willst du dich jetzt wirklich noch in die Küche stellen und backen?«

»Du weißt doch, dass ich das gern mache. Für mich ist das keine Arbeit. Es entspannt mich.«

Béatrice hob seufzend die Hände. »Wie du meinst.«

»Was hältst du davon, wenn du den Hinterhof ein wenig herrichtest, während ich den Teig anrühre?«

»Aber die Grundsanierung heben wir uns für einen anderen Tag auf.« Ihre Oma öffnete die Tür nach draußen und ließ den warmen Spätsommerwind ins Haus.

Lara lachte. »Fürs Erste reicht es, wenn du den Tisch abwischst und die Stühle aufstellst.«

Während sie die ältere Frau im Hof herumhantieren hörte, schüttete Lara Milch und Mehl in eine große Schüssel. Beim Verrühren wanderten ihre Gedanken zu Félix Arnaud. Wen hatte der Sohn von Vanessas Au-pair-Familie wohl erwartet, als er Lara gleich an der Tür so barsch angefahren hatte? Sie hatten zwei Stunden lang gemeinsam Fotos angesehen. Fast zu jedem Bild hatte er eine kleine Geschichte zu erzählen gewusst. Obwohl sie nicht alles verstanden hatte, was er sagte, hatte sie ihm doch besser folgen können als erwartet. Immer wieder hatte er sich charmanterweise selbst ermahnt, langsam und deutlich zu sprechen.

Seine ehrlichen Bemühungen und sein geistreicher Humor zauberten ihr ein Lächeln auf die Lippen.

»Träumst du?«

Die Frage ihrer Oma riss Lara aus ihren Erinnerungen. »Nein«, erklärte sie hastig. »Nein, ich warte, bis der Teig schön flüssig ist.« Sie schaltete das Rührgerät auf eine höhere Stufe und starrte in die hellgelbe Masse, die sich in rasantem Tempo um die Knethaken legte.

»Dieser Félix Arnaud dürfte nur wenige Jahre älter sein als du, oder?« Béatrice sah Lara von der Seite an.

Sie zuckte mit den Achseln. »Ja, ich denke schon.«

»Wie alt war er denn während Vanessas Aufenthalt?«

Lara verzog den Mund. »Drei oder vier, schätze ich.«

»Das heißt, er ist jetzt Anfang bis Mitte dreißig«, rechnete ihre Oma laut nach.

»Ja, so müsste es wohl sein«, stimmte Lara zu. »Warum interessiert dich das?«

Béatrice lächelte leicht. »Weil du seit dem Besuch bei ihm diesen Ausdruck auf deinem Gesicht hast.«

Lara stellte das Rührgerät aus und musterte ihre Großmutter. »Was soll das heißen?«

Béatrice wackelte mit dem Kopf. »Nichts, Lara. Gar nichts.«

»O doch! Aber denkst du wirklich, ich habe keine anderen Probleme, als mit dem erstbesten Franzosen zu flirten, der mir über den Weg läuft?«, brauste sie verärgert auf.

»Warum regst du dich denn so auf? Ich habe kein Wort in diese Richtung gesagt.« Ihre Großmutter grinste unschuldig.

Lara schüttelte den Kopf und verkniff sich jeden weiteren Kommentar. Wenn sie ihrer Oma sagen würde, dass sie den Nachmittag mit Félix Arnaud tatsächlich außerordentlich genossen hatte, würde diese ihre Stichelei mit Sicherheit endlos fortsetzen.

Der Franzose war einfach nett und hilfsbereit gewesen, mehr nicht.

»Mit Käse, Kräutern und saurer Sahne?«, wollte sie im nächsten Moment von ihrer Oma wissen.

»Gern.« Ihre Großmutter legte Lara eine Hand auf den Unterarm. »Sei nicht böse auf mich. Und es ist doch absolut nichts Verwerfliches dabei, wenn du den jungen Mann sympathisch findest.«

»Oma«, setzte Lara an und verdrehte die Augen. »Ich habe Arnaud besucht, um ihn zu Mama zu befragen. Außerdem konnte ich doch gar nicht wissen, dass er im Haus seiner Eltern gerade deren Katzen hütet.«

»Das Schicksal schlägt manchmal unberechenbare Wege ein«, sinnierte Béatrice weiter.

»Können wir jetzt bitte das Thema wechseln? Bin ich denn schon ein solcher Problemfall, dass ein zufälliges Treffen mit einem fremden Mann sofort dein Kopfkino so nachhaltig anstößt?«

Béatrice lachte. »Du bist eine junge, attraktive und gebildete Frau. Als Problemfall würde ich dich nun wirklich nicht bezeichnen.«

Als Lara durch die große Fensterscheibe zur Straße hinblickte, entdeckte sie Amélie davor. »Schau mal.« Sie deutete in deren Richtung. »Frag unsere Nachbarin doch, ob sie mit uns Crêpes essen möchte. Als Ausgleich für ihre leckeren Baguettes.«

Ihre Oma winkte in Amélies Richtung und humpelte, so schnell sie mit ihrem schmerzenden Knie konnte, auf die Tür zu. »Möchten Sie mit uns essen, Madame? Meine Enkelin backt gerade Crêpes.« Sie zwinkerte. »Und ich kann guten Gewissens behaupten, dass es die besten sind, die ich je gegessen habe. Was schon etwas heißen soll, denn nächstes Jahr werde ich achtzig.«

Amélie sah in das Gebäude. »Was für eine nette Einladung. Aber Benjamin wartet zu Hause auf mich.«

»Bringen Sie ihn mit«, rief Lara vom Herd aus, da sie die Unterhaltung von der Küche aus verfolgt hatte. »Holen Sie ihn.«

Amélie blickte von Lara zu Béatrice. »Wir möchten Ihnen wirklich keine Umstände machen, Sie sind doch gestern erst angekommen.«

»Beeilen Sie sich, die Ersten sind gleich fertig«, erwiderte Béatrice, ohne auf den Einwand der Nachbarin einzugehen.

Die Frauen stellten zwei weitere Stühle in den Hof und deckten den Tisch.

Eine Viertelstunde später saßen Amélie und Benjamin mit Béatrice zwischen den Mauern der umliegenden Häuser und lobten ausgiebig Laras Backkünste.

Amélie erhob sich und trat zu Lara in die Küche. »Sie sollten das hauptberuflich machen«, schlug sie vor. »Diese Crêpes schmecken wundervoll.«

Lara lachte. »Tatsächlich habe ich schon öfter davon geträumt, einen eigenen kleinen Laden zu besitzen, ja, vielleicht sogar eine Crêperie.«

»Ich bin Autorin«, entgegnete Amélie grinsend. »Und jetzt betreibe ich eine Baguetterie. Man sollte seine Chancen im Leben nutzen. Und das Backen ist einfach meine Leidenschaft.«

Lara sah überrascht auf. »Jetzt weiß ich, warum mir Ihr Name schon die ganze Zeit bekannt vorkam.«

»Wollen wir uns nicht duzen?«

»Gern.« Lara streckte ihr die Hand hin. »Lara.«

»Amélie.«

»Du bist sehr erfolgreich«, bemerkte Lara anerkennend. »Wie kommt man dazu, einen solchen Schnitt zu machen? Sind dir keine Ideen mehr für neue Bücher eingefallen?«

Amélie lachte laut auf. »Nein, nein. Ich schreibe noch immer. Und ich habe zwei Angestellte für die Baguetterie. Anders würde ich das gar nicht schaffen.« Sie schien nachzudenken. »Es hat sich einfach so ergeben. Und ich liebe es. Das Kreieren der Dips, das Gefühl des Teigs an den Händen ...«

Lara stapelte die restlichen Crêpes auf einem Teller. »Du machst mich neugierig.«

»Ich erzähle dir gern irgendwann, wie ich zum Baguettebacken gekommen bin.«

»Lass uns zu Oma und Benjamin gehen.«

»Ihre Großmutter hat mir gerade erzählt, dass Sie sich heute Nachmittag bereits auf Spurensuche begeben haben.«

Lara warf Béatrice einen warnenden Blick zu. »Ich habe nur den Sohn angetroffen. Er konnte mir nicht wirklich weiterhelfen, da er ja damals selbst noch ein Kind war.«

»Aber es ist ein guter Anfang.«

Lara nickte. »Ja, er war sehr hilfsbereit.«

»Übrigens haben Lara und ich beschlossen, uns zu duzen.« Amélie blickte zu ihrem Freund.

»Da schließe ich mich gern an. Ich bin Benjamin.«

»Ich weiß«, lächelte Lara.

»Und ich bin Béatrice«, verkündete ihre Oma verschmitzt und lachte. »Wenn ihr beiden mich weiterhin siezt, habe ich nur das Gefühl, noch älter zu sein, als ich es eh schon bin.«

Amélie, Benjamin und Lara stimmten in ihr Lachen ein.

Der Abend mit ihren neuen Nachbarn war sehr unterhaltsam gewesen. Nachdem Amélie und Benjamin nach Hause gegangen waren, saß Lara im Hinterhof und lauschte den leisen Stimmen, die von der Gasse her zu ihr drangen. Ihre Oma war müde gewesen und hatte sich bereits vor einer halben Stunde zurückgezogen.

Amélie hatte ihnen vom Unfalltod ihrer Familie und ihrer jahrelangen Trauer berichtet. Und dass ihr Vater eines Tages vorgeschlagen hatte, sie solle in seine Heimat fahren, um endlich zur Ruhe zu kommen und sich wieder eine Zukunft aufzubauen.

Befand Lara sich nicht in einer ähnlichen Situation? Auch ihr Leben steckte in einer Sackgasse. Die Trauer um ihre Mutter, der Verlust von Freund und Job, die neuen Erkenntnisse über die Herkunft ihres unbekannten Vaters ... So viele lose Enden, die momentan nicht miteinander einherzugehen schienen. Fragen, auf die Lara dringend Antworten finden musste.

Bei Amélie und Benjamin hatten sich die Dinge eindeutig zum Positiven gewandt. Der Journalist war vor einigen Monaten nach Collioure gekommen, um für seinen Opa, der als junger Mann während des Krieges in dem kleinen Ort stationiert gewesen war, Nachforschungen anzustellen. Dass ihn seine Recherchen direkt in Amélies Arme geführt hatten, schien im Nachhinein eine Fügung des Schicksals gewesen zu sein.

Ja, das Leben konnte ganz unerwartet zuschlagen, dachte Lara. Im Positiven wie im Negativen. Was würde sie wohl am Ende ihrer Suche erwarten? Und würde sie finden, was sie sich erhoffte? Hatte Lara überhaupt Erwartungen? Ein Vater hatte in der Vergangenheit nie eine Rolle in ihrem Leben gespielt. Was wünschte sie sich nun von einem Zusammentreffen mit dem Mann, der mitverantwortlich für ihre Existenz war? Noch war dieser gesichts- und profillos. Lara wusste nicht, ob er dunkelhaarig oder blond war. Schlank oder kräftig, klein oder doch eher hochgewachsen. Aber war das überhaupt wichtig? Interessierte es sie nicht vielmehr, wie er zu ihrer Mutter gestanden hatte? Warum Vanessa überstürzt Collioure verlassen hatte? Und warum sie dem zukünftigen Vater ihres damals noch ungeborenen Kindes nicht von ihrer Schwangerschaft berichtet hatte?

Lara legte den Kopf in den Nacken und beobachtete die Sterne am dunklen Nachthimmel. Irgendwo in der Ferne erklang leise Gitarrenmusik. Lara schloss die Augen und ließ ihren Gedanken freien Lauf.

Ihre Oma war sehr aufgewühlt gewesen, als sie Amélie und Benjamin von der kurzen Notiz erzählten, die Lara hinter dem Schrank gefunden hatte. Julie war 1944 verschwunden. In einer dunklen Zeit, in der die Deutschen unglaubliches Leid über die Menschheit gebracht hatten. Wie der Alltag der Familie ihrer Oma damals ausgesehen haben musste, entzog sich Laras Vorstellungskraft. Sie wusste, dass in den letzten Kriegsjahren auch Südfrankreich von den Nazis besetzt gewesen war. Aber welche Auswirkungen die Anwesenheit der Deutschen in Collioure gehabt hatte, damit hatte sie sich nie befasst. Béatrice hatte ihr ja ebenfalls erklärt, sich selbst nicht an den Krieg erinnern zu können. Sie war damals im gleichen Alter wie Félix Arnaud, als Vanessa sich um ihn kümmerte.

Irgendwo bellte ein Hund. Sein Besitzer forderte ihn mit scharfer Stimme auf, ruhig zu sein. Leises Stimmengewirr erklang aus einem der Nachbarhäuser. Lara spürte, wie sie innerlich zur Ruhe fand. Vielleicht war es sogar von Vorteil für sie, dass sie keinen Zeitdruck mehr hatte. Dass sie sich für eine Weile ohne Rücksicht auf ihren Arbeitgeber treiben lassen konnte. Da die Übernachtungskosten für ihren Aufenthalt überraschenderweise weggefallen waren, stand sie auch finanziell nicht mehr so stark unter Zugzwang, ihre Suche zu beschleunigen.

Als ihr Handy zu klingeln begann, zuckte Lara zusammen. Unangenehm durchbrach der Ton die friedliche Stille. Hastig blickte sie aufs Display, erkannte die Nummer allerdings nicht. »Ja?«

»Bonsoir, Lara. Hier spricht Félix Arnaud. Entschuldigen Sie bitte die späte Störung. Aber meine Eltern haben mich gerade angerufen, und ich soll Ihnen unbekannterweise ganz herzliche Grüße bestellen. Sie würden sich sehr freuen, wenn Sie morgen Abend zum Essen zu ihnen kämen. Sofern Sie natürlich nichts anderes vorhaben.«

Überrascht von der spontanen Einladung, wusste Lara nichts zu erwidern.

»Sind Sie noch dran?« Félix Arnaud klang irritiert. »Ich habe gerade mit meinen Eltern ...«, wiederholte er langsamer als zuvor.

»Ich habe Sie verstanden«, unterbrach Lara ihn unsicher. »Sagten Sie vorhin nicht, dass Ihre Eltern im Urlaub seien?«

Er lachte. »Sie kommen morgen zurück. Und glauben Sie mir, ich bin heilfroh darüber. Ich sitze seit heute Nachmittag hier, und die beiden Damen haben sich noch immer nicht blicken lassen. Eigentlich hätte ich einiges für das Institut zu tun gehabt.«

»Das tut mir sehr leid«, erwiderte Lara. »Und dann überfalle auch ich Sie noch so unangekündigt.«

»Nein, nein«, wiegelte er sofort ab. »Über Ihren Besuch habe ich mich im Gegensatz zu der Warterei auf die Katzen sehr gefreut. Es war wirklich ein schöner Nachmittag.« Er zögerte. »Und dank Ihnen kam ich endlich mal wieder dazu, meine Kindheitserinnerungen aufzufrischen. Fragen Sie mich bitte nicht, wann ich diese Bilder das letzte Mal angesehen habe.«

»Für mich war es sehr merkwürdig, meine Mutter mit Ihnen auf den Fotos zu sehen«, bekannte Lara gedehnt. »Sie war noch so unglaublich jung. Wenn ich mir vorstelle, dass sie schon kurz darauf Mutter geworden ist ...«

»Ja, ich kann mir denken, dass das nicht leicht für Sie ist. Vanessa ist viel zu früh gestorben«, erwiderte Félix Arnaud mitfühlend. »Vielleicht hilft es Ihnen ja ein wenig, mit jemandem zu sprechen, der Ihre Mutter vor Ihrer Geburt kannte. Ich konnte Ihnen da in der Tat nicht wirklich weiterhelfen.«

»Doch«, widersprach Lara. »Sie waren sehr zuvorkommend.«

»Das habe ich gern getan.«

Da beide plötzlich nichts mehr zu sagen wussten, räusperte sich Lara verlegen, um das angespannte Schweigen zu unterbrechen. »Richten Sie Ihren Eltern bitte meinen herzlichen Dank für die freundliche Einladung aus. Ich komme sehr gern.«

»Ihre Großmutter ist selbstverständlich auch herzlich willkommen.«

»Sie schläft bereits. Ich sage es ihr morgen früh.«

»Gut«, entgegnete Félix Arnaud. »Dann ...«

»Vielen Dank für den Anruf.«

»Ich wollte mich noch bei Ihnen entschuldigen.«

»Warum?« Lara hatte das seltsame Gefühl, dass er das Gespräch aus irgendeinem Grund noch nicht beenden wollte.

»Weil ich Sie so angepflaumt habe, als Sie geklingelt haben.«

Sie lachte. »Sie waren gereizt wegen der Katzen. Das war doch nicht schlimm.«

»Doch, das war schlimm. Ein solcher Tonfall ist nicht zu verzeihen«, beharrte er. »Es waren auch nicht die Katzen ... ich hatte mit jemand anderem gerechnet.« Es entstand eine längere Pause. »Ich dachte ...« Wieder verstummte er.

»Sie müssen sich nicht rechtfertigen«, bemerkte Lara hastig.

»Nein, ich weiß«, stimmte er ihr zu. »Ich dachte nur, es sei angebracht, dass ich mich entschuldige. Sie konnten schließlich nichts dafür.« Er lachte unsicher. »Meine Situation ist momentan etwas kompliziert ...« Er atmete tief durch. »Vergessen Sie es einfach. Ich wollte Sie auf jeden Fall nicht anfahren. Das möchte ich nur noch mal richtigstellen. Punkt, aus, fertig.«

»Manchmal ist es hilfreich, wenn man einem Außenstehenden sein Leid klagen kann.«

Wieder lachte er. »Sein Leid klagen. Mon Dieu, Sie müssen ja einen tollen Eindruck von mir haben.«

»Ich habe das nicht negativ gemeint, eher allgemein gesprochen«, erklärte Lara schmunzelnd. »Mit Leid kenne ich mich momentan nur zu gut aus. Das können Sie mir glauben.«

»Entschuldigen Sie«, wurde er sofort wieder ernst. »Und Sie haben im Gegensatz zu mir auch allen Grund dazu.«

»Das gilt für Sie wahrscheinlich auch, wenn Sie sich geärgert haben«, erwiderte Lara jetzt etwas selbstsicherer.

»Vielleicht haben Sie recht.«

»Das sage ich wirklich nicht oft, aber in diesem Fall habe ich ganz bestimmt recht.«

»Hören Sie, Lara. Vergessen Sie bitte meine merkwürdigen Andeutungen. Schließlich kennen Sie mich überhaupt nicht.«

»Wenn Ihnen das solch ein Kopfzerbrechen bereitet«, setzte Lara wagemutig an, »erzähle ich Ihnen gern noch etwas von mir. Zum Thema ›sein Leid klagen‹. Aber nur, wenn Sie es überhaupt erfahren wollen.« Sie hörte ihn wieder lachen.

»Ich bin ganz Ohr.«

»Mein Ex-Freund hat mich vor ein paar Monaten mit meiner damals noch besten Freundin betrogen.« Sie machte eine Pause. »Ich habe den Mistkerl sofort rausgeworfen, aber der Schmerz ist leider nicht zeitgleich mit ihm verschwunden. Und vor Kurzem habe ich meinen Job verloren. Sehen Sie, ich kann also durchaus mitreden beim Thema ›Leid klagen‹.«

Als es am anderen Ende der Leitung still blieb, fuhr sich Lara verunsichert durchs Haar. »Hat es Ihnen jetzt die Sprache verschlagen?«

»Nein«, erwiderte Félix Arnaud hastig. »Nein, ganz und gar nicht. Ich dachte nur gerade, was rege ich mich über ... lassen wir das lieber. Es tut mir ehrlich leid.«

»Das muss es nicht«, beschwichtigte Lara. »Ich mache nur momentan keine besonders gute Phase durch. Manchmal ist es sehr wichtig, über seine Sorgen zu reden.«

»Sie können jederzeit mit mir reden, wenn Sie das Bedürfnis danach haben.« Er machte eine Pause. »Gut, wir kennen uns nicht. Aber irgendwie doch, oder? Immerhin hat Ihre Mutter sich auch um mich gekümmert und mich ein wenig erzogen. Also haben wir so etwas wie einen gemeinsamen Nenner.«

Lara musste lachen. »Gemeinsamer Nenner? Sind Sie Mathematiker?«

Félix Arnaud stimmte in ihr Gelächter ein. »Nicht ganz. Ich bin Meeresbiologe.«

»Wissen Sie was, Félix?« Lara fühlte sich plötzlich leicht und beschwingt. »Dieses Telefonat war mit Abstand das Merkwürdigste, was mir in letzter Zeit passiert ist.«

»Muss mich das nun beunruhigen?«

»Nein«, erklärte sie dankbar. »Nein, das muss es ganz und gar nicht.«

»Wissen Sie was, Lara?«

»Hm?«

»Ich freue mich schon sehr auf morgen, wenn wir unser merkwürdiges Gespräch fortführen können.«

Lara Herz begann, schneller zu pochen. »Sie werden auch da sein?«

»Wenn Sie nichts dagegen haben«, spöttelte er.

»Nein, natürlich nicht. Ich freue mich auch, Félix.«

»Schlafen Sie gut.«

»Danke, Sie auch.«

9

»Wow«, entfuhr es Lara beim Anblick des Gedränges zwischen den Marktständen. »Was ist denn hier los?«

Béatrice lachte leise. »Markt, mein Kind.«

»Markt? Das hat für mich eher Volksfestcharakter.«

»Der Marktbesuch gehört bei uns Franzosen zum normalen Alltag.«

»Das ist …« Lara war sprachlos. »Und wie es hier duftet.« Sie wusste überhaupt nicht, wo sie hinschauen sollte.

»Dann wollen wir doch auch mal«, merkte die Ältere vergnügt an.

Als Lara sie von der Seite ansah, entdeckte sie das Glänzen in ihren Augen. »Frankreich hat dir gefehlt«, folgerte sie ernst.

Ihre Oma zuckte mit den Achseln. »Manchmal schon. Aber wenn ich in Deutschland bin, ist mir gar nicht so recht bewusst, wie sehr sich das Leben hier im Süden doch von unserem Alltag zu Hause unterscheidet.«

»Sieh mal diese wunderschönen Seifen.« Begeistert deutete Lara auf die farbenfrohe Palette, von der ein betörender Duft ausging. »Eine riecht besser als die andere.«

»Seifen aus Marseille«, merkte Béatrice an. »Seit ich denken kann, hat in unserem Bad Rosenseife gelegen.«

»Welche davon ist Rose?«, wollte Lara von der Verkäuferin wissen.

»Die Roten und die Weißen.«

Lara nahm zwei Stücke hoch und hielt sie sich nacheinander an die Nase. »Wir nehmen beide.«

Béatrice lächelte. »Du hast mir noch gar nicht von deinem Telefonat mit diesem Arnaud erzählt.«

»Da gibt es auch nicht viel zu berichten. Er hat mich gefragt, ob wir heute Abend Zeit hätten, und uns zum Essen eingeladen.«

»Einfach so?« Ihre Oma zog die Brauen hoch.

»Ja, einfach so«, erwiderte Lara knapp und spürte, wie ihre Wangen zu glühen begannen. Sie hatte die halbe Nacht wach gelegen und sich immer wieder das seltsame Gespräch zwischen Félix und ihr ins Gedächtnis gerufen. Die meisten Männer, die sie kannte, waren wenig redselig, einschließlich ihres Ex-Freundes Frank. Als Lara daran dachte, was sie von sich preisgegeben hatte, stieg erneut Hitze in ihr auf. Sicher hielt Félix sie für eine einzige Katastrophe, für eine Frau, die den Halt verloren hatte und sich an einen Strohhalm klammerte.

»Lara?«

»Hm?« Irritiert blickte sie ihre Großmutter an.

»Ich fragte, ob wir ein wenig Käse mitnehmen sollen.«

»Ja, gute Idee«, murmelte sie abwesend.

»Was beschäftigt dich, Kind?« Der Blick ihrer Oma wurde prüfend. »Ist es die Sache mit deinem Vater?«

Lara wandte den Kopf ab. »Vielleicht.« Sie zuckte mit den Achseln. »Keine Ahnung.«

Nachdem Béatrice sich eine kleine Käseauswahl hatte einpacken lassen, schlenderten sie weiter.

»Sieh mal«, wies die Ältere ihre Enkelin auf einen Stand voller Schuhe hin.

Lara betrachtete die einzelnen Ausstellungsstücke und entschied sich schließlich für ein Paar elegante Sandalen mit Keilabsatz. Nachdem sie sie anprobiert hatte, bewegte sie ihren Fuß in alle Richtungen. »Was meinst du?«

Ihre Oma lächelte vergnügt. »Ich würde mir wahrscheinlich die Beine brechen, wenn ich auch nur einen Schritt damit gehen müsste.« Sie machte eine Pause und beugte sich ein Stück hinab. »Aber wäre ich fünfzig Jahre jünger ...«

Lara lachte. »Ich nehme sie«, wandte sie sich an die Verkäuferin. »Die machen sich sicher gut heute Abend.«

Béatrice musterte sie wissend. »Heute Abend also.«

Lara stopfte die Schuhe in ihre Tasche. »Ja, warum nicht?«, fragte sie beiläufig.

»Wird der Sohn auch da sein?«

»Ich glaube schon«, murmelte Lara. »Warum fragst du?«

Kopfschüttelnd winkte Béatrice ab. »Das frage ich mich gerade auch.«

»Diese hübsche Palme würde in unserem kleinen Hinterhof sicher wunderbar aussehen.« Lara blieb am nächsten Stand stehen, der Olivenbäume, mehrere Palmenarten und diverse andere Pflanzen zum Verkauf anbot. »Wir könnten sie neben dem runden Tisch platzieren.«

Béatrice begutachtete das Objekt der Begierde ihrer Enkelin und nickte zögernd. »Aber wer kümmert sich darum, wenn wir wieder in Deutschland sind?«

»Ich könnte Amélie fragen«, schlug Lara vor.

»Möchtest du denn zukünftig öfter nach Collioure kommen?« Ihre Oma sah Lara ernst an. »Ich will ehrlich sein. All die Jahre habe ich mir überhaupt keine Gedanken wegen des Hauses gemacht. Es war ja lange vermietet. Seit es leer steht, werden die Kosten des Unterhalts und die Steuern aus dem Erbe meiner Eltern bezahlt. Aber machen wir uns nichts vor. Möglicherweise ist dies mein letzter Aufenthalt hier. Eigentlich hatte ich vor, in den nächsten Tagen einen Makler mit dem Verkauf des Hauses zu beauftragen.«

»Nein!«, erwiderte Lara entsetzt. »Nein, du kannst es nicht verkaufen.«

»Eines Tages wirst du es von mir erben. Willst du dich wirklich mit diesem alten Gemäuer belasten? Du weißt, in welchem Zustand es sich befindet.«

»Es ist doch dein Elternhaus«, widersprach Lara. »Und mit ein wenig Arbeit kann es sich in ein wunderschönes kleines Schmuckstück verwandeln.«

»Du strahlst ja richtig«, bemerkte ihre Großmutter verwundert. »Liegt dir denn wirklich so viel daran?«

Lara nickte. »Bitte, verkauf es nicht, Oma. Sobald ich wieder einen Job habe, werde ich versuchen, die laufenden Kosten zu übernehmen, wenn es das ist, was dir Kopfzerbrechen bereitet.«

»Nein, das ist es nicht. Und sicher werde ich dich nicht die Kosten tragen lassen.« Sie überlegte kurz. »Ich muss mit deinem Opa reden, wie es mit dem Haus weitergehen soll.«

»Überleg es dir einfach noch mal.«

»Das werde ich.« Der Ausdruck ihrer Oma wurde nachdenklich.

»Ich rede mit Sigurd«, wiederholte Béatrice bestimmt und hakte sich bei Lara unter. »Und jetzt machen wir noch einen kleinen Abstecher an den Strand.«

Als sie an der Promenade von Argelès-sur-Mer ankamen, zogen sie ihre Schuhe aus und betraten die weitläufige Sandfläche. Genüsslich bewegte Lara ihre Zehen im warmen Sand, genoss das weiche Gefühl an ihren Fußsohlen. »Es ist wundervoll«, rief sie verzückt aus, hob die Arme in die Luft und drehte sich um die eigene Achse. »Soll ich dir was sagen, Oma?«

Béatrice nickte. »Was?«

»In diesem Moment möchte ich die ganze Welt umarmen. Mit dir hier am Strand, das wunderbare Wetter, in dieser traumhaften Umgebung, das glitzernde Meer vor uns, der weiche Sand ...« Sie hielt inne. »Wenn Mama das alles nur hätte erleben können.« Sie betrachtete die Wasseroberfläche, die die Mittagssonne zum Schimmern brachte. Das Meer schien endlos vor ihnen zu liegen und in weiter Ferne mit dem atemberaubend blauen Horizont zu verschmelzen.

»Sie hat Frankreich sehr geliebt«, bemerkte ihre Oma mit traurigem Unterton. »Sie sollte jetzt an meiner Stelle hier bei dir sein und mit dir über den Strand tanzen.«

Laras Augen begannen zu brennen. »Ihr beide solltet bei mir sein.«

»Sie ist bei uns«, entgegnete Béatrice mit zitternder Stimme. »Wir müssen ganz fest daran glauben, dass sie uns genau in diesem Moment sieht.« Sie legte eine Hand auf ihr Herz. »Hier ist Vanessa. Immer. Solange ich lebe.«

Lara trat zu ihrer Oma und umarmte sie. »Ich wünsche mir nur, dass sie alles in ihrem Leben erlebt hat, was sie sich vorgenommen hat.«

Béatrice strich Lara über die Wange. »Sie war sehr glücklich, dass sie dich hatte, Kind. Das hat sie mir immer wieder gesagt. Die große Liebe war ihr leider nicht vergönnt gewesen, doch sie war unglaublich stolz auf dich. Sie hat dich so sehr geliebt.« Sie schluckte. »So wie ich meine Vanessa geliebt habe. Und wie ich dich liebe, Lara.«

Lara bückte sich und nahm eine Handvoll Sand auf. Langsam ließ sie die winzigen Körner durch ihre Finger rieseln. »Wir müssen jeden Tag nutzen, Oma. Jeden kleinen Moment. Denn wir wissen nicht, wie viel Zeit uns vergönnt ist.«

»Du hast recht«, stimmte Béatrice ihr zu. »Was hältst du davon, wenn du dich eine Weile hier an den Strand setzt und aufs Meer schaust?«

»Eine gute Idee.«

»Ich warte an der Promenade auf dich.«

Lara sah sie stirnrunzelnd an.

»Mit meinem Knie käme ich nicht mehr hoch, wenn ich mich hier auf den Boden setzte.« Béatrice wirkte bedrückt. »Leider. Aber ich habe dort vorn eine Bank entdeckt. Von da aus kann ich das Wasser auch sehen.«

»Zehn Minuten«, erklärte Lara dankbar.

»So lange du möchtest.«

• • •

»Eine wunderschöne Palme«, bewunderte Amélie Laras neueste Errungenschaft.

»Es war ein kleiner Kraftakt, sie mit dem Käfer hierherzutransportieren.« Lara musste grinsen, als sie daran dachte, wie Béatrice und sie die Pflanze auf den Rücksitz gezerrt und in Millimeterarbeit durch das Seitenfenster geschoben hatten. »Aber sie scheint es einigermaßen unbeschadet überstanden zu haben.«

»Das heißt dann wohl, dass ihr jetzt öfter nach Collioure kommt.« Amélie sah Lara von der Seite an. »Was mich sehr freuen würde.«

»Meine Großmutter wollte das Haus eigentlich nach unserem Aufenthalt verkaufen. Aber ich habe ihr deutlich zu verstehen gegeben, dass ich das für keine gute Idee halte.«

»Sagtest du nicht, dies sei deine erste Reise hierher?«

Die beiden Frauen betraten wieder das Innere des Hauses.

»Ja, ich war vorher noch nie in Frankreich.«

»Dann hat dich der Zauber Collioures aber rasend schnell erfasst.« Amélie folgte Lara lächelnd zum Tresen.

»Ich weiß nicht, ob es ein Zauber ist«, bekannte Lara nachdenklich. »Aber ich fühle mich hier wirklich wohl.« Sie begann, Karotten, Knoblauch und Lauchzwiebeln klein zu schneiden. »Ich liebe die Weite des Meeres, die Atmosphäre der alten Gassen, das leichte Lebensgefühl, das über allem liegt …«, geriet Lara ins Schwärmen. »Und diese unfassbar schöne Küste, jeder noch so kleine Abschnitt sieht immer wieder anders und doch wunderhübsch aus.«

Nach ihrem Abstecher zum Strand hatten die beiden Frauen spontan entschieden, die Palme zu kaufen, die es Lara so angetan hatte. Nachdem sie nach Collioure zurückgekehrt waren, hatte Béatrice sich hingelegt, da der Ausflug sie doch sehr ermüdet hatte. Lara hingegen hatte begonnen, Teig anzurühren und ein leichtes Mittagessen vorzubereiten. Amélies unangekündigten Besuch empfand sie als willkommene Abwechslung.

»So ging es mir im Juni auch«, bekannte Laras Nachbarin in dem Moment. »Die Leute sind so aufgeschlossen und freundlich. Die Region ist landschaftlich ein einziger Traum.« Sie seufzte. »Es hat einfach alles gepasst.« Sie zog sich einen Stuhl heran und setzte sich. »Nach dem Tod meines Sohnes dachte ich jahrelang, ich könne nie wieder Glück empfinden. Ich war wie taub. Alles in mir war leer.«

Lara sah von dem Gemüse auf und musterte die schwarzhaarige Frau. Sein eigenes Kind zu beerdigen, musste das Schlimmste sein, was Eltern widerfahren konnte. Ihren Großeltern erging es jetzt ähnlich. Sie erinnerte sich an die Worte ihrer Oma. Dachte Béatrice das wirklich? Wünschte sie sich, dass sie an Vanessas

Stelle gestorben wäre? Hastig verdrängte Lara das traurige Gedankenspiel. »Aber jetzt bist du wieder glücklich«, stellte sie in Amélies Richtung fest, während sie Öl in die Pfanne goss und das Gemüse dazugab.

»Ja«, erwiderte ihre Nachbarin mit einem Strahlen. »Ja, ich bin sehr glücklich. Der Weg dahin war alles andere als einfach, aber er hat sich gelohnt.«

»Bei mir sehe ich im Moment überhaupt kein Licht am Ende des Tunnels«, entgegnete Lara resigniert.

»Aber du hast mir doch von eurer Einladung heute Abend erzählt. Bestimmt kann dir Madame Arnaud weiterhelfen.«

»Ich hoffe es. Falls nicht, weiß ich absolut nicht, wie ich weiter vorgehen soll.« Lara hielt kurz inne, während das Gemüse zu brutzeln begann. »Wo soll ich mit meiner Suche beginnen? Wen soll ich befragen?«

»Du wirst etwas erfahren«, beschwor Amélie sie mit fester Stimme. »Irgendwer weiß etwas.«

»Dein Wort in Gottes Ohr.«

»Und falls dir die Familie nicht helfen kann, rede ich mit Benjamin. Er hat viele Verbindungen, kennt eine Menge Leute.«

»Das ist sehr lieb von dir.« Lara meinte es ernst. Amélie wuchs ihr von Tag zu Tag mehr ans Herz.

»Dafür sind Freunde doch da, oder nicht?« Ihre Nachbarin erhob sich und stellte sich wieder neben Lara. »Gut, wir kennen uns vielleicht noch nicht lang genug, um wirklich Freundinnen zu sein, aber ...« Sie zögerte. »Ich mag dich wirklich gern. Wenn wir uns unterhalten, habe ich nicht das Gefühl, dass wir uns erst vor wenigen Tagen begegnet sind.«

»Mir geht es ähnlich«, bekannte Lara offen. »Und nachdem meine beste Freundin meinte, mit meinem Ex-Freund ins Bett hüpfen zu müssen, ist dieser Platz seit einiger Zeit unbesetzt.« Sie lachte.

»Es ist schön, dass ihr hier seid.«

»Wenn ich heute Abend mit den Arnauds gesprochen habe, muss ich mich auch dringend um die verschollene Schwester meiner Oma kümmern«, wurde Lara im nächsten Moment wieder ernst. »Ich glaube, es würde ihr sehr viel bedeuten, wenn sie etwas über den Verbleib von Julie erführe.«

»Wir haben euch ja von Benjamins Geschichte erzählt. Die Unterlagen aus dieser Zeit sind mit Sicherheit nicht mehr vollständig. Aber vielleicht kann man euch auf dem Gemeindeamt trotzdem weiterhelfen.«

»Ich werde dort vorsprechen.« Lara begann zu grinsen. »Wenn ich gerade mal keine Crêpes backe.«

Amélie lachte. »Wie bist du denn überhaupt dazu gekommen?«

»Meine Mutter hat es mir beigebracht. Es war eine Art Tradition, wenn es einer von uns nicht gut ging, haben wir uns gemeinsam an den Herd gestellt und Crêpes gebacken. Dabei sind die verrücktesten Variationen entstanden. Nicht jedes Mal genießbar, aber oft waren wir von uns selbst überrascht. Wir haben stets verwendet, was der Vorratsschrank hergab. Spinat mit Käse, Knoblauch mit Tomaten, Fenchel mit Zwiebeln.« Sie begann wieder zu lachen. »Aber schon auch mal Quark mit Marmelade, Honig mit Nüssen und Nutellabrot.«

»Nutellabrot?« Amélie verzog angewidert das Gesicht.

»Zugegeben, das war so ziemlich das Schrecklichste, was wir kreiert hatten.«

»Du solltest dir wirklich überlegen, eine Crêperie zu eröffnen«, erklärte Amélie. »Du brennst ja geradezu, wenn du davon erzählst. Vielleicht nicht gerade mit Nutellabrot-Crêpes, aber ...«

»Das war immer mein Traum.«

»Nicht die schlechteste Motivation, um etwas Neues zu wagen.«

Lara sah sich um und überlegte. »Denkst du wirklich, das könnte hier funktionieren?«

Amélie nickte heftig. »Sieh dir doch die Baguetterie an. Als ich in Collioure ankam, habe ich lediglich für meine Familie und mich gebacken. Meine Tante gab die Brote an Nachbarn weiter. Auf einmal hatte ich zwanzig Abnehmer täglich. Als sich noch ein Restaurant aus Banyuls-sur-Mer gemeldet hatte, das unbedingt einen Vertrag mit mir abschließen wollte, und jeder mir gut zuredete, ich solle es versuchen, stand meine Entscheidung fest.«

»Aber du lebst vom Schreiben?« Lara wendete routiniert den ersten Crêpe und verteilte das angebratene Gemüse darauf.

»Ja, in erster Linie schon«, gab Amélie zu. »Aber die Baguetterie ist ein ganz netter Zuverdienst. Und ich liebe dieses kleine Lädchen. Der frische Duft am Morgen, die netten Gespräche mit den Kunden …«

Versonnen blickte Lara in den Hinterhof. »Das würde mir auch sehr viel Spaß machen. Aber ich weiß nicht, ob ich einfach so mein Leben in Deutschland aufgeben könnte. Ich bin kein mutiger Mensch.«

»Das glaube ich nicht. Und du bist erst kurze Zeit hier«, gab Amélie zu bedenken. »Am besten lässt du die Dinge einfach auf dich zukommen. Früher oder später wirst du merken, was du möchtest, wohin dein Weg dich führt.« Sie kaute auf ihrer Unterlippe. »Wenn man mir vor einem halben Jahr erzählt hätte, dass ich einen neuen Wohnort und einen neuen Job finden würde …« Sie schüttelte den Kopf. »Der Zeitpunkt muss stimmen.«

»Nicht zu vergessen, ein neuer Mann«, grinste Lara.

»Nein, Benjamin werde ich mit Sicherheit nicht vergessen«,

erwiderte Amélie versonnen. »Er hat mir sehr geholfen, auch wenn unser Start alles andere als einfach war.«

»Von der Männerwelt habe ich erst mal die Nase voll«, bekannte Lara ehrlich, holte den Crêpe vom Eisen und begann, den nächsten zu füllen.

»Das dachte ich auch, als ich herkam.« Amélie berührte Lara am Arm. »Aber wenn dir der Richtige über den Weg läuft, solltest du dich nicht dagegen wehren.«

Félix Arnaud erschien vor Laras geistigem Auge. Hastig verdrängte sie sein attraktives Gesicht. »Ich bin hier, um meinen Vater zu suchen. Alles andere muss warten«, erklärte sie voller Entschlossenheit.

»Es ist gut, dass du einen Plan hast.«

Laras Miene nahm einen fast grimmigen Ausdruck an. »Erst suche ich meinen Vater, und dann …«

»Dann veranstalten wir eine große Crêpes-Party«, ergänzte Amélie lachend.

Maman war mit dir bei einer Nachbarin, als ich zu Samuel und Rebecca aufbrach. Ich hatte ein frisches Baguette geholt, ein wenig getrocknetes Fleisch von unserer Familienportion abgezweigt sowie ein bisschen Obst und Salat in meine Tasche gestopft. Mit klopfendem Herzen machte ich mich auf den Weg den Hügel hinauf. Immer wieder sah ich mich um, doch wie erhofft folgte mir niemand. Wer sollte sich auch für eine junge Französin interessieren, die ab morgen ihre Arbeitsstelle bei den Deutschen antrat, dachte ich nicht ohne Ironie. Nach meiner Rückkehr würde ich Papa von meinem Tag erzählen, sicher würde er sich freuen. Mich hingegen beschlich noch immer ein mulmiges Gefühl, wenn ich an das Gespräch mit Lorraine und dem jungen Soldaten dachte. Nachdem wir die Gendarmerie verlassen hatten, hatte Lorraine mich stürmisch umarmt und war aufgeregt mit mir auf und ab gehüpft. Sie hatte nicht glauben können, dass der Oberfeldwebel wirklich uns beiden Arbeit angeboten hatte. Vielleicht würde es nicht so schlimm werden wie befürchtet, dachte ich jetzt, während ich gedankenversunken zwischen den Weinreben entlanglief. Der Nachmittag war mild, es war völlig windstill.

Als das zerfallene Haus in meinem Blickfeld erschien, breitete sich ein wohliges Gefühl in meiner Magengegend aus. Entschlossen stapfte ich zu dem Gebäude und klopfte an die Tür. Im Inneren rührte sich nichts. »Ich bin es, Julie«, rief ich mutig und setzte unsinnigerweise nach: »Ich habe euch etwas zu essen mitgebracht.«

Jetzt waren im Haus Schritte zu hören, bevor die Tür geöffnet wurde und Samuels dunkler Lockenkopf erschien. »Julie.«

»Salut«, erwiderte ich, plötzlich verunsichert.

»Ich dachte nicht, dass du …« Er wedelte mit der Hand. »Was soll's? Komm doch rein.«

Ich folgte ihm in den Raum mit den Matratzen. »Wo ist Rebecca?«

»Unterwegs«, erklärte er knapp.

»Ist das nicht gefährlich?«

Er deutete auf das Nachtlager, während er mit den Achseln zuckte. »Was heißt schon ›gefährlich‹ in unserer Situation? Ich kann mich nicht an einen einzigen Moment erinnern, in dem unser Leben in den letzten Jahren nicht gefährlich war.«

Ich räusperte mich und hielt ihm die Tasche hin. »Ich habe euch etwas mitgebracht.«

Er inspizierte den Inhalt, bevor er wieder aufsah und mein Gesicht musterte. »Du solltest das nicht tun.« Er zögerte. »Du solltest nicht hier sein.«

»Möchtest du, dass ich wieder gehe?«, fragte ich enttäuscht.

Nach einigen Sekunden des Schweigens schüttelte er den Kopf. »Nein.« Er setzte sich. »Nein, ich freue mich sehr über deinen Besuch.«

Ich nahm neben ihm Platz und starrte nachdenklich auf den Boden.

Er griff nach meiner Hand und streichelte sie behutsam. »Was du tust, ist sehr riskant.«

»Würdest du in meiner Situation nicht genauso handeln?« Ich wandte den Kopf und fixierte Samuel.

Er schnaufte leise. Für einige Minuten herrschte angespannte Stille zwischen uns. Während ich unentwegt auf meine Hand schaute, die noch immer in Samuels Hand lag, schossen mir tausend Gedanken und unzählige Fragen durch den Kopf.

»Was ist mit dir?« Er umfasste meine Finger fester und veränderte seine Sitzposition.

»Erzähl es mir«, bat ich ihn leise.

Er zögerte. »Was möchtest du wissen?«

»Alles, was du mir sagen willst.«

»Wir haben bis vor einigen Jahren in München gelebt«, begann er ernst. »Nach meinem Abitur wollte ich Medizin studieren. Rebecca ist etwas jünger als ich. Sie besuchte damals noch die Schule. Unser Vater unterhielt eine Zahnarztpraxis, es ging uns nicht schlecht. Als die Nazis an die Macht kamen, änderte sich unser Leben Schlag auf Schlag. Erst dachte man noch, die Situation werde sich nicht so schlimm entwickeln. Niemand konnte damit rechnen, dass man uns immer mehr zum Abschaum der Gesellschaft abstempeln würde.« Er sah mich an. »Ja, wir sind Juden. Aber wir waren nie besonders religiös.« Er schüttelte den Kopf. »Ich verstehe bis heute nicht, wie sich diese Katastrophe anbahnen konnte, ohne dass jemand eingeschritten ist. Was haben wir denn getan?«

Ich drehte meine Hand in seiner und strich sachte über seine Haut.

Er schloss kurz die Augen, als ob er sich konzentrieren müsse, und fuhr fort: »Zuerst verlor mein Vater seine Praxis. Dann durfte er überhaupt nicht mehr als Zahnarzt arbeiten. Von Bekannten wussten wir, dass sie die jüdische Bevölkerung nach und nach ...« Samuels Stimme brach. Mit der freien Hand fasste er sich an die Stirn. »Bekannte und Nachbarn wurden abgeholt. Unser Vater bemühte sich fieberhaft um unsere Ausreise. Ihm war irgendwann klar, dass sich für uns nichts mehr bessern würde. Er wollte mit uns nach Amerika.«

Beklommenheit machte sich in mir breit. Ich fürchtete mich vor dem, was Samuel mir gleich erzählen würde.

»Wir haben es nicht mehr geschafft«, erklärte er mit einem Zittern in der Stimme. »Rebecca und ich schliefen einige Nächte bei Bekannten, da unsere Eltern alles für die Ausreise vorbereiten wollten.« Er sah mir in die Augen. »Falsche Pässe, Papiere, die uns helfen sollten. Solche Dinge eben.«

»Es war zu spät«, folgerte ich traurig.

Samuel schüttelte den Kopf. »Nachbarn haben uns darüber informiert, dass meine Eltern verhaftet worden waren.«

»Was ist mit ihnen passiert?«

Samuels Augen glänzten verdächtig. »Wir wissen es nicht. Freunde meines Vaters halfen uns am nächsten Tag, über die Grenze zuerst in die Schweiz zu flüchten, bevor es dann weiter nach Nordfrankreich ging.«

»Ihr habt bis heute nichts mehr von ihnen gehört?«

»Nein.«

Ich wusste nicht, was ich sagen sollte. Wenn ich mir vorstellte, dass man mich von jetzt auf nachher von meinen Eltern trennen würde ... wenn ich jahrelang nicht wüsste, was ihnen zugestoßen wäre ... Entsetzen ergriff mich.

»Das war Anfang 1940«, erzählte Samuel weiter. »Kurz darauf besetzten die Deutschen Frankreich. Wir versteckten uns monatelang auf einem Bauernhof in der Nähe von Lille, bevor uns die Résistance half, in den damals noch unbesetzten Süden zu fliehen.« Er zog die Brauen hoch. »Tja, und jetzt sind sie auch hier.«

»Ihr seid seit fast vier Jahren auf der Flucht?« Ich mochte es nicht glauben.

»Wenn sie uns finden, bringen sie uns um.« Samuel ließ meine Hand los und vergrub sein Gesicht. »Wenn Rebecca etwas zustieße ... das könnte ich mir niemals verzeihen.«

»Das ist schrecklich«, erwiderte ich hilflos.

Er hob seinen Kopf und sah mich an. Sanft fuhr er mit seinem Handrücken über meine Wange. »Hübsche Julie«, raunte er leise.

Doch ich war in dem Moment für seine Worte nicht empfänglich. »Wo kann man sich hinwenden? Es muss doch irgendjemanden geben!«

»Meine Eltern leben nicht mehr«, entgegnete er finster. »Kein Jude überlebt den Aufenthalt in einem Konzentrationslager.«

Ich erschrak über die Emotionslosigkeit, mit der er die Worte aussprach.

»Sie haben sie umgebracht«, wiederholte Samuel nachdrücklich. »Wir haben seit mehr als vier Jahren nichts mehr von ihnen gehört. Es ist so unglaublich viel Leid über unser Volk gekommen.« Er schüttelte den Kopf. »Ich weiß nicht, wie es weitergehen soll. Ich weiß nicht einmal mehr, wo wir noch hingehen können.«

»Der Krieg muss irgendwann zu Ende sein«, brachte ich unbeholfen an.

»Das denke ich seit Jahren.« Er nickte. »Aber so langsam verliere ich die Hoffnung.«

»Nein«, rief ich aufgebracht. »Nein, das darfst du nicht. Ihr werdet es schaffen. Du und Rebecca, sie werden euch nicht finden.«

Samuel lächelte schwach, hob erneut seine Hand und legte sie in meinen Nacken. »Erzähl mir von dir, Julie. Von deiner Familie, von

Collioure. Wie war deine Kindheit, deine Jugend? Was macht eine hübsche Frau wie du den ganzen langen Tag?«

Ich verdrehte die Augen, seine Worte machten mich verlegen. Die Stimmung zwischen uns hatte sich plötzlich verändert. Mir wurde bewusst, dass Samuel ein junger Mann war, der sich ganz offensichtlich für mich interessierte. Als Frau, nicht als Helferin in der Not. Mein Puls beschleunigte sich. Hitze stieg in mir auf.

Er lachte. »Bitte. Ich würde gern ein wenig von dir erfahren.«

»Da gibt es nicht viel zu berichten«, setzte ich vorsichtig an. »Ich lebe noch bei meinen Eltern und habe eine kleine Schwester, Béatrice. Letzten Sommer war ich mit der Schule fertig …« Während ich ihm von meinem Leben, meinem Alltag erzählte, entstand eine Nähe zwischen uns, die mich völlig überforderte. Was geschah hier? Hatte ich Samuel und seiner Schwester nicht einfach nur ein wenig helfen wollen? Wieso pochte mein Herz auf einmal wie wild, wenn ich ihn nur ansah, wenn ich mir seiner Gegenwart bewusst wurde? Als ich Samuel an jenem Tag verließ, waren meine Gedanken völlig verwirrt.

Noch immer hatte ich große Angst vor den Deutschen, obwohl ich schon etwas mehr als eine Woche für sie arbeitete. Sobald einer der Soldaten den Raum betrat, in dem wir Sekretärinnen saßen, hielt ich den Atem an und hoffte inständig, nicht angesprochen zu werden. Ich war meist gegen zehn Uhr in der Gendarmerie und beendete meine Arbeit zwischen zwei und drei Uhr nachmittags. Lorraine saß an dem Schreibtisch neben mir, und außer uns gab es noch vier weitere Frauen, die schon länger dort beschäftigt waren. Ich war die Jüngste. Morgens wurde uns ein Aktenstapel auf den Tisch gelegt, der bis zum Nachmittag abgearbeitet werden musste. Oft unterhielten wir uns nebenher, so vergingen die Stunden wie im Flug.

Eines Morgens betrat Lorraine mit hochroten Wangen unser

Büro. Wir anderen waren schon alle fleißig am Tippen, doch als sie schnaufend den Raum betrat, schauten wir auf und musterten ihr strahlendes Gesicht.

»Was ist passiert?«

»Hans hat mich gefragt, ob ich mit ihm am Wochenende einen Ausflug machen möchte.«

»Uuuuh«, machte eine unserer Kolleginnen.

»Er ist ein N ...«, ich biss mir auf die Zunge. »Er ist ein Deutscher.«

Lorraine nickte hektisch. »Ja, ich weiß.« Sie zog ihre Jacke aus und hängte sie über die Stuhllehne, bevor sie sich setzte. »Aber ...«

Ich dachte an unser erstes Gespräch mit dem Wehrmachtssoldaten. Hans Reimann machte keinen unsympathischen Eindruck, doch Lorraines Vater war Mitglied der Résistance gewesen. Er hatte die Deutschen bekämpft. Es erschien mir nahezu grotesk, dass Lorraine sich nun mit einem der Besatzer verabreden wollte.

»Hast du dir das gut überlegt?« Ich blickte in ihr leuchtendes Gesicht. Es war das erste Mal, dass ich sie so glücklich sah.

Sie schüttelte den Kopf. Die anderen Frauen widmeten sich wieder ihrer Arbeit und vertieften sich in eigene Gespräche.

»Du kannst ihm niemals erzählen, was mit deinem Vater passiert ist«, bemerkte ich noch immer skeptisch.

»Ich weiß«, stimmte sie mir leise zu. »Aber ... er ist sehr nett. Ganz anders, als man sich einen Deutschen vorstellen würde.«

Ich seufzte. Unwillkürlich musste ich an Samuel denken. Auch er erschien mir ganz anders, als ich mir einen Juden vorgestellt hätte. Doch hatte ich mir überhaupt jemals ernsthaft Gedanken darüber gemacht, was ich mir unter einem Juden vorstellte? Nein, musste ich sofort zugeben. Die Religionsfrage hatte in meinem bisherigen Leben keine große Rolle gespielt. Natürlich ging ich mit meinen Eltern ab und zu in die Kirche. Aber über den Unterschied zwischen Christen und Juden hatte ich noch nie nachgedacht. Warum auch? Es war nie von Belang gewesen. Mittlerweile jedoch waren Nationalität und Religionszugehörigkeit überlebenswichtig, resümierte ich bitter.

»Was denkst du?« Lorraine sah mich abwartend an. »Soll ich mich besser nicht mit ihm treffen?«

Ich musterte ihr Gesicht, ihre funkelnden Augen, und kannte die Antwort. »Doch«, erklärte ich mit Nachdruck. »Doch, ich finde, du solltest ihn treffen, wenn du ihn magst.«

»Er ist ein fescher Kerl«, erwiderte sie, während sie abwesend aus dem Fenster sah. »Wenn meine Mutter davon erfährt …« Sie schüttelte den Kopf.

»Gefühle hören nun mal nicht auf den Verstand.« Wieder musste ich an Samuel denken. An seine vorsichtigen Berührungen. Wie sehr vermisste ich ihn! Seit ich meine Arbeit aufgenommen hatte, hatte ich es nicht mehr geschafft, ihn zu besuchen. Nachmittags musste ich meist meiner Mutter helfen und mich um dich, liebe Béatrice, kümmern. Vielleicht hatte er mich schon vergessen? Oder er dachte, ich hätte es mir anders überlegt. Dass die Gefahr zu groß war, erwischt zu werden. Ein Stich durchfuhr mein Herz. In diesem Moment wurde mir bewusst, wie stark ich mich nach ihm sehnte.

»Julie?« Lorraine sah mich mit großen Augen an.

»Pardon«, murmelte ich, während ich meine Gedanken verdrängte. »Ich musste gerade an etwas anderes denken.«

Sie lachte. »Das habe ich gemerkt. Man könnte gerade meinen, du seiest verliebt.«

Ich zog eine Grimasse. »Ich und verliebt. In wen denn?«

»Ich soll Hans Bescheid geben, bevor ich später nach Hause gehe. Er hat ein Motorrad und möchte mit mir eine kleine Ausfahrt machen.«

»Das klingt sehr nett«, erwiderte ich ehrlich. »Du hast es verdient, glücklich zu sein.«

Lorraines Gesicht verdüsterte sich. »Glücklich«, wiederholte sie nachdenklich. »Ist es uns in diesen Zeiten überhaupt erlaubt, so etwas wie Glück zu empfinden?«

Eine gute Frage. »Ist es nicht vielleicht sogar das Einzige, was uns gerade jetzt ein wenig Hoffnung geben kann?« Ich blickte auf den Papierstapel neben meiner Schreibmaschine.

»Meine Mutter hat mir heute Morgen von einer entfernten Bekannten aus Argelès erzählt, die sich angeblich mit einem ranghohen Offizier der Wehrmacht eingelassen habe.« Lorraine senkte die Stimme. »Um über ihn an hochwertigere Lebensmittel für ihre Familie zu kommen. Kannst du dir das vorstellen? Maman war sehr empört.«

»Das hat aber nichts mit dir zu tun«, beschwichtigte ich sie. »Hans Reimann ist dir sympathisch, und du möchtest ihn näher kennenlernen. Das ist doch eine ganz andere Situation.«

Sie lächelte. »So, wie du das sagst, klingt es so einfach.«

»Einfach wird es mit Sicherheit nicht«, widersprach ich ernst. »Auch wenn er nett und sympathisch ist – er steht auf der anderen Seite.«

»Ich weiß.«

Wieder kehrten meine Gedanken zu Samuel zurück. Wo stand er? Und vor allem: Wo stand ich?

Du, meine liebe Béatrice, warst damals noch viel zu klein, um von den Wirren um dich herum etwas mitzubekommen. Sicher war es für dich ein Segen, dass deine Erinnerungen nicht von den Schatten des Krieges überlagert wurden. Wie gefährlich die Zeiten und unser Handeln damals waren, wie groß das Ausmaß dieser immensen Katastrophe war, all das erfuhren wir erst viele Jahre später. Die Auswirkungen unserer Vergangenheit waren jedoch unwiderruflich, die Entscheidungen schwerwiegend und unumgänglich.

10

»Möchten Sie noch etwas Hühnchen? Oder gegrilltes Gemüse?« Bernadette Arnaud sah Lara aufmunternd an.

Die hob abwehrend beide Hände. »Nein, danke. Es war sehr lecker, aber ich kann nicht mehr.«

»Darf ich Ihnen noch etwas anbieten, Madame Eriksen?«

Béatrice tupfte sich mit der Serviette die Mundwinkel ab. »Ich schließe mich meiner Enkelin an. Sie sind eine hervorragende Köchin, Madame. Aber ich kann in meinem Alter nicht mehr so viel essen wie früher.«

»Wie haben Sie sich denn die Suche nach Ihrem Vater vorgestellt?« Paul Arnaud schob seinen Teller zur Seite und beugte sich vor.

»Vanessa kam Ende 1988 nach Deutschland zurück«, erwiderte ihre Großmutter an Laras Stelle. »Ich vermute, dass sie bei ihrer Rückkehr selbst noch nichts von ihrer Schwangerschaft ahnte. Ich glaube, es war Mitte bis Ende Januar, als sie meinem Mann und mir eröffnet hat, dass sie ein Kind erwartete.«

»Das war sicher nicht einfach«, bemerkte Félix Arnaud. »Ihre Tochter war zu dem Zeitpunkt noch sehr jung. Ich vermute, sie hatte noch keine Ausbildung, keine Arbeitsstelle.«

Laras Großmutter lachte auf. »Nicht einfach ist noch stark untertrieben. Mein Mann und ich sind aus allen Wolken gefallen.

Vanessa wollte Medizin studieren und Kinderärztin werden, das stand schon vor ihrem Frankreichaufenthalt fest. Sie hatte sich bereits an der Universität eingeschrieben und war für das Sommersemester zugelassen worden. Tja, und dann eröffnet sie uns drei Monate vorher, dass sie ein Kind erwartet.« Sie warf Lara einen aufmunternden Blick zu. »Sigurd und ich waren wie vor den Kopf gestoßen. Wir konnten uns überhaupt nicht vorstellen, wie es mit Vanessa weitergehen sollte. Allein, ohne Partner, mit einem kleinen Kind.«

»Aber sie hat es geschafft, nicht wahr?« Lara spürte Félix Arnauds Augen auf sich. »Sie haben mir gestern erzählt, dass sie tatsächlich Kinderärztin geworden ist.« Er nahm die Weinflasche und hielt sie mit fragender Miene in Laras Richtung.

Lara nickte und reichte ihm ihr leeres Glas. Als ihre Finger sich berührten, durchfuhr sie ein kurzer Schauder. Sie versuchte geflissentlich, das prickelnde Gefühl auf ihrer Haut zu ignorieren, und erwiderte: »Ja, sie war eine tolle Ärztin, hatte für ihre Patienten jederzeit ein offenes Ohr.«

»Sie hat sich in vielen Vereinigungen und auch bei der Flüchtlingshilfe engagiert«, ergänzte ihre Oma. »Manchmal dachte ich, dass Vanessas Herz zu groß für einen einzelnen Menschen sei.«

»Sie hat nie geheiratet?«, wollte Bernadette Arnaud wissen.

»Nein«, bestätigte Lara. »Ab und zu traf sie sich mit Kollegen oder Bekannten, aber die große Liebe …« Sie schüttelte resigniert den Kopf.

»Die hat sie wohl in Collioure gelassen«, merkte Béatrice wehmütig an.

»Warum hat sie Ihren Vater nie kontaktiert? Was denken Sie?« Félix Arnaud sah zu Lara.

Sie zuckte mit den Achseln. »Weil sie von ihm enttäuscht worden war?«

»Er hat sie betrogen?«

»Vielleicht«, entgegnete Béatrice. »Das wollen wir herausfinden.«

»Können Sie sich noch erinnern, mit wem sie sich getroffen hat? Ob sie Freunde oder Bekannte hatte?«, wandte Lara sich an die Arnauds. Félix Arnaud hatte eindeutig die Gene seiner Mutter geerbt. Er hatte die gleichen dunklen Haare wie sie, dieselben warmen braunen Augen.

»Es war die Idee einer Freundin, dass wir uns damals ein Au-pair-Mädchen gesucht haben«, begann Bernadette Arnaud zu erzählen. »Ich hatte zwei Jahre zuvor in einem großen Architekturbüro angefangen und wurde Mitte ’88 mit einem echten Mammutprojekt betraut. Félix war damals noch sehr klein. Ich hatte große Angst, dass mir alles über den Kopf wächst. Der Haushalt, das Kind, meine Arbeit. Paul war beruflich oft tagelang unterwegs. Auf ihn konnte ich daher auch nicht zählen. Da kam mir die Idee mit dem Au-pair sehr verlockend vor. Wir haben uns bei einer Agentur angemeldet, die uns sofort zusagte, jemand Passendes zu suchen.«

»Welche Kriterien waren Ihnen wichtig?«, wollte Lara neugierig wissen, während sie vom Esszimmer in die weiße Hochglanzküche blickte. Wie hatten diese Räume wohl ausgesehen, als ihre Mutter hier wohnte? Die Möbel waren mit Sicherheit keine dreißig Jahre alt. Lara kniff die Augen zusammen und versuchte, sich vorzustellen, wie ihre Mutter vor langer Zeit an dieser Stelle gesessen und mit dem Ehepaar Arnaud zu Abend gegessen hatte. Wie sie mit dem kleinen Félix durch die Räume tobte und mit ihm gespielt hatte.

Bernadette Arnaud verzog den Mund. »Das Übliche, denke ich. Zuverlässig, kinderlieb, ordentlich, selbstständig.«

»Und wie hat es mit meiner Tochter geklappt?«

Madame Arnaud lächelte. »Sehr gut. Vanessa war ja ein sehr offener Mensch. Sie scheute die Sprache nicht, hat sich rührend um unseren Félix gekümmert.« Sie zwinkerte ihrem Sohn zu. »Ihre Tochter war uns damals eine wirklich große Hilfe.«

»Aber Sie waren doch sicher überrascht, als sie so plötzlich abreisen wollte?«

Madame Arnaud zuckte mit den Schultern. »Eigentlich sollte sie bis zum Frühjahr bei uns bleiben. Aber eines Abends erklärte sie uns aus heiterem Himmel, sie habe Heimweh und wolle nach Deutschland zurückkehren. Wir dachten uns natürlich, dass irgendetwas vorgefallen sein musste, haben auch mehrmals bei ihr nachgefragt, ob wir ihr helfen könnten, aber sie blieb bei ihrer Aussage, und so haben wir sie einen Tag später gehen lassen.«

»Sie hat Ihnen nichts gesagt?« Béatrice nippte an ihrem Weinglas.

»Nein«, wiederholte Bernadette Arnaud. »Aber wir waren ja nicht ihre Eltern. Ich war damals selbst erst Anfang dreißig. Warum hätte sie sich uns anvertrauen sollen?«

»Können Sie uns einen Anhaltspunkt geben, mit wem wir reden können?«

»Sie hat sich gut mit Louise Richard verstanden. Louise ist die Tochter des damaligen Bürgermeisters gewesen. Sie und Vanessa waren etwa im gleichen Alter.«

»Woher kannten sich die beiden?« Lara spürte erneut Félix' Blick auf sich.

»Sie haben zusammen im Chor gesungen«, erwiderte Bernadette Arnaud. »Vanessa war eine hervorragende Sängerin.«

Béatrice lächelte. »Das stimmt. Schon als Schülerin war sie jahrelang im Schulchor. Sie hatte die Stimme eines Engels.«

Lara musste an die zahlreichen Auftritte des Bremer Chors denken, in dem ihre Mutter gesungen hatte. Sehr oft war Vanessa als Solosängerin eingeteilt worden. Es stimmte, ihre Mutter hatte eine wunderschöne und sehr außergewöhnliche Stimme gehabt. Der Schmerz der Trauer legte sich erneut um Laras Herz.

»Sprechen Sie mit Louise«, schlug Félix' Mutter ihnen vor. »Sie lebt noch in Collioure. Ich suche Ihnen später gern die Adresse heraus. Falls es einen Mann in Vanessas Leben gab, weiß sie am ehesten darüber Bescheid.«

»Collioure hat sich sehr verändert«, sinnierte Béatrice. »Als ich gestern zum Friedhof gelaufen bin, habe ich einige Straßen kaum wiedererkannt. Viele Häuser wurden liebevoll restauriert, neue kamen hinzu. Aber noch immer hat Collioure diesen unverwechselbaren Charme des Südens.«

»Wann sind Sie denn nach Deutschland gezogen?« Paul Arnaud sah Laras Großmutter fragend an.

Sie lächelte. »Das ist schon eine halbe Ewigkeit her, Ende der Sechzigerjahre.«

Bei Béatrices Worten zwinkerte Félix Lara verschwörerisch zu. Sie musste schmunzeln.

»Meine Eltern waren damals so furchtbar wütend, als ich ihnen erzählt habe, dass ich einen Dänen kennengelernt hatte und mit ihm nach Deutschland gehen wollte.«

»Das Verhältnis der beiden Länder war wahrscheinlich noch stark von Kriegserinnerungen getrübt«, mutmaßte Arnaud.

»Natürlich. Die Besatzungszeit hat das Leben meiner Familie nachhaltig geprägt. Meine Schwester hat damals sogar ganz kurz für die Nazis gearbeitet. Als Schreibkraft.«

Félix' Vater nickte langsam. »Ja, für unsere Generation ist der Frieden selbstverständlich. Dass dieser aber vor vielen Jahren unter widrigen Bedingungen hart erkämpft werden musste, ist vielen jungen Menschen heute nicht mehr klar.«

»Meine Schwester ist im Krieg verschwunden«, erklärte

Béatrice leise. »Ich weiß seit über siebzig Jahren nicht, was damals mit ihr geschehen ist.«

»Das klingt sehr tragisch«, stellte Bernadette Arnaud fest. »Sehr traurig.«

Béatrice nickte. »Das war es. Und das ist es immer noch. Meine Eltern starben, ohne zu wissen, was mit ihrer älteren Tochter passiert ist.«

»Wie alt war Ihre Schwester, als sie verschwand?« Félix sah von Béatrice zu Lara.

»Sie war erst achtzehn, eine junge Frau.«

»Denken Sie, ihr ist etwas zugestoßen?«

Lara berichtete in kurzen Sätzen von der gefundenen Notiz.

»Sie nehmen also an, dass sie freiwillig untergetaucht ist?«

»Wir wissen es nicht«, bekannte Béatrice leise. »Vor unserer Ankunft hier wusste ich überhaupt nichts von der Nachricht.«

»Das heißt, Sie haben einiges an Detektivarbeit vor sich.« Félix Arnaud lächelte.

Lara fasste nach Béatrices Hand. »Wir werden unsere Antworten finden.«

»Melden Sie sich, wenn Sie Hilfe benötigen.«

Lara lauschte dem Gelächter im Haus hinter ihr. Sie hatte plötzlich das Gefühl gehabt, an die frische Luft zu müssen. Die Erinnerungen an ihre Mutter waren übermächtig geworden. Béatrice erzählte gerade eine Anekdote aus ihrer Jugend. Die Arnauds und sie hatten im Laufe des Abends zu ihrem Erstaunen einige gemeinsame Bekannte ausgemacht.

Lara stand am Rand der breiten Terrasse und fuhr mit ihrer neuen Sandale nachdenklich über eine der grauen Terrassenfliesen, während sie in die Dunkelheit starrte. Über ihr funkelten Millionen Sterne am Himmel. Grillen zirpten im Gebüsch. Ein schwacher Windhauch streifte Laras Haut. Sie spürte, wie die Enge auf ihrem Brustkorb nachließ, während sie die friedliche Stille auf sich wirken ließ.

»Darf ich?« Félix Arnaud trat neben sie.

»Natürlich«, erwiderte Lara, während ihr Herz schneller zu pochen begann. »Es ist das Haus Ihrer Eltern.«

»Ich möchte Sie nicht stören.«

»Sie stören nicht.« Sie schaute wieder in den Nachthimmel. In der Ferne konnte sie leises Meeresrauschen hören. »Sie haben Glück.«

Félix wandte den Kopf und sah Lara stirnrunzelnd an. »Warum denken Sie das?«

»Sie leben an einem wunderschönen Ort.«

»Bremen ist nicht schön?« Er lächelte.

»Doch«, bestätigte sie widerwillig. »Doch, Bremen ist eine tolle Stadt. Aber das Wetter spielt nicht immer so mit, wie wir uns das wünschen. Und manchmal denke ich, dass der Trubel der Großstadt, der Stress des Alltags die wahren Bedürfnisse der Menschen überdeckt, vielleicht sogar verdrängt.«

»Das klingt sehr traurig.«

Sie nickte. »Ja«, seufzte sie. »Ich fürchte, ich bin momentan keine unterhaltsame Gesprächspartnerin.«

Er lachte leise. »Das habe ich anders in Erinnerung.«

»Vanessa war das komplette Gegenteil von mir«, begann Lara zögernd. »Sie war eine sehr begabte Ärztin, all ihre Patienten mochten sie. Meine Mutter half jedem, der in Not war, wusste immer eine Lösung für egal welches Problem. Sie war lebenslustig, ging viel aus. Ich bin lieber für mich, ich hasse Menschenansammlungen. Deshalb bin ich auch in keinem Verein. Als sie in meinem Alter war, hatte sie schon ein Kind, das zur Schule ging.«

»Hätten Sie denn gern ein Kind?«

Lara musste schmunzeln. »Irgendwann mit Sicherheit. Aber nur mit dem richtigen Mann.«

»Ihre Worte klangen eben beinahe, als seien Sie eifersüchtig auf das Leben ihrer Mutter.«

Lara schüttelte den Kopf. »Eifersüchtig nicht. Aber ich habe sie bewundert. Sie war sehr stark und eigenständig.«

»Manchmal zeugt es von größerer Stärke, wenn man auch Schwächen zeigen kann«, widersprach er ernst. »Warum sollten Sie sich verstellen? Sie trauern um Ihre Mutter. Niemand erwartet von Ihnen, dass Sie die Stimmungskanone geben. Lassen Sie sich Zeit. Alles andere wird sich finden. Und vergleichen Sie nicht Ihr Leben mit dem Ihrer Mutter. Menschen sind unterschiedlich. Wir haben verschiedene Bedürfnisse. Was für den einen richtig ist, würde einen anderen überfordern.«

Lara schwieg für einige Sekunden und starrte wieder auf ihre Füße. Amélie hatte heute Nachmittag fast das Gleiche zu ihr gesagt. »Vielleicht haben Sie recht.«

Er lachte wieder. »Ein Satz, den ich schon lange nicht mehr von einer Frau gehört habe.«

»Mein Ex-Freund hatte anscheinend tatsächlich andere Bedürfnisse als ich«, rutschte es Lara heraus, bevor sie über ihre Worte nachdenken konnte.

Als er nichts erwiderte, bereute sie sofort ihre indiskrete Art. »Pardon, das wollte ich überhaupt nicht sagen. Es passt nicht in die Situation. Ich bin …« Sie fasste sich an die Stirn. »Ich bin in solchen Dingen etwas unbeholfen. Small Talk ist einfach nicht meine Sache. Mir geht so unglaublich viel durch den Kopf. Meine Mutter wüsste jetzt genau, was sie sagen würde. Was sich gehört …« Am liebsten wäre sie im Erdboden versunken. »Pardon.«

»Kein Problem«, erwiderte er schmunzelnd. »Immerhin war

ich es, der Ihnen das merkwürdigste Telefonat Ihres Lebens beschert hat.«

Lara musste grinsen. »Das habe ich nicht so gemeint.«

Als er sie ansah, schimmerten seine Augen im Mondschein. Fasziniert betrachtete Lara sein Gesicht.

»Doch, ich glaube, Sie haben es genauso gemeint. Und es ist für mich in Ordnung. Damit muss ich nun eben leben. Auch ich bin wohl ab und zu etwas unbeholfen.« Er zog eine Grimasse.

»Warum sind Sie Meeresbiologe geworden?«, wechselte Lara das Thema.

»Ein sehr dankbares Thema.« Félix lachte. »Ich bin in Collioure aufgewachsen. Das Meer begleitet mich, seit ich denken kann. Es gehört zu meinem Leben wie die Luft zum Atmen. Und seine unendliche Weite fasziniert mich schon seit jeher. Wir wissen so viel über unser Leben an Land. Über Geografie, über die Natur, das Wetter und, und, und.« Seine Stimme nahm einen schwärmerischen Unterton an. »Aber über die Tiefen der Ozeane ist vergleichsweise wenig bekannt. Ich mag das Geheimnisvolle, das Unbekannte.«

Lara strich sich eine Locke aus der Stirn. Sie hörte Félix gern zu. Seine Stimme war weich und sanft.

»Sie sind ein Abenteurer.«

Félix lachte. »Nein, ich glaube nicht.« Er sah sie an. »Oder sehe ich wie ein Abenteurer aus?«

Erneut betrachtete sie sein Gesicht im fahlen Mondlicht. Félix wirkte völlig in sich ruhend, er strahlte Ausgeglichenheit und Harmonie aus. »Nein«, erwiderte sie amüsiert. »Nein, ich glaube, einen Abenteurer stelle ich mir anders vor.«

Er runzelte die Stirn. »Also nicht nur ein Gesprächspartner für merkwürdige Telefonate, sondern auch noch ein Langweiler.«

Sie musste lachen. »Nur weil man kein Abenteurer ist, bedeutet das nicht automatisch, langweilig zu sein. Sie machen auf mich den Eindruck eines sehr besonnenen Menschen.«

Verblüffung legte sich auf seine Miene. »Das hat mir auch noch nie jemand gesagt.«

»Doch«, bestätigte Lara leise. »Sie strahlen eine enorme Ausgeglichenheit und Ruhe aus. Wenn ich dagegen an mein Gedankenchaos denke …« Sie schüttelte den Kopf. »Erzählen Sie mir von Ihrem Alltag.«

»Ich arbeite in Banyuls-sur-Mer. Ich gehe morgens ins Institut und komme abends …« Er stockte. »… manchmal spätabends nach Hause. Aber ich bin immer vor Ort. Wir führen unsere Forschungen am Meer durch. Fahren mit dem U-Boot raus oder gehen auf Tauchgänge. Ich lebe gern hier und liebe meine Arbeit.« Er hielt inne. »Ja, ich bin zufrieden. Aber jetzt genug von mir. Was machen Sie denn eigentlich beruflich? Ich weiß bisher nur, dass Sie vor Kurzem Ihren Job verloren haben.«

»Ich bin Kunsthistorikerin«, entgegnete sie. »Ich habe in einer kleinen Galerie verschiedene Künstler betreut, Ausstellungen konzipiert und Bilder verkauft.« Sie schob das Kinn vor. »Leider zu wenig. Die Galerie lief am Ende wohl nicht mehr gut.« Sie zuckte mit den Achseln. »Und meine Chefin musste mich entlassen.«

Sein Blick wurde eindringlicher. »Eine Geisteswissenschaftlerin«, stellte er lächelnd fest. »Interessant.«

»Eigentlich nicht besonders«, wiegelte Lara ab.

»Warum haben Sie sich für Kunstgeschichte entschieden?«

Lara freute sich über sein offenkundiges Interesse. »Es war eher Zufall«, erklärte sie ihm. »Als Jugendliche war ich mit meiner Mutter für ein verlängertes Wochenende in Amsterdam. Das Wetter war schlecht, es regnete durchgehend.« Sie lachte. »Und was macht man bei strömendem Regen in Amsterdam?«

»Man besucht Museen«, erwiderte er schmunzelnd.

Sie nickte. »Genau. Als ich die Bilder von van Gogh sah, war es um mich geschehen.«

Félix sah sie erstaunt an. »Ein Geisteskranker ist für Ihre Berufswahl verantwortlich?«

»Sie sind ein Kunstbanause«, tadelte Lara ihn grinsend.

Kapitulierend hob er die Hände. »Zumindest bin ich kein Kenner. Gern erkläre ich Ihnen die Zusammensetzung des Meeresbodens in all seinen Details, aber bei Kunst ...« Er schüttelte den Kopf. »Da bin ich raus.«

»Hätte mich dieser Geisteskranke nicht eines Besseren belehrt«, fuhr Lara fort, »würde ich jetzt wahrscheinlich irgendwo in der Wüste nach Saurierknochen buddeln.«

»Sie wollten Paläontologin werden?«

Lara nickte. »Ich liebe Dinosaurier und alles, was mit ihnen zusammenhängt. Schon immer. Jedes zweite Kinderbuch in meinem Regal handelte von den Riesenechsen.«

»Von ausgestorbenen Dinos zu Männern, die sich ihre Ohren abschneiden«, frotzelte Félix. »Das nenne ich mal eine außergewöhnliche Kehrtwende.«

Lara musste lachen.

»Sehen Sie, Sie können es noch.«

»Was meinen Sie?«

»Lachen«, setzte Félix an. »Und es tut gar nicht weh.«

»Danke«, erwiderte Lara leise.

»Wofür?«

»Für dieses Gespräch«, bekannte sie ehrlich. »Und dafür, dass Sie mir ein wenig den Glauben an die Männerwelt zurückgeben.«

»Ich kann Ihnen versichern, dass die meisten Exemplare unserer Spezies äußerst umgänglich sind. Ausnahmen gibt es leider überall«, erwiderte er bestimmt. »Selbst bei Riesenechsen und Pinsel schwingenden Einohrigen.«

• • •

»Es war ein sehr schöner Abend.« Béatrice hakte sich bei Lara unter und sah ihre Enkelin von der Seite an. »Oder was meinst du?«

Lara lächelte. »Ja, die Arnauds sind sehr nett.«

»Wollen wir uns noch ein bisschen an den Kai setzen?« Ihre Oma deutete auf die kleine Mauer an der Strandpromenade.

»Bist du nicht müde?«

»Hundemüde«, erwiderte Béatrice. »Aber es ist ein so schöner Tag gewesen, und ich möchte noch ein wenig den Wellen lauschen und den Wind in meinem Haar spüren.«

»Du bist ja richtig romantisch.«

Ihre Oma stupste sie in die Seite. »Denkst du, Opa und ich waren schon immer so?« Sie setzte sich auf den Mauervorsprung und bedeutete Lara, neben ihr Platz zu nehmen. »Ich weiß«, wiegelte sie sofort ab. »In deinem Alter denkt man darüber nicht nach. Aber auch wir waren irgendwann einmal jung. Wir sind uns begegnet und haben uns ineinander verliebt.«

Lara grinste. »Opa war sicher ein großer Charmeur, oder?«

Ihre Großmutter lachte. »O ja, und was für einer!« Sie ließ ihre Füße wie ein junges Mädchen von der Mauer herabbaumeln. »Er hat mir förmlich den Kopf verdreht. Ich war nicht mehr die Jüngste und hatte auch schon die eine oder andere Verabredung hinter mir, aber Sigurd ... oh, là, là. Gegen seinen nordischen Charme kam kein Franzose mehr an.«

»Es muss schön sein, wenn man sich schon so lange kennt. Wenn man alles von dem anderen weiß, wenn man ...«

»Nein, Kind. Das sollte man tunlichst vermeiden«, unterbrach Béatrice sie bestimmt. »Sigurd weiß nicht alles von mir.« Sie hielt inne und legte den Kopf schief. »Und ich möchte auch nicht alles von ihm wissen. Ich glaube, es ist wichtig, nicht nur Teil eines Paares zu sein, sondern auch seine eigenen Interessen weiterzuverfolgen. Jeder sollte seine Freiräume einfordern, anders kann eine jahrzehntelange Beziehung nicht funktionieren.«

»Wann wusstest du, dass Opa der Mann deines Lebens ist?« Lara musterte ihre Oma von der Seite. Die Augen der älteren Frau glänzten im Mondlicht.

»Eine gute Frage«, entgegnete Béatrice. »Der Mann meines Lebens, das klingt sehr melodramatisch.«

Lara sah wieder auf die dunkle Wasseroberfläche, die sich geheimnisvoll kräuselte. Die faszinierende Weite des Meeres hatte Félix als Grund für seine Berufswahl genannt. »Wie weiß man, dass er es ist?«

»Ich wusste es, als ich ihn das erste Mal sah«, erklärte ihre Oma nachdenklich. »Vielleicht nicht in der ersten Minute, aber wir trafen uns in Perpignan über eine Bekannte von mir, und als ich mich an jenem Nachmittag mit Sigurd unterhielt, spürte ich, da ist jemand, der mich versteht, der ähnlich denkt wie ich und ähnliche Ziele im Leben verfolgt.«

»Du hast dich in seiner Gegenwart wohlgefühlt«, folgerte Lara leise.

»Sehr wohl sogar«, bestätigte ihre Oma. »Wir kamen von einem Thema zum nächsten. Uns ging der Gesprächsstoff nicht einmal aus. Wir redeten und redeten, und als ich am späten Nachmittag zurück nach Collioure musste, erschien mir die Welt plötzlich in neuen Farben.«

Lara seufzte. »Das klingt wunderschön.«

»Das nennt man Liebe.«

Lara zog ihre Sandalen aus und wackelte mit den Zehen.

»Sie sehen toll aus.«

Sie sah zu Béatrice. »Was?«

»Deine Schuhe«, erklärte ihre Großmutter lächelnd. »Das war ein guter Kauf.«

»Ich mag sie. Man läuft wie auf Wolken.«

Béatrice lachte. »Liegt dieses Gefühl nicht vielleicht an etwas anderem?«

»Was meinst du?« Lara stellte die Schuhe neben sich auf die Mauer.

»Ihr habt euch sehr lange unterhalten, Félix Arnaud und du.«

»Er hat mir von seinem Leben in Collioure erzählt«, erwiderte Lara zögernd. »Und von seiner Arbeit.«

»Bernadette meinte, er habe schon als kleiner Junge gewusst, dass er sich später beruflich mit dem Meer beschäftigen möchte.«

Lara sah ihre Oma überrascht an. »Ihr habt über Félix geredet?«

»Und über dich«, ergänzte Béatrice lachend.

»Oma ...«, wollte Lara aufbrausen.

»Keine Sorge, wir haben nur über eure Arbeit gesprochen. Ich glaube nicht, dass du deine alte Großmutter für Verkupplungsversuche benötigst. Das schaffst du ganz allein.«

»Ich muss nichts schaffen«, empörte sich Lara jetzt doch. »Wir haben einfach miteinander geredet, mehr nicht.«

»Aber er hat doch beim Abschied gesagt, dass er dich anrufen möchte«, ließ ihre Oma nicht locker.

»Oma«, ermahnte Lara sie erneut. »Er möchte lediglich einen Ausflug mit mir machen, um mir ein wenig die Gegend zu zeigen. Na und? Ich kann daran nichts Verwerfliches finden.«

Ihre Oma wackelte mit dem Kopf. »Ich auch nicht, Kind. Ich auch nicht.« Ihre Miene nahm einen unschuldigen Ausdruck an.

»Nur einen Ausflug«, stöhnte Lara genervt.

»Ja, ich habe verstanden. Nur einen Ausflug.« Wieder lachte die Ältere. »Ach, Lara. Glaub den Worten einer alten Frau. Genieße dein Leben, genieße es, jung zu sein. Die Zeit zieht so unglaublich schnell an uns vorbei. Irgendwann wachen wir auf mit schmerzendem Rücken und kaputten Knien und fragen uns, wann wir eigentlich alt geworden sind.«

Jetzt war es Lara, die zu lachen begann. »Du bist nicht alt, Oma. Sieh dich doch an.«

Béatrices Handy klingelte. »Sigurd«, rief sie erfreut ins Telefon.

Lara schmunzelte. Die beiden waren fast fünfzig Jahre miteinander verheiratet. Gab es nach so langer Zeit einen schöneren Liebesbeweis, als wenn man sich noch derart aufeinander freute? Sie dachte an Béatrices Worte. Konnte es so einfach sein? Man traf jemanden, in dessen Gegenwart man sich auf Anhieb wohlfühlte? Wie war es mit Frank und ihr gewesen? Sie war ihm auf einer Party begegnet. Auch sie hatten sich lange unterhalten – und waren noch in derselben Nacht miteinander im Bett gelandet. Das war eigentlich nicht Laras Art, aber damals hatte es sich richtig angefühlt. Dass Frank nicht gern lange fackelte, das wusste sie ja mittlerweile zur Genüge, dachte Lara bitter, während sie sich wieder auf ihre Oma konzentrierte, die ihrem Mann gerade ausführlich den vergangenen Abend schilderte.

Obwohl ihre Eltern eine durchweg glückliche Ehe führten, hatte Vanessa sich nie über ihr eigenes Singledasein beschwert. Wenn Lara Liebeskummer hatte oder Männerprobleme besprechen wollte, war ihre Mutter stets an ihrer Seite gewesen. Sie hatten Crêpes gebacken und gelästert, Füllungen ausprobiert und waren über das starke Geschlecht hergezogen. Doch nie ging es um Vanessa. Lara war gewiss keine Frau, die sich nur über ihren Partner definierte. Sie hatte ihr Studium mit Bravour allein absolviert und immer auf eigenen Beinen gestanden. Aber konnte sie sich vorstellen, für immer allein zu bleiben? Die Trennung von

Frank war erst wenige Monate her. Seit sie Single war, genoss sie ihre leere Wohnung, wenn sie abends nach Hause kam. Sie kostete ihre Freiheit aus, selbst entscheiden zu können, was sie wann tun wollte, was sie wo essen wollte und wie sie ihre Wochenenden gestaltete. Eine Zeit lang war das auch völlig in Ordnung. Sie musste erst zu sich selbst finden, musste wissen, was sie wollte, bevor sie sich auf eine neue Beziehung einlassen könnte. Doch war es erstrebenswert, für immer allein zu bleiben? Sicher nicht, befand Lara ohne langes Nachdenken. Sie hatte immer von Kindern geträumt, von einer eigenen Familie. Von einem Haus und ja, auch von einem Hund. Vielleicht war dieser Wunsch so tief in ihr verankert, weil ihre eigene Kindheit so ganz anders gewesen war? Ohne männlichen Gegenpart. Ohne die traditionelle Familie, die sie bei den meisten ihrer Freundinnen kennengelernt hatte.

»Ja, warte. Ich reiche dich weiter. Pass auf dich auf, mein Lieber.«

Béatrice hielt Lara das Telefon hin. »Opa möchte dich noch kurz sprechen.«

Lara begrüßte ihn gut gelaunt.

»Pass mir auf Oma auf«, ermahnte er sie. »Sie hat mir von ihrem Knie erzählt. Warum muss sie nur immer so stur sein?«

»Du kennst sie doch, Opa.« Lara sah ihre Großmutter an und verdrehte die Augen.

»Ich habe Angst, dass sie sich überfordert. Auch wenn man nicht meinen sollte, dass dieser Sturkopf nächstes Jahr achtzig wird, manchmal muss man sie vor ihrem eigenen Tatendrang schützen.«

»Ich verspreche dir, dass ich sie nicht aus den Augen lassen werde.« Lara grinste ihre Großmutter an, die eine genervte Geste machte. »Wir backen Crêpes und suchen nach meinem Vater. Alles andere verbiete ich ihr.«

11

Félix starrte nachdenklich in den dunklen Garten, während er Chiara, eine der schwarz-weißen Katzen seiner Eltern, streichelte, die sich auf seinen Oberschenkeln eingerollt hatte.

»Was für eine verrückte Geschichte«, ertönte die Stimme seines Vaters hinter ihm, bevor der sich auf den Terrassenstuhl neben seinem Sohn fallen ließ.

»Was meinst du?«

»Die Sache mit der verschollenen Schwester.«

Félix nickte. »Ich kann mir kaum vorstellen, dass sie nach so vielen Jahren noch etwas finden, das darauf hinweist, was damals geschehen ist.«

»Wird wohl schwierig«, stimmte sein Vater zu. »Und mit Sicherheit wird es ihnen nicht gefallen, falls sie tatsächlich etwas erfahren sollten.«

Félix sah seinen Vater an. »Was willst du damit sagen?«

»1944 herrschte Krieg. Wenn damals Menschen verschwanden, verhieß das in der Regel nichts Gutes.«

»Aber diese Nachricht deutet doch darauf hin, dass sie freiwillig untergetaucht ist.«

Sein Vater seufzte. »Kannst du dir vorstellen, wie viele Menschen damals im Untergrund umgekommen sind? Geflüchtete, Verfolgte, alle mit dem einzigen Wunsch zu überleben. Das war nicht einfach. Die Nazis hatten ihre Leute überall. Und ein junges Mädchen von achtzehn Jahren …« Er schüttelte bedauernd den Kopf. »Ich hoffe das Beste, aber ich fürchte, dass sie den Namen von Béatrices Schwester auf irgendwelchen Rotkreuzlisten als Vermisste finden werden, möglicherweise sogar Schlimmeres.«

»Das hast du Laras Oma so aber nicht gesagt?« Félix betrachtete die Katze, die sich gerade auf den Rücken drehte.

»Natürlich nicht. Béatrice ist eine alte Dame.«

»Die alles für ihre Enkelin tun würde«, ergänzte Félix leise.

»Lara ist sehr nett«, merkte sein Vater an.

»Sie muss mich für einen kompletten Vollidioten halten«, murmelte Félix mehr zu sich selbst.

»Wer hält dich für einen Vollidioten?« Seine Mutter trat hinter die Männer. »Sag mir ihren Namen, und sie bekommt es mit mir zu tun.«

Félix und sein Vater lachten.

»Lara«, erwiderte ihr Sohn. »Ich glaube, ich habe sie etwas zu sehr mit meinem Leben und meiner Arbeit gelangweilt. Und dann unser Telefonat gestern …«

»Deine Scheidung?«, wollte seine Mutter wissen, während sie sich einen Stuhl heranzog und sich zwischen Mann und Sohn setzte.

»Nein«, entgegnete Félix. »Gott bewahre. Wenn ich davon auch noch angefangen hätte …« Er winkte ab. »Gestern war übrigens Véronique hier mit irgendwelchen Unterlagen ihres Anwalts.«

»Und?«, hakte sein Vater ein.

»Ich habe sie mir noch nicht angesehen«, gab Félix reumütig zu. »Diese neue Studie am Institut raubt mir sämtliche Energien … Ich habe momentan keinen Kopf dafür, mich mit diesem unnützen Bürokratiekram zu beschäftigen.«

»Aber für einen Ausflug mit Lara hast du noch Reserven übrig?«, wollte seine Mutter lächelnd wissen.

»Das ist etwas anderes ...«, setzte Félix zu einer Erklärung an.

»Das hoffe ich doch«, unterbrach sie ihn ernst. »Sie scheint wirklich sehr nett zu sein.«

»Ich dachte, ein wenig Abwechslung würde ihr guttun. Diese Sache mit ihrem Vater, der Tod ihrer Mutter, der Verlust ihres Jobs ...«

»Du musst dich nicht rechtfertigen«, beschwichtigte Bernadette ihn. »Du magst sie und möchtest etwas Zeit mit ihr verbringen. Ich finde, das ist mehr als legitim.« Sie legte ihm eine Hand auf den linken Unterarm. »Auch dir würde übrigens ein wenig Abwechslung guttun.«

»Es geht mir gut«, wehrte sich Félix gegen die Besorgnis seiner Mutter.

»Es ist furchtbar, dass Vanessa so früh sterben musste«, wechselte sie mit ernster Stimme das Thema. »Ich kann mich noch genau daran erinnern, wie sie mit dir hier im Garten gesessen hat. Du wolltest ständig einen Stau mit deinen Autos bauen. Vanessa legte Straßen über die komplette Terrasse und kam gar nicht mehr hinterher, so schnell hattest du alles zugestellt.« Sie lachte. »Sie war eine Seele von Mensch. Einmal war Caroline hier, erinnerst du dich noch, Paul?«

Ihr Mann schüttelte den Kopf. »Unsere ehemalige Nachbarin?«

»Genau die. Sie kam mal samstagnachmittags vorbei, als ihr Freund sie gerade verlassen hatte. Wir wollten an dem Abend zu einem Konzert. Du warst im Bad, und ich musste mich ebenfalls noch fertig machen. Caroline hat mir ihr Leid geklagt. Und du weißt vielleicht noch, wenn sie sich erst mal in Rage geredet hatte, war sie nicht mehr zu stoppen. Vanessa bemerkte, wie ich unruhig auf meinem Stuhl umherrutschte. Als du im Türrahmen erschienen bist, hat sie mir unauffällig klargemacht, dass ich verschwinden solle, um mich auch umzuziehen. Sie setzte sich zu Caroline und begann, gemeinsam mit ihr auf die Männer zu schimpfen.« Bernadette lachte. »Am nächsten Morgen erzählte sie uns, dass Caroline erst kurz nach Mitternacht nach Hause gegangen sei. Vanessa musste sich fünf Stunden lang ihr Gejammer anhören, und zwei Wochen später waren sie und ihr damaliger Freund wieder zusammen. Mon Dieu. Vanessa hat nicht ein Wort darüber verloren.«

»Hat sie dir gegenüber denn damals nie etwas von einem Freund erzählt?« Félix setzte Chiara sanft auf dem Boden ab und veränderte seine Sitzposition.

»Ich bin mir sicher, dass es da jemanden gab«, erwiderte Bernadette langsam. »Wenn sie mir nicht geholfen oder sich um dich gekümmert hat, war sie meist unterwegs. Damals hatten wir ihr Pauls jetziges Büro zum Schlafen zurechtgemacht.« Sie sah zu ihrem Mann. »Du hattest ihr sogar einen Schreibtisch und eine kleine Couch besorgt. Aber Vanessa war selten hier, wenn sie freihatte.«

»Es muss komisch sein, seinen eigenen Vater nicht zu kennen«, überlegte Félix, während er Paul anschaute. »Wenn ich mir überlege, was wir alles gemeinsam erlebt haben.«

»Lara kennt es nicht anders«, gab seine Mutter zu bedenken. »Sie hat nie mit beiden Elternteilen zusammengelebt. Für sie war es normal, nur ihre Mutter zu haben.«

»Aber jeder hat ein Recht darauf, zu wissen, wo er herkommt. Wer seine Eltern sind.«

»Du hast noch keine Kinder, Félix. Manchmal erfordern bestimmte Situationen Entscheidungen, die auf den ersten Blick nicht gerecht erscheinen. Vanessa hatte sicher gute Gründe, ihr Kind allein aufzuziehen.«

»Dazu habe ich eine etwas andere Meinung, wie du dir vorstellen kannst«, beharrte Félix weiter. »Egal, unter welchen Umständen. Man kann immer gemeinsam eine Lösung finden.« Er sah zu Paul. »Was denkst du? Haben wir Männer wirklich keine Rechte?«

Sein Vater seufzte. »Grundsätzlich stimme ich dir zu. Aber wir wissen nicht, was damals passiert ist. Man sollte vorsichtig damit sein, Menschen zu verurteilen, ohne die genauen Umstände zu kennen.«

»Lara und ihr Vater haben dreißig Jahre verloren. Dreißig Jahre, die sie nie wieder nachholen können.«

»Es ehrt dich sehr, dass du dir solche Gedanken machst, Félix«, erklärte seine Mutter. »Aber was ist, wenn der zukünftige Vater nichts mehr von Vanessa wissen wollte? Vielleicht war die Situation ganz anders. Vielleicht hat er sich getrennt und ihr unmissverständlich klargemacht, dass er nichts mehr mit ihr zu tun haben möchte? Was hätte sie tun sollen, als sie in Deutschland bemerkte, dass sie ein Kind von diesem Mistkerl erwartete?«

»War klar, dass du uns den Schwarzen Peter zuschiebst.« Félix grinste.

Seine Mutter lachte. »Das hat nichts mit Schwarzem Peter zu tun. Menschen verhalten sich nicht immer so, wie sie es sollten. Ich denke einfach, es steht uns nicht zu, eine Situation zu bewerten, die wir nicht ausreichend kennen.«

Félix schnaufte.

»Und zu wissen, dass mein eigener Sohn sich im Fall der Fälle korrekt und anständig verhält, zeigt mir, dass wir nicht alles falsch gemacht haben.« Bernadette berührte ihn an der Schulter. »Du weißt, was ich meine.«

»Ich wünsche Lara, dass sie findet, was sie sucht«, merkte Félix leise an, ohne auf die Bemerkung seiner Mutter einzugehen. »Sie hat genug andere Probleme. Ihren Vater zu finden würde ihr sicher wieder ein wenig Halt im Leben geben.«

»Selbst wenn sie ihn findet, werden sich die beiden erst einmal fremd sein«, wandte seine Mutter ein. »Warum kümmerst du dich nicht ein wenig um sie?«

»Maman.«

»Ja, Félix?«

»Ich bin vierunddreißig.«

»Gut, dass du mich daran erinnerst.«

Kopfschüttelnd sah er zu seinem Vater, der nur stumm grinste.

Nein, Félix konnte sich definitiv nicht vorstellen, wie es sich anfühlen musste, keine Eltern mehr zu haben, auf die man sich stets verlassen konnte. Dankbar streckte er die Beine von sich und nahm sich vor, den Ratschlag seiner Mutter zu befolgen.

12

Vorsichtig tunkte Lara einen Fuß ins Wasser. Seit Tagen war sie nicht laufen gewesen. Ihr Körper lechzte geradezu nach Bewegung, daher hatte sie sich heute früh dazu entschieden, schwimmen zu gehen.

Als sie um kurz nach halb acht aufgewacht war, hatte im Nebenzimmer noch Stille geherrscht. Leise hatte sie ihren Badeanzug geschnappt, war aus dem Haus geschlüpft und an den Stadtstrand des kleinen Örtchens geeilt. Die schmalen Gassen waren so gut wie menschenleer gewesen. Lediglich ein paar Katzen hatten ihren Weg gekreuzt.

Es war Mitte September. Das Wasser war wärmer als gedacht. Lara ließ den Blick über die Bucht schweifen und versuchte, die Entfernungen abzuschätzen. Wagemutig setzte sie einen Fuß vor den anderen, bis sie bis zu den Hüften im Wasser stand. Stumm zählte sie bis zehn und tauchte den Oberkörper unter. Nachdem der erste Kälteschreck vorüber war, genoss sie das weiche Gefühl des Wassers auf ihrer Haut. Die salzige Luft roch nach Algen und Tang. Sie blickte kurz zurück ans Ufer, bevor sie ihre Arme ausbreitete und sich abstieß. Mit kräftigen Bewegungen schwamm sie parallel zum Strand entlang. Sie genoss die friedliche Ruhe, die um sie herum herrschte. Das gleichmäßige Plätschern des Wassers war das einzige Geräusch, das sie umgab. Lara schätzte eine geschwommene Strecke auf etwa hundert Meter, bevor sie umkehrte und wieder in die andere Richtung schwamm. Außer ihr befand sich niemand im Wasser. Für Touristen war es noch zu früh am Tag. Während sie ihre Bahnen zog, überlegte sie sich, ob ihre Mutter hier vor dreißig Jahren ebenfalls geschwommen war und dieselbe wunderschöne Aussicht genossen hatte. Vielleicht sogar mit dem Mann, der das Bild fotografiert hatte, das Lara erst hierhergeführt hatte. Bisher war Vanessas damalige Freundin der einzige Anhaltspunkt, den sie hatte. Félix' Mutter hatte ihr die aktuelle Adresse der Frau gegeben. Lara würde sie als Erste aufsuchen. Sicher konnte sie ihr bei der Frage nach dem ehemaligen Freund ihrer Mutter weiterhelfen. Im Anschluss würde sie sich mit ihrer Oma überlegen, wie sie nach Julie suchen wollten. Was hatte Félix Arnaud noch gesagt? Es läge reichlich Detektivarbeit vor ihnen? Lara musste grinsen. Recherchearbeit war für sie wahrlich kein Neuland. Während ihres Studiums hatte sie ganze Wochen in der Universitätsbibliothek mit dem Suchen passender Quellen und dem Lesen diverser alter Unterlagen verbracht. Diesmal ging es allerdings nicht um bloße Theorie, diesmal ging es um ein Puzzlestück in ihrem Leben. Um zwei Puzzlestücke, verbesserte Lara sich sofort. Auch wenn die Schwester ihrer Oma in keinem direkten Verwandtschaftsgrad zu ihr stand, stellte sie doch auch irgendwie einen Teil ihrer Familie dar. Und ihre Neugier war bereits in jenem Moment geweckt worden, als sie die merkwürdige Notiz hinter dem Schrank gefunden hatte.

Während sie schwamm, wanderte ihr Blick die Bucht entlang. Die alte Wehrkirche thronte rechts neben den imposanten Mauern des Château Royal, vor dem sich der flache Ufersteg mit den aus dem Wasser ragenden Felsen erstreckte. An der lang gezogenen Strandpromenade waren nur wenige Fußgänger unterwegs. Leute, die auf dem Weg zur Arbeit waren, schätzte Lara. Deutlich hob sich die Altstadt mit ihren mehrstöckigen farbenfrohen Stadthäusern mit den terrakottafarbenen Dächern von den flacheren Neubauten ab, die sich dahinter den Hügel hinaufzogen. Sanft geschwungene Weinberge umrahmten das Örtchen. Auf einem der Hügel entdeckte sie eine Festung, weiter entfernt einen hohen schmalen Turm. Die Felsen zogen sich schier endlos die Küste entlang. Die pure Idylle, schoss es Lara durch den Kopf. Selten hatte sie sich auf Anhieb derart heimisch und geborgen gefühlt wie seit ihrer Ankunft in Collioure. Die ursprüngliche Landschaft der Purpurküste, die ungebrochene Faszination des Meeres, die charmante Gelassenheit der Franzosen und die magische Ausstrahlung der alten Gebäude übten einen unwiderstehlichen Reiz auf Lara aus.

Wo Félix wohl wohnte? Sofort ermahnte sich Lara selbst. Warum musste sie schon wieder an den dunkelhaarigen Meeresbiologen denken? Sie kannten sich kaum. Und Lara hatte wahrlich genug Probleme. Worauf genau also zielten ihre Gedanken ab?

Als sie spürte, wie ihr Körper von leichter Erschöpfung ergriffen wurde, wechselte sie ein letztes Mal die Richtung und betrachtete die Küstenstraße, die sich am Ufer entlang Richtung Süden schlängelte. Nachdem sie ihre Bahn beendet hatte, wendete sie und steuerte den Strand an. Schwer atmend stieg sie aus dem Wasser und ließ sich auf ihr Handtuch plumpsen, das sie vor dem Schwimmen neben ihre Klamotten gelegt hatte. Der Sand war bereits warm. Lara grub ihre nassen Füße in den Boden und stützte sich auf die Ellenbogen. Es war fast windstill. Die Wellen rollten gemächlich ans Ufer. Eine Möwe zog kreischend ihre Kreise über dem Meer.

Hatte Vanessa auch irgendwann an diesem Strand gelegen? Möglicherweise mit dem zukünftigen Vater ihres noch ungeborenen Kindes? Seufzend ließ Lara den Kopf auf das Handtuch sinken und verschränkte die Arme im Nacken. Der Himmel war wolkenlos, die Sonne gerade dabei, ihre morgendliche Strahlkraft zu verstärken. Lara genoss die Wärme auf ihrem Gesicht, den Sand an ihren Waden, die unbekannten und doch so beruhigenden Gerüche in der Luft. Noch vor wenigen Tagen hatte sie nicht das Geringste von diesem Sehnsuchtsort geahnt. Natürlich hatte sie den Namen ab und zu aufgeschnappt, wenn ihre Oma mit Vanessa über ihre Heimat gesprochen hatte. Aber der Ort war für sie gesichtslos gewesen, abstrakt. Die überwältigende Schönheit dieser Landschaft hätte Lara sich in ihren Träumen nicht ausmalen können. Die Farben des Südens strahlten eine so ganz andere Atmosphäre aus als der rauere Norden, die Heimat ihres Opas. Das Mittelmeer übte auf sie eine noch größere Magie aus als die kältere und unruhigere Nordsee. Lara schloss die Augen und ließ ihren Gedanken freien Lauf.

Als ihre Haut getrocknet war, zog sie sich an und machte sich auf den Rückweg. Ob ihre Oma schon wach war? Lara beschloss, nach dem Duschen in der Baguetterie vorbeizuschauen und Frühstück zu besorgen.

Als sie das Haus erreichte, erblickte sie Amélie mit einer Tüte in der Hand vor der Tür. »Guten Morgen.«

Amélie deutete auf Laras nasses Haar. »Warst du schwimmen?«

Sie nickte. »Es war herrlich. Ich glaube, das wird ab jetzt zu meinem Morgenritual.«

»Eine gute Idee.«

»Ich wollte gleich bei dir vorbeikommen und Baguette holen.«

Amélie hob grinsend die Hand mit der Tüte. »Da hatten wir wohl den gleichen Gedanken.«

»Du bist ein echter Schatz.« Lara schloss die Tür auf und ließ ihre Nachbarin eintreten. »Ich weiß nicht, ob Oma noch schläft.«

»Nein, Oma ist wach«, ertönte aus der oberen Etage Béatrices Stimme. »Ich komme sofort.«

Lara sah Amélie vielsagend an. »Möchtest du mit uns frühstücken?«

Diese überlegte. »Einen Kaffee nehme ich gern, aber Benjamin und ich haben bereits gefrühstückt.«

»Ihr seid aber früh auf.«

Amélie zuckte mit den Achseln. »Ich habe schon einige Dips vorbereitet. Meine Angestellte hat die Brote gebacken. Ein ganz normaler Arbeitstag.«

»Und wann schreibst du?« Lara stellte die Kaffeemaschine an, die sie nach ihrer Ankunft erst einmal hatten grundreinigen müssen.

»Jetzt gleich«, erwiderte Amélie.

»Respekt«, entfuhr es Lara anerkennend. »Über Langeweile kannst du dich nicht beschweren, oder?«

»Es macht mir Spaß.« Amélie lehnte sich gegen den Tresen. »Ich empfinde weder das Schreiben noch die Baguetterie als Druck oder Stress. Beides erfüllt mich sehr. Und wenn ich zu lange keinen Teig kneten kann, gehen mir die Schreibideen aus.« Sie grinste.

»Dann hast du Glück«, bemerkte Lara ehrlich. »Wer kann das schon von sich behaupten?«

Amélie begann zu grinsen. »Ich sage nur Crêperie.«

Lara zog eine Grimasse.

»Deine neue Mitbewohnerin würde sich freuen, wenn du sie nicht allein ließest.«

Lara sah sie stirnrunzelnd an. »Meine neue Mitbewohnerin?«

»Die Palme im Hof.«

Sie lachte. »Die kommt auch gut ohne mich aus.«

»Guten Morgen, die Damen.« Béatrice kam humpelnd die Treppe hinunter.

»Ist dein Knie nicht besser?«

Genervt winkte die ältere Frau ab. »Erinnere mich nicht daran.« Sie schnupperte. »Kaffeeduft und frisches Baguette.« Sie nickte lächelnd. »Ich bin in Frankreich.«

»Setz dich schon mal, ich erledige alles.« Lara holte Geschirr aus dem Schrank. »Du weißt, was Opa zu mir gesagt hat.«

»Ach, der alte Spielverderber«, murrte ihre Oma trotzig. »Soll ich mich überhaupt nicht mehr bewegen?«

Amélie und Lara wechselten einen verschwörerischen Blick.

»Denkt nicht, dass ich euch nicht sehe«, kam sofort Béatrices Kommentar.

»Oma, natürlich sollst du dich bewegen«, versuchte Lara sie zu beschwichtigen. »Aber bitte nicht übertreiben.«

»Weshalb ich eigentlich bei euch vorbeigeschaut habe«, brachte sich Amélie wieder in Erinnerung. »Wir möchten euch heute Abend zum Essen zu uns einladen. Ein Teil meiner Familie kommt auch. Und ich dachte, es wäre ganz nett, wenn ihr euch kennenlernen würdet.«

»Das ist eine sehr schöne Idee, Amélie«, meinte Béatrice sogleich. »Vielen Dank für die freundliche Einladung.«

»Ja, dem schließe ich mich an.« Lara schaltete die Kaffeemaschine aus. »Wir kommen gern.« Sie schwenkte die Kanne vor Amélie. »Auf einen Kaffee?«

»Da kann ich nicht widerstehen.«

• • •

Das Haus von Louise Richard lag am südlichen Ortsausgang von Collioure, etwas zwanzig Gehminuten von der Altstadt entfernt.

Als Lara an der Adresse ankam, die Bernadette Arnaud ihr gestern Abend gegeben hatte, stand die Sonne bereits hoch am Himmel. Nervös zupfte Lara ihr geblümtes Sommerkleid zurecht. Die Fassade des kleinen Bungalows musste erst vor Kurzem gelb gestrichen worden sein. Auch die Dachziegel wirkten neu. Im Vorgarten spendete ein buschiger Olivenbaum Schatten. Neben dem Weg wuchs Lavendel, der bereits verblüht war. An den Fensterbänken blühten Herbstzeitlose. Das Grundstück war überschaubar, aber sehr gepflegt.

Mit klopfendem Herzen näherte sich Lara dem Haus und klingelte.

»Ja bitte?« Eine mollige Frau Anfang fünfzig erschien im Türrahmen und blickte Lara fragend an. Im Hintergrund schrie ein Kind.

»Bonjour, Madame«, fasste Lara all ihren Mut zusammen und erklärte Louise Richard in kurzen Sätzen, wer sie war.

»Vanessas Tochter?« Sie schlug die rechte Hand vor den Mund. »Mon Dieu.« Das Geschrei hinter ihr schwoll an. »Kommen Sie doch bitte herein. Meine Enkeltochter ist gerade da.«

Lara folgte ihr ins Innere des Hauses.

»Chloé, sieh mal, wir haben Besuch.« Vanessas ehemalige Freundin beugte sich zu einem kleinen dunkelhaarigen Mädchen hinab, welches im Wohnzimmer auf einem Teppich saß, auf dem unzählige Bauklötze verteilt lagen. Behutsam nahm die Frau das Kind hoch und drückte es an sich. »Möchten Sie etwas trinken?«, wandte sich Louise Richard wieder an Lara. »Nehmen Sie doch bitte Platz.« Sie zeigte auf ein hellblaues Sofa.

»Ein Wasser wäre nett, aber ich möchte Ihnen keine Umstände machen.«

Die Frau winkte ab. »Kein Problem.« Sie sah das Mädchen an. »Hilfst du Oma, das Wasser zu holen?«

Chloé verzog das Gesicht und nickte heftig. »Oma helfen.«

Nachdem die beiden in der Küche verschwunden waren, legte sich Laras Anspannung ein wenig. Sie sah sich in dem kleinen Wohnzimmer um. Die hellen Holzmöbel und der Esstisch mit der Glasplatte verliehen dem Raum ein gemütliches Ambiente, sogar fast einen Hauch nordischen Charme, befand Lara schmunzelnd.

Das Mädchen kehrte zurück und streckte Lara ein Glas entgegen. »Chloé helfen.«

»Danke schön, Chloé. Das ist toll, dass du deiner Oma hilfst. Wie alt bist du denn?«

Chloé sah sie mit großen Augen an und überlegte, als Louise Richard hinter ihr in den Raum zurückkehrte. »Na, wie alt ist Chloé?«, wollte auch sie von ihrer Enkelin wissen.

Das Mädchen hob die rechte Hand und streckte Daumen und Zeigefinger hoch.

»Du bist zwei Jahre alt?« Lara lächelte die Kleine an.

Chloé nickte mit ernstem Gesicht.

»Meine Tochter arbeitet bis Mittag. Samstags passe ich vormittags auf Chloé auf. Ansonsten ist sie natürlich im Kindergarten.« Sie wedelte mit der Hand, bevor sie Lara einschenkte.

»Chloé spielen.«

»Mäuschen, ich spreche ein wenig mit Lara. Ihre Maman war eine Freundin von mir. Und danach spielen wir wieder. Was hältst du davon?«

»Chloé jetzt spielen.«

Ihre Oma erhob sich seufzend und ging zu einem Schrank. »Schau mal, Süße. Du bist doch schon groß. Deshalb darfst du heute ausnahmsweise das Tierpuzzle allein zusammensetzen. Schaffst du das?«

»Chloé groß.« Mit glänzenden Augen nahm die Kleine das

Holzbrett entgegen, auf dem sich mehrere Tierformen mit kleinen Griffen daran befanden.

Während Louise Richard zu ihrem Sessel zurückkehrte, setzte sich Chloé wieder auf den Teppich und begann eifrig, die Formen aus dem Puzzle zu lösen.

»Jetzt sollten wir ein paar Minuten Ruhe haben«, raunte die Ältere verschwörerisch in Laras Richtung.

»Es tut mir leid, ich wollte Sie nicht überfallen. Aber ich hatte keine Telefonnummer.«

Wieder winkte Vanessas ehemalige Freundin ab. »Kein Problem. Woher haben Sie denn meine Adresse bekommen?«

Lara berichtete ihr von dem Essen bei den Arnauds.

»Sie sprechen sehr gut Französisch«, bemerkte Louise Richard, nachdem Lara mit ihren Ausführungen geendet hatte. »Leukämie.« Bekümmert schüttelte sie den Kopf. »Vanessa war das, was man heute als echte Powerfrau bezeichnen würde. Wir lernten uns im Chor kennen.« Sie hielt inne. »Und dass sie schwanger war, als sie nach Deutschland zurückkehrte …« Gedankenverloren blickte sie ins Leere. »Sie hat mir damals kein Wort gesagt.«

»Sie wusste es bei ihrer Abreise wahrscheinlich selbst nicht«, erklärte Lara.

»Wir hatten eine gute Zeit zusammen«, fuhr Louise Richard fort. »Wir waren jung, zwischen uns hatte es sofort gepasst. Vanessa und ich trafen uns oft abends, wenn sie freihatte. Tagsüber half sie den Arnauds im Haushalt und mit dem Kind. Ich hatte zu jenem Zeitpunkt gerade meine Ausbildung zur Goldschmiedin begonnen.« Sie blickte auf. »Hat Ihre Mutter Medizin studiert?«

Lara nickte. »Sie war Kinderärztin.«

Louise Richard lächelte versonnen. »Ja, das passt. Vanessa hatte einen klaren Plan. Immer wieder hat sie mir erzählt, wie sehr sie sich darüber freue, dass sie für das Studium zugelassen worden sei. Ärztin zu werden war ihr großer Traum.« Sie seufzte. »Schön, dass sie ihn verwirklichen konnte.«

»Sie war sehr glücklich in ihrem Beruf«, bestätigte Lara nachdenklich. »Privat hatte sie dagegen weniger Glück.«

»Sie war nicht verheiratet?«

»Nein«, erwiderte Lara. »Soweit ich das als ihre Tochter beurteilen kann, hatte sie auch keine längeren Beziehungen.«

Louise Richard hob ihre Brauen. »Aber sie war doch ein so lebensfroher Mensch. Und eine bildhübsche Frau.«

»Dem Richtigen scheint sie nicht begegnet zu sein.«

Die Frau lachte. »Ich bin seit zehn Jahren geschieden. Das mit dem Richtigen ist so eine Sache.«

Laras Puls beschleunigte sich, als sie an die alles entscheidende Frage dachte. »Madame Arnaud meinte, wenn mir jemand etwas über Vanessas Liebesleben erzählen könnte, dann wären Sie das.«

Wieder lächelte Louise Richard.

Chloé leerte das Holzpuzzle bereits zum zweiten Mal und begann mit hoch konzentriertem Gesichtsausdruck erneut, die Teile zusammenzusetzen.

»Haben Sie keine Angst vor dem, was Sie entdecken könnten?«

Lara zuckte mit den Achseln. »Was habe ich zu verlieren? Und wenn sich mein Vater als echter Idiot entpuppt ...« Sie grinste. »Ich lebe tausendfünfhundert Kilometer von ihm entfernt. Wenn ich nicht möchte, muss ich ihn nicht wiedersehen. Aber ich will wissen, was damals geschehen ist. Was er getan hat, dass meine Mutter mir nie von ihm erzählt hat.«

»Das kann ich gut verstehen. In Ihrer Biografie fehlt ein wichtiger Teil Ihrer Identität.« Sie überlegte. »Ich weiß nur von einer

Beziehung, die Ihre Mutter während ihres Aufenthaltes hier hatte.«

»Können Sie sich noch an den Namen erinnern?«

»Er lebt noch in Collioure. Ich sehe ihn sogar ab und zu.«

»Würden Sie mir verraten, mit wem Vanessa damals zusammen war?«

Louise Richard zögerte kurz. »Warum nicht? Alles Weitere sollten Sie aber direkt mit ihm besprechen. Vanessas damaliger Freund hieß Pascal Marnet.«

Pascal Marnet, wiederholte Lara stumm im Kopf. War das der Name ihres Vaters? Ein Zittern ergriff ihren Körper.

»Er lebt irgendwo oben am Hügel«, fuhr Louise Richard fort, die nichts von Laras Verfassung zu bemerken schien. »Ich glaube, er arbeitet in Perpignan.«

»Hat er Kinder?« Laras Stimme schwankte.

»Er hat Familie«, bestätigte die Freundin ihrer Mutter zögernd. »Aber bitte verstehen Sie, dass ich …«

Lara nickte. »Ja, ich verstehe Sie. Und ich danke Ihnen von ganzem Herzen, dass Sie mir den Namen verraten haben. Wahrscheinlich sind Sie die Einzige, die davon wusste.«

Louise Richard zuckte mit den Achseln. »Vanessa war ein sehr aufgeschlossener Mensch. Ihre Beziehung war mit Sicherheit kein Geheimnis. Aber sie war ja nur wenige Monate hier, ich war ihre einzige Freundin. Daher glaube ich in der Tat nicht, dass sie noch jemandem von Pascal erzählt hat.«

Wie hatten dieser Pascal und ihre Mutter sich kennengelernt? Warum hatte sie ihn so überstürzt verlassen? Unzählige Fragen geisterten in Laras Hirn herum, doch Louise Richard war dafür die falsche Ansprechpartnerin. Es durfte nicht allzu schwierig werden, Pascal Marnets Wohnsitz ausfindig zu machen. Den

Wohnsitz ihres Vaters, dachte Lara aufgeregt. Collioure war schließlich nicht Paris oder Bremen.

Obwohl ich noch immer mit mulmigem Gefühl zur Arbeit ging, hielt ich nun schon zwei Wochen durch. Während Lorraine seit ihrer Verabredung mit Hans Reimann mit einem Dauerstrahlen im Gesicht ihren Papierstapel abarbeitete, hatte ich nach wie vor große Bedenken ob der Sinnhaftigkeit meiner Beschäftigung. Papa hatte erwartungsgemäß stolz und anerkennend auf meine Ankündigung reagiert, ab sofort bei den Deutschen in der Gendarmerie zu arbeiten. Mein zusätzlicher Lohn würde uns ein wenig mehr finanziellen Spielraum geben. Die Lebensmittelpreise explodierten, Maman war kaum noch in der Lage, uns jeden Abend ein einigermaßen vollwertiges Essen auf den Tisch zu stellen. Unsere Geldknappheit war der einzige Grund, warum ich mich auf die Arbeit bei den Deutschen eingelassen hatte.

Meine letzte Begegnung mit Samuel lag eine ganze Weile zurück. Das stundenlange Schreiben im Büro war sehr anstrengend. Und wenn ich nach Hause kam, beschäftigte ich mich meist ein wenig mit dir, um Maman zu entlasten. Doch ich musste immerzu an die beiden Flüchtlinge in dem heruntergekommenen Haus denken, insbesondere an den dunkelhaarigen Mann mit den wirren Locken.

Eines Tages hatte Lorraine mir wieder einmal stundenlang von Reimanns guten Manieren vorgeschwärmt. Wie zuvorkommend und ehrenhaft er sie behandele. Obwohl ich Lorraine ihr Glück gönnte, erzürnten mich ihre Lobhuldigungen mehr und mehr. Hatte sie etwa schon vergessen, wofür ihr Vater vor seinem Tod gekämpft hatte? Ja, dass Hans Reimann ein netter Mann zu sein schien, wollte ich nicht leugnen. Doch er stand auf der falschen Seite. Diese Tatsache konnte ich nicht vergessen, keine Sekunde lang. Entsprechend unwohl fühlte ich mich, wenn ich täglich diese Akten bearbeitete.

Als ich mich an jenem Nachmittag auf den Nachhauseweg machte, lief ich völlig in Gedanken versunken durch die Stadt. Lorraines Schwärmerei hatte etwas in mir geweckt, was ich nicht einzuordnen wusste. Was mir jedoch bewusst wurde, war, dass ich unbedingt Samuel sehen wollte. Ich würde Maman sagen, dass ich vorhatte, mich mit einer Freundin zu treffen. Sie vertraute mir und würde sicherlich keinen Verdacht schöpfen. Was würde er von meiner neuen Beschäftigung halten? Vielleicht war es besser, wenn ich ihm verschwieg, für wen ich jetzt arbeitete. Sicher würde er mich verachten, annehmen, dass ich mit dem Feind kooperierte. Sollte ich ihn anlügen? Ich musste daran denken, wie er beim letzten Mal meine Hand gehalten hatte. Sehnsüchtig krampfte sich mein Magen zusammen.

»Julie«, zischte es plötzlich aus einer engen Seitengasse neben mir.

Erschrocken drehte ich mich um.

Samuel stand in einem schmalen Hofeingang und winkte mir unsicher zu. Mit viel zu schnell pochendem Herzen blickte ich hinter mich und eilte zu ihm.

»Was machst du hier?« Ich konnte nicht fassen, dass er sich am helllichten Tag in die Stadt gewagt hatte. Überall wimmelte es von deutschen Soldaten. Und auch wenn man Samuel auf den ersten Blick seine Herkunft nicht ansah, würde er bei einer Personenkontrolle sofort auffliegen und verhaftet werden.

»Ich hatte gehofft, dich zu sehen.« Seine Augen leuchteten auf, während er nach meiner Hand griff und mich weiter in den Eingang hineinzog.

»Woher wusstest du, wo du mich findest?« Ich musterte sein müdes Gesicht.

»Du arbeitest für die Deutschen.« Er senkte seine Stimme.

Ich sah ihn überrascht an. »Woher weißt du das?«

»Ich bin zwar offiziell kein Bürger Collioures, aber trotzdem ...« Samuel ließ den Satz unbeendet.

»Du hast Helfer«, folgerte ich nüchtern.

»Sonst wären Rebecca und ich schon lange tot«, erwiderte er ernst. Vorsichtig nahm er mein Gesicht in seine Hände und hauchte mir einen zarten Kuss auf die Lippen. »Du hast mir gefehlt.« Obwohl sich die Berührung eher sanft als leidenschaftlich anfühlte, explodierten tausend Lichter hinter meinen geschlossenen Augenlidern.

Meine Knie begannen zu zittern, mein Atem beschleunigte sich. Was zwischen uns passierte, war Wahnsinn. Es durfte nicht sein. »Ich wusste nicht, dass ... du ...«, stammelte ich hilflos.

»Dass du mir gefällst?« Als er lächelte, vertieften sich seine Grübchen.

Fasziniert strich ich mit meinen Fingern über sein Kinn und nickte.

Erneut küsste er mich, diesmal fordernder, gieriger. Ich schloss erneut die Augen und genoss die Wärme seines Körpers, die Berührungen seiner Hände, das Beben meines Unterleibs.

»Ich habe Angst«, hauchte ich atemlos, als er mich wieder freigab.

»Ich auch«, gab er unumwunden zu. »Ich möchte nicht, dass dir etwas zustößt.« Er atmete tief durch. »Meinetwegen.«

Ich schüttelte den Kopf. »Ich habe um dich Angst«, widersprach ich leise. »Sie dürfen dich nicht finden.«

Wieder strich ich ihm über die Wange, spürte die rauen Stoppeln an meiner Haut. »Sie dürfen euch nichts tun«, beschwor ich ihn ängstlich.

»Wir sind nicht allein, Julie. Es gibt überall Menschen, die uns helfen.«

»Du meinst die Résistance?«

Er nickte.

»Hier in Collioure?«

Seine Augen verdunkelten sich. »Überall«, entgegnete er nachdrücklich. »Ich will die Gefahr nicht herunterreden, aber ...« Er strich über mein Haar. »Bitte mach dir keine Sorgen um mich. Das würde ich nicht ertragen.«

»Woher weißt du, wem du trauen kannst und wem nicht?«

»Ich habe keine Wahl. Ohne Helfer ...« Samuel verzog resigniert den Mund. »Du arbeitest für die Deutschen«, wechselte er ohne Umschweife das Thema.

Betreten senkte ich den Kopf. »Ich muss arbeiten, Samuel. Ich finde sonst nirgendwo eine Anstellung. Welcher Franzose soll mich denn bezahlen? Meine Mutter muss sich um meine kleine Schwester kümmern. Und mein Vater bekommt immer weniger Lohn. Die Deutschen bezahlen seinen Chef schlecht. Aber was soll er tun? Wovon sollen wir denn leben?«

»Ich mache dir keinen Vorwurf«, erklärte er sanft und hob mein Kinn an.

»Nicht?« Ich sah ihn stirnrunzelnd an.

»Nein, warum auch? Für euch ist die Situation auch nicht leicht. Die Deutschen sind in Frankreich einmarschiert und haben euer Land besetzt. Jeder kämpft ums eigene Überleben.«

»So schlecht geht es uns nicht«, relativierte ich, da es mir nicht richtig vorkam, die Umstände unseres Lebens mit seinen zu vergleichen. Samuel und Rebecca schwebten in ständiger Lebensgefahr. Wenn man sie fände und in eines der Konzentrationslager brächte, könnte sie niemand mehr retten. Ich schüttelte den Gedanken ab. So weit durfte es nicht kommen. »Was kann ich tun?«

Er sah mich prüfend an.

»Was, Samuel?«

»Die Résistance benötigt zuverlässige Informanten.«

»Wie meinst du das?« Skepsis stieg in mir auf.

»Du arbeitest für die Nazis. Sicher bekommt ihr von Zeit zu Zeit geheime Dokumente zu sehen, die vielleicht für Sabotageakte nützlich sein könnten.«

»Ich soll spionieren?« Meine Stimme zitterte.

Er lächelte. »Du hast gefragt, was du tun kannst.«

»Ja, aber ...« Ich brach ab. Was hatte ich erwartet? Lorraine hatte mir von dem Anschlagsversuch erzählt, bei dem ihr Vater gestorben war. Natürlich musste irgendwer die Widerstandskämpfer mit den entsprechenden Informationen versorgen. »Ich kann das nicht. Ich bin zu ängstlich für so etwas.«

»Du bist nicht ängstlich«, entgegnete Samuel liebevoll und zog mich erneut dichter an sich. »Wenn du ängstlich wärst, hättest du mich nicht an der Boulangerie angesprochen. Du wärst niemals zu mir gekommen. Und jetzt ...« Sein Blick wurde weicher. »Jetzt würde ich dich nicht in meinen Armen halten.«

Ich schluckte.

»Du musst es nicht sofort entscheiden. Überleg es dir. Und falls du es dir vorstellen kannst, stelle ich den Kontakt her, und wir können mit den entsprechenden Leuten sprechen.«

Mir wurde schwindlig. Meine Gedanken rasten. Was hatte Papa gesagt? ›Wenn ich nur einen von ihnen retten könnte ...‹ Jetzt bot sich mir möglicherweise die Gelegenheit, nicht nur einen von ihnen zu retten. Béatrice, ich war damals ein junges Mädchen. Was mir jedoch an jenem Nachmittag deutlich bewusst wurde, war meine Liebe zu Samuel. Ja, ich hatte mich zum ersten Mal in meinem Leben verliebt. Die Schmetterlinge in meinem Bauch, meine Haut, die unter seinen Berührungen geglüht, sein Kuss, der ein wahres Feuerwerk in meinem Körper entfacht hatte, sprachen eine unmissverständliche Sprache. Und ich hatte Angst um den Mann, der Gefühle in mir weckte, die mir bis dahin unbekannt gewesen waren. Was sollte ich nur tun?

Die Begegnung mit Samuel und unser erster Kuss änderten alles. Noch immer hatte ich Angst vor meinen Vorgesetzten. Und auch die Situation zu Hause war wie immer. Ich jedoch war anders. Samuel hatte etwas in mir geweckt, das ich noch nicht einzuordnen wusste. Zum ersten Mal in meinem Leben erlebte ich das beflügelnde Gefühl, von einem Mann begehrt zu werden. Ich spürte, dass das Leben mehr zu bieten hatte als Sorgen, Angst und Bedrücktheit. Trotz der Umstände fühlte ich mich plötzlich frei und unbeschwert, als wäre mir eine große Last von den Schultern genommen worden. War der Himmel tatsächlich einen Tick strahlender als sonst? Leuchtete das azurblaue Meer vor dem Château Royal auf einmal noch intensiver?

Ich mochte Samuels Witz, den er sich trotz der bedrückenden Umstände bewahrt hatte. Seinen Charme, seine Energie. Alles an ihm elektrisierte mich. Und ich dachte fortwährend über seine Worte nach. Ich war lediglich eine unbedeutende Schreibkraft und konnte mir kaum vorstellen, dass die Aktennotizen und Briefe, die ich verfasste, irgendwelche nützlichen Informationen für die Gegner der Nazis enthielten. Andererseits wollte ich ihn auch nicht enttäuschen.

»Julie? Träumst du?«

Ich hatte mich so in meinen Gedanken verloren, dass ich überhaupt nicht bemerkte, dass mein Vater mich angesprochen hatte.

»Pardon. Ich bin noch etwas müde«, erklärte ich eilig und nippte an meinem Kaffee.

Papa lachte. »Fordert dich deine neue Arbeit so stark?«

Ich zuckte mit den Schultern. »Es ist in Ordnung, denke ich.«

Maman sah mich eindringlich an. »Das klingt nicht besonders begeistert.«

»Es sind Deutsche«, erwiderte ich frustriert. »Was soll ich erwarten?«

»Ich dachte, du hättest dich ein wenig mit einer deiner Kolleginnen angefreundet«, merkte Papa an, während er sich noch ein Stück Baguette abbrach.

»Lorraine ist sehr nett, aber ...« Ich verstummte.

»Aber?« Papa hielt inne.

Ich senkte den Blick. »Ich glaube, sie hat sich mit einem Deutschen eingelassen.«

Maman schlug sich eine Hand vor den Mund und sah verunsichert Papa an. »Hast du nicht erzählt, dass ihr Vater gegen die Nazis gekämpft hat?«

Ich nickte. »Ich verstehe es auch nicht.« Meine Worte entsprachen nicht ganz der Wahrheit. Tief in meinem Inneren verstand ich Lorraine wahrscheinlich besser, als ich mir selbst eingestehen wollte. Gefühle ließen sich nicht lenken. Sie bahnten sich ihren Weg, ohne Rücksicht auf äußere Faktoren und Umstände.

»Mon Dieu«, murmelte Papa ungläubig. »Wenn ich mir vorstelle, dass eine meiner Töchter sich mit einem Nazi einließe ...«

»Na ja«, erwiderte ich lächelnd, »bei Béatrice ist die Gefahr in der Hinsicht dann ja doch sehr gering.«

»Die Alliierten bombardieren Berlin«, wechselte Papa das Thema, ohne auf meine Bemerkung einzugehen.

»Warum treffen sie nicht endlich diesen verfluchten Hitler?«, brauste ich auf.

»So einfach ist das leider alles nicht«, seufzte unser Vater.

»Warum?«, wiederholte ich wütend. »Warum kann es nicht wieder einfach sein?«

»Wir brauchen Geduld.« Meine Mutter legte mir beruhigend eine Hand auf den Arm.

»Es ist nicht gerecht«, murmelte ich vor mich hin.

»Nein, es ist nicht gerecht«, bestätigte Papa. »Gestern waren zwei deutsche Offiziere auf dem Gut, um mehrere Kisten Wein zu kaufen. Sie hatten vier Häftlinge dabei, die die Waren abtransportieren mussten.« Er schüttelte den Kopf. »Ihr könnt euch nicht vorstellen, welch tiefe Hoffnungslosigkeit sich in den Augen dieser Männer widergespiegelt hat. Einer von ihnen hatte offene Hände. Das Tragen der Holzkisten muss ihm grauenhafte Schmerzen verursacht haben. Ich bot an zu helfen, aber die Deutschen …« Seine Stimme versagte.

Es tat mir in der Seele weh, ihn so hilflos zu sehen.

»Ich muss zur Arbeit.« Bedrückt erhob ich mich.

»Bonjour, Julie«, begrüßte mich Lorraine freudestrahlend, als ich unser Büro betrat.

Ich grüßte zurück und hängte gleichgültig meine Tasche über die Stuhllehne. Während ich den Papierstapel durchsah, der mich heute erwartete, musste ich unentwegt an Samuels Worte denken. Wie stellte er sich das vor? Ich konnte wohl kaum irgendwelche Dokumente aus dem Büro schmuggeln.

Unauffällig blickte ich mich um. Die anderen Sekretärinnen tippten fleißig auf ihren Schreibmaschinen, während sie sich über irgendeine Bekannte unterhielten, die mit einem deutschen Offizier nach Paris gegangen war.

»Stimmt etwas nicht?«

Ich wandte den Kopf und sah zu Lorraine. »Was meinst du?«

»Du wirkst so nachdenklich.«

Ich musterte sie. Wie gern hätte ich mit jemandem über das Chaos in meinen Gedanken sprechen wollen, doch ich wusste, dass Lorraine mit ihren Verbindungen zu Reimann mit Sicherheit die Falsche dafür war. Ich biss mir auf die Zunge und bemühte mich um ein Lächeln. »Nein, alles in Ordnung. Ich bin nur ein wenig müde.«

Sie beugte sich zu mir herüber und flüsterte: »Hans möchte mich nach dem Krieg seinen Eltern vorstellen. Wie findest du das?«

Nach dem Krieg, dachte ich beklommen. Wann würde das sein? In einem Jahr, in zwei, drei oder erst in fünf? Auf jeden Fall zu lang für Samuel. »Das klingt schön«, erwiderte ich gefasst. »Weiß deine Mutter schon von …?«

Lorraine verzog das Gesicht. »Sie würde es nicht verstehen.«

Ich nickte. Sie hatte wahrscheinlich recht. Es gab so vieles in diesen Zeiten, was wir nicht verstanden. Und doch mussten wir Entscheidungen treffen. Wieder und wieder, Tag für Tag. Obwohl keine von uns wusste, was das Leben noch für uns bereithalten sollte.

13

»Vielleicht kann uns Julies Freundin weiterhelfen«, hoffte Lara, während sie den Käfer auf den Parkplatz vor dem Pflegeheim lenkte. »In Bezug auf das Verschwinden deiner Schwester, meine ich.«

»Ich habe Lilou schon öfter bei meinen Aufenthalten in Collioure zufällig auf dem Markt oder an der Promenade getroffen. Wenn sie etwas wüsste, hätte sie es mir sicher längst mitgeteilt.«

»Trotzdem«, beharrte Lara eisern. »Sie ist eine nicht zu vernachlässigende Verbindung zu Julie.« Sie schaltete den Motor aus.

Béatrice lächelte. »Du gibst nicht auf.«

»Warum auch?« Lara öffnete die Fahrertür.

»Ja, warum auch?« Auch ihre Oma stieg aus. »Du hast schon recht. Aufgeben ist keine Option.«

»Wir Eriksen-Frauen lassen uns nicht unterkriegen.« Lara hakte die Ältere unter, und gemeinsam steuerten sie auf den Eingang zu.

»Bonjour«, begrüßte sie eine Schwester am Empfang.

»Bonjour, wir möchten Madame Faubert besuchen.«

Die Schwester schaute auf den Computermonitor vor sich. »Sie ist auf ihrem Zimmer.« Sie zögerte. »Gehören Sie zur Familie?«

Béatrice runzelte die Stirn. »Was meinen Sie?«

»Madame Faubert leitet unter fortgeschrittener Demenz. Es könnte sein, dass sie Sie nicht erkennt.«

Laras Hoffnung sank.

»Ich bin die Schwester ihrer ehemals besten Freundin«, erklärte Béatrice in dem Moment. »Wir haben uns in der Vergangenheit immer mal wieder getroffen. Aber danke, dass Sie uns vorgewarnt haben.«

Die Pflegekraft nickte leicht. »Zimmer vier-null-drei. Viel Erfolg.«

Die beiden Frauen sahen sich vielsagend an, während sie auf den Fahrstuhl zusteuerten.

Im vierten Stock überprüften sie die Schilder neben den Türen, bis sie die richtige Zimmernummer gefunden hatten.

»Dann wollen wir mal.« Seufzend klopfte Béatrice an die Tür.

Nachdem keine Antwort erfolgte, drückte Lara vorsichtig die Klinke hinunter.

Das Zimmer war kaum größer als Laras Raum in Béatrices Haus. An der Wand neben der Tür befand sich ein erhöhtes Krankenbett mit seitlichem Gitter, das heruntergeklappt war. An der kurzen Seite stand ein alter, knapp deckenhoher Holzschrank. Daneben lehnte ein Klappstuhl. Vor dem bodentiefen Fenster saß in einem ausladenden Sessel eine ältere weißhaarige Frau, die ins Freie starrte.

»Bonjour, Lilou«, begrüßte Béatrice sie und näherte sich langsam der Freundin ihrer Schwester.

Die Heimbewohnerin sah zu ihr auf. »Julie?«

Lara musste lächeln.

»Nein, ich bin nicht Julie«, berichtigte Béatrice sie, während sie den Stuhl nahm und neben dem Sessel aufklappte. »Willst du dich setzen, Kind?«, wandte sie sich an ihre Enkelin, doch Lara winkte ab. »Lass nur, ich bleibe stehen. Sie kennt mich nicht. Wahrscheinlich erreichst du sie eher.«

»Julie?« Lilou drehte den Kopf und blickte Béatrice mit trüben Augen an.

Betreten wandte Lara sich zur Seite. Wenn Lilou im gleichen Alter wie Béatrices Schwester war, musste die betagte Dame weit über neunzig sein. War ein solcher Lebensabend wirklich erstrebenswert?

»Erinnerst du dich an Julie?«, fragte Béatrice behutsam. »Sie war deine beste Freundin.«

Lilou nickte abwesend. »Der Brief ...«

Béatrice blickte zu Lara. »Welcher Brief?«

»Julies Brief«, erwiderte Lilou und zog eine Grimasse.

»Julie hat dir einen Brief geschrieben?« Irritiert sah Laras Großmutter die Freundin ihrer Schwester an.

»Vielleicht hat sie ihr ebenfalls eine Nachricht hinterlassen, ähnlich wie euren Eltern?«, mutmaßte Lara aus dem Hintergrund.

»Lilou, was ist mit Julies Brief?«, hakte Béatrice ein weiteres Mal nach.

»Schön, dass du gekommen bist.« Lilou wiegte den Kopf hin und her. »So jung kommen wir nicht mehr zueinander.«

Lara musste ein Grinsen unterdrücken.

»Du hast recht«, stimmte ihre Oma zu. »So jung werden wir uns nicht mehr treffen.« Sie griff nach der Hand der Heimbewohnerin und drückte sie. »Ich bin Béatrice, Julies Schwester. Weißt du, dass Julie vor vielen Jahren Collioure verlassen hat?«

Lilou erwiderte nichts, starrte nur schweigend aus dem Fenster. »An manchen Tagen kann man die Pyrenäen sehen«, durchbrach sie kurz darauf die Stille, hob die andere Hand und zeigte zur Scheibe.

Béatrice nickte. »Du hast eine sehr schöne Aussicht hier.«

Die Augen der anderen füllten sich mit Tränen. »Schön, dass du da bist, Julie. Ich habe so lange auf dich gewartet.«

Béatrice blickte resigniert zu Lara.

»Wir waren zwei ganz schöne Feger«, fuhr sie mit zittriger Stimme fort. »Julie und Lilou.«

Béatrice nickte sichtlich frustriert. »Ja, das waren wir.«

Lara betrachtete die beiden Frauen vor dem Fenster. Wie mochte es sich anfühlen, wenn man im letzten Viertel seines Lebens angekommen war? Julies Freundin war mehr als sechzig Jahre älter als sie. Eine unendlich lange Zeit. Ein ganzes Leben. Ein Leben voller Hoffnungen und Träume. Voller Enttäuschungen und Tiefpunkte. Und was blieb von all diesen Ereignissen übrig? Wieder musterte sie die betagten Gesichter. Die Runzeln, die sich wie Gräben durch die Haut der beiden Frauen zogen. Die blauen Adern der Hände, die durch die fast durchsichtig wirkende Haut schimmerten.

Während sie ihren Gedanken nachhing, begann ihr Handy zu klingeln. Entschuldigend blickte sie zu ihrer Oma und bedeutete ihr, dass sie auf den Flur ginge. Lilou reagierte überhaupt nicht auf das Telefongeräusch.

»Ja?«

»Lara, ich bin es, Félix.«

»Félix«, erwiderte sie nervös.

»Ich hatte Ihnen doch versprochen, mich zu melden.«

»Ja.« Ja? Fiel ihr wirklich nichts Besseres ein?

»Ich dachte …« Auch er schien verunsichert. »Wir wollten doch …«

Sie hörte ihn schnaufen.

»Ich würde Sie gern morgen zu einem Ausflug einladen.«

»Ein Ausflug?« Verdammt, war sie ein Papagei? »Das klingt

toll«, bemühte sie sich, irgendwas Sinnvolles zu sagen. »Was haben Sie denn vor?«

»Eine kleine Überraschung«, erklärte er nun mit hörbar festerer Stimme.

»Oh«, entfuhr es ihr. »Ich wurde schon sehr lange nicht mehr überrascht. Zumindest nicht positiv.«

»Dann wird es aber höchste Zeit.« Er lachte. »Kommen Sie morgen zum Hafen.« Félix nannte ihr noch Uhrzeit und Treffpunkt, bevor sie das Gespräch beendeten.

Für einen kurzen Moment lehnte Lara sich an die Flurwand und presste versonnen das Handy gegen ihr Schlüsselbein. Hatte sie jetzt etwa eine Verabredung? Was hatte Félix geplant? Einen Moment lang schwelgte sie in Erinnerungen an den vergangenen Abend, bevor sie das Telefon wegsteckte und wieder Lilous Zimmer betrat.

Auf den fragenden Blick ihrer Oma winkte sie ab. »Später.« Mit dem Kinn deutete sie auf Julies Freundin.

Béatrice schüttelte den Kopf. »Sie hält mich weiter für meine Schwester.« Sie erhob sich. »Kein Wunder. Als der Kontakt zwischen den beiden abbrach, war ich ein kleines Mädchen. Wahrscheinlich kann sie sich gar nicht mehr daran erinnern, dass Julie eine jüngere Schwester hatte.«

Es fühlte sich merkwürdig an, über eine anwesende Person zu reden, die das Gespräch überhaupt nicht mitzubekommen schien. »Was machen wir jetzt?«, wollte Lara enttäuscht wissen.

»Wir müssen uns etwas anderes überlegen«, erwiderte Béatrice.

»Warum musste Julie sterben?«, unterbrach Lilous Stimme plötzlich ihre Überlegungen.

Alarmiert sah Lara erst zu ihrer Oma, dann zu der Heimbewohnerin.

»Julie musste sterben?« Erneut näherte sich Béatrice der Greisin. »Wann musste sie sterben?«

»Warum?« Lilou hob den Kopf und sah Béatrice mit festem Blick an. »Warum musste Julie sterben?« Wieder füllten sich ihre Augen mit Tränen. »Warum? Warum? Warum?«

Ihre Stimme jagte Lara einen Schauer durch den Körper.

...

»Julie Lambert?« Die Gemeindemitarbeiterin sah von Béatrice zu Lara, während beide Frauen nickten.

»Wann genau ist sie verschwunden, sagten Sie?«

»Das konkrete Datum weiß ich nicht, aber es muss im Januar 1944 gewesen sein«, erwiderte Béatrice zögernd. »Ich war damals noch klein, und meine Eltern leben nicht mehr, wie Sie sich denken können.«

Lara schätzte die Angestellte auf Anfang vierzig. Während diese auf den Monitor vor sich starrte und etwas auf der Tastatur tippte, sah Lara sich in dem weitläufigen Empfangsraum um. Zwei amerikanische Touristinnen diskutierten am Tresen nebenan mit einer anderen Angestellten über den Service eines ansässigen Hotels.

»Wie war Ihr Name?«

»Béatrice Eriksen, geborene Lambert«, erwiderte Laras Großmutter geduldig.

»Und Sie sind die Schwester der Vermissten?«

»Genau.« Als Béatrice zu Lara sah, verdrehte sie genervt die Augen. Lara musste ein Grinsen unterdrücken.

»Haben Sie einen Moment Zeit?« Die Angestellte nahm Stift und Zettel. »Die Unterlagen aus der Besatzungszeit sind nicht digitalisiert. Ich könnte aber für Sie im Archiv nachsehen.«

»Das wäre sehr nett«, beeilte Lara sich zu sagen. »Wir warten gern.« Sie bedeutete Béatrice, ihr zu der kleinen Sitzgruppe neben dem Prospektständer zu folgen.

»Was für ein Tag«, seufzte die Ältere müde, während sie den Kopf auf die Rücklehne des Korbsessels legte.

»Ist es dir heute Abend zu viel, wenn wir noch zu Amélie und Benjamin gehen?« Lara musterte das Gesicht ihrer Oma.

»Nein, nein«, erwiderte diese. »Wenn ich müde bin, gehe ich einfach schon früher nach Hause.«

Lara angelte sich einen Prospekt aus dem Regal und betrachtete ihn eingehend. »Sicher hat man von dem Fort aus eine tolle Aussicht.« Sie hielt ihrer Oma die Vorderseite des Flyers hin.

»Das Fort Saint-Elme«, entgegnete Béatrice. »Ich glaube nicht, dass ich den Weg da hoch momentan mit meinem Knie schaffe.«

»Man kann auch mit dem Auto hinauffahren«, schlug Lara vor. »Hier steht ...«

Béatrice winkte ab. »Es ist ein landschaftlich sehr reizvoller Weg, der zur Festung führt. Man kommt an der alten Windmühle vorbei und an einigen Weinfeldern.«

»Wir sind ja noch ein Weilchen hier.«

»Warum fragst du nicht Félix, ob er mit dir hinaufsteigt?«

»Wie kommst du denn jetzt ausgerechnet auf ihn?«

Ihre Oma lächelte. »Was denkst du? Er wollte doch einen Ausflug mit dir machen.«

Lara musste an ihr Telefonat denken. »Er war es übrigens, der mich vorhin im Heim angerufen hat.«

Béatrice sah sie abwartend an.

»Wir treffen uns morgen«, fuhr Lara ungehalten fort. Ihre Oma würde es ja doch erfahren.

»Schön«, nickte ihre Oma sichtlich zufrieden. »Das freut mich sehr für dich.«

»Es ist nur ein Ausflug«, wiegelte Lara ab.

»Wohin geht es denn?«

Lara zog die Brauen hoch und schwieg.

»Ein Geheimnis?«

»Seit wann bist du so neugierig, Oma?«

Béatrice lachte. »Ich möchte, dass du glücklich bist, Kind. Wenn du es mir nicht verraten möchtest, dann lass es. Aber der junge Arnaud ist ein sehr netter Mann. Und seine Gesellschaft wird dir guttun.«

Lara schüttelte den Kopf. »Das klingt ja geradezu, als sei ich ohne Mann nicht lebensfähig.«

»O doch, Lara. Das bist du. Und das weiß ich auch. Aber du hast viel Kummer gehabt in den letzten Monaten. Eine Verabredung mit einem intelligenten und äußerst charmanten Mann wie Félix ist da doch eine willkommene Abwechslung.«

Lara streckte die Füße von sich und beobachtete ein Pärchen, das sich bei einer der Angestellten nach einem Tagesausflug nach Spanien erkundigte. »Es wird eine Überraschung«, rückte sie schließlich mit der Sprache heraus.

»Was?« Béatrice sah sie irritiert an.

»Der Ausflug morgen wird eine Überraschung für mich«, erklärte Lara undeutlich. »Félix wollte mir nicht verraten, was wir vorhaben.«

»Das ist doch sehr nett«, entgegnete ihre Oma verzückt. »Was habe ich gesagt? Charmant und intelligent.«

»Ja, ich gebe es zu. Ich finde ihn sehr nett. Und er hat gute Manieren. Aber er lebt hier in Frankreich, Oma.«

»Dein Opa lebte in Bremen, als wir uns kennenlernten«, merkte Béatrice ungerührt an. »Kind, die Grenzen sind offen. Wo liegt das Problem?«

Lara überlegte. »Ich weiß nicht ... das mit dir und Opa kannst du doch nicht mit mir vergleichen.«

»Warum nicht?« Ihre Oma setzte sich auf dem Sessel vor und betrachtete sie eingehend. »Ich sehe nicht, wo der Unterschied liegt.« Sie machte eine Pause. »Ich habe Sigurd auch mit dreißig kennengelernt. Wir waren ebenfalls jung.«

»Aber du hattest damals nicht meine Probleme«, brachte Lara an. »Ich muss doch erst mal herausfinden, wie es mit mir weitergehen soll, bevor ich mich wieder in eine Beziehung stürze. All die losen Enden in meinem Leben ... ich habe nicht einmal mehr einen Job.«

»Na gut, meine Eltern lebten noch, als ich Opa begegnet bin. Und ich war auch nicht im Urlaub mit meiner Oma.« Béatrice lachte. »Aber ich verstehe nicht, was das Treffen mit Félix Arnaud mit deinen Problemen zu tun haben soll?«

»Ich bin noch nicht bereit«, beharrte Lara halbherzig. »Und ich glaube, er ...« Sie schüttelte den Kopf. »Er hat ebenfalls irgendwelche Probleme.«

Wieder lachte Béatrice. »Welche Probleme?«

»Ich weiß nicht. Aber bei unserem ersten Telefonat ...« Sie musste an die Wehmut in seiner Stimme denken, als er ihr etwas sagen wollte, dann aber doch zurückgerudert war.

»Wenn er Probleme hätte, würde er sich sicher nicht mit dir verabreden. Ich denke, so viel Vertrauen kannst du schon in ihn setzen.«

Lara schnaufte. »Du bist furchtbar, Oma.«

»Ich weiß«, erwiderte diese grinsend.

»Was Mama wohl sagen würde, wenn sie uns hier sehen könnte?«, wechselte Lara das Thema.

»Sie würde bei uns sitzen und uns bei unseren Nachforschungen helfen«, erklärte Béatrice betrübt.

»Ob sie mit mir zu Pascal Marnet gehen würde?«, überlegte Lara laut. »Salut, Pascal. Erinnerst du dich noch an mich? Wir waren vor mehr als dreißig Jahren zusammen, und das hier ist das Ergebnis unserer Beziehung, unsere gemeinsame Tochter Lara.« Sie deutete auf sich selbst. »Ach, Mama, warum hast du mir nur nie von ihm erzählt?«

»Hast du schon seine Adresse herausgefunden?«

»Noch nicht. Aber ich hatte auch noch keine Zeit. Ich kümmere mich später darum.«

In dem Moment kam die Angestellte aus einer der Türen hinter dem Empfangstresen zurück und winkte ihnen zu.

Gespannt erhoben sich die beiden Frauen und traten an die Theke.

»Ich habe leider keine guten Nachrichten für Sie«, begann die junge Frau in bedauerndem Ton. »Julie Lambert wurde am dritten September 1925 in Collioure geboren.« Sie reichte ihnen ein vergilbtes Dokument über den Tresen. »Das ist die Geburtsurkunde Ihrer Schwester.«

Andächtig überflog Lara die schwer zu entziffernden Zeilen.

»Aber über ihren weiteren Verbleib liegt uns nichts vor.«

Béatrice sah sie nachdenklich an. »Haben Sie keinerlei Unterlagen darüber, dass meine Schwester 1944 als vermisst gemeldet wurde?«

Die Frau schüttelte zögernd den Kopf. »Das ist das Merkwürdige. Wenn Ihre Schwester von Ihren Eltern damals wirklich als vermisst gemeldet worden wäre, müsste in den Akten ein Vermerk der Gendarmerie zu finden sein.«

»Kann es nicht sein, dass Dokumente verschwunden sind? Oder vernichtet wurden?«, gab Lara zu bedenken.

Die Mitarbeiterin nickte. »Das ist durchaus möglich. Wir finden immer wieder Lücken in den alten Unterlagen. Leider können diese zum Großteil auch heute nicht mehr geschlossen werden.«

»Mist«, entfuhr es Béatrice. »Ich wüsste nicht, wo wir jetzt noch suchen sollten.«

»Haben Sie denn gar keinen Anhaltspunkt, was mit Ihrer Schwester passiert sein könnte?«

Als ihre Oma nicht reagierte, schüttelte Lara den Kopf.

»Dann wird es wirklich schwierig«, bestätigte die Frau gedehnt.

Lara bedankte sich bei ihr und verließ mit Béatrice den Empfangsraum. Die nächste Sackgasse nach dem wenig hilfreichen Gespräch mit Lilou. Wo sollten sie weitersuchen? Wer konnte ihnen helfen? Hoffentlich entpuppte sich die Suche nach ihrem Vater nicht als ähnliches Fiasko.

• • •

»Vielleicht sollten wir unsere Dachterrasse auch ein wenig aufhübschen«, raunte Lara ihrer Oma zu. »Der Blick hier oben ist überwältigend.« Sie bewunderte die Aussicht auf die Nachbarhäuser, auf dem Balkon gegenüber hing Wäsche, an einem der Fenster lag eine Katze, die schlief. Auf der Terrasse schräg neben ihnen war ein kleiner Pool aufgebaut, in dem ein kleiner aufblasbarer rosa Flamingo schwamm.

»Eins nach dem anderen.« Béatrice lächelte. »Momentan haben wir doch genug andere Baustellen, um die wir uns kümmern wollten.«

»Du hast recht.« Lara blickte zu Amélie zurück, die gerade die Servietten auf dem Tisch drapierte. Benjamin trat hinter seine Freundin, legte ihr seine Hände auf die Hüften und hauchte ihr einen Kuss auf den Nacken.

»Sie hat es verdient«, merkte Valérie, Amélies und Benjamins Tante, in Laras und Béatrices Richtung an. »Sie können sich nicht vorstellen, wie dürr meine Nichte war, als sie im Frühsommer herkam. Und sehen Sie sie sich jetzt an. Sie strahlt über das ganze Gesicht.«

»Ja, die Liebe kann uns viel Kraft geben«, sinnierte Béatrice. »Aber auch viel Leid zufügen. Wobei mir Ihre Familienverhältnisse noch immer nicht ganz klar sind.«

François, Valéries Mann, grinste neben seiner Frau. »Das ist für einen Außenstehenden auch nicht so leicht zu verstehen.«

»Das Einzige, was zählt, ist, dass Amélie und Benjamin in keinem Verwandtschaftsverhältnis zueinander stehen«, ergänzte Valérie.

»Siehst du?«, wandte Lara sich an ihre Oma. »Nicht nur bei uns gibt es dunkle Geheimnisse.«

Valérie und François lachten. »Ich glaube, die gibt es in irgendeiner Form in jeder Familie. Vielleicht nicht so ausgeprägt wie bei uns, aber diese scheinbar perfekten Heile-Welt-Familien waren mir schon immer suspekt.« Amélies Tante schüttelte den Kopf.

»Also, von einer Heile-Welt-Familie sind wir wohl weiter entfernt als der Mond von der Erde.« Lara erhob sich und blickte zu Amélie. »Kann ich euch etwas helfen?«

»Nein, danke. Benjamin holt gerade das Ratatouille. Heute Abend seid ihr unsere Gäste. Also setz dich wieder, und genieß den Abend.« Amélie nickte ihr aufmunternd zu.

»Wenn ich nur den Duft des Baguettes rieche, läuft mir schon das Wasser im Mund zusammen«, bemerkte Béatrice, während sie demonstrativ Richtung Brotkorb schnupperte. »Ich mag meine neue Heimat wirklich gern, aber vorzügliche Baguettes backen ...« Sie legte den Kopf schief. »... das können nur wir Franzosen.«

»Voilà.« Benjamin trat wieder auf die Terrasse heraus und hob triumphierend einen großen terrakottafarbenen Keramiktopf in die Höhe. »Unser Abendessen ist angerichtet.«

»Wenn es so schmeckt, wie es riecht, wird es ein Festessen«, lobte Laras Oma ihn.

Nachdem Benjamin das Ratatouille an die Gäste verteilt hatte, herrschte für einige Minuten einträchtiges Schweigen. Amélie hatte nicht übertrieben, als sie die Kochkünste ihres Lebensgefährten angepriesen hatte. Es schmeckte fantastisch. Lara ließ sich eine zweite Portion nachreichen, die sie mit dem Baguette ihrer Nachbarin innerhalb kürzester Zeit verschlang.

Mit zufriedenem Gesichtsausdruck ließ Benjamin schließlich seinen Blick über die leeren Teller wandern. »Sieht so aus, als habe es einigermaßen gemundet.« Er grinste.

»Tiefstapler«, bemerkte seine Tante und verzog das Gesicht. »Es war hervorragend wie immer.«

Während ihre Gastgeber den Tisch abräumten, wandte Valérie sich erneut an Lara und Béatrice. »Amélie hat mir von Ihrer Schwester erzählt. Was für eine tragische Geschichte.« Sie nestelte an ihrem Weinglas herum.

»Leider konnte man uns auf dem Gemeindeamt nicht weiterhelfen«, erwiderte Lara. »Ich finde es nach wie vor seltsam, dass die Eltern keine Vermisstenanzeige aufgegeben haben. Selbst wenn sie die Nachricht gefunden haben, was wir ja nicht einmal sicher wissen, wäre es doch das Normalste der Welt, das eigene Kind als vermisst zu melden.«

»Damals waren andere Zeiten als heute«, warf François ein. »Wir können die damalige Situation schlecht nach den Maßstäben von heute beurteilen.«

»Sie denken, die Eltern haben sich damals keine Sorgen um ihre achtzehnjährige Tochter gemacht?« Lara sah ihn an.

Amélies Onkel zuckte mit den Achseln. »Sicher haben sie sich Sorgen gemacht. Möglicherweise sogar mehr als wir, die wir heutzutage in Friedenszeiten leben. Aber wir kennen die Hintergründe nicht. Ihre Oma war zu jung und kann sich nicht erinnern, was damals passiert ist. Was ihre Eltern damals miteinander besprochen hatten. Was sie möglicherweise über das Verschwinden ihrer Tochter wussten.«

»Wenn sie mit mir über Julie redeten, hatte ich immer den Eindruck, dass sie absolut nichts wussten. Meiner Mutter kamen jedes Mal die Tränen, wenn Julie und ihre Abwesenheit thematisiert wurden.« Béatrice schüttelte den Kopf. »Kein Wunder. Ich glaube, ich wäre vor Sorge verrückt geworden, wenn Vanessa plötzlich spurlos verschollen gewesen wäre.« Sie sah zu ihrer Enkelin. »Oder jetzt Lara.«

»Als Eltern sagt man seinen Kindern vielleicht auch nicht alles, was man weiß.«

»Sie denken, sie wollten mich schützen?« Béatrice starrte ins Leere. »Das wäre natürlich möglich.«

»Aber Menschen verschwinden doch nicht einfach«, wandte Lara ein.

»Leider doch«, entgegnete Valérie. »Tausende und Abertausende wurden damals vermisst. Und viele von ihnen tauchten nie wieder auf. Wie viele Leute lebten im Untergrund und haben das Land verlassen? Sie haben ihre Identität geändert und Spuren verwischt, um den Nazis nicht in die Hände zu fallen.«

»Wahrscheinlich können wir tatsächlich nicht nachvollziehen, wie das Leben damals war«, gab Lara zu. »Vielleicht waren wir einfach zu blauäugig, als wir dachten, wir könnten nach so vielen Jahren noch etwas finden, was uns helfen würde, Julies Schicksal zu klären.«

»Lara, kommst du mal bitte?« Amélie tauchte in der Terrassentür auf und winkte ihr zu.

Lara erhob sich und zwängte sich zwischen den Stühlen und der Hausmauer durch, bis sie bei Amélie angelangte. »Was gibt es?«

»Benjamin hat etwas für dich.«

Die beiden Frauen betraten den Raum im obersten Stockwerk des Hauses, den Amélie und Benjamin sich als Wohnzimmer hergerichtet hatten. Eine gemütlich aussehende Rattanlounge wurde von weißen Holzmöbeln und einem großflächigen hochflorigen hellen Teppich auf dem braunen Korkboden ergänzt und verlieh dem kleinen Raum ein sehr gemütliches Ambiente.

Benjamin stand vor einem kleinen Beistelltisch in der Ecke. »Ich habe vorhin ein wenig recherchiert.« Er hielt ihr einen Zettel hin. In Druckbuchstaben stand dort zuoberst ›Pascal Marnet‹. Darunter befanden sich die Namen zweier Hotels samt Adressen. Eine dritte Anschrift stand am unteren Rand der Notiz. Lara sah Benjamin fragend an.

Er tippte auf den ersten Hotelnamen. »Hier hat Pascal Marnet bis vor vier Wochen gearbeitet. Ein Hotel in Perpignan.«

»Und jetzt?«

Benjamin grinste. »Jetzt arbeitet dein Vielleicht-Vater hier.« Er zeigte auf das untere Wort. »*Hôtel La Vague bleue* in Port-Vendres.«

»Woher hast du das?«

»Journalistengeheimnis. Die untere Adresse ist übrigens seine Privatanschrift, falls du ihn nicht bei seiner Arbeit aufsuchen möchtest.«

»Das ist …« Lara war sprachlos. »Ich weiß nicht, was ich sagen soll.«

»Ein einfaches Dankeschön genügt.« Er lachte.

»Ihr seid so nett«, ließ Lara ihren Gefühlen freien Lauf. »Als ich heute Nachmittag nach dem Namen gesucht habe, wurde mir überhaupt nichts Verwertbares angezeigt. Natürlich gibt es unzählige Männer mit diesem Namen, aber ...«

Wieder zeigte Benjamin auf den Zettel. »Ich denke, das hier ist verwertbar.«

Lara blickte von Amélie zu deren Lebensgefährten, bevor sie beide stumm umarmte. »Ihr wisst gar nicht, was es mir bedeutet, euch kennengelernt zu haben.«

»Doch«, widersprach Amélie sanft. »Wir leben schließlich auch noch nicht lange hier. Es ist immer gut, Menschen zu treffen, die auf derselben Wellenlänge liegen.«

»Wenn ich mich irgendwie revanchieren kann ...«

Auf Amélies Gesicht breitete sich ein verschmitztes Lächeln aus. »Habe ich nicht vor Kurzem etwas von einer Crêpes-Party verlauten hören?«

»Ihr werdet meine Ehrengäste«, erwiderte Lara ernst. »Und ich backe euch Crêpes bis zum Umfallen.«

»Vorsicht«, scherzte Benjamin, »wir nehmen dich beim Wort.«

»Ich bitte darum.« Lara blickte erneut auf den Zettel. »Ich danke dir von Herzen, Benjamin.« Sie strich über die Adressen. Ein Schauder durchlief ihren Körper. »Wie er wohl reagiert, wenn ich mich ihm vorstelle?«

»Finde es heraus«, forderte Amélie sie auf und hakte sich bei ihr unter. »Aber jetzt lass uns erst mal zu den anderen zurückgehen und gemeinsam noch einen Pastis trinken.«

14

Mit klopfendem Herzen näherte sich Lara der Adresse, die sie am Abend zuvor von Benjamin bekommen hatte. Als sie nach dem Taschenriemen greifen wollte, zitterten ihre Hände. Das Haus ähnelte dem Bungalow von Louise Richard. Laras Schritte verlangsamten sich, während sie auf das kleine Gebäude zusteuerte. Während sie auf den Klingelknopf drückte, schnürte sich ihre Kehle fast zu. Das Läuten im Inneren des Hauses verursachte Lara Übelkeit. Wenn sich die Tür öffnete, gab es kein Zurück mehr.

Wenige Sekunden später geschah es. Eine etwa vierzigjährige blonde Frau tauchte im Türrahmen auf und sah Lara misstrauisch an. »Wer sind Sie?«

Lara blickte auf das Namensschild. »Ich möchte gern mit Monsieur Marnet sprechen.«

»Ich bin Madame Marnet«, betonte die Blondine ihre Stellung. »Was wollen Sie von meinem Mann?«

Lara atmete tief durch und überlegte. Warum hatte sie sich nicht besser vorbereitet? Was sollte sie der Frau ihres mutmaßlichen Vaters sagen? Sie war viel zu töricht an die Sache herangegangen. »Es ist etwas schwierig zu erklären ...«, begann sie zu stammeln.

»Wer sind Sie?«

»Mein Name ist Lara Eriksen«, stellte sie sich hastig vor. »Pardon, dass ich Sie so überfalle. Meine Mutter war eine Bekannte Ihres Mannes. Ich bin zum ersten Mal in Collioure und dachte ...«

Die Frau schüttelte den Kopf und sah Lara durchdringend an. »Was? Was dachten Sie? Dass Sie ein Pläuschchen mit einem Bekannten Ihrer Mutter halten könnten? Der Name Eriksen sagt mir nichts. Ich wüsste nicht, dass Pascal ihn mir gegenüber je erwähnt hätte.« Ihre Stimme klang kühl und abweisend. »Im Übrigen ist mein Mann nicht zu Hause. Er arbeitet heute lang und hat keine Zeit, sich mit den Kindern ehemaliger Bekannter zu treffen. Tut mir leid.« Ohne ein Wort der Verabschiedung knallte sie Lara die Tür vor der Nase zu.

Lara starrte auf das Holz vor ihr, während sie sich über sich selbst ärgerte. Was hatte sie erwartet? Dass Pascal Marnet auf sie wartete? Ein Hotel hatte auch sonntags geöffnet. Und warum sollte seine Frau ihr einen freundlichen Empfang bereiten oder sie hereinbitten? Lara hatte ihr keinen vernünftigen Grund dafür genannt. Das hatte sie ja toll hinbekommen. Auf dem Namensschild stand nur der Nachname. Es war nicht erkennbar, ob das Ehepaar Marnet gemeinsame Kinder hatte. Die Freude über die Existenz einer unbekannten Tochter ihres Mannes würde sich bei Madame Marnet mit Sicherheit in sehr engen Grenzen halten. Nein, diesen Antrittsbesuch hätte Lara anders vorbereiten müssen.

Sie wandte sich um und verließ das Grundstück. Ob die Frau ihres Vaters ihr hinter der Gardine nachsah? Was musste sie jetzt denken?

Sie überlegte. Was sollte sie tun? Unverrichteter Dinge nach Hause gehen? Den Tag mit einem frustrierenden Erlebnis beginnen? Entschlossenheit packte Lara. Sie holte Benjamins Zettel aus ihrer Handtasche und überflog die Adresse des jetzigen Arbeitsplatzes von Pascal Marnet. Port-Vendres war der Nachbarort von Collioure. In wenigen Minuten wäre sie dort. Doch sollte sie heute wirklich einen weiteren Versuch wagen? Sicher konnte er während seiner Arbeitszeit sowieso nicht mit ihr reden. Egal, befand Lara. Wenn er keine Zeit für sie hatte, konnte sie zumindest einen Termin mit ihm vereinbaren. Sie war nach Collioure gereist, um mehr über ihre Herkunft zu erfahren. Nun hatte sie einen Namen und eine Adresse. Was hinderte sie also daran, sich ohne Umwege auf die Suche zu machen?

Schnellen Schrittes lief sie zu dem Parkplatz, auf dem ihr Käfer stand. Nervös schloss sie die Fahrertür auf und warf ihre Tasche auf den Beifahrersitz. Ihrer Oma würde sie erst mal nichts von ihrem missglückten Versuch erzählen. Sie lenkte den Wagen vom Parkplatz und bog auf die Küstenstraße Richtung Süden ab.

Bereits zehn Minuten später erreichte sie den nördlichen Ortseingang von Port-Vendres. Benjamin hatte ihr gestern glücklicherweise noch erklärt, wo sich das Hotel *La Vague bleue* befand, sodass sie das vierstöckige Gebäude mit den unzähligen weißen Balkons Richtung Meerseite ohne Probleme fand. Lara stellte den Käfer in der Nähe des Eingangs ab und stieg aus. Ein Schild neben der Glastür wies die Herberge als Viersternehotel aus. Angespannt betrat sie die moderne Empfangshalle, in der sich an der Wand ein gemauerter Tresen befand. Neben dem Eingang standen große Palmen in Keramikkübeln. Rechts war ein Fahrstuhl zu sehen, daneben das Schaufenster einer kleinen Boutique. Eine junge Frau tauchte am Empfang auf und stellte sich vor einen Computer. Lara trat näher.

»Bonjour, Madame. Wie kann ich Ihnen helfen?«

»Ich möchte zu Monsieur Marnet.«

Die junge Angestellte sah sie an. »In welcher Angelegenheit bitte?«

»Es ist etwas … Persönliches«, erklärte Lara mit belegter

Stimme. »Er weiß nichts von meinem Kommen. Vielleicht könnte ich kurz …?«

Die Hotelmitarbeiterin strich sich eine imaginäre Haarsträhne aus dem Gesicht. »Moment bitte.« Sie wandte sich um und öffnete eine Tür hinter sich. »Pascal?« Ihre weiteren Worte konnte Lara nicht mehr verstehen.

Das Herz klopfte ihr erneut bis zum Hals. Aufgeregt legte sie eine Hand auf ihr Schlüsselbein. Während sie wartete, blickte sie sich in der Halle um. Der glänzende Marmorboden verlieh dem Interieur Eleganz und einen Hauch Luxus. Ein Springbrunnen plätscherte in einer Ecke. Im Hintergrund lief leise Klaviermusik.

»Madame?«

Als Lara sich wieder zum Tresen umdrehte, stockte ihr der Atem. Da stand er. Pascal Marnet. Groß, schlank, dunkelhaarig, ein attraktiver Mittfünfziger. Zumindest optisch hätte sie es schlechter treffen können. Während sie auf den Tresen zusteuerte, rang sie um Fassung. »Bonjour, Monsieur. Sie kennen mich nicht.« Erneut stellte sie sich vor. Bei der Erwähnung ihres Nachnamens bemerkte sie ein leichtes Zucken in Marnets Gesicht.

»Meine Mutter heißt Vanessa Eriksen.« Lara schluckte. »Hieß Vanessa Eriksen. Sie ist vor Kurzem verstorben.«

Die Augen des Portiers weiteten sich. »Vanessa ist tot?«

Lara nickte.

»Und Sie sind ihre Tochter?« Er musterte sie einige Sekunden lang, bevor er nickte. »Sie sehen Vanessa ähnlich.«

»Ich würde gern mit Ihnen sprechen«, brachte sie mit zittriger Stimme an.

»Was ist mit Vanessa geschehen?«

»Sie hatte Leukämie.«

»Nein, wie furchtbar.« Er drehte sich zu der offenen Tür um. »Ich mache mal fünfzehn Minuten Pause.«

»Ist gut.«

Er bedeutete Lara, ihm zu folgen. »Kommen Sie.«

Sie konnte kaum noch klar denken. All die Jahre hatte sie in der Annahme gelebt, dass es in ihrem Leben niemals einen Vater geben würde. Und jetzt lief er leibhaftig vor ihr her. Die Situation war so surreal, dass Lara nicht mehr wusste, was sie fühlen oder denken sollte.

Marnet öffnete eine Tür vor ihnen und zeigte in das kleine Büro hinein. »Bitte sehr.«

Ein ausladender Schreibtisch stand vor einer breiten Fensterfront, die einen überwältigenden Blick auf das Mittelmeer freigab. »Setzen Sie sich doch.«

Er umrundete den Tisch und ließ sich auf den Schreibtischstuhl fallen. Lara nahm auf dem Klappstuhl davor Platz.

»Es tut mir sehr leid«, begann er mit leiser Stimme. »Es ist Ewigkeiten her, dass Vanessa und ich miteinander zu tun hatten, aber von ihrem viel zu frühen Tod zu erfahren …« Er schüttelte den Kopf. »Sie war doch noch so jung.«

»Nächstes Jahr wäre sie fünfzig geworden«, bestätigte Lara mit einem Kloß im Hals. Tränen stiegen in ihr auf. »Sie hat mir nie von Ihnen erzählt.«

Er blickte auf. »Warum sollte sie auch? Wir waren nicht lang zusammen.« Marnet kratzte sich an der Stirn. »Woher wissen Sie von mir, wenn Vanessa Ihnen nichts gesagt hat?«

»Von Louise Richard«, erwiderte Lara.

Er nickte erneut. »Ich erinnere mich. Sie war damals mit Vanessa befreundet. Mon Dieu, ist das lange her.« Er schien ehrlich geschockt.

»Warum haben Sie sich damals getrennt?«

Er lachte. »Sie stellen ja Fragen.«

»Ich wurde im August 1989 geboren.«

Marnet sah sie mit zusammengekniffenen Augen an. »Warum erzählen Sie mir das?« Er hielt inne. »Ah, ich verstehe.« Seine Lippen verzogen sich zu einem schwachen Lächeln. »Sie sind auf dem Holzweg, Madame.«

Lara zuckte zusammen. »Was meinen Sie?«

»Sie denken, ich sei Ihr Vater?« Sein Blick wurde eindringlicher. »Hat Vanessa Ihnen etwa erzählt, Ihr Vater komme aus Collioure?«

»Sie hat mir überhaupt nichts erzählt, nicht mal, als sie wusste, dass sie sterben wird«, ereiferte sich Lara. »Mein Vater wurde mir mein gesamtes Leben lang lediglich als unbedeutende Affäre dargestellt. Meine Großeltern haben mir jedoch vor wenigen Tagen offenbart, dass Vanessa nach ihrem Aufenthalt hier schwanger nach Deutschland zurückgekehrt sei.«

»Ich verstehe.«

Seine Reaktion fand Lara mehr als seltsam. Dass er sich über ihre Offenbarung nicht freuen würde, damit hatte sie gerechnet, nicht aber damit, dass er überhaupt keine emotionale Resonanz auf ihre Ankündigung folgen lassen würde. Irritiert sah sie ihn an.

»Ich bin nicht Ihr Vater.«

Sie lachte bitter. »Gut, Sie freuen sich nicht, das kann ich verstehen. Aber Sie waren zu besagtem Zeitpunkt mit Vanessa zusammen. Oder wollen Sie das etwa abstreiten?«

Er schien zu überlegen. »Ich war mit Ihrer Mutter zusammen. Das ist richtig.« Er zögerte. »Aber nicht so, wie Sie vielleicht denken. Lara, ich kann nicht Ihr Vater sein. Ich habe nie mit Vanessa geschlafen.«

Lara war wie vor den Kopf gestoßen. Das war doch nicht möglich. Louise Richard hatte eindeutig erklärt, Pascal und ihre Mutter seien ein Paar gewesen. Hatte sie sich getäuscht?

Mit klopfendem Herzen wandte ich mich um und blickte auf Collioure. Der Ausblick von hier oben war immer wieder aufs Neue überwältigend. Das Meer in der Ferne wirkte dunkel und undurchdringlich. Die Häuser Collioures schienen sich wie verängstigte Kinder eng aneinanderzuschmiegen, fest entschlossen, den Unwägbarkeiten des Krieges eisern zu trotzen. Dicke Wolken hingen über den Hügeln, denen die Regenfälle des vergangenen Herbstes einen saftig grünen Schleier verliehen hatten. Ein Eichelhäher hüpfte einige Meter von mir entfernt über den Boden und suchte nach Nahrung. Ich blieb stehen und genoss die Stille um mich herum. In jenem Moment schien der Krieg weit weg zu sein. Vor drei Tagen hatte ich Samuel zum letzten Mal gesehen. Als er mir den Vorschlag machte, für die Résistance zu arbeiten. Als er mich auf so wundervolle Art küsste. Und als ich ihm erklärte, ich sei keine mutige Frau …

Ich schloss die Augen und genoss den auffrischenden Wind um meine Nase. Es war Ende Dezember. Die Tage waren kurz. Was würde uns das neue Jahr bringen? Wie sollte es mit Samuel und seiner Schwester weitergehen?

»Julie!«

Überrascht öffnete ich die Augen wieder und erblickte Samuel vor mir.

Lächelnd nahm er meine Hand in seine. »Was machst du hier draußen?«

Verlegen sah ich zur Seite. »Ich … ich habe einen Moment Ruhe benötigt.«

Er nickte verständnisvoll. »Magst du reinkommen?«

»Deshalb bin ich hier«, erwiderte ich leise. »Was hältst du davon, wenn wir noch ein paar Schritte durch die Weinberge gehen?«

»Was bedrückt dich?«, fragte Samuel, während er mit mir zwischen den Reben entlangschlenderte.

»Was du zu mir gesagt hast …«

»Julie, es tut mir leid. Ich hätte dich nicht in Bedrängnis bringen sollen. Als ich gehört habe, dass du für die Deutschen arbeitest, kam uns der Gedanke, du könntest uns vielleicht mit Informationen versorgen.«

Ich blieb stehen und sah ihn an. »Uns? Wer ist uns, Samuel?«

Er verdrehte die Augen. »Es sind viele, verstehst du? Wir kennen nicht die Namen voneinander. So ist gewährleistet, dass niemand die anderen verraten kann, wenn einer verhaftet wird. Selbst wenn sie …« Er verstummte.

»Selbst wenn sie …?«, hakte ich eindringlich nach.

»Selbst wenn man ihnen Gewalt antut«, erklärte er mit finsterer Stimme.

Entsetzen stieg in mir hoch. »Wer hilft dir?«

Samuel schwieg.

»Wer?«

»Ich kann dir nichts sagen, Julie«, entgegnete er resigniert. »Es wäre gefährlich für dich.« Er berührte mich am Oberarm.

»Ich habe aufgepasst«, entgegnete ich schnippisch. »Mir ist niemand gefolgt.«

»Das meine ich nicht. Was mit mir geschieht, ist mir gleichgültig. Aber dir darf nichts geschehen. Dir und Rebecca.«

»Ich lasse mir von niemandem vorschreiben, wen ich zu meinen Freunden zähle und wen nicht«, erwiderte ich wie ein trotziges Kind. Wie naiv und blauäugig ich doch damals war.

Samuel lächelte schwach. »So einfach ist es nicht, Julie.«

»Warum nicht?«

»Weil nicht alle Menschen ein so gutes Herz haben wie du.« Er nahm erneut meine Hand und drehte sich auf dem Pfad um.

»Wohin gehen wir?«

»Rebecca ist nicht da«, erklärte er mit heiserer Stimme, während er mich lange ansah.

Mein Puls beschleunigte sich. Ein Schauder durchlief meinen Körper. Ich hatte keinerlei Erfahrung mit Männern. Aufregung machte sich in mir breit.

»Wann kommt sie zurück?«, flüsterte ich unsicher.

»Morgen.«

Als wir wieder an dem verfallenen Haus ankamen, trat Samuel an die Tür, wandte sich mir zu und nahm mein Gesicht in seine Hände. »Du bist eine starke Frau, Julie Lambert.«

Meine Knie zitterten, mein Atem stockte.

»Stark und wundervoll.«

Ich konnte kaum noch klar denken, während er mich in den Raum mit den Matratzen zog. Jede Faser meines Körpers war zum Zerbersten gespannt. Meine Sehnsucht war kaum noch auszuhalten. Uns war beiden klar, was gleich geschehen würde, weshalb wir hier waren. Und obwohl ich nicht wissen konnte, was mich erwartete, fühlte ich mich plötzlich leicht und unbeschwert. »Ich ...«, setzte ich an, doch Samuel legte seinen Zeigefinger auf meine Lippen und drückte mich sanft auf die Matratze hinab.

Wenn ich heute daran denke, wird mir noch immer warm ums Herz. Vielleicht mutet es im Nachhinein gesehen grotesk an, dass wir es in diesen schweren Zeiten überhaupt schafften, unser Leben mit ein wenig Glück zu erfüllen. Damals empfand ich das erste Zusammensein mit Samuel als schönsten Augenblick meines Lebens. Du musst das verstehen, meine liebe Béatrice. Ich war jung, mein Körper in Aufruhr. Und ich wusste an jenem Nachmittag, als Samuel mir die schönen Seiten der Liebe zeigte, dass ich meinen Seelenverwandten gefunden hatte. Unsere Herzen sprachen dieselbe Sprache, unsere Körper spürten, dass sie zusammengehörten.

Ja, selbst nach so vielen Jahren muss ich nur die Augen schließen, um mich wieder auf dieser zerschlissenen Matratze in dem verfallenen Haus liegen zu sehen.

Als ich begriff, was gerade geschehen war, als meine Gedanken wieder aufklarten, blinzelte ich ungläubig und blickte in Samuels wunderschöne Augen.

»Unter normalen Umständen würde ich dich jetzt um die nächste Verabredung bitten«, erklärte er lächelnd, während er mir einen zarten Kuss auf die Lippen hauchte. »Wir könnten ans Meer gehen und die salzige Brise genießen, uns den Wind um unsere Nasen wehen lassen, unsere Füße im Sand eingraben.«

»Du bist ja romantisch.« Ich fuhr ihm durchs Haar.

Er zuckte mit den Achseln. »Romantik und Krieg passen schlecht zusammen.«

Mein Herz wurde schwer, während ich spürte, wie meine Augen zu brennen begannen.

Samuel legte sich neben mich und betrachtete mein Gesicht.

»Wie kann ich dir helfen?«

»Du behandelst mich wie einen Menschen«, erklärte er ernst. »Dir ist es egal, an was ich glaube oder woher ich komme.«

Ich legte meine Hand auf sein Herz. »Nur darauf kommt es an, Samuel. Ich bin überzeugt, dass die Welt noch aufwachen wird. Das Böse wird nicht siegen.« Ich klang zuversichtlicher, als ich mich fühlte. »Das Böse darf nicht siegen.«

»Meine kleine Idealistin«, entgegnete er schmunzelnd. »Meine kleine wunderhübsche Idealistin.«

»Hat das Schicksal ein gutes Ende für uns vorgesehen?«, wollte ich frustriert wissen.

»Schicksal«, wiederholte Samuel nachdenklich und zog mich dichter an sich. »Das Schicksal hat es gut mit mir gemeint, als es mich das Baguette hat stehlen lassen.« Er grinste.

Ich boxte ihn in die Seite. »Du machst dich lustig über mich.«

Er zog die Brauen hoch. »Das würde ich niemals wagen.« Wieder küsste er mich. »Du weißt schon, dass ich dich nicht mehr gehen lassen kann?«

Irritiert sah ich ihn an.

Samuel verzog das Gesicht. »Gut. Ich meinte, nicht mehr gehen lassen möchte.«

In den nächsten Tagen schwebte ich wie auf Wolken. Meine Gefühle schlugen Purzelbäume, mein Herz befand sich in süßer Aufruhr. Ich war verliebt. Zum ersten Mal in meinem Leben verspürte ich diese unvergleichliche Leichtigkeit und das unerklärliche Bedürfnis, die ganze Welt umarmen zu wollen. Ich liebte Samuel, und er liebte mich. Wenn wir zusammen waren, wenn wir die Nähe zwischen uns auskosteten, die mit jedem Tag ein bisschen intensiver wurde, gab es nur noch uns beide. Der Krieg war vergessen, meine Arbeit bei den Deutschen existierte in jenen Momenten unseres gemeinsamen Glücks nicht mehr. Ich war eine junge Frau, die sich völlig in ihren Empfindungen verlor. Die sich jede Sekunde nach dem Mann sehnte, der alles für sie bedeutete.

Samuel hatte meine Arbeit nicht mehr angesprochen, da er bemerkt zu haben schien, in welchen Gewissenskonflikt mich seine Worte gestürzt hatten.

Eines Nachmittags jedoch fing er erneut davon an. Wir lagen uns auf der Matratze gegenüber. Er streckte seine Hand aus und strich über meine rechte Wange. »Wie gefällt dir deine Arbeit mittlerweile?«

Mein Gesicht verfinsterte sich. »Samuel, ich kann das nicht«, setzte ich mit bebender Stimme an. »Ich bin keine Spionin.«

Er lächelte mild. »Darum geht es nicht, Julie. Denkst du, ich merke nicht, wie sehr dich all das belastet?« Er küsste mich. »Und ich möchte nur, dass du glücklich bist.«

»Das bin ich«, flüsterte ich mit pochendem Herzen. »So glücklich wie nie zuvor in meinem Leben.«

»Du machst mich glücklich«, erwiderte Samuel bedächtig. »Und du kannst dir nicht vorstellen, was ich dafür geben würde, dir endlich das bieten zu können, was du verdient hast.« Er zeigte in den Raum. »Das hier ist mit Sicherheit kein angemessener Ort für unsere Verabredungen.«

Ich strich über seinen Rücken. »Du bist alles, was ich brauche.«

»Trotzdem …«, beharrte er. Und nach einer kurzen Pause: »Kennst du die Maternité suisse in Elne?«

Verwirrt über den abrupten Themenwechsel, setzte ich mich auf. »Was soll das sein?«

Samuel stützte sich auf seinen Ellenbogen ab und lehnte sich gegen die Mauer. »In Elne gibt es eine Klinik für schwangere Frauen. Die Schweizerin Elisabeth Eidenbenz hat die Einrichtung schon vor mehreren Jahren mithilfe verschiedener Hilfsorganisationen gegründet, um in Lagern inhaftierten werdenden Müttern ein angenehmes Umfeld für die anstehende Geburt und die ersten Wochen danach zu bieten.«

Seine Worte weckten meine Neugier. »Welchen inhaftierten Frauen?«

»Zu Beginn waren es vor allem Flüchtlinge aus Spanien, die wegen des dortigen Bürgerkriegs nach Frankreich geflohen sind. Mittlerweile nehmen sie auch jüdische Frauen, Widerstandskämpferinnen, Kommunistinnen, im Prinzip Häftlinge jeder Art auf, die kurz vor der Entbindung stehen.«

»Das klingt nach einer sehr sinnvollen Aufgabe.«

Samuel legte seinen Arm um meine Schulter. »Ich könnte mir gut vorstellen, dass du dich dort wohler fühlen würdest als bei deiner jetzigen Beschäftigung.«

»Aber ich spreche kein Spanisch«, wandte ich ein.

»Ich weiß, dass dort auch noch andere Französinnen arbeiten. Sie betreuen viele Mütter, die ebenfalls nicht Spanisch sprechen.«

»Elne liegt nicht gerade um die Ecke.« Die Kleinstadt, die sich auf halber Strecke zwischen Collioure und Perpignan nördlich von uns befand, kannte ich lediglich von zwei oder drei Marktbesuchen mit Maman. Doch diese Fahrten lagen mehrere Jahre zurück. Seit der Krieg ausgebrochen war, war ich über Argelès-sur-Mer nicht mehr hinausgekommen.

»Die Strecke beträgt etwas weniger als zwanzig Kilometer«, erklärte Samuel.

Überrascht sah ich ihn an. »Woher weißt du das?«

Er schwieg.

»Warum redest du nicht mit mir?«, beklagte ich mich enttäuscht. »Vertraust du mir etwa immer noch nicht?«

Samuel wandte den Kopf ab. »Vertrauen ist ein sehr großes Wort in diesen Zeiten, Julie.«

Ich schloss die Augen und schmiegte mich an ihn. »Es tut mir leid.«

Er schüttelte den Kopf. »Das muss es nicht. Und im Übrigen vertraue ich dir wie sonst niemandem. Aber ich kann dir trotzdem nichts sagen. Es wäre zu gefährlich. Und ich möchte nicht, dass dir etwas zustößt.«

»Denkst du, ich kann mich dort einfach vorstellen?«

»Warum nicht? Ich weiß, dass sie jemanden suchen, der den Schwestern ein wenig zur Hand geht.«

Samuel hatte recht. In der Gendarmerie hatte ich mich noch nie wohlgefühlt. Im Umfeld der deutschen Besatzer zu arbeiten, belastete mich nach wie vor sehr. Und die Vorstellung, mich um junge

Mütter, die Opfer dieses furchtbaren Krieges geworden waren, und deren Babys zu kümmern, gefiel mir gut. Anstatt die Nazis zu unterstützen, würde ich die Seiten wechseln. Ich drehte den Kopf und drückte Samuel einen Kuss auf die Wange. »Danke.«

»Wofür?«, wollte er mit düsterer Miene wissen. »Dafür, dass du mit mir in diesem Loch hier sitzen musst?«

Ich strich ihm übers Haar. »Nein, dafür, dass du mich ernst nimmst. Dass du dir Gedanken um mein Wohlbefinden machst.«

»Das ist nicht schwer, Julie.«

»Ich gebe dich nicht mehr her«, erklärte ich versonnen und legte meine Hände in seinen Nacken. »Nie mehr.«

Samuel küsste meine Nasenspitze. »Das möchte ich dir auch geraten haben.«

Das Geplänkel zwischen uns ließ meine Laune abrupt steigen. Wagemutig verkündete ich daher: »Morgen fahre ich nach Elne und frage in der Klinik an, ob ich für Madame Eidenbenz arbeiten darf.«

»Señorita Isabel«, verbesserte Samuel mich.

Ich sah ihn stirnrunzelnd an. »Sagtest du nicht, dass sie …«

»So wird Elisabeth Eidenbenz von ihren Gästen und Mitarbeiterinnen genannt«, unterbrach er mich lächelnd. »Und ich hatte recht: Du bist eine mutige Frau, Julie.«

Meinen Eltern erzählte ich nichts davon, da ich sie nicht beunruhigen wollte. Sollte diese Señorita Isabel mich tatsächlich nehmen, konnte ich sie immer noch informieren. Maman erklärte ich am nächsten Morgen bloß, dass es heute später werden könnte, da viel Arbeit angekündigt worden sei. Wie ich es hasste, sie zu belügen. Aber es ging nicht anders.

Nachdem ich in der Gendarmerie Feierabend gemacht hatte, schwang ich mich auf mein altes Rad und machte mich auf den Weg. Der Tag war sonnig, aber sehr kalt. Ich zog meine Strickjacke enger um den Körper und fuhr los. Die ersten Kilometer führten mich die felsige Steilküste der Côte Vermeille entlang. Nachdem ich Collioure hinter mir gelassen hatte, atmete ich tief durch und genoss die friedvolle Ruhe, die mich umgab. Nur das Rauschen des Meeres und das Brechen der Wellen tief unter mir waren zu hören. Möwen kreischten über dem Wasser. Wie lange war ich nicht mehr hier gewesen? Früher hatte ich mit unseren Eltern an den Wochenenden oft Ausflüge zum Strand unternommen. Maman hatte den Proviant für uns eingepackt, und wir hatten ganze Tage am Meer verbracht. Das war, bevor du geboren wurdest und der Krieg ausgebrochen war. Während ich in Erinnerungen schwelgte, schaute ich immer wieder zum Horizont, der fast völlig mit der Wasseroberfläche zu verschmelzen schien. Ich liebte die Gegend, in der wir lebten, die Nähe zum Meer, das milde Klima, die Menschen hier im Süden. Doch all das wurde mittlerweile vom Krieg getrübt. Als habe sich ein dunkles Tuch über unser Land gelegt, von dem es niemand schaffte, sich zu befreien. Ab und zu konnte man an dessen Rand kurz hervorlugen und einen Blick darauf erhaschen, welche Schönheit das Leben eigentlich ausmachte. Momente wie diese gehörten dazu. Oder die Augenblicke, in denen ich mit Samuel zusammen war.

Nach mehr als einer Stunde Fahrt erreichte ich endlich den Ortsrand von Elne. Samuel hatte mir genau erklärt, wo sich das Château d'en Bardou, in dem die Klinik untergebracht war, befand.

Nur wenige Minuten später hielt ich vor dem großen Tor, das in der Mauer, die das Schloss umgab, eingelassen war. Eine breite Allee führte zu dem herrschaftlich anmutenden dreistöckigen Gebäude, auf dessen Dach eine große Glaskuppel thronte. Da das Tor offen stand, stieg ich vom Rad und schob es langsam durch die Einfahrt.

»Kann ich Ihnen helfen?«

Ich drehte mich in die Richtung, aus der die Stimme kam. Eine blonde Frau mit weißer Schürze sah mich mit fragender Miene an.

»Bonjour«, stammelte ich unbeholfen. »Mein Name ist Julie Lambert. Ich habe gehört, dass Sie jemanden zur Unterstützung suchen.«

Die Frau kam näher und betrachtete mich kritisch. »Das ist richtig. Woher wissen Sie davon?«

»Von einem entfernten Bekannten«, blieb ich vage.

Sie nickte. »Was können Sie?«

Was sollte ich ihr sagen? Ich wusste ja nicht einmal genau, welche Aufgaben mich hier erwarten würden. Während ich angestrengt überlegte, kam mir eine Idee. »Ich habe eine kleine Schwester, um die ich mich oft kümmere. Ich spiele mit ihr, esse mit ihr, lese ihr vor. Meiner Mutter gehe ich nach meiner Arbeit sehr oft im Haushalt zur Hand.«

»Was ist das für eine Arbeit, die Sie haben?« Ihre Stimme klang misstrauisch.

Ich erzählte der Krankenschwester von den Schreibarbeiten und wie unwohl ich mich in dem Büro fühlte. Als ich ihr erklärte, wie sinnvoll ich dagegen die Beschäftigung in einer Einrichtung wie der Maternité ansah, veränderte sich ihr Gesichtsausdruck.

Als ich fertig war, sah sie mich wohlwollend an. »Kommen Sie, Mademoiselle Julie. Wir schauen, ob wir Señorita Isabel finden. Sie entscheidet über jede Einstellung selbst. Und danach kann ich Ihnen unser Haus zeigen.«

Ich schloss kurz die Augen und schickte ein Stoßgebet gen Himmel. Das lief ja alles wie am Schnürchen.

Eine halbe Stunde später stand ich vor den lodernden Flammen des Kamins im Aufenthaltsraum der Frauen und freute mich wie ein kleines Kind. Ich hatte die Stelle bekommen.

15

»Und du bist dir sicher, dass er die Wahrheit gesagt hat?« Béatrice zog ihren Stuhl näher zu Lara und ließ sich nieder.

»Er war total nett«, sagte Lara und schluchzte auf. »Obwohl Mama die Beziehung mit ihm anscheinend nicht auf die feine englische Art beendet hat, hat ihn die Nachricht ihres Todes doch sehr mitgenommen. Er war mitfühlend, fürsorglich, sympathisch …«

»Der perfekte Vater also«, seufzte ihre Oma.

»Nur hat sich herausgestellt, dass er es nicht ist.« Lara schlug mit der Faust auf den Tisch. »Verdammt!«

»Wir finden ihn«, versuchte Béatrice sie zu beschwichtigen. »Irgendjemand muss doch etwas wissen.«

»Wie?« Mit tränenverschleierten Augen blickte Lara auf. »Meine Mutter hat mich dreißig Jahre lang angelogen, bevor sie sich einfach aus dem Staub gemacht hat, ohne mir die Wahrheit zu sagen.« Sie wusste, dass sie ungerecht war. Vanessa hatte stets Laras Bestes gewollt. Die Verzweiflung schlug in Trauer um.

»Lara, Kind. Deine Mutter hatte sicher gute Gründe dafür, dir nichts von …« Béatrice stockte. »… dir nichts von deinem Vater zu erzählen. Ich kann verstehen, wie verletzt du bist. Aber …« Die Stimme ihrer Großmutter begann zu zittern.

Als Lara sie ansah, erkannte sie, dass Béatrice kurz davor war, die Fassung zu verlieren. Hastig wischte sie sich über die Augen. »Es tut mir leid, Oma. Ich wollte nicht ... ich hätte das nicht sagen sollen.« Wieder entfuhr ihrer Kehle ein Schluchzen. »Aber sie fehlt mir so unendlich. Wie soll ich es nur ohne sie schaffen? Sie war immer da, hat immer einen Rat gewusst. Aber jetzt ...« Tiefe Trauer überlagerte Laras Gedanken. Ihre Mutter war weg. Für immer. Niemand konnte diese Leere, diese enorme Lücke in Laras Leben je wieder ausfüllen.

Béatrice griff nach der Hand ihrer Enkelin und drückte sie. »Ich weiß«, flüsterte sie. »Mir fehlt meine Tochter auch so sehr.«

Die Frauen blickten sich in stillem Einvernehmen an, während sie minutenlang stumm um Vanessa weinten.

»Ruf doch diese Louise noch mal an«, forderte Béatrice Lara auf, nachdem sie sich wieder einigermaßen beruhigt hatten.

»Meinst du wirklich?« Lara schniefte.

»Warum nicht?«

Sie griff nach dem Handy, atmete tief durch, um nicht zu weinerlich zu klingen, und tippte die Nummer ein, die Vanessas ehemals beste Freundin ihr gegeben hatte.

»Hier spricht Lara Eriksen«, begann sie zaghaft, nachdem Louise das Telefonat angenommen hatte.

»Lara. Haben Sie Pascal gefunden?«

»Ja«, bestätigte Lara ihr, bevor sie knapp von ihrem Gespräch mit Marnet berichtete.

»Das kann ich kaum glauben«, erwiderte Louise gedehnt. »Aber natürlich hat mich Vanessa auch nicht in die intimen Details ihrer Beziehung eingeweiht. Wenn er sagt, dass er als Vater nicht infrage kommt, glaube ich ihm. Er ist ein feiner Mensch.«

Lara nickte. Das war er definitiv, nur leider war sie nicht mit ihm verwandt. »Sie hat Ihnen nicht gesagt, dass sie sich schon vor ihrer Abreise von ihm getrennt hatte?«

Die Frau zögerte. »Sie hatte mir wohl erzählt, dass es Probleme zwischen Pascal und ihr gab, dass sie nicht mehr ganz so begeistert von ihm war, aber …« Sie machte eine Pause. »Dass sie sich getrennt hatten, wusste ich in der Tat nicht.«

»Das heißt, Sie können sich auch nicht vorstellen, wer noch als Vater infrage käme«, folgerte Lara mit wehmütiger Stimme.

»Ehrlich gesagt, nein«, entgegnete Louise. »Es tut mir sehr leid. Ich kann mir vorstellen, wie frustrierend die ganze Situation für Sie sein muss.«

Das bezweifelte Lara zwar, doch Louise konnte schließlich auch nichts für die Geheimniskrämerei von Vanessa, daher dankte sie ihr erneut und wollte das Gespräch beenden.

»Vielleicht versuchen Sie es mal direkt bei unserem früheren Chor«, schlug Louise in dem Moment vor. »Ich singe zwar seit mehr als zehn Jahren nicht mehr, aber sicher gibt es noch Mitglieder, die auch Ihre Mutter kannten. Vielleicht weiß einer von denen etwas.«

»Haben Sie eine Telefonnummer oder einen Ansprechpartner?« Ein letzter Funken Hoffnung keimte in Lara auf.

Louise nannte ihr die Namen zweier Mitglieder, von denen sie sicher wusste, dass sie noch sangen. Ob diese allerdings bereits zu Vanessas Zeit dem Chor angehört hatten, konnte sie nicht mit Sicherheit bestätigen.

»Und?« Ihre Oma sah sie neugierig an, nachdem Lara das Telefonat beendet hatte.

Sie erzählte ihr von dem Gespräch und lehnte sich auf ihrem Stuhl zurück. »Vielleicht sollten wir einfach unsere Koffer packen und nach Hause fahren.«

»Ach, Lara.«

Sie zuckte mit den Achseln. »Warum nicht? Was wollen wir hier eigentlich?«

»Das ist nur ein kleiner Rückschlag, Kind. Mehr nicht.«

»Woher nimmst du nur deinen Optimismus?« Lara schüttelte den Kopf. »Manchmal kann man sich nur wundern. Dieser Pascal Marnet war wirklich toll. Nett …«

Ihre Oma lächelte. »Perfekt. Das sagtest du schon.«

»Ja, aber die Ehefrau dagegen … was kann ein Mann wie er an so einer Schreckschraube finden? Warum haben charmante, intelligente Männer solche Partnerinnen? Furchtbar.«

»Du hegst ja Gedanken«, ihre Oma setzte sich vor, »aber ich kenne zumindest einen charmanten und intelligenten Mann, der auf hübsche und ebenso clevere Frauen steht.«

»Du meinst Opa?« Lara grinste.

»Der natürlich auch.« Béatrice winkte ab. »Aber ich meinte Félix.«

»Oma.«

»Was, Oma?« Béatrice spielte Empörung vor. »Ich wollte dir nur aufzeigen, dass es auch Männer mit gutem Geschmack gibt.«

»Félix steht nicht auf mich«, behauptete Lara. »Er möchte mich einfach nur ein wenig aufmuntern.«

Béatrice nickte. »Ja, natürlich. Ich möchte auch Menschen aufmuntern, die mich nicht interessieren und die mir völlig gleichgültig sind.«

Lara stöhnte. »So ist das nicht bei uns.«

»Uns?« Ein Lächeln legte sich auf die Lippen der Greisin.

Lara sprang auf. »Weißt du, Oma, manchmal kannst du mich echt zur Weißglut bringen.«

»Komisch, das höre ich von deinem Opa auch öfter.«

»Also, was ist jetzt?«

Béatrice sah sie fragend an.

»Fahren wir nach Hause?« Lara grinste.

Ihre Oma rieb sich übers Knie und erhob sich schwerfällig.

»Nein, wir bleiben«, erklärte sie entschlossen. »Das ist ein Befehl.« Sie deutete ins Haus. »Und jetzt gehen wir Crêpes machen. Ich habe nämlich Hunger und hoffe auf die Backkünste meiner Enkelin.«

Lara sah ihrer Oma kopfschüttelnd hinterher, wie diese leicht humpelnd das Erdgeschoss betrat.

»Was ist?« Béatrice drehte sich noch mal zu Lara um. »Komm, deine alte Großmutter hat Hunger.«

Lara lachte. »Soll ich dir etwas sagen?«

»Hm?«

»Du bist absolut unmöglich.«

Béatrice grinste. »Das weiß ich.«

• • •

Während Lara an ihrer Tasche herumnestelte, blickte sie aufgeregt auf das azurblaue Wasser vor ihr. Es war ein wunderbar warmer Septembernachmittag, und sie war gespannt, was Félix sich ausgedacht hatte.

»Lara!«

Als sie sich umdrehte, kam der Sohn der Arnauds den Steg entlang und winkte ihr zu. »Warten Sie schon lang?«

Sie schüttelte den Kopf. »Ich bin auch gerade gekommen.«

Er schnaufte. »Uff. Gut, ich dachte schon, ich sei zu spät. Einer unserer Versuche dauerte etwas länger als gedacht.«

»Sie arbeiten sonntags?«

Er zog seine Brauen hoch »Nicht oft, aber manchmal müssen wir Versuchsreihen überwachen.«

»Jetzt sind Sie ja hier«, erwiderte Lara. »Sie haben mich ganz schön auf die Folter gespannt.«

Félix lachte. »Das war nicht meine Absicht. Ich hoffe, Sie hatten keine schlaflose Nacht wegen mir.« Er stockte. »Alors, ich meine … ich wollte sagen, nicht, dass meine Idee Sie nicht schlafen ließ.«

Lara lächelte. »Ich habe Sie schon richtig verstanden. Und nein, wenn ich kaum geschlafen habe, dann sicher nicht wegen unserer Verabredung. Obwohl …«

»Schlechte Nachrichten?« Sein Blick wurde durchdringender.

»Ich erzähle es Ihnen gleich. Aber jetzt möchte ich erst mal wissen, was wir vorhaben.«

Er hob die Hände. »Pardon, natürlich.« Er deutete auf eines der kleinen Motorboote, die sanft auf den Wellen vor ihnen schaukelten. »Wie wäre es mit einer kleinen Tour?«

»Sie haben ein Boot gemietet?« Lara musterte die weißen Schiffe.

»Nicht ganz.« Er verzog das Gesicht. »Sehen Sie die ›Reine blanche‹?« Er zeigte auf das zweite Boot in der Reihe. »Das ist meins.«

»Sie besitzen ein Schiff?« Lara sah ihn überrascht an.

»Ein kleines, ja.« Er zuckte fast entschuldigend mit den Achseln. »Ich hoffe, Sie sind seefest.«

»Mir ist nichts Gegenteiliges bekannt. Ich habe uns übrigens ein paar Crêpes mitgebracht, für unseren Ausflug.«

»Crêpes?« Félix' Miene nahm einen anerkennenden Ausdruck an. »Woher wissen Sie, dass ich Crêpes liebe?«

Lara lächelte. »Dann passt das ja. Ich backe für mein Leben gern.«

Er musterte sie einige Sekunden stumm. »Ich freue mich wirklich sehr, dass Sie da sind.« Er zögerte. »Wollen wir uns nicht endlich duzen?« Er streckte ihr eine Hand hin.

»Gern.« Sie erwiderte den Händedruck und genoss das Kribbeln auf ihrer Haut, als sie seine Finger berührte.

Während sie noch über seine Worte nachdachte, beobachtete sie, wie er leichtfüßig auf das Boot sprang, sich kurz umblickte und sie dann zu sich winkte. »Komm, wir sind startklar.«

Lara tat es ihm gleich und betrat das schwankende Gefährt.

»Alles okay?«

Sie nickte. »Ich bin noch nie auf so einem kleinen Schiff gewesen. Es ist nur etwas ungewohnt.«

»Für mehr hat es leider nicht gereicht«, meinte er trocken.

Lara biss sich auf die Zunge. »So habe ich es nicht gemeint. Ich wollte nur sagen, dass …«

Félix winkte ab. »Schon gut, es war nur ein Scherz.« Er ließ sich hinter dem Schalthebel nieder. »Komm, setz dich neben mich. Ich beiße nicht.«

Vorsichtig kletterte Lara über die beiden vorderen Bänke und platzierte sich neben Félix.

»Können wir?« Er sah sie von der Seite an.

Sie erwiderte seinen Blick und nickte. »Ich bitte darum.«

Während Félix das Boot routiniert vom Steg weglenkte, begann Lara, ihm von ihrem Tag zu erzählen. Während sie redete, spürte sie, wie sie sich trotz der unglücklichen Entwicklung der Ereignisse langsam entspannte. Es war ein gutes Gefühl, jemandem sein Herz ausschütten zu können.

»Was willst du jetzt machen?«

»Ich weiß es nicht genau«, gab Lara offen zu. »Aber ich werde wohl versuchen, über eines der Chormitglieder neue Erkenntnisse über das Liebesleben meiner Mutter in Erfahrung zu bringen.« Sie lehnte sich zurück und genoss den leichten Fahrtwind auf ihrer Haut.

»Ich stelle es mir schwierig vor, in der Vergangenheit der eigenen Mutter herumzukramen«, merkte Félix mit ernster Stimme an.

»Das ist es«, bestätigte sie. »Und sehr merkwürdig.«

»Wenn ich dir irgendwie helfen kann …«

»Das ist lieb, danke. Aber ich glaube, bei dieser Sache muss ich selbst sehen, wie ich weiterkomme. Schließlich geht es um meinen Vater, meine Herkunft.« Sie schloss die Augen und lauschte dem leisen Geräusch des Motors. »Es riecht nach Freiheit.« Sie hörte ihn neben sich lachen.

»Ich fürchte, der Geruch der Freiheit wird ein wenig vom Benzingemisch des Motors unterwandert.«

»Du hattest recht mit deiner Aussage«, erklärte Lara schmunzelnd, öffnete die Augen wieder und sah ihn von der Seite an. Félix trug ein hellgraues kurzärmliges Hemd und ausgewaschene Jeans, die über den Knien endeten.

»Mit welcher Aussage?«

»Dass du ein Banause bist«, erwiderte sie lächelnd. »Freiheit und Benzin ist keine wirklich romantische Konstellation.« Der Satz war draußen, bevor sie überhaupt darüber nachdenken konnte.

Er warf ihr einen seltsamen Blick zu, bevor er wieder nach vorn schaute. »Du willst Romantik?« Er grinste. »Das kann ich auch.«

Lara wandte den Kopf ab. Was musste er von ihr denken? Als Félix im nächsten Moment das Boot wendete, sah sie ihn erstaunt an. »Kehren wir schon um?«

»Du klingst enttäuscht!« Er schüttelte den Kopf. »Nein, wir sind doch gerade erst losgefahren.« Er zeigte auf die Bucht von Collioure. »Ich wollte dir nur ein wenig Romantik bieten.« Er ließ den Blick über das Örtchen schweifen. »Und, was meinst du?«

»Es ist wunderschön«, raunte Lara andächtig. Von ihrer morgendlichen Schwimmrunde kannte sie diese Perspektive zwar schon, doch jetzt waren sie viel weiter draußen. Der Blick umfasste auch die Küste beidseits von Collioure. Die Wehrkirche, das Château, die bunten Häuser der Altstadt, dahinter die Weinberge, über denen das Fort thronte. Die Kulisse raubte Lara fast den Atem. Der blaue wolkenlose Himmel setzte dem Bild das i-Tüpfelchen auf. Die Szenerie wirkte harmonisch, fast melodisch. »Ich habe noch nie einen so schönen Ort gesehen.«

»Ja, ich liebe dieses Fleckchen Erde sehr«, bekannte Félix.

»Das glaube ich dir.«

Er deutete nach Süden. »Da drüben liegt Port-Vendres, daneben Banyuls-sur-Mer.«

»Vor ein paar Stunden habe ich meine Großmutter noch gefragt, ob wir nicht besser nach Hause fahren. Jetzt frage ich mich gerade, warum ich überhaupt je wieder nach Hause fahren sollte.«

»Dann bleib einfach hier.« Der Klang seiner Stimme ließ ihren Puls schneller schlagen.

»Wenn es so einfach wäre.« Sie seufzte.

»Manchmal ist es das sogar, und wir stehen uns nur selbst im Weg.«

Sie nickte, während er das Boot wendete und es wieder aufs offene Meer hinauslenkte. »Vielleicht hast du recht. Ich könnte eine kleine Crêperie eröffnen. Das wäre mein großer Traum.«

»Das klingt nach einer guten Idee.«

»Findest du wirklich?« Sie sah ihn erstaunt an. »Ich bin Kunsthistorikerin.«

»Die nur durch einen Einohrigen von den Dinos abkam.« Er grinste.

»Ich glaube, ich muss zukünftig aufpassen, was ich dir erzähle.«

»Nein, bitte nicht. Deine entwaffnende Offenheit gefällt mir sehr. Kein Herumgerede, stattdessen klare Worte. Ich mag deine Art. Und ich verspreche dir auch, dass ich nichts, was du mir anvertraust, gegen dich verwenden werde.«

Lara musste lachen. »Oje, das klingt aber jetzt auch, als ob du den falschen Studiengang erwischt hättest.«

»Ich wäre ein erbärmlicher Anwalt«, wehrte er ab. »Nein, wenn ich im Meer nach Antworten suchen kann, dann bin ich glücklich. Das ist mein kleines großes Universum, in dem ich mich wohlfühle.«

»Schön, wenn man das von seiner Arbeit sagen kann.« Lara streckte ihre Hand aus und ließ sie durchs Wasser gleiten.

»Ja, das ist es in der Tat. Und ich bin sehr froh, an einem Ort zu leben, an dem ich meine Leidenschaft zu meinem Beruf machen konnte.«

Lara musste an ihre Mutter denken. Vanessa hatte auch ihr Leben lang für ihre Leidenschaft, für ihre Interessen eingestanden und sich engagiert. Was hätte sie wohl zu Félix gesagt?

Nachdem sie die nächsten Minuten schweigend verbracht hatten, durchbrach er die Stille und forderte sie auf: »Erzähl mir etwas von deinen Dinosauriern.«

Lara sah ihn irritiert an. »Ist das dein Ernst?«

Er nickte. »Was fasziniert dich an diesen Riesenviechern?«

Sie lachte. »Ich sag's ja. Banause.« Sie schüttelte amüsiert den Kopf, wurde dann aber sofort wieder ernst. »Mich fasziniert die Vielfalt, die damals herrschte. Diese riesigen Wunderwerke der Natur. Ein Brachiosaurus konnte bis zu dreiundzwanzig Meter lang werden. Überleg mal. Dreiundzwanzig Meter. Wie lang ist dieses Boot?«

Er grinste. »Mickrige sechs Meter.«

»Siehst du!«, ereiferte Lara sich. »Diese Tiere waren viermal so groß. Wenn ich mir vorstelle, wie diese Riesen durch die Landschaft gestapft sind. Auf der Suche nach Nahrung. Inmitten ursprünglicher Wälder. Ohne den Einfluss des Menschen. Und wie furchtbar lang diese Ära her ist.«

»Hast du einen Lieblingsdino?«

»Willst du das wirklich wissen?« Sie runzelte die Stirn.

»Würde ich sonst fragen?«

»Na gut. Ganz besonders mag ich den Stegosaurus.«

»Warum?«

»Du nimmst mich auf den Arm.«

Entrüstung legte sich auf sein Gesicht. »Wie kommst du darauf?«

»Ich wurde noch nie von einem Mann gefragt, warum ich …« Sie begann zu stammeln.

»Na, das passt dann doch wieder ins Bild. Ich habe dir also nicht nur das merkwürdigste Telefonat deines Lebens beschert, sondern auch die merkwürdigste Verabredung.«

Wieder musste sie lachen. »Ich mag ihn wegen seines Aussehens. Wegen der Knochenplatten auf seinem Rücken. Das war eine sehr ausgeklügelte Waffe. Und er war nicht allzu groß, wurde nur neun Meter lang und etwa vier Meter hoch.«

»Klingt nach einem echten Zwerg«, merkte Félix an.

Lara stieß ihn in die Seite. »Du wolltest es doch wissen.«

»Ja, das wollte ich auch. Und ich glaube tatsächlich, du hättest dich von dem Einohrigen nicht so beeinflussen lassen sollen.«

»Danke.«

»Wofür?«

»Für diesen wundervollen Ausflug. Ich habe mich schon lange nicht mehr so … leicht, so aufgeräumt gefühlt.«

»Dann habe ich ja zumindest irgendetwas richtig gemacht«, erwiderte Félix lächelnd. »Apropos leicht … Mein Magen fühlt sich gerade sehr leicht an.«

Lara griff nach ihrer Tasche und holte die Schüssel heraus, in der sie die Crêpes verstaut hatte. »Voilà.«

Félix schaltete den Motor aus.

»Ich hoffe, sie schmecken auch kalt.«

Nachdem er einen halben Crêpe verspeist hatte, nickte er kauend. »Sie schmecken definitiv auch kalt.« Er schüttelte den Kopf. »Vorzüglich.«

»Magst du noch einen?« Lara hielt ihm die Schüssel hin.

»Ich bin so frei.«

Zufrieden beobachtete sie, wie er zwei weitere der dünnen Pfannkuchen aß.

»Du solltest auf jeden Fall eine Crêperie eröffnen«, erklärte Félix ihr mit entschlossener Stimme, nachdem er sich den Mund mit einer der Servietten abgeputzt hatte. »Eine Backkünstlerin wie du fehlt uns in Collioure noch.«

»Den Eindruck habe ich, ehrlich gesagt, nicht.«

»Qualität setzt sich durch, glaub mir. Man schmeckt förmlich das Herzblut, mit dem du an die Dinge herangehst, die dir Spaß machen.«

»Vielleicht«, erwiderte Lara leise.

»Ich würde dir wirklich sehr gern helfen. Bei der Suche nach deinem Vater, nach einer neuen Perspektive, vielleicht auch nach einer kleinen Crêperie.« Seine Stimme klang ernst.

Sie wandte den Kopf und blickte ihm sekundenlang in die Augen. Laras Magen begann zu kribbeln.

»Ein Crêpes-Picknick auf dem offenen Meer«, raunte Félix. »Ist das romantisch genug für dich?«

Lara nickte stumm.

Als sich sein Gesicht langsam dem ihren näherte, schloss sie die Augen und wartete voller Vorfreude auf seine Berührung. Seine Lippen fühlten sich weich und aufregend zugleich an. Lara spürte seine Hand in ihrem Nacken, die Wärme, die er ausstrahlte, sie konnte seinen Geruch wahrnehmen. Ihr Körper schien plötzlich in Flammen zu stehen. Sie genoss seinen einzigartigen Geschmack in ihrem Mund. Sehnsüchtig schlang sie ihre Arme um seinen Nacken und drängte sich dichter an ihn. All ihre Gedanken lösten sich auf, sie wollte Félix nur noch fühlen, seine Nähe auskosten. Ein leiser Seufzer entfuhr ihren Lippen.

Als sie sich wieder voneinander lösten, räusperte sie sich verlegen.

»Das war so nicht eingeplant«, merkte Félix leise an.

Lara senkte den Blick. »Ich glaube, es ist kein guter Zeitpunkt für …« Sie machte eine unbestimmte Handbewegung.

»Für mich fühlte sich der Zeitpunkt mehr als perfekt an. Du bist eine sehr faszinierende Frau«, widersprach er ernst.

»Es war sehr schön, aber …« Lara suchte nach den richtigen Worten. »Ich habe momentan so viele Probleme …«

»Die man zu zweit besser lösen kann als allein«, ergänzte er.

»Du bist ein toller Mann, Félix«, setzte Lara erneut an. »Aber ich …«

Er hob seine Hand und strich ihr mit dem Daumen über die Wange. »Du bist einzigartig, Lara.« Er lächelte schwach. »Die Erste, die ich kenne, die so unglaublich viel über die Großechsen weiß.«

Kurz genoss sie seine sanfte Berührung und schloss die Augen, bevor sie sich wieder fing. »Ich meine es ernst …«, begann sie erneut. »Ich lebe in Deutschland.«

»Wir können einen Weg finden.«

»Gib mir Zeit«, bat Lara ihn eindringlich und legte ihre Hand auf seine. »Bitte. Ich kann dir nichts versprechen.«

Félix hauchte ihr einen Kuss auf die Wange. »Das musst du auch nicht. Warum warten wir nicht einfach ab, wie es mit uns weitergeht?«

16

Lara stellte sich an die Brüstung der kleinen Dachterrasse und ließ den Blick über das abendliche Collioure schweifen. Zum Glück war ihre Oma nicht zu Hause gewesen, als sie von dem Bootsausflug mit Félix nach Hause gekommen war. Sie hätte Lara wahrscheinlich sofort angesehen, was geschehen war. Aber war sie denn von allen guten Geistern verlassen? Zwischen Südfrankreich und Bremen lagen mehr als tausend Kilometer. Sie, die sonst all ihre Entscheidungen vernunftorientiert und pragmatisch traf. Warum hatte sie sich überhaupt auf diesen Kuss eingelassen? Gab es nicht schon genug offene Enden und Fragen in ihrem Leben? Benötigte sie nun auch noch eine Fernbeziehung, die Lara niemals glücklich machen würde? Wie stellte sie sich das vor? Dass sie alle paar Wochen Tausende Kilometer fuhr, um Félix für ein paar Tage zu sehen? Und den Rest der Zeit? Sollten sie telefonieren und mailen? Skypen? Nein, ein solches Tohuwabohu benötigte sie weiß Gott nicht in ihrem Leben. Dass sie die Reise hierher geschafft hatte, hatte sie wohl größtenteils auch ihrer Oma zu verdanken. Unter einer Beziehung stellte Lara sich innige Zweisamkeit vor. Abends dem Partner von seinem Tag erzählen zu können. Mit ihm gemeinsam auf der Couch oder dem Balkon zu sitzen. Am Wochenende ausgedehnte Spaziergänge zu unternehmen. Was hatte sie sich nur gedacht?

Frustriert schlug sie mit der flachen Hand gegen die Hausmauer. Félix war liebevoll, zuvorkommend, witzig. Sogar für ihre Dinomanie interessierte er sich. Aber er lebte in Frankreich. Nicht mal eine Wochenendbeziehung wäre über diese Entfernung möglich. Nein, ihre Treffen könnten sich maximal auf drei oder vier Male im Jahr beschränken. Sie musste ihn sich aus dem Kopf schlagen. Noch war nichts passiert. Noch war es nicht zu spät. Ein harmloser Kuss während einer romantischen Bootsfahrt. Sicher war seine Initiative aus einer Laune heraus geboren. Zwei einsame Herzen, die die Gunst der Stunde fehlinterpretiert hatten. Bestimmt sah Félix es mittlerweile ähnlich. Auch er schien ihr nicht der Typ für eine lockere Beziehung auf Distanz zu sein. Sein Kuss bei ihrer Verabschiedung hatte sich nach so viel mehr angefühlt.

Lara fluchte. Wäre sie doch nur nie hierhergekommen! Tief in ihrem Inneren fürchtete sie, dass sie den Meeresbiologen nicht so leicht würde vergessen können. Sie schloss die Augen und rief sich erneut die Situation auf dem Meer ins Gedächtnis. Seine fordernden Lippen auf ihren, seine Hände auf ihrer Haut. Augenblicklich begann ihr Unterleib zu kribbeln. Sehnsucht stieg in ihr auf. Warum musste das Leben nur immer so verdammt kompliziert sein?

Lara zog sich einen Stuhl heran, setzte sich und lehnte die Füße gegen die Mauer. Während sie vor sich hin starrte, fiel ihr das Telefonat mit Louise Richard ein. Sie zog den Notizzettel aus ihrer Tasche und prüfte die beiden Namen. Seufzend angelte sie sich ihr Handy und wählte die erste Nummer. Jetzt war ihr auch schon alles egal. Lara machte sich nicht viele Hoffnungen, dass sie durch die beiden Chormitglieder weiterkäme, aber wie hieß es so schön? Lieber ein Ende mit Schrecken als ein Schrecken ohne Ende. Und wenn auch dieser Hinweis im Sande verlief, hatte sie keinen Grund mehr, weiter in Collioure zu bleiben. Auch die Suche nach Béatrices Schwester hatte sich als schwieriger entpuppt als erwartet. Wie hatte Félix es genannt? Detektivarbeit? Lara war keine Detektivin.

»Hallo?«

Die weibliche Stimme unterbrach ihr Grübeln. Hastig suchte Lara nach den richtigen Worten und stellte sich vor.

»1988?« Die Frau am anderen Ende schnaubte. »Da war ich noch nicht dabei. Ich kenne Louise natürlich, aber in der Hinsicht irrt sie sich.« Sie machte eine Pause, schien zu überlegen. »Wir sind erst 1992 hierhergezogen. Mein Mann arbeitet seitdem in Argelès. Ich glaube, zwei Jahre später bin ich zum Singen gekommen.«

Enttäuscht bedankte Lara sich bei ihr und beendete das Gespräch, bevor sie sich den Zettel erneut zur Hand nahm. Sollte sie es noch einmal wagen? Oder war es an der Zeit, endlich zu akzeptieren, dass ihre Mutter ihr Geheimnis wortwörtlich mit ins Grab genommen hatte? »Warum tust du mir das an, Mama? Warum hast du nie auch nur ein Wort gesagt?« Sie presste die Lippen aufeinander, bevor sie entschlossen die zweite Nummer ins Handy tippte.

»Ja?«

Wieder spulte Lara ihren Spruch ab und erklärte ihr Anliegen.

»Vanessa Eriksen?« Monique Dufruit schnalzte mit der Zunge. »Wenn ich ehrlich bin, kann ich mich nicht an sie erinnern.«

»Haben Sie damals schon in dem Chor gesungen?« Wieder sank Laras Hoffnung.

»Ja«, erwiderte Monique Dufruit gedehnt. »Lassen Sie mich bitte kurz überlegen.«

Geduldig wartete Lara darauf, dass die Frau erneut das Wort ergriff. Ein Schmetterling setzte sich auf die Brüstung und schlug sachte mit seinen Flügeln. Bei seinem Anblick musste Lara lächeln.

»Vielleicht sollten Sie mit Jérôme Moustiers sprechen.«

Lara seufzte stumm. Ein weiterer unbekannter Name. »Wer ist das?«, fragte sie wenig begeistert.

»Unser damaliger Chorleiter«, erklärte Dufruit. »Ich glaube zumindest, dass er damals noch den Chor geleitet hat.« Wieder machte sie eine Pause. »Ich bin mir nicht mehr ganz sicher. Pardon, aber 1988 … das ist wirklich sehr lange her.«

»Ich weiß«, gab Lara zu. »Und mir ist durchaus bewusst, dass ich gerade nach der berühmten Nadel im Heuhaufen suche.«

Der Schmetterling öffnete seine Flügel und flog davon.

»Ihr Anliegen ist mehr als verständlich«, tröstete Dufruit sie. »Und Jérôme kannte alle Mitglieder. Der Chor war sein großes Steckenpferd. Irgendwann Ende der Achtziger oder Anfang der Neunziger musste er die Leitung aus persönlichen Gründen abgeben. Ich bin mir sicher, dass er sich an Ihre Mutter erinnert.«

»Sie war ja nur ein paar Monate dabei«, merkte Lara voller Zweifel an.

»Trotzdem«, beharrte Monique Dufruit. »Reden Sie mit ihm. Ich habe seine Telefonnummer nicht, kann Ihnen aber seine Adresse geben.«

»Er lebt noch in Collioure?«

»Ich selbst komme zwar aus dem Norden, aber ich kenne keinen Einheimischen, der freiwillig von hier wegzieht.« Die Frau lachte. »Dieser Ort hat einen Zauber an sich, der einen nicht mehr loslässt, wenn man ihm erst einmal erlegen ist.«

Nachdem Lara sich den Namen und die Anschrift des ehemaligen Chorleiters notiert hatte, bedankte sie sich und legte auf.

Monique Dufruit hatte recht mit ihrer Einschätzung. Collioure strahlte in der Tat eine besondere Anziehungskraft aus. Doch es war nicht nur der Ort, der Lara magisch anzog, wie sie ehrlicherweise zugeben musste. Die Menschen, die sie bisher getroffen hatte, waren offen und hilfsbereit. Lag es an dem strahlend blauen Himmel, der die Einwohner hier den Großteil ihres Lebens begleitete? War es das Meer, das sich direkt vor ihrer Haustür befand, dessen Geruch überall im Ort allgegenwärtig war, oder die atemberaubende Natur? Lara wusste es nicht. Was sie jedoch wusste, war, dass sie aufpassen musste, dass nicht auch sie selbst dem Zauber des Örtchens erlag. Und vor allem nicht dem Zauber eines bestimmten Bewohners.

• • •

Während Lara das Unkraut zwischen den Platten im Hinterhof entfernte, lief ihr der Schweiß über den Rücken. Die eintönige, aber anstrengende Arbeit tat ihr gut. Ihre Hände waren beschäftigt, während ihr Gedankenkarussell sich unaufhörlich drehte.

Als sie ein Viertel der Fläche erledigt hatte, richtete sie sich auf und streckte sich. Zufrieden begutachtete sie ihr Werk. Für heute war es genug. Wenn sie das Grün zwischen den Platten komplett eliminiert hätte, würden die Kletterpflanzen an den Wänden und die neu gekaufte Palme einen hübschen Kontrast zu dem grauen Boden ergeben.

Nachdem Lara die ausgegrabenen Gräser entsorgt hatte, duschte sie sich in der Badewanne und genoss das lauwarme Wasser auf ihrer erhitzten Haut. Als sie sich kurz darauf ein frisches Kleid überzog, war Béatrice immer noch nicht zurück. Lara entschloss sich, ein wenig die Altstadt zu erkunden und die Atmosphäre Collioures in sich aufzusaugen. Dem Zauber des kleinen Örtchens auf die Spur zu kommen, dachte sie amüsiert, während ihr das Telefonat mit Monique Dufruit einfiel.

Lara verließ das Haus und schlug die entgegengesetzte Richtung ein, die nicht zum Château führte, sondern in Richtung der Kirche Notre-Dame-des-Anges. Um diese Uhrzeit hatten die Tagesausflügler Collioure bereits verlassen, und die Gassen der Innenstadt waren den Einheimischen vorbehalten. Ein Gässchen wirkte pittoresker als das andere. Farbenfrohe mehrstöckige Wohnhäuser reihten sich aneinander. Im Erdgeschoss befanden sich meist Geschäfte oder kleine Restaurants, während in den Stockwerken darüber prachtvolle Purpurglöckchen und Storchschnabel blühten. An einigen Außenmauern hatten die Bewohner Geckos und Grillen aus Keramik angebracht. Schmiedeeiserne Flamingos, Pferdeköpfe und allerlei anderes Getier verzierten die Fassaden. Es gab in jeder Ecke so viele liebevolle Details zu entdecken, dass Lara kaum vorankam. Sie schlenderte durch die Geschäfte und bewunderte ausgefallenes Keramikgeschirr, das die warmen Farben des Südens widerzuspiegeln schien, betrachtete hochwertige Ledertaschen, die in mühevoller Handarbeit gefertigt worden waren, und blieb schließlich vor einer Ansammlung bunter kleiner Meerestierchen aus Glas stehen. Sie nahm ein filigran verarbeitetes orangefarbenes Seepferdchen hoch und überlegte.

»Sie sind hübsch, nicht wahr?« Die ältere Verkäuferin stellte sich neben Lara und zeigte auf Laras Hand.

»Ich habe einen Bekannten, der Meeresbiologe ist«, erwiderte Lara nachdenklich. Ein Bekannter. Bekannte küsste man nicht. Natürlich behielt sie ihre Gedanken für sich.

»Ein passendes Geschenk für einen Meeresbiologen.« Die Ältere nahm einen blaugrauen Delfin hoch und hielt ihn Lara unter die Nase. »Wie wäre es damit?«

Lara zögerte nur kurz, bevor sie den Kopf schüttelte. »Nein, ich nehme das Seepferdchen.«

»Sie wissen, was Sie wollen«, entgegnete die Verkäuferin lächelnd, nachdem sie den Delfin zurückgelegt und Lara das Tierchen aus der Hand genommen hatte. »Kommen Sie, ich packe es Ihnen ein, damit es nicht zerbricht.«

Als Lara kurz darauf den Laden verließ, fühlte sie sich beschwingt und glücklich. Sie wunderte sich über sich selbst. So sprunghaft, wie sie sich im Moment verhielt, kannte Lara sich überhaupt nicht. Bisher hatte sie all ihre Ziele immer sehr bewusst und diszipliniert verfolgt. Seit sie in Südfrankreich war, konnte von Disziplin keine Rede mehr sein. Sie wandelte auf den Spuren ihrer Mutter. Ließ sich von der lockeren Art der Südländer anstecken und änderte alle fünf Minuten ihre Meinung. Im einen Moment stand sie kurz davor, ihren Koffer zu packen und abzureisen, während sie im nächsten Augenblick ernsthaft darüber nachdachte, das Haus ihrer Oma generalüberholen zu lassen und ihre Zelte in Deutschland komplett abzubrechen. Was war mit ihr los? In der Vergangenheit hatte Lara immer eine Perspektive gebraucht, ein Ziel, an dem sie sich festhalten und auf das sie hinarbeiten konnte. Seit ihre Mutter gestorben und Lara ihren Job verloren hatte, war nichts mehr so, wie es einmal war. Sie hatte keine Ahnung, von was sie leben sollte. Ihre Ersparnisse waren nicht unerschöpflich. Sie hatte noch kaum einen Gedanken daran verschwendet, wo sie einen neuen Job herbekommen sollte. Was sie momentan antrieb, war die Suche nach ihrem Vater. Doch die schickte sich an, ins Leere zu laufen. Wahrscheinlich musste sie sich damit abfinden, dass sie keine Möglichkeit mehr finden würde, das Geheimnis ihrer Mutter zu lüften.

Entschlossen schlug Lara den Weg zum Meer ein. Schon von Weitem erblickte sie Amélie, die auf der Kaimauer saß und sich angeregt mit einer molligen Frau unterhielt, die eine Leinwand vor sich aufgestellt hatte. Während Lara noch überlegte, ob sie ihre Nachbarin stören sollte, hatte auch Amélie sie entdeckt und winkte sie zu sich. »Lara!«

»Bonsoir«, grüßte Lara in Richtung der Malerin und blieb unschlüssig neben Amélie stehen.

»Das ist Lara, meine Nachbarin und Bekannte. Und das ist Mathilde, eine begnadete Künstlerin, wie du hier sehen kannst.« Amélie deutete grinsend auf die noch unfertige Leinwand. »Lara ist Kunsthistorikerin.«

»Oh, là, là, eine Frau vom Fach.« Die füllige Malerin streckte Lara ihre Hand hin.

»Das Bild ist wunderschön«, bemerkte Lara. Man konnte schon den Horizont im Hintergrund erkennen, den Mathilde in dunklen Rot- und Orangetönen wiedergegeben hatte. Im Vordergrund schaukelten einige kleine Segelboote auf den mit weißen Schaumkronen versehenen Wellen. Am linken Bildrand thronte unverkennbar die alte Wehrkirche.

»Danke, aber ich kenne meinen Platz in der Riege der Künstlerwelt.« Mathilde lächelte.

»Lara ist auf der Suche nach einem Job«, mischte sich Amélie wieder ein.

»Als Kunsthistorikerin?«

»Sie backt auch fantastische Crêpes«, erklärte Amélie lächelnd und zwinkerte belustigt.

»Eine kleine Crêperie wäre tatsächlich mein großer Traum«, bekannte Lara schwärmerisch. »Aber ich glaube nicht, dass Collioure auf eine Deutsche wartet, die den Einheimischen das Crêpes-Backen aus der Hand nehmen möchte.« Sie seufzte.

»Das dachte ich auch.« Amélie stieß Lara spielerisch an.

Mathilde ließ den Blick zwischen den beiden Frauen hin und her schweifen. »Kennt ihr euch schon länger?«

Lara und Amélie schüttelten synchron den Kopf.

»Warum fragst du?«

»Weil man es meinen könnte, wenn man euch so zusammen sieht.« Mathilde wandte sich an Lara. »Wenn Sie Arbeit in einer Galerie oder einem Museum suchen, fällt mir als nächster Ort Perpignan ein. Aber ich glaube, ich muss Ihnen nicht sagen, dass die Anzahl der Stellen in der Branche doch sehr überschaubar ist.«

»In Deutschland sieht es ähnlich düster aus. Und ich weiß auch noch gar nicht, nach was genau ich suche. Ob ich wirklich wieder in die Kunstwelt eintauchen möchte. Meine Oma besitzt hier ein Haus. Da keimte der Gedanke auf, es zu einem Feriendomizil umzubauen. Aber für immer hier runterziehen ...« Sie verzog das Gesicht.

»Das kommt mir doch alles sehr bekannt vor.« Mathilde lachte Amélie an. »Sie befinden sich also auch an einem Scheidepunkt in Ihrem Leben.«

»Collioure wirkt in Lebenskrisen wie ein Allheilmittel«, witzelte Amélie.

»Lebenskrise«, wiederholte Lara nachdenklich, während sie sich neben ihre Nachbarin setzte. »Das trifft es ziemlich genau.«

»Ist etwas passiert?«

Sie spürte die Blicke der beiden Frauen auf sich und seufzte. »Außer, dass ich eine Idiotin bin, einen Mann geküsst habe, der viel zu perfekt ist und viel zu weit weg lebt, keinen Schritt bei der Suche nach meinem Vater weiterkomme und meine Mutter mir unglaublich fehlt ...« Sie schüttelte resigniert den Kopf. »Nein, eigentlich ist also überhaupt nichts passiert.«

Mathilde trat näher und musterte Lara. »Ich glaube, das wird ein sehr langer Abend.«

»Anfangen sollten wir mit dem Kuss des viel zu perfekten Mannes«, ergänzte Amélie, während sie ihren Arm um Laras Schultern legte. »Wer? Wo? Wann? Warum?«

Lara erkannte die Anteilnahme in den Gesichtern der beiden und musste schlucken. Zögernd begann sie: »Félix. In seinem Boot auf dem Meer. Heute Nachmittag. Weil wir es wollten.«

»Uh, das klingt sehr romantisch und in der Tat sehr perfekt«, bemerkte Mathilde.

»Perfekt muss nicht schlecht sein. Nicht immer muss der Start so holprig sein wie bei Benjamin und mir.«

»Ich bin mir nur nicht sicher, ob ich einen Start überhaupt möchte.« Lara blickte auf die Wellen.

»Ich glaube, die Frage sollte eher lauten, ob du für die Konsequenzen bereit bist.«

• • •

»Wie geht es meinen beiden Frauen da unten im traumhaften Süden?«, erklang die Stimme ihres Opas aus dem Telefon, nachdem Lara den Lautsprecher angestellt hatte.

»Mittelprächtig«, erklärte Lara, während Béatrice im gleichen Moment »Wir kommen voran« verkündete.

Sigurd lachte. »Was denn nun?«

»Wir sind noch keinen Schritt weitergekommen.«

»Das stimmt nicht«, widersprach Laras Oma empört, während sie ihrer Enkelin einen tadelnden Blick zuwarf. »Wir haben Vanessas Au-pair-Familie kennengelernt mitsamt dem Jungen, auf den sie damals aufgepasst hat.«

»Na, ein Junge wird es wohl mittlerweile kaum mehr sein«, entgegnete Sigurd lachend.

»Nein, Félix ist mittlerweile ein charmanter junger Mann.«

Lara verdrehte die Augen.

»Und Lara ist bereits einigen Spuren nachgegangen«, fuhr ihre

Oma ungerührt fort. »Ich bin sehr zuversichtlich, dass sie ihren Vater finden wird.«

»Was ist mit Julie?«

Béatrices Gesicht nahm für einen Moment einen wehmütigen Ausdruck an. »Wir konnten noch nichts in Erfahrung bringen.« Sie seufzte.

»Manchmal muss man die Vergangenheit ruhen lassen«, tröstete ihr Mann. »Es ist sehr lange her, und wenn Lara diese Notiz nicht gefunden hätte …«

»Sie hat sie nun aber mal gefunden«, widersprach Béatrice.

»Da ist er wieder, mein kleiner Sturkopf.« Wieder lachte Laras Opa. »Solange ihr in Collioure seid, könnt ihr ja versuchen, noch etwas herauszubekommen.«

»Ich bleibe, bis ich etwas weiß.«

»Oma!« Lara erhob sich und blickte auf die Ältere hinab. »Wir können doch nicht ewig in Frankreich bleiben.«

»Warum nicht?« Ein Lächeln legte sich auf Béatrices Lippen. »Du wohnst doch in deinem eigenen Haus.«

Lara zog die Brauen hoch. »Was?«

»Hast du es ihr noch nicht gesagt?«, erklang Sigurds Stimme aus dem Handy.

»Nein, aber da wir gerade so nett zu dritt plaudern, passt es doch jetzt hervorragend, oder?«

»Was passt?« Lara verstand nichts mehr.

»Wir beide hatten doch vor Kurzem über die Zukunft des Hauses gesprochen. Dein Opa und ich sind zu dem Schluss gekommen, dass es bei dir in guten Händen wäre. Daher möchte ich es dir schenken. Das Notarielle können wir noch hier in Collioure oder in Argelès erledigen, dann gehört es dir auch offiziell.«

Lara war sprachlos.

Béatrice erhob sich umständlich und fasste nach ihren Händen. »Das Haus passt zu dir, Kind. Dieser Ort passt zu dir. Ob du es umbaust oder in seinem ursprünglichen Zustand belässt, diese Entscheidung überlasse ich dir. Vielleicht kann es für dich zu einer Art Ruheoase werden, ein Ort, an den du gern kommst, um deine Gedanken zu ordnen. Die letzten Monate waren sehr hart für dich. Du hast deine Mutter verloren, wir unsere Tochter. Und ich werde nächstes Jahr achtzig.« Sie atmete schwer. »Vielleicht ist dies mein letzter Aufenthalt in meiner Heimat.« Béatrice drückte Laras Hände fester und sah sie eindringlich an. »Vielleicht kann das Haus ein Anker in deinem Leben werden. Ich würde es mir wünschen.«

»Ich weiß nicht, was ich sagen soll«, stammelte Lara ungläubig. »Was meinst du dazu, Opa?«

Sigurd schnaufte. »Es ist nicht mein Haus, Mädchen. Aber wenn es das wäre, hätte ich genauso wie Oma entschieden.«

»Ihr seid ...« Lara fehlten die Worte. Sie zog ihre Oma an sich und umarmte sie behutsam. »Danke«, flüsterte sie ihr ins Ohr. »Ich danke dir von Herzen. Was genau ich machen werde, weiß ich noch nicht ...« Sie ließ Béatrice los und blickte sich im Hof um, »... aber ich bin mir sicher, mir fällt etwas ein.«

Ihre Großmutter lächelte. »Daran habe ich keine Zweifel.«

»Überdenkst du deine Antwort jetzt noch mal, als ich nach eurem Befinden gefragt habe?«

»Es geht mir großartig«, erwiderte Lara grinsend. »Ich bin jetzt eine stolze Hausbesitzerin.«

»Einen Baum hast du ebenfalls schon gepflanzt«, ergänzte Béatrice und deutete auf die Palme. »Fehlt nur noch eins.«

Lara schüttelte verlegen den Kopf. »Dieser Spruch gilt doch nur für Männer.«

»Lass dich von Oma nicht ins Bockshorn jagen«, mischte sich Sigurd erneut ein. »Du hast alle Zeit der Welt.«

Die beiden Frauen verabschiedeten sich von ihm und beendeten das Telefonat. Béatrice blickte entschuldigend zu Lara. »Ich gehe ins Bett. Morgen wird ein aufregender Tag für mich.«

»Schlaf gut, Oma.« Lara berührte sie am Arm. »Du bist die Beste.«

»Du auch, mein Schatz.« Béatrices Augen wurden feucht. »Deine Mutter hätte es sich auch so gewünscht. Sie hatte seit dem damaligen Aufenthalt kein Interesse mehr an Collioure.«

Ein Kloß bildete sich in Laras Kehle. »Ich wünschte wirklich, sie wäre gemeinsam mit mir hierhergefahren.«

»Ich bin jetzt mit dir hier«, erwiderte Béatrice ernst. »Und obwohl mir klar ist, dass ich Vanessa nicht ersetzen kann, weder als Mensch noch als Mutter, kannst du dir sicher sein, dass ich dich unterstützen und immer für dich da sein werde, solange ich lebe.«

»Das weiß ich, Oma.« Lara umarmte die Ältere ein weiteres Mal und drückte ihr einen Kuss auf die Wange. »Ruh dich aus.«

Nachdem Béatrice ins Haus gegangen war, setzte Lara sich wieder und legte ihre nackten Füße auf den anderen Stuhl. Hausbesitzerin, dachte sie noch immer ehrfürchtig und betrachtete die Steinwände um sich herum. Als Erstes würde sie den Hinterhof hübsch herrichten. Ein paar neue Pflanzen kaufen, die mit der Palme harmonierten. Vielleicht eine Lichterkette anbringen, die sie in der Dämmerung einschalten könnte.

Nachdenklich fuhr sie mit dem rechten Zeigefinger über das Mosaik der Platte des runden Eisentisches. Ob es Amélie ähnlich ergangen war? Sie hatte Lara vom Tod ihrer Familie erzählt, von dem tiefen Loch, in dem sie sich befand, als sie in Collioure ankam. Jetzt führte sie eine gut gehende Baguetterie, ging weiter sehr erfolgreich der Schriftstellerei nach und hatte ihre große Liebe gefunden. Konnte es so einfach sein, sein Leben in diesem Maße zu ändern? Ja, es war traumhaft hier. Das Savoir-vivre der

Franzosen tat Lara zweifelsfrei gut. Sie vermisste weder ihre Arbeit in der Galerie noch ihr Umfeld im Norden Deutschlands.

Ihr Handy begann zu klingeln. Hatte Opa etwas vergessen? Lara blickte aufs Display und erkannte Félix' Nummer. Sie zögerte eine Sekunde, musste dann aber an das gläserne Seepferdchen denken und nahm den Anruf an.

»Bonsoir«, erklang seine Stimme.

»Salut.«

»Ich war mir nicht sicher, ob du drangehen würdest.«

Sie musste lächeln. »Ich war mir ebenfalls nicht sicher, ob ich drangehen würde.«

»Dann habe ich ja noch mal Glück gehabt.«

»Scheint so.«

»Ich würde dich gern sehen, Lara. Morgen.«

»Wir fahren morgen nach Elne«, erwiderte sie bedauernd.

»Wann?«

»Morgen Vormittag.«

»Ich arbeite bis mittags. Wie wäre es um drei?«

»Félix, ich …«

»Ich weiß, was du mir vorhin gesagt hast. Und ich verspreche dir, dass ich ganz lieb sein werde.«

Sie musste lachen. »Darum geht es nicht.«

»Worum denn dann?«

Sie zögerte. Konnte sie ihm sagen, dass sie Angst hatte?

»Du bist eine tolle Frau, Lara. Und ich würde dich wirklich sehr gern näher kennenlernen.«

Bei seinen Worten krampfte sich ihr Unterleib zusammen. Der Kuss, seine Berührungen, diese wunderschönen braunen Augen. Ja, sie wollte ihn doch ebenfalls wiedersehen, wollte seinen Duft wieder einatmen, sehnte sich nach seinen Liebkosungen. Warum zögerte sie überhaupt?

»Was hast du vor?«

»Heißt das Ja?« Sie konnte fast seine Erleichterung spüren.

»Ja«, erklärte sie mit fester Stimme. »Ja, es heißt Ja.«

17

»Ich habe richtig Herzklopfen«, bekannte Béatrice, während Lara den Käfer auf dem Parkplatz abstellte. »Es fühlt sich merkwürdig an, an diesem Ort zu sein, an dem Julie gearbeitet hat.«

Lara schaltete den Motor aus. »Und du bist nie zuvor darauf gekommen, hier nachzuforschen?« Die Idee, ihre Suche am letzten Arbeitsplatz von Béatrices Schwester fortzusetzen, war ihnen gestern Morgen gekommen.

Béatrice quälte sich aus dem kleinen Auto. »Ich dachte doch all die Jahre, Julie sei ...« Ihre Lippen begannen zu beben.

»Ach, Oma.« Lara eilte um den Wagen herum und bot ihr einen Arm an. »Ich hoffe wirklich, dass man uns hier weiterhelfen kann. Sicher gibt es ein Archiv mit Unterlagen über ehemalige Mitarbeiter.«

Langsam schritten sie die Auffahrt an den Parkplätzen entlang. Lara hatte gestern Abend noch ein wenig im Internet nach Informationen gesucht, aber außer den allgemein bekannten Fakten über die ehemalige Geburtsklinik nichts herausbekommen.

Hohe Zypressen spendeten einer Handvoll Sitzgarnituren aus Holz Schatten. Das Gebäude der Mütterklinik wirkte mit der Glaskuppel auf dem Dach und der breiten Wendeltreppe am Rande einer weitläufigen Terrasse, die in einer gekiesten Fläche endete, fast majestätisch und anmutig. Lara betrachtete die Klinik mit einem Kloß im Hals. »Am besten erklären wir gleich an der Kasse, weshalb wir hier sind, und fragen, ob wir mit jemandem sprechen können, der uns vielleicht weiterhelfen kann.«

Béatrice zog ein Taschentuch hervor und wischte sich über die Stirn. »Ich zittere.«

Lara sah sie von der Seite an. »Alles wird gut, Oma. Du wirst sehen.«

Langsam gingen sie auf den Eingang im vorderen Bereich zu. Eine breite Glastür öffnete sich bei ihrem Näherkommen automatisch.

»Bonjour«, wurden sie von einer Angestellten hinter einem Tresen empfangen. Gegenüber der Kasse standen mehrere Tische, auf denen diverse Literatur zur Maternité auslag.

»Bonjour, Madame«, erwiderte Lara, während sie ihre Konzentration wieder der Empfangsdame widmete. »Wir würden gern mit jemandem sprechen, der Zugang zu den Archiven hat. Wir suchen nach einer ehemaligen Angestellten der Maternité.«

Die Miene der Frau nahm einen überraschten Ausdruck an. »Eine ehemalige Angestellte? Sie meinen jemanden, der in den Vierzigerjahren hier gearbeitet hat?«

Lara nickte. »Es handelt sich um die Schwester meiner Oma.« Sie zeigte auf Béatrice. »Sie heißt Julie Lambert.«

»Oh, là, là.« Die Frau schien ehrlich erstaunt zu sein. »Wir bekommen ab und zu Besuch von Überlebenden, die hier geboren wurden. Manche kommen jedes Jahr aufs Neue, da sie sich Madame Eidenbenz und dieser Einrichtung sehr verbunden fühlen.« Sie überlegte. »Aber die Angehörige einer ehemaligen Angestellten?« Sie schüttelte den Kopf. »Daran kann ich mich in der Tat nicht erinnern.«

»Meine Schwester hatte nur wenige Wochen hier gearbeitet«, relativierte Béatrice. »Anfang 1944 ist sie spurlos verschwunden.«

»Hier in der Klinik?«

Béatrice schüttelte den Kopf. »Das weiß ich nicht genau. Ich war damals zu jung. Aber ich glaube nicht.«

Wieder schien die Frau nachzudenken. »Madame Chagalle sitzt im Büro. Sie ist für die Pflege des Museums zuständig. Was halten Sie davon, wenn Sie sich ein wenig umsehen, während ich nachfrage, ob sie etwas Zeit für Sie erübrigen kann?«

»Das klingt gut«, antwortete Lara dankbar und zückte ihren Geldbeutel.

Die Frau winkte ab. »Lassen Sie mal. Angehörige, die mit der Maternité verbunden sind, müssen keinen Eintritt zahlen.«

»Wir möchten aber einen Beitrag leisten.« Sie holte einen Geldschein heraus und legte ihn auf den Tisch. »Bitte nehmen Sie es.«

Die Frau bedankte sich und verschwand hinter einer Tür.

Lara und ihre Oma betraten die Räume der Geburtsklinik und schritten voller Andacht durch das altehrwürdige Gebäude.

An manchen Stellen waren die Originalfliesenböden zu erkennen. In einem Nebenraum lief ein Film. Lara erkannte, dass er ein Interview mit einer stark gealterten Elisabeth Eidenbenz zeigte. Während sie die Stufen in den ersten Stock hinaufstiegen, ließ Lara ihre Hand über das alte, teils verrostete Geländer gleiten. Was hatten die Frauen damals empfunden, als sie diese Stufen erklommen? War ihnen die Gefahr, in der sie sich augenscheinlich befanden, bewusst gewesen? Oder hatte die Sorge um das eigene Kind alle anderen Ängste überlagert? Als sie die letzte Stufe im oberen Stockwerk erreichten, erblickten sie eine mannshohe Glasmalerei, die sich direkt gegenüber dem Treppenaufgang befand. Nachdenklich blickte Lara zu Béatrice. Ihre Oma fuhr sich mit der Hand über die Stirn und schloss die Augen. Die Vergangenheit des Gebäudes war bei jedem Schritt spürbar, in jeder

Ecke greifbar. Zu beiden Seiten des kleinen Flures gingen Räume ab, in denen Lara durch die Türrahmen bebilderte, fast deckenhohe Schautafeln erspähte, die die Geschichte der Mütterklinik erzählten. Zahlreiche Schwarz-Weiß-Fotografien wechselten sich mit Textmaterial auf Französisch und Spanisch ab. Als sie sich dem rechten Raum zuwenden wollten, ertönte eine Stimme hinter ihnen.

»Madame Lambert?«

Eine hochgewachsene rothaarige Frau mittleren Alters stand auf der Treppe und sah Béatrice fragend an.

»Ich heiße Eriksen«, entgegnete diese. »Aber Lambert ist mein Geburtsname.«

Die Frau kam auf sie zu und streckte erst Béatrice, dann Lara die Hand hin. »Yvonne Chagalle, meine Kollegin hat mir von Ihrem Anliegen erzählt.«

»Können Sie uns helfen?« Lara sah sie erwartungsvoll an.

Sie lächelte. »Was genau möchten Sie denn wissen?«

Béatrice berichtete ein weiteres Mal von ihrer Schwester und deren mysteriösem Verschwinden. Anschließend erzählte Lara, wie sie die jahrzehntealte Nachricht bei ihrer Ankunft in Collioure gefunden hatte, die nun neue Fragen zu dem Verbleib Julies aufwarf.

Yvonne Chagalles Mundwinkel zuckten. »Das klingt in der Tat sehr merkwürdig.«

»Verfügt die Maternité über ein eigenes Archiv?«

Die Angestellte nickte. »Die Ereignisse während des Zweiten Weltkriegs sind sehr genau dokumentiert. Wir haben Aufzeichnungen über die Geburten, die Mütter und deren Kinder, über Angestellte …« Sie hielt inne. »Kommen Sie.«

Lara und Béatrice folgten der Frau in ein kleines Büro, das sich im ersten Stock der Klinik befand.

»Haben Sie sich bereits ein wenig mit der Geschichte des Hauses befasst?«

Während Béatrice den Kopf schüttelte, nickte Lara. »Ich habe auf Ihrer Seite im Internet einiges nachgelesen.« Entschuldigend hob sie die Schultern.

»Das ist heutzutage ja auch meist die schnellste Informationsquelle. Die Klinik wurde von einer Schweizerin gegründet und geleitet, Elisabeth Eidenbenz. Sie führte die Maternité von Dezember 1939 bis zum Frühjahr 1944. Dann wurde das Schloss von den Nazis beschlagnahmt und die Klinik geschlossen.«

»Das war kurz nachdem deine Schwester verschwand«, murmelte Lara nachdenklich.

»Unter Eidenbenz' Leitung kamen in diesem Haus mehr als sechshundert Babys auf die Welt«, fuhr Chagalle fort. »Zu Beginn beherbergte sie spanische Flüchtlinge, Frauen, die von dem Bürgerkrieg im Nachbarland nach Frankreich geflohen waren und in Lagern der Umgebung interniert wurden. Später kamen auch viele jüdische Frauen aus Rivesaltes, Argelès-sur-Mer und Saint-Cyprien her.«

»Was passierte mit den Müttern, nachdem sie ihre Babys zur Welt gebracht hatten?«

Yvonne Chagalle zögerte kurz. »Sie mussten in die Lager zurückkehren.«

»Wo man sie umbrachte.«

»Viele haben es leider nicht geschafft«, bestätigte die Angestellte. »Einigen wurde durch die Schwestern hier zur Flucht in die Schweiz verholfen. Ein paar haben den Krieg überlebt.«

»Das ist schrecklich.« Lara fühlte sich beklommen. Als Deutsche waren ihr die grausamen und unmenschlichen Verbrechen der Nazis hinreichend bekannt, aber es fühlte sich noch mal anders an, Orte zu besuchen, an denen die Gräueltaten begangen worden waren.

»Wenn Sie möchten, kann ich gern in den alten Unterlagen nachsehen, ob ich etwas zu Ihrer Schwester finde«, erklärte Yvonne Chagalle in diesem Moment.

»Das würde mir sehr viel bedeuten.« Béatrices Augen schimmerten feucht. »Wenn ich mir vorstelle, dass sie hier gearbeitet hat, dass sie vielleicht in genau diesem Raum gewesen ist …« Ihre Stimme versagte.

»Ja, die Konfrontation mit der Vergangenheit kann sehr aufwühlend sein. Sie glauben nicht, was wir hier schon alles erlebt haben.« Madame Chagalle blickte einen Augenblick versonnen ins Leere. »Auch für uns sind solche Momente sehr berührend. Wenn Menschen, die hier das Licht der Welt erblickten, zu ihrer Geburtsstätte zurückkehren … In der Vergangenheit auch oft mit ihren Müttern, wobei das natürlich immer seltener wird. Auch Madame Eidenbenz war vor vielen Jahren hier und hat sich mit ehemaligen Gästen der Maternité getroffen.« Sie lächelte. »Dies war ein Hort der Menschlichkeit in Zeiten, die von unvorstellbarer Brutalität und Grausamkeit geprägt waren. Die Leiterin ist jedoch stets ihren eigenen Grundsätzen treu geblieben, hat getan, was sie tun konnte, um die Frauen vor weiteren Gräueltaten zu retten. Um ihnen ein wenig Freude und Mut zurückzugeben.«

»Bemerkenswert«, erwiderte Lara. »Sie muss eine sehr starke Frau gewesen sein.«

»Das war sie«, erklärte Chagalle. »Ich habe sie leider nie persönlich kennengelernt, aber wenn man ihre Notizen anschaut …« Sie nickte anerkennend. »Diese Frau hat den allergrößten Respekt verdient. Mehr als einmal hatte sie sich in Todesgefahr gebracht, um ihre Frauen zu schützen und ihnen zu helfen.«

Ich musste an die Frauen denken, die ihre Babys in den Armen gewiegt hatten. Das mehrsprachige Stimmengewirr, die Wärme, die in dem gemütlichen Raum geherrscht hatte. Die Schweizer Entbindungsklinik war mir wie eine Oase des Friedens vorgekommen.

»Julie?« Samuel berührte mich am Arm.

»Pardon, ich war in Gedanken«, erwiderte ich entschuldigend.

»Die Maternité?«

Ich spürte seinen Blick auf mir, während ich nickte. »Diese Frauen ...«

»Du wirst dich dort wohlfühlen«, bekräftigte er erneut. »Und es ist eine gute und sinnvolle Arbeit. Vor drei Tagen sollte eine Mutter mit ihren neugeborenen Zwillingen abgeholt und ins Lager zurückgebracht werden. Ihr Mann und sie waren vor vier Monaten verhaftet worden, als sie in Perpignan versuchten, Unterlagen aus einem Büro der Deutschen zu stehlen.«

Ich horchte alarmiert auf.

»Eine der Schwestern hatte für die Frau und ihre Kinder die Flucht in die Schweiz geplant.«

»Was ist passiert?« Ein ungutes Gefühl beschlich mich.

»Sie haben es bis Béziers geschafft«, fuhr Samuel mit finsterer Stimme fort. »Dort wurde die Mutter gestern erschossen.«

»Nein«, entfuhr es mir entsetzt. »Was ist mit ihren Kindern?«

»Wir wissen es nicht. Ihr Mann ist zusammengebrochen, als er davon erfuhr.«

»Nein«, wiederholte ich betreten. »Das ist so sinnlos, so unendlich grausam. Warum nur?«

»Darauf kann ich dir leider keine Antwort geben. Ich wollte dir nur aufzeigen, wie wichtig die Arbeit ist, die dort verrichtet wird. Und in welcher Gefahr sich diese Frauen befinden.«

»Wichtig?« Meine Stimme klang schrill. »Für was ist sie wichtig? Die Frau ist tot. Wer weiß, ob die Kinder noch leben und was mit ihnen geschehen wird. Ich kann die Wichtigkeit nicht erkennen.«

Samuel versuchte, mich zu beruhigen. »Julie, das war eine Frau. Dafür haben zwanzig andere die Flucht geschafft.«

»Willst du das ihren Kindern eines Tages sagen?« Erzürnt sprang ich auf. »Eure Mutter war nur eine, viele andere haben überlebt? Ja, das werden sie sicher verstehen«, höhnte ich bitter. »Die Babys müssen ohne ihre Mutter aufwachsen. Sie werden vielleicht nie erfahren, was für eine tapfere und mutige Frau sie zur Welt gebracht hat.« Tränen stiegen in mir auf.

Samuel erhob sich. »Es wird weitere Opfer geben.« Er blickte zu Boden. »Und es gab schon viel zu viele.«

»Wie ich das alles hasse.« Die Freude über meine neue Aufgabe wich einer tiefen Hoffnungslosigkeit. Wem nutzte es, wenn ich mich in dieser Klinik engagierte? »Das ist doch alles sinnlos. Die Frauen kommen, verbringen einige Wochen in einer Art Schutzzone, bekommen ihr Kind und werden nach kurzer Zeit wieder in die Lager zurücktransportiert, wo man sie erneut demütigt und quält.« Ich hatte schon zu viel über die Behandlung der Häftlinge gehört, als dass ich mir irgendwelche Illusionen machte.

»Wenn wir nichts tun, ändern wir nichts.«

»Und wenn wir etwas tun, ändern wir auch nichts«, widersprach ich trotzig.

»Julie …«, setzte Samuel vorsichtig an, da er zu spüren schien, in welcher Verfassung ich mich befand.

»Nichts Julie«, herrschte ich ihn an und stürmte aus dem Zimmer. Ich musste hier raus, glaubte plötzlich, keine Luft mehr zu bekommen. Wütend knallte ich die Haustür zu, während ich Samuel hinter mir meinen Namen rufen hörte. Ich rannte den Hügel hinauf, zwischen den Weinreben hindurch, immer weiter, bis ich völlig außer Atem war. Die Tränen rannen mir über die Wangen, ich zitterte am ganzen Körper.

Resigniert stemmte ich die Fäuste in meine Hüften und schrie, so laut ich konnte: »Nein!« Ich schloss die Augen. »Nein! Nein! Nein!« Das war kein Leben. Der Mann, den ich liebte, hauste in einer heruntergekommenen Baracke. Junge Mütter wurden erschossen, weil sie sich für ihre Kinder eine bessere und sichere Zukunft erhofften. Welchen Sinn hatte es überhaupt, dass Samuel und ich uns trafen? Wir würden niemals ein normales Leben miteinander führen können.

Während ich mit tränenverschleierten Augen in die Ebene sah, hörte ich plötzlich Schritte hinter mir. »Julie, da bist du ja.«

Samuel schnaufte genauso schwer wie ich, als er sich neben mich stellte und meinem Blick folgte. »Es tut mir leid.«

Empört drehte ich mich zu ihm. »Es tut dir leid?«, wiederholte ich leise. »Es tut dir leid?« Ich schüttelte den Kopf. »Was tut dir leid? Dass man dich grundlos aus deiner Heimat vertrieben hat? Dass man deine Eltern verschleppt und höchstwahrscheinlich ermordet hat? Oder dass du dich hier oben verstecken musst, um deinem sicheren Tod zu entgehen? Was genau davon tut dir leid, Samuel?«

Er fuhr sich mit der Hand übers Gesicht. »Julie, ich ...«

»Was tut dir leid?«, unterbrach ich ihn wütend. »Was? Vielleicht, dass wir niemals zusammen etwas unternehmen können? Wie andere junge Leute es machen. Dass ich niemandem von dem Mann erzählen darf, der mich nachts nicht mehr schlafen lässt.« Ich nickte nachdrücklich. »Ist es das, was dir leidtut, Samuel? Ist es das?«

Er hob seine Hand und strich mir übers Haar. »Ich hätte dich niemals in diese Sache hineinziehen dürfen.«

Ich lachte kurz auf. »Welche Sache? Meinst du den Krieg? Der existierte auch schon, bevor ich dich traf.«

»Ich habe dich völlig durcheinandergebracht.« Er blickte zu den Weinbergen hinüber. »Deine Familie und du, ihr meistert euren Alltag und werdet es schaffen. Ihr lebt euer Leben, geht arbeiten. Ich jedoch habe dich mit meinen Problemen beladen. Das hier ...« Er zeigte zu dem Haus hinüber, was in den letzten Monaten sein Heim dargestellt hatte und von dem man von hier aus nur einen kleinen Teil des löchrigen Daches sehen konnte. »Das ist nicht deine Welt. Es sind nicht deine Sorgen.«

Wieder begann ich zu weinen. »Du irrst dich. Seit ich dich zum ersten Mal gesehen habe, seit du dich in mein Herz geschlichen hast, genau seit diesem Zeitpunkt sind es auch meine Sorgen.«

Beherzt griff Samuel nach meiner Hand und zog mich an sich. Als ich das Gesicht an seine Brust schmiegte, raunte er an meinem Ohr: »Ich wünschte, ich könnte die Welt für dich ändern. Dir endlich geben, was du verdienst.«

Ich schluchzte auf.

»Wir dürfen die Hoffnung nicht aufgeben, Julie. Niemals.«

»Welche Hoffnung?«, wimmerte ich traurig.

Ich weinte an seiner Brust und konnte mich überhaupt nicht mehr beruhigen. Während er mich in seinen Armen hielt, spürte ich die tiefe Verbundenheit zwischen uns. Ich glaube, in jenem Moment wurde mir zum ersten Mal klar, dass Samuel der Mann war, mit dem ich mein Leben verbringen wollte. Die Verzweiflung, die Angst, der Kummer, vermischt mit dem wunderbaren Gefühl der Nähe und Vertrautheit, ließen uns in jenem Moment zu einem Ganzen verschmelzen. Während wir in den Bergen hoch über Collioure standen und aufs Meer blickten, wussten wir beide, dass zwischen uns gerade etwas entstanden war, das niemand mehr würde zerstören können. Nicht das Leben, nicht die Deutschen, nicht der Krieg – und schon gar nicht der Tod.

»Wann fahren wir nach Paris, Julie?«

Lächelnd blickte ich in deine Augen, die mich so erwartungsvoll anfunkelten. »Wenn du groß bist, Béatrice«, antwortete ich.

»Wann bin ich groß?«

Schmunzelnd tippte ich dir auf deine kleine Stupsnase. »Bald. Ganz bald.«

Du zogst ein Schnütchen. »Die Maus ist doch auch klein. Und sie ist trotzdem nach Paris gereist.«

»Du sagst es. Sie ist eine Maus, du bist ein Mädchen.« Ich küsste dich auf deine Wange. »Ich verspreche dir hoch und heilig, dass wir gemeinsam nach Paris fahren.«

Du tipptest auf das Bild in deinem Buch. »Und dann schauen wir uns den Eiffelturm an. Und Notre-Dame. Und Montmartre.«

Ich zog dich höher auf meinen Schoß. »Wir werden uns alles ansehen, Béatrice. Wir nehmen uns die Zeit, die es braucht, um all diese wunderschönen Bauwerke zu besichtigen.« Ich schlug eine Seite um. »Siehst du, es gibt dort auch interessante Museen.«

Du hast genickt, meine Hand mit deiner kleinen Hand umfasst und mir mit ernstem Gesicht verkündet: »Du darfst mich nicht anlügen.«

»Ich belüge dich nicht.«

»Wir fahren nach Paris. Du und ich. Und wir suchen die kleine Maus.« Du tipptest mir auf den Bauch.

»Das machen wir.«

Die Eingangstür ging auf, und Papa trat ein. »Bonsoir.«

»Papa«, riefst du und sprangst von meinen Beinen.

»Voilà.« Unser Vater stellte drei helle Weinflaschen auf den Tisch.

»Sind die für uns?« Maman trat aus der Küche und blickte Papa überrascht an. »Du hast schon lange keine mehr mit nach Hause gebracht.«

Papa zuckte mit den Achseln. »Die waren übrig. Eine Lieferung wurde kurzfristig storniert, wir haben glücklicherweise einen anderen Abnehmer gefunden, der leider nicht alle haben wollte. Einige hat Charles genommen, diese hat er mir mitgegeben.«

»Magst du sie behalten?« Maman trat an den Tisch und las das Etikett. »Oh, là, là.«

Papa grinste. »Eine lassen wir bei uns. Die anderen beiden kannst du tauschen.«

»Setz dich«, forderte Maman ihn auf. »Das Essen ist gleich fertig.«

»Julie und ich fahren nach Paris«, verkündetest du in diesem Moment mit stolzer Miene. »Bald.«

Papa hob die Brauen. »Nach Paris? Ihr habt aber Großes vor.«

»Wir suchen die kleine Maus«, hast du weitergeplappert.

Ich musste ein Lachen unterdrücken.

»Julie geht arbeiten und verdient ihr eigenes Geld«, sinnierte Papa lächelnd. »Ich wüsste nicht, was dagegen spräche, wenn ihr beide in ein paar Jahren in die Hauptstadt fahrt. Wenn …«

Wenn der Krieg zu Ende wäre, beendete ich seinen Satz stumm.

»Wegen meiner Arbeit wollte ich sowieso noch mit euch sprechen«, setzte ich vorsichtig an.

Maman stellte einen Topf mit dampfendem Gemüse auf den Tisch und setzte sich zu uns. »Was ist mit deiner Arbeit? Gibt es Probleme?«, fragte sie mich, während sie das heiße Essen verteilte.

»Nicht direkt«, wich ich aus.

»Ist etwas passiert?« Papa sah mich stirnrunzelnd an, während er Maman seinen Teller reichte.

»Nein, aber ich …« Ich wusste nicht, wie ich es ihnen erklären sollte. »Ich glaube, diese Arbeit ist nicht das Richtige für mich.«

»Warum nicht?«, hakte Papa nach.

»Ich möchte nicht für die Deutschen tätig sein.«

»Aber ... du wirst gut bezahlt. Wir brauchen das Geld, das weißt du doch.« Papa schüttelte den Kopf.

Ich hatte befürchtet, dass er es nicht verstehen würde. »Ich fühle mich dort nicht wohl. Und ich habe Angst vor den Nazis.«

»Was ist ein Nazi?«, wolltest du in dem Moment wissen.

»Ein böser Mensch«, erwiderte ich, ohne nachzudenken.

»Julie«, mahnte Maman tadelnd.

»Aber es stimmt doch«, beharrte ich trotzig. Während ich an Samuel denken musste, wich ich Papas Blick aus.

»Was willst du jetzt tun?«

Ich hörte an Papas Stimme, dass er wütend war. »In Elne gibt es eine Geburtsklinik der Schweizer, in der in Lagern inhaftierte schwangere Frauen ihre Kinder zur Welt bringen können.«

Papa verengte die Augen. »Und?«

»Ich habe mich vorgestellt, und ich kann dort anfangen zu arbeiten.«

»Wie bitte?« Papa beugte sich vor.

»Ich kann dort anf ...«

»Ich habe gehört, was du gesagt hast«, unterbrach Papa mich barsch. »Willst du den Deutschen etwa sagen, dass du bei ihnen aufhörst, um für die Schweizer zu arbeiten?«

Ich nickte betreten.

»Dieses Volk bezieht keine Stellung, schließt sich nicht den Alliierten an, und du willst jetzt für sie arbeiten?« Er wurde lauter.

Erzürnt presste ich die Lippen aufeinander.

»Julie, ich rede mit dir«, herrschte Papa mich an.

»Ich kann nicht mehr für die Na... für die Deutschen arbeiten«, wiederholte ich mit fester Stimme.

»Nach Elne ist es weit, Julie«, merkte unsere Mutter vorsichtig an. »Wie willst du jeden Tag dorthin kommen?«

»Mit dem Rad«, entgegnete ich knapp. »Man ist eine gute Stunde unterwegs.«

»Eine gute Stunde hin und eine gute Stunde zurück«, korrigierte Papa mich. »Das macht zwei Stunden am Tag. Die Gendarmerie dagegen liegt nur wenige Gehminuten von unserem Haus entfernt.«

»Die Arbeit in Elne kommt mir sehr viel sinnvoller vor als das Abtippen zweifelhafter Akten.«

»Sinnvoller«, wiederholte unser Vater zynisch. »Dir ist schon klar, in welchen Zeiten wir leben?«

»Gerade in den heutigen Zeiten sollte man sich gut überlegen, auf welcher Seite man steht.«

Papa sah mich ungläubig an. »Was willst du damit sagen, Julie?«

»Dass es nicht verkehrt sein kann, wenn wir alle ein wenig Menschlichkeit verbreiten würden.« Ich zögerte. »Inmitten dieser schrecklichen Tage.«

»Denkst du etwa, dass ich auf der anderen Seite stehe?« Er sah zu Maman, die unmerklich den Kopf schüttelte. »Dass ich …?« Er schnappte nach Luft.

»Nein, das denke ich nicht«, erwiderte ich ehrlich. »Aber ich kann nicht so tun, als wüsste ich nicht, was diese Menschen in der Gendarmerie im Schilde führen. An jeder Ecke kann man doch hören, zu was diese … Monster fähig sind.«

»Woher kennst du die Einrichtung?«, mischte sich Maman ein.

»Ich habe davon gehört«, erklärte ich ausweichend.

»Wo?« So leicht ließ sich Papa nicht abfertigen.

Ich verzog das Gesicht. »Ich weiß nicht mehr genau. Irgendwo eben.«

»Irgendwo eben«, wiederholte er kopfschüttelnd. »Du bringst uns mit dieser Aktion in Teufels Küche.«

»Ich werde Reimann sagen, dass ich Maman mit Béatrice unterstützen muss. Dass Maman krank ist.«

»Was hast du, Maman?«, warfst du besorgt ein.

»Nichts, Béatrice«, beruhigte unsere Mutter dich. »Julie möchte nicht mehr in der Gendarmerie arbeiten, deswegen sagt sie, ich sei krank.«

»Du lügst?« Wieder sahst du mich mit großen Augen an.

Ich seufzte. »Sieh mal, Béatrice. Ich weiß, dass man nicht lügen darf. Aber manchmal …« Hilfe suchend blickte ich zu Maman.

»Julie möchte woanders arbeiten, sie wird Müttern und kleinen Babys helfen. Es ist also keine richtige Lüge, wenn sie sagt, dass sie mir mit dir ein wenig zur Hand geht.«

»Du verstehst mich?«

Maman nickte lächelnd. »Du hast eine so gute und hilfsbereite Seele, mein Kind. Diese neue Aufgabe scheint gut zu dir zu passen.«

»Du unterstützt sie?« Papa sah sie fassungslos an.

»Wenn ich die Wahl hätte, wüsste ich, wo ich lieber arbeiten würde. Sie ist unsere Tochter, Bertrand. Lass sie. Julie weiß am besten, was gut für sie ist.«

Papa verdrehte die Augen. »Gott steh mir bei in diesem Frauenhaushalt.«

Maman und ich sahen uns an und begannen zu lachen.

18

»Ein Motorrad?« Lara musterte Félix' Gefährt skeptisch.

»Sag nicht, dass du Angst hast?« Er lächelte.

Sie zuckte mit den Achseln. »Ich bin noch nie auf so etwas gefahren«, gab sie verlegen zu, während sie sich wieder einmal unglaublich blöd vorkam.

»Auf so etwas?« Er zog die Brauen hoch. »Du bist nie zuvor in einer Nussschale übers Meer getuckert«, er streckte seinen Daumen aus, »und noch nie Motorrad gefahren«, zählte er mit dem Zeigefinger auf. Félix gab ihr den zweiten Helm. »Sieht so aus, als würde das ein Urlaub der Premieren und neuen Erfahrungen.«

Lara schob sich den Helm über den Kopf und nickte. »Wie Urlaub hat es sich heute Morgen nicht angefühlt.«

»Ihr wart in der Geburtsklinik?« Seine Stimme klang sofort ernst.

»Ich erzähle es dir, wenn ich nicht mehr wie ein außerirdischer Astronaut aussehe.«

»Immerhin bist du ein sehr hübscher außerirdischer Astronaut«, sagte Félix und lachte, während er hinter sich auf die Sitzbank klopfte. »Bitte sehr, Mademoiselle.«

Mit etwas mulmigem Gefühl schwang Lara das rechte Bein über das Motorrad und überlegte, wo sie sich festhalten konnte.

»An mir«, erklang Félix' dumpfe Stimme aus dem Inneren seines Helmes. »Halte dich einfach an mir fest.«

Konnte er Gedanken lesen? Unsicher schlang sie ihre Arme um seine Hüften, sorgsam darauf bedacht, nicht zu dicht hinter ihm zu sitzen.

Félix, der nichts von ihrer Unsicherheit zu bemerken schien, ließ das Motorrad an und lenkte es zurück auf die Straße. Durch die Fliehkräfte der Geschwindigkeit hatte Lara keine Chance, von ihm abzurücken. Das Tempo drückte ihre Körper aneinander, und als Lara es endlich schaffte, innerlich loszulassen, begann sie, Félix' Nähe zu genießen, ihr Oberkörper an seinen Rücken geschmiegt, ihre Hände an seinem Bauch. Sie schloss kurz die Augen und konzentrierte sich auf den Fahrtwind, der ihre Haut streichelte. Félix fuhr nicht allzu schnell. Lara fühlte sich trotz der kurvenreichen Strecke in seiner Gegenwart sicher und geborgen.

Während sie sich ihren Tagträumen hingab, war die Fahrt viel zu schnell zu Ende.

»Sind wir schon da?«

Félix setzte seinen Helm ab. »Höre ich da etwa Enttäuschung in deiner Stimme?«

»Es hat Spaß gemacht«, erwiderte Lara leise.

»Wir können gern demnächst eine längere Tour in die Pyrenäen unternehmen«, schlug er vor. »Leider muss ich später noch mal kurz ins Institut. Aber wenn ich Feierabend habe oder am Wochenende …«

Lara reichte ihm ihren Helm und ordnete ihr Haar. »Man fühlt sich frei wie ein Vogel.«

Er lachte, während er die beiden Helme verstaute. »Frei wie ein Vogel? Ähnlich wie während der Bootsfahrt?«

»Du musst denken, dass ich komplett bescheuert bin.«

Er drehte sich zu ihr um und fixierte ihren Blick. »Glaub mir,

Lara, dass ich in den letzten Tagen wirklich viel über dich nachgedacht habe.« Er griff nach ihrer Hand. »Aber dass du bescheuert bist, dieser Gedanke kam mir nicht einmal.«

Lara wusste nichts zu erwidern.

Sie befanden sich nur wenige Meter vom Meer entfernt. Der sandige Parkplatz war bis auf Félix' Motorrad leer. Daneben befand sich eine kleine felsige Bucht.

»Was machen wir hier?«

»Direkt an der Küste führt ein wunderschöner Wanderweg entlang. Ich dachte, wir könnten ein wenig spazieren gehen. Und das Beste daran ist, man sieht von jedem Punkt das Meer. Wenn es dir irgendwo besonders gefällt, können wir gern eine Pause einlegen, die Schuhe ausziehen und das Wasser genießen.«

Seine Idee klang verführerisch.

»Hat es dir die Sprache verschlagen?« Er grinste.

»Warum machst du das?« Lara kannte die Antwort, wusste allerdings nicht, wie sie die Situation einordnen sollte.

»Ich wollte etwas Zeit mit dir verbringen. Und da du noch nie hier warst, dachte ich, es würde dir gefallen, mit mir ein wenig die Umgebung zu erkunden.« Er zog sie sanft mit sich, und sie durchquerten die Bucht.

»Es ist wirklich überall traumhaft«, bemerkte Lara, während sie auf das Meer schaute, das sich zu ihrer Rechten befand. Einige Boote schaukelten auf den Wellen. Möwen kreisten über ihnen und schrien. Keine einzige Wolke unterbrach den strahlend blauen Himmel. Unter ihnen gluckste und toste das Wasser, das gegen die Felsen schlug.

»Ich bin jeden Tag aufs Neue überwältigt von dieser immensen Schönheit.«

»Wenn man hier lebt, macht man sich oft nicht bewusst, welches Glück wir haben.« Félix betrachtete Lara von der Seite. »Ich finde es toll, dass du mich wieder darauf aufmerksam machst.«

»Ich glaube, daran muss ich dich nicht erinnern.«

»Wie meinst du das?«

Sie gingen kurz hintereinander, da der Pfad, der sich durch die Felsen schlängelte, an dieser Stelle schmaler wurde. Moose und ausgetrocknete Bodenflechten wucherten zwischen den Steinen.

»Du hast ein Boot, du fährst Motorrad, du bist an der Natur interessiert. Du lebst mit allen Sinnen.«

Er lachte. »Das hast du nett gesagt.«

»Ich empfinde es so. Du verstehst es, die Sonnenseiten des Lebens zu genießen«, entgegnete Lara, während sie sorgfältig auf die Steine vor ihr auf dem Weg achtete. Obwohl es ihr erst nicht gepasst hatte, als Félix ihr bei ihrem Telefonat empfohlen hatte, Wanderschuhe anzuziehen, war sie jetzt überaus froh über ihr festes Schuhwerk, auch wenn sie sich so sexy wie ein Teddybär vorkam.

»Das sollte man auch.« Nachdem sie den schmalen Abschnitt hinter sich gelassen hatten, fasste er wieder nach ihrer Hand, und sie gingen nebeneinander weiter. »Es gibt mehr als genug Hürden, die wir immer wieder überwinden müssen.«

»Ich glaube, das habe ich mir noch nie so wirklich bewusst gemacht«, bekannte Lara ehrlich. »Meine Mutter war ähnlich wie du. Sie lebte für ihre Überzeugungen, ließ sich nie beirren auf ihrem Weg.«

»Sie hat ihr Studium durchgezogen, allein mit einem Kind. Das zeugt von sehr großer Stärke.«

Lara nickte. »Stärke, die ich selbst leider nicht habe.«

Félix blieb stehen und sah sie eindringlich an. »Warum sagst du das?«

»Weil ich mich so fühle«, erwiderte sie leise. »Sieh mich an.

Ich stehe wieder bei null. Du hast einen tollen Job, ein Boot. Fährst Motorrad, weißt, was du willst. Lebst an einem der schönsten Orte, den ich mir überhaupt nur vorstellen kann.«

»Lara, was ist passiert?«

Sie schüttelte den Kopf.

»Ist es wegen heute Morgen?«

Sie presste ihre Lippen aufeinander.

»Die Konfrontation mit dieser Zeit kann einen sehr mitnehmen.«

»Es war schrecklich«, bekannte Lara mit zitternder Stimme. »Die Fotos der Frauen ... bei einigen Bildern stand dabei, dass sie ...«

Er seufzte. »Dass du nach so langer Zeit mit diesen Menschen mitfühlst, obwohl du sie nie kennengelernt hast, zeugt ebenfalls von großer Stärke und einem sehr empathischen Charakter.« Er strich ihr behutsam übers Haar. »Das ist es, was ich an dir mag.«

»Aber du kennst mich kaum.«

»Das können wir jederzeit ändern.« Seine Stimme klang heiser.

Lara musterte sein Gesicht, die schön geschwungenen Brauen, die warmen Augen, das markante Kinn. »Ich habe Angst.«

»Wovor?« Félix streichelte ihre Wange. »Wovor, Lara?«

»Ich muss irgendwann zurück. Das hier ist nicht mein Leben, mein Alltag.«

»Deine Oma ist mit einem Dänen verheiratet. Ich kenne unzählige Paare, die eine Fernbeziehung führen.«

»Ich glaube, ich weiß selbst nicht, was ich will.« Sie zeigte auf ihren Kopf. »Meine Gedanken sind völlig wirr, und ...« Sie brach ab. »Ich traue mich nicht, diesen Chorleiter zu kontaktieren, weil ich befürchte, dass das Gespräch mit ihm nur eine weitere Enttäuschung bereithält.«

»Warum bist du nur so streng mit dir?« Félix' Stimme klang sanft.

Lara atmete tief aus. »Ich brauche Sicherheit. Seit Frank ...« Sie verdrehte die Augen. »... mein Ex-Freund, seit Frank mich betrogen hat, habe ich das Gefühl, dass alles den Bach runtergeht. Der Tod meiner Mutter, die Sache mit meinem Vater, mein Job ...«

»Es gibt bei jedem Phasen im Leben, die wenig erfreulich sind. Und dass nicht alles, was geschieht, gerecht ist, steht außer Frage.« Er zog sie an sich. »Umso wichtiger ist es, dass wir uns auf die schönen Aspekte konzentrieren. Auf das, was uns guttut und was wir selbst beeinflussen können.« Er küsste sie sanft. »Du bist eine bezaubernde Frau, Lara.«

Sie schloss die Augen und genoss seine Berührungen. Ja, das war es, was sie wollte. Seine Hände auf ihrem Körper, seine Lippen auf ihren, sein Geschmack in ihrem Mund.

»Komm heute Abend zu mir«, raunte er ihr zwischen zwei Küssen ins Ohr.

Bei seinen Worten wurde ihr ganz schwindelig vor Sehnsucht.

19

Als Lara die Tür hinter sich schloss, empfing sie eine wohltuende Stille. Die Kirche Notre-Dame-des-Anges war leer. Andächtig schritt sie zwischen den Holzbänken auf den goldverzierten Altar an der Stirnseite zu. Vor einem kleineren Seitenaltar, der die Jungfrau Maria mit dem winzigen Jesuskind zeigte, blieb sie stehen und hielt inne.

Lara war nie sonderlich gläubig gewesen, doch die bedächtige Ruhe in alten Kirchen zog sie magisch an. Sie liebte es, wenn sich die schwere Holztür hinter ihr schloss und sie völlig in das Dunkel und die Ruhe des Gotteshauses eintauchen konnte. Allein mit sich. Allein mit ihren Gedanken. Lara setzte sich an den äußeren Rand einer der Holzbänke und legte ihre Tasche neben sich.

Nachdem Félix und sie nach Collioure zurückgekehrt waren, war sie aufgewühlt und unruhig gewesen. So wollte sie nicht nach Hause gehen. Am Uferkai hatte sie sich von Félix verabschiedet und ihm hinterhergewinkt, als er zurück auf die Straße Richtung Banyuls-sur-Mer gefahren war, und danach spontan entschieden, der Wehrkirche endlich einen Besuch abzustatten, die den Blick auf Collioure so übermächtig prägte.

»Wenn ich nicht noch arbeiten müsste, hätte ich dich jetzt sofort gebeten, mit zu mir zu kommen«, hatte Félix ihr zum Abschied ins Ohr geflüstert. Ein wohliger Schauer durchzog ihren

Körper bei dem Gedanken an seine Berührungen. Unsicher blickte sie zu der Statue der Heiligen Mutter. Waren solche Gedanken in einer Kirche Gotteslästerung? Unangemessen im Angesicht der Jungfrau? Doch Lara konnte nicht anders. Félix ging ihr nicht mehr aus dem Kopf. Ihr gemeinsamer Spaziergang war wundervoll gewesen. Sie hatte sich in seiner Gegenwart geborgen und ernst genommen gefühlt. Obwohl sie ihn kaum kannte, war sie überzeugt davon, dass er niemals eine Frau betrügen könnte. Für einen solchen Verrat war er viel zu bodenständig, zu geerdet, zu anständig. Auf der Rückfahrt hatte Lara sich enger an ihn geschmiegt, erneut die Augen geschlossen und sich völlig seiner wohltuenden Nähe hingegeben. Immer wieder hatte er kurz eine Hand vom Lenker genommen und ihre Finger gestreichelt.

Ihr Herz machte einen Hüpfer. Fühlte sich so eine neue Liebe an? Oder waren es die wirren Umstände, die Lara gefühlsduselig werden ließen?

Sie erhob sich wieder und verließ die Bankreihe. Bedächtig steuerte sie auf den Hauptaltar zu und blieb mit gefalteten Händen davor stehen. »Was würdest du mir raten, Mama? Wie hast du dich vor dreißig Jahren verhalten? Hast du meinem Vater von mir erzählt, oder weiß er bis heute nichts von deiner Schwangerschaft? Hast du mich verheimlicht? Wolltest du eine Entscheidung vermeiden?« Sie stockte. Der Gedanke war ihr gerade erst in dieser Sekunde gekommen. Konnte es sein, dass ihre Mutter nach Deutschland zurückgekehrt war, weil sie spürte, dass sie drauf und dran gewesen war, ihr Herz in Collioure zu verlieren? Nein, Lara verwarf die Vorstellung sofort wieder. Sie war überzeugt davon, dass ihre Mutter für die große Liebe keine noch so schwierige und tiefgreifende Entscheidung gescheut hätte. So war sie nicht gewesen. Oder vielleicht doch?

»Kann ich Ihnen helfen?«

Beim Klang der Stimme schrak Lara zusammen. Als sie sich umdrehte, stand ein dunkelhaariger Mann um die fünfzig vor ihr. Er trug eine schwarze Hose und ein graues langärmliges Hemd. »Ich habe gehört, dass Sie im Zwiegespräch waren, und wollte Sie nicht stören.«

»Ich …«, stammelte Lara verlegen. »Meine Mutter ist vor Kurzem gestorben, und ich hatte einige Fragen an sie.« Sie kam sich dumm vor.

»Sie haben sich einen wunderbaren Ort für den Dialog mit Ihrer Mutter ausgesucht«, erwiderte der Pfarrer.

»Ich gehe nicht oft in die Kirche«, bekannte Lara leise.

»Darauf kommt es auch nicht an.«

»Ich mag die Stille hier, die Einsamkeit.«

Er nickte. »Die Ruhe ist für viele Menschen ein wichtiger Aspekt, warum sie zu uns kommen. Der Alltag ist meist hektisch, wir finden keinen geeigneten Rückzugsort mehr. Oft ist die fehlende Möglichkeit zur Auseinandersetzung mit den eigenen Gedanken, mit dem eigenen Befinden die Ursache vieler Probleme und Ängste, die uns quälen.«

»Wenn ich die Tür schließe, fühlt es sich an, als ließe ich die Welt da draußen hinter mir«, bestätigte Lara, der die Ehrlichkeit des Pfarrers imponierte.

»Unsere Tore stehen Ihnen jederzeit offen«, entgegnete er. »Und wenn Sie reden möchten, können Sie immer zu mir kommen.«

»Ich bin nicht von hier.«

Er lächelte nachsichtig. »Gottes Wille macht nicht vor Grenzen halt, die die Menschen erschaffen haben.«

»Ich bin das erste Mal in Collioure.« Lara wusste nicht, warum sie ihm das erzählte. Aber es fühlte sich richtig an, erleichternd. Sie erzählte ihm von der Suche nach ihrem Vater, von Julies Notiz und von Félix und ihren Gefühlswirrungen. »Ich weiß gar nicht, ob ich Ihnen das sagen sollte.« Sie verzog die Lippen.

»Warum nicht? Manchmal tut es gut, mit einem Unbeteiligten zu reden. Ich höre aus Ihren Worten, dass Sie viele Fragen mit sich herumtragen.«

Sie lachte leise. »So könnte man es nennen.«

»Nehmen Sie sich alle Zeit der Welt. Sie entscheiden, was Sie tatsächlich wissen möchten und was nicht. Wenn Sie kein gutes Gefühl dabei haben, mit diesem Mann über Ihre Mutter zu sprechen, dann lassen Sie es. Ich bin mir sicher, dass Ihre Mutter die Entscheidung, Ihnen nicht alles über Ihren Vater zu erzählen, nicht leichtfertig getroffen hat.«

»Das glaube ich auch nicht«, stimmte sie ihm zu. »Und trotzdem …« Lara schluckte. »Es gibt so vieles, was ich ihr sagen möchte. So viele Fragen, die ich ihr stellen möchte, seit ich weiß, dass sie hier …« Sie verstummte.

»Ihre Mutter hatte eine Liebesbeziehung, und Sie sind das Produkt daraus«, erklärte der Pfarrer ernst. »Nur, weil ich selbst keine Familie habe, heißt das nicht, dass ich die Liebe verteufle.«

Lara musste grinsen. »Denken Sie, sie weiß, dass ich hier bin?« Sie kam sich vor wie ein kleines Mädchen.

»Diese Frage können nur Sie selbst sich beantworten. Wenn Sie das Gefühl haben, sie hört Sie, dann weiß sie auch, wo Sie sind und was Sie vorhaben.«

»Wenn ich nur wüsste, was sie zu alldem sagen würde …«

»Sie war Ihre Mutter. Im Allgemeinen wünschen Mütter ihren Kindern nur das Allerbeste.«

»Aber was ist das Beste?«, brach es ungehalten aus Lara heraus, bevor sie sich beim Bemerken des lauten Halls erschrocken auf den Mund schlug. »Pardon.«

Der Pfarrer winkte ab. »Zu dieser Tageszeit ist hier nicht viel los.«

»Das ist es, was mich die ganze Zeit beschäftigt. Was ist das Beste? Wie geht es weiter? Soll ich nach meinem Vater suchen? Oder soll ich die Situation so belassen, wie ich sie kenne? Ich hatte dreißig Jahre lang keinen Vater und kam gut zurecht.« Aber stimmte das? Schon beim Aussprechen der Worte kamen Lara Zweifel. »Soll ich mich auf einen Mann einlassen, der so unendlich weit von mir weg wohnt?« Während sie redete, spürte sie Verzweiflung aufkommen.

»Ich kenne Sie nicht«, erwiderte der Pfarrer mit ruhiger Stimme. »Aber allein an Ihren Fragen sehe ich, dass irgendwo tief in Ihrem Inneren die Antworten auf all Ihre offenen Überlegungen schlummern. Hören Sie in sich hinein. Meist sind wir selbst, unsere Gefühle, unser Instinkt, unser bester Ratgeber.«

»Warum muss nur alles so unglaublich kompliziert sein?«

Der Pfarrer lächelte. »Manchmal ist es gar nicht so schwierig, wie wir denken.«

»Wissen Sie auf jede Frage eine Antwort?« Lara musterte den Kirchenmann von der Seite.

»Nein, mit Sicherheit nicht.«

Lara starrte nachdenklich zum Altar zurück.

»Ich muss noch eine Predigt vorbereiten«, setzte der Pfarrer kurz darauf an, als er bemerkt zu haben schien, dass Lara sich alles von der Seele geredet hatte, was sie bedrückte. »Kommen Sie gern jederzeit vorbei, wenn Sie reden möchten.«

Er streckte ihr seine Hand hin, die sie dankbar ergriff. »Das werde ich. Vielen Dank, dass Sie mir zugehört haben.«

»Ich wünsche Ihnen alles Gute und glückliche Entscheidungen.«

Während sie weiter ihrem Gedankenkarussell nachhing,

lauschte sie seinen Schritten auf dem Steinboden, die sich langsam entfernten.

• • •

Lara wusch die Cocktailtomaten, halbierte sie und stellte die Pfanne auf den Herd. Das Gespräch mit dem Pfarrer ging ihr nicht mehr aus dem Kopf. Hatte er recht? Kannte sie die Antworten auf ihre Fragen bereits und ignorierte sie? Und warum scheute sie sich plötzlich, die Spur ihres Vaters weiterzuverfolgen? Wovor hatte sie Angst? Vor ihren eigenen Erwartungen? Vor der Enttäuschung, ihn nicht ausfindig machen zu können? Oder schlicht und einfach vor der Wahrheit?

Es klopfte an der Tür. Als Lara den Kopf hob, erkannte sie Benjamin hinter der Glasscheibe. Hastig schüttete sie die Tomaten in das heiße Öl und ging zur Tür. »Salut.«

»Salut, Lara. Darf ich kurz reinkommen?«

Sie trat zur Seite. »Natürlich. Ich bin gerade am Backen.«

Er schnupperte demonstrativ. »Ich rieche es. Vorbereitungen für die große Crêpes-Party?«

»Ich würde es eher herumexperimentieren nennen«, erwiderte sie lächelnd. »Komm, ich muss nach den Tomaten sehen.«

Während sie am Herd herumhantierte, stützte Benjamin sich mit seinen Ellenbogen auf der Theke ab und beobachtete sie. »Das sieht sehr professionell aus.«

Sie lachte. »Es sieht aber auch nur so aus. Von professionell bin ich weit entfernt.«

»Das habe ich schon einmal gehört.« Er grinste. »Und sieh dir Amélie jetzt an.«

»Das ist etwas anderes«, wiegelte Lara ab, während sie den Mozzarella würfelte. Sie hielt kurz inne. »Hat sie dich geschickt?«

Er lachte. »Nein, nein.« Benjamin hob abwehrend die Hände. »Ich wollte nachfragen, wie eure Nachforschungen vorangehen und ob ich helfen kann. Wenn man aber diesen Duft in die Nase bekommt …«

Lara schaute zu ihm auf. »Wir waren in Elne.«

Er horchte auf. »Und?«

Sie zuckte mit den Achseln, legte einen der fertigen Crêpes in die Pfanne und füllte ihn mit der Tomaten-Mozzarella-Füllung.

»Nichts und.« Lara berichtete ihm von dem Besuch in der ehemaligen Geburtsklinik. »Die Angestellte will sich melden, sofern sie etwas über Julie Lambert findet.«

»Du klingst wenig hoffnungsvoll«, merkte er an.

»Was soll sie denn herausfinden, Benjamin? Seien wir doch mal ehrlich: Die Maternité hat vor fünfundsiebzig Jahren ihre Pforten geschlossen. Welchen Hinweis soll diese Frau denn in den Akten finden, der uns weiterhelfen könnte? Wahrscheinlich hat ihre Arbeitsstelle überhaupt nichts mit dem Verschwinden zu tun.«

»Frustrierend.«

Sie nickte. »Das ist es allerdings. Und unter uns: Ich glaube langsam nicht mehr daran, dass wir Julies Schicksal klären können.«

»Wir bleiben, bis wir etwas wissen«, ertönte Béatrices strenge Stimme von der Treppe her.

Lara drehte sich zu ihr um, während Benjamin ihre Oma begrüßte. »Oma, das hatten wir doch alles schon. Wir können nicht ewig hierbleiben.«

»Wer sollte uns daran hindern?«, widersprach Béatrice heftig. »Sie war meine Schwester!«

»Die Nachforschungen, die ich vor Kurzem für meinen Großvater angestellt hatte, begannen auch recht mühselig und wenig

Erfolg versprechend«, erzählte Benjamin. »Ich kann euch gar nicht mehr sagen, wie viele Ansätze ich verfolgt habe. Sogar Amélie wollte ich …« Er winkte ab. »Lassen wir das. Es war schwierig. Und plötzlich habe ich dann doch den entscheidenden Hinweis entdeckt. Als ich selbst schon gar nicht mehr daran geglaubt hatte.«

»Siehst du«, wandte Béatrice sich an ihre Enkelin. »Man darf die Hoffnung nicht aufgeben.«

Lara seufzte. »Aber wenn wir aus der Maternité keinen Hinweis erhalten, weiß ich wirklich nicht mehr, wo wir noch weitersuchen sollen.«

Benjamin erhob sich. »Ich muss dann mal wieder …«

»Grüß Amélie von uns.«

»Mache ich.«

»Möchtet ihr morgen Mittag zum Essen kommen?«

Benjamin nickte. »Warum nicht? Aber nur, wenn es diese leckeren Crêpes gibt.« Er zeigte auf die Pfanne.

»Wir testen sie vor, und wenn sie genießbar sind …« Lara grinste.

»Abgemacht.« Er hob die Hand und nickte den beiden Frauen zu.

»Wie war dein Nachmittag?«, wollte Béatrice wissen, nachdem sie den Tisch im Hinterhof gedeckt und sich gesetzt hatten.

»Schön«, erwiderte Lara knapp.

»Gibt es von ›schön‹ auch eine längere Version?« Ihre Oma lächelte verschmitzt.

»Wir waren am Meer.«

»Ach? Welche Überraschung«, erwiderte die Ältere ironisch. »Aber ich merke schon, dass wir heute wenig auskunftsfreudig sind.«

Lara schüttelte genervt den Kopf. »Oma …«

»Schon gut«, unterbrach diese sie besänftigend. »Ich frage ja schon nichts mehr.«

»Ich gehe später noch mal weg«, erklärte Lara, nachdem sie das Essen beendet hatten.

»Mit Félix?«

Lara schnaufte. »Habe ich dir schon mal gesagt, dass es so etwas wie Privatsphäre gibt?«

Béatrice zwinkerte. »Sieh es deiner alten Oma nach, Kind. Aber ich freue mich, wenn du schon ein wenig Anschluss gefunden hast.«

Anschluss gefunden. Jetzt musste Lara gegen ihren Willen doch schmunzeln. »Ach, Oma.«

»Macht euch einen schönen Abend.«

Béatrices Telefon klingelte. »Wer ist das?« Sie blickte auf die Nummer und schüttelte den Kopf. »Ja?«

Als sie sofort ins Französische wechselte, horchte Lara auf.

»Was hat sie denn gesagt?« Eine längere Pause. »Ja, ja, natürlich.« Wieder Schweigen. »Denken Sie?«

Lara setzte sich aufrecht hin und betrachtete ihre Großmutter. Die Miene der älteren Frau hatte einen alarmierten Ausdruck angenommen.

»Ja, morgen früh geht.« Béatrice nickte. »Gut, ich komme.«

»Was war das?«, wollte Lara wissen, nachdem ihre Großmutter das Telefonat beendet hatte.

Diese starrte einige Sekunden lang schweigend auf das Telefon in ihrer Hand. »Merkwürdig«, murmelte sie abwesend.

»Was ist merkwürdig? Oma! Wer war das?«

»Das war eine Angestellte aus dem Heim, in dem Lilou lebt.«

»Julies Freundin?«

Ihre Oma nickte. »Die Pflegerin erzählte mir, dass Lilou heute

Nachmittag sehr aufgekratzt gewesen sei und mehrmals meinen Namen gesagt habe.«

»Deinen oder den deiner Schwester?« Lara musste an ihren Besuch bei der alten Dame denken, wie sie Béatrice ständig mit Julie verwechselt hatte.

»Meinen und Julies.«

»Ich verstehe nicht, warum sie dich deshalb kontaktieren.«

»Lilou will dringend mit mir reden.« Béatrice blickte zu Lara und blinzelte. »Ich hatte doch am Empfang meine Nummer hinterlegt, falls Lilou mich noch mal sehen möchte.«

»Ja, und?«

»Sie redete wohl die ganze Zeit von einem Brief.«

»Von einem Brief?«, warf Lara irritiert ein. »Als wir bei ihr waren, hat sie auch schon einen Brief erwähnt. Erinnerst du dich?«

»Ja, natürlich. Aber was meint sie damit? Woher weiß sie von der Notiz?«

»Also, ich würde diese kurze Nachricht nicht unbedingt als Brief titulieren«, wandte Lara skeptisch ein. »Vielleicht hat Lilou damals ebenfalls einen Brief von Julie erhalten?«

Béatrice schüttelte den Kopf. »Das glaube ich nicht. Ich habe Lilou während meiner früheren Aufenthalte immer mal wieder zufällig gesehen. Sie hat nie einen Brief erwähnt. Wenn sie etwas über Julies Verschwinden wüsste, hätte sie mir das doch sicher längst gesagt.« Sie hielt inne. »Ich verstehe das einfach nicht.«

»Lilou ist dement«, merkte Lara an. »Vielleicht ...« Sie deutete einen Kreis neben ihren Schläfen an. »Vielleicht sind das irgendwelche Erinnerungen an die Vergangenheit, die in ihr hochgekommen sind. Oder sie verwechselt etwas? Du weißt, dass sie dich für Julie gehalten hat.«

»Ja«, nickte Béatrice gedankenversunken. »Ja, du könntest natürlich recht haben. Aber die Pflegerin meinte, sie sei heute Nachmittag sehr klar gewesen.«

»Was willst du jetzt tun?«

»Ich gehe morgen zu ihr«, erwiderte Béatrice ohne Zögern. »Falls Lilou doch irgendetwas weiß …«

»Ich komme mit.«

»Das musst du nicht. Wolltest du nicht morgen diesen Chorleiter aufsuchen?«

»Das kann ich nachmittags immer noch erledigen«, beschied Lara. »Nein, ich komme mit. Wir fahren gemeinsam zum Heim und reden mit Lilou. Und ich bin sehr gespannt, was sie uns über Julie und diesen ominösen Brief erzählen kann.«

• • •

Laras Herz pochte ihr bis zum Hals, als sie auf die Klingel an Félix' Apartment drückte.

Béatrice hatte ihr nach dem Essen angeboten, sich um die Küche zu kümmern, sodass Lara sich in Ruhe fertig machen konnte. Nach diversen Anproben war sie kurz in die Badewanne gehüpft und hatte sich schließlich für dunkelblaue Spitzenunterwäsche und ein lavendelfarbenes knielanges Sommerkleid entschieden. Da es am Abend bereits empfindlich abkühlte, hatte sie ihre weiße Strickjacke übergezogen.

Nervös überprüfte sie zum wiederholten Mal den Halt ihrer hochgesteckten Haare.

Als sich die Tür öffnete, meinte sie fast, vor Aufregung in Ohnmacht fallen zu müssen.

»Lara.« Félix stand im Rahmen und lächelte sie liebevoll an. »Ich bin erst vor fünf Minuten nach Hause gekommen.« Er schüttelte den Kopf, während er ihr bedeutete einzutreten. »Ich hatte schon Angst, ich würde zu spät kommen, und du wärst schon wieder auf dem Weg nach Hause.« Er hauchte ihr einen zarten Kuss auf die Lippen.

»Ich wurde aufgehalten. Wir haben einen Anruf vom Pflegeheim …« Sie unterbrach sich. »Lassen wir das.«

»Warum?« Er führte sie ins Wohnzimmer. »Drinnen oder draußen?«

»Draußen«, erwiderte Lara, ohne zu zögern.

Félix öffnete die Balkontür und zeigte auf die Terrasse. »Voilà. Der wahrscheinlich schönste Blick über meinen Heimatort.«

Lara trat hinaus und atmete durch. Der Balkon war größer als erwartet. Sie legte ihre Hand auf die Brüstung und schaute den Hügel hinab. Vor ihnen erstreckte sich die farbenfrohe Altstadt Collioures. Das Meer wirkte dunkel und fast ein wenig geheimnisvoll. Der Wellengang war schwächer als noch am Nachmittag. In sanften Bewegungen rollte das Wasser an den menschenleeren Stadtstrand, um sich kurz darauf wieder zurückzuziehen. An der Promenade flanierten einige Fußgänger.

»Ich kann Omas Haus sehen«, entfuhr es Lara, als sie sich orientiert hatte.

Félix trat neben sie.

»Da!« Sie deutete in die Richtung, in der sie die Dachterrasse des alten Gebäudes ausgemacht hatte.

»Was sagst du?«

Sie drehte sich zu ihm. »Es ist überwältigend. Morgens aufzuwachen und als Erstes diesen Blick genießen zu dürfen …«

Er lächelte. »Du kannst das gern ausprobieren.«

Sie verdrehte die Augen. »So habe ich es nicht …« Sie biss sich auf die Unterlippe. »Ich wollte nicht …« Lara ließ die Schultern sinken. »Ich bin total aus der Übung.«

Félix umfasste ihre Hüften und zog sie an sich. Vorsichtig

strich er mit den Fingern über ihre Stirn. »Was hältst du davon, wenn du alles, was dir gerade in deinem hübschen Kopf herumgeht, für ein paar Stunden vergisst?«

»Ich fühle mich wie der letzte Trottel«, bekannte Lara.

»Warum?« Sein Blick wurde eindringlicher. »Vergiss deine Sorgen einfach für einen Abend.« Er lächelte. »Was darf ich dir zu trinken anbieten?«

Sie zuckte mit den Achseln. »Was nimmst du?«

»Einen leichten Weißwein?«

Sie nickte. »Klingt gut.«

Er ließ sie los. »Rühr dich nicht von der Stelle. Ich bin gleich zurück.«

Während Lara allein war, versuchte sie, zur Ruhe zu kommen. Was musste Félix von ihr denken, wenn sie sich dermaßen neben der Spur benahm? Sie war eine erwachsene Frau. Und Félix hatte sie auf ein Glas Wein eingeladen. Wo lag also das Problem? Es war doch nicht ihre erste Verabredung.

»Ich habe ein Geschenk für dich«, verkündete er, als er mit einem Tablett, auf dem eine Flasche Wein und zwei Gläser standen, zurückkehrte. »Moment.«

Erneut verschwand er in der Wohnung und trat keine Minute später mit einem Gipsabdruck wieder auf die Terrasse heraus.

Lara musterte die Platte überrascht. »Was ist das denn?«

»Schau mal genau hin, dann erkennst du es.« Félix hob den Abdruck so, dass sie ihn besser sehen konnte.

Lara kniff die Augen zusammen. Das konnte doch nicht sein! »Ist das etwa …?« Sie blickte von der Platte zu Félix, der sie breit angrinste und nickte.

»Wo hast du den her?« Sie konnte es nicht fassen.

»Wir Wissenschaftler sind gut untereinander vernetzt.«

»Ich glaube es nicht.« Kopfschüttelnd blickte Lara zurück auf den Fußabdruck des Stegosaurus. »Ich ...« Ihr fehlten die Worte.

»Ich gebe zu, es ist wohl das Seltsamste, was ich einer Frau je geschenkt habe.«

»Es ist wundervoll.« Sie sah ihm in die Augen. »Du bist wundervoll.«

»Du freust dich?«

Sie fuhr sachte mit ihren Fingern über die Platte. »Machst du Witze? Der Abdruck bekommt einen Ehrenplatz.«

»Es ist kein Original«, wiegelte Félix ab.

Sie lachte. »Ich weiß. Trotzdem ist er ... phänomenal.«

Er schenkte ihnen den Wein ein und reichte ihr ein Glas. »Worauf wollen wir trinken?«

»Auf einen schönen Abend?«

Er nickte. »Auf einen schönen Abend und auf uns.«

»Der ist gut«, entfuhr es Lara, nachdem sie an dem Wein genippt hatte.

»Freut mich, dass er dir schmeckt.« Félix nahm ihr das Glas aus der Hand und stellte es auf den Tisch zurück. »Magst du mir erzählen, was es mit dem Anruf des Seniorenheims auf sich hat?«

Lara schüttelte den Kopf. »Du musst mich für eine völlig überspannte Person halten. Dieses Chaos um mich herum ...«

Er trat näher an sie heran, berührte sie jedoch nicht. »Du bist nach Collioure gekommen, weil du einige Antworten finden möchtest. Und du gehst den Spuren nach, die du hast.«

»Bei dir klingt das so logisch.«

»Ich bin Naturwissenschaftler. Logik lautet mein zweiter Vorname.« Er lächelte.

»Mich beschleicht immer mehr das Gefühl, dass ich völlig neben mir stehe. Dass ich ohne Plan durchs Leben irre, ohne Ziel, ohne Perspektive.«

»Ich glaube, du machst dir einfach zu viele Gedanken.« Er stellte sich so dicht vor sie, dass sich ihre Nasenspitzen fast berührten. »Was hast du mit deinem Haar gemacht?«

Sie konnte seinen Duft riechen, spürte, wie sich ihr Unterleib sehnsüchtig zusammenkrampfte. »Ich habe es hochgesteckt«, erwiderte sie leise.

»Das sieht wunderschön aus.«

Lara schluckte. Frank hatte es immer gehasst, wenn sie die langen Haare zusammenband.

»Soll ich dir etwas sagen?«

Sie nickte, da sie befürchtete, ihre Stimme könne sie im Stich lassen.

Félix sah auf die Uhr. »Seit unserem Spaziergang vorhin ... sind vier Stunden vergangen.« Er blickte ihr wieder in die Augen. »Aber ich habe den ganzen Nachmittag gedacht, ich halte es keine Minute länger aus, dich nicht zu sehen.« Er zog die Brauen hoch. »Klingt blöd, oder?«

Sie räusperte sich. »Nein, das denke ich überhaupt nicht.« Lara legte die Hand auf ihr Schlüsselbein. »Ich finde, das klingt sogar sehr schön.« Sie schloss kurz die Augen. »Es ist lange her, dass mich jemand vermisst hat.«

»Wenn du mir nicht von deinem Tag erzählen möchtest, dann bekomme ich vielleicht eine weitere Lektion in Sachen geballtes Dinowissen?« Seine belegte Stimme stand im Widerspruch zu seinen witzig gemeinten Worten.

Lara schüttelte den Kopf. »Nein, keine Dinos mehr heute Abend.«

»Welches Thema sollten wir dann besprechen, um uns besser kennenzulernen?«

Sein fordernder Ton ließ sie mutiger werden. Da er sie noch immer nicht berührte, nahm sie Félix' Hand in ihre und legte sie auf ihre Brüste. »Wie wär's, wenn wir uns zur Abwechslung mit der menschlichen Anatomie beschäftigen?«

Félix' Augen weiteten sich. »Das klingt nach einem sehr verlockenden Thema«, nickte er wohlwollend.

»Wo möchtest du anfangen?« Sie legte den Kopf schief und lächelte.

»Wie wäre es mit den Grundlagen?«

Sie tat so, als überlege sie. »Grundlagen sind etwas für Anfänger, wir sollten direkt mit einer Lektion für Fortgeschrittene beginnen.«

»O ja. Das hört sich in der Tat sehr interessant an.« Sein Blick flackerte.

Lara trat näher an ihn heran und legte ihre Hand in seinen Nacken. »Wollen wir beginnen? Oder bist du noch nicht bereit?«

»Und wie ich bereit bin«, erklärte er mit rauer Stimme, bevor er seine Lippen auf ihre senkte, seine Arme um ihre Hüften schlang und sie an sich presste.

»Kann uns hier jemand sehen?«, raunte Lara ihm zwischen ihren Küssen ins Ohr, während ihre Hände über seinen Rücken wanderten.

»Die Terrasse ist uneinsehbar.«

»Also bestens für unsere Studien geeignet.« Sie drehte sich um und legte ihren Kopf nach vorn.

Félix strich mit beiden Händen über ihren Nacken und ihre Schultern, bevor er sich an ihrem Kleid zu schaffen machte und den Reißverschluss öffnete.

Als sie sich wieder zu ihm umwandte, stand sie in ihrer Spitzenunterwäsche vor ihm, das Kleid war auf den Boden gerutscht.

Félix fuhr sich durchs Haar, während er den Blick über ihren Körper wandern ließ. »Ich kann es kaum erwarten, diese Studien voranzutreiben.«

Sie lachte, während sie sich daranmachen wollte, die neuen Sandalen abzustreifen.

»Lass sie an«, bat Félix leise.

»Bist du dir sicher?« Lara sah ihn erstaunt an.

Er nickte. »Diese Schuhe hast du getragen, als ihr zum Essen bei uns wart.«

»Das ist dir aufgefallen?«

Er lachte. »Nicht nur das, Lara. Nicht nur das.«

Sie hob ihre rechte Hand und lockte ihn mit ihrem Zeigefinger zu sich. »Jetzt bist du dran.«

»Sehr gern. Für deine Studien stehe ich jederzeit zur Verfügung.«

Ungeduldig streifte Lara ihm das T-Shirt über den Kopf, bevor sie sich an seiner Hose zu schaffen machte.

»Interessant«, murmelte sie, während sie ihm die Jeans über die Hüften zog. »Äußerst interessant.«

»Und es wird noch interessanter.« Er grinste, bevor er sie hochhob und auf den Gartentisch setzte.

»Oh, là, là!« Lara öffnete ihren BH. »Scheint, dass wir heute Abend zu bahnbrechenden Erkenntnissen gelangen werden.«

»Wovon du ausgehen kannst«, knurrte Félix und machte sich an ihrem Slip zu schaffen.

Lara schlang ihre Beine um seine Hüften und legte ihre Hände auf seine Wangen. »Küss mich.«

Statt einer Antwort presste er seinen Unterleib gegen ihren und kam umgehend ihrer Bitte nach. Lara fühlte sich leicht wie eine Wolke. Die Umgebung verschwamm. Félix' Hände schienen plötzlich überall zu sein. Sein Körper passte sich nahtlos dem ihren an. Sie wollte ihn ganz spüren. Wollte ihn riechen, wollte ihn schmecken, wollte endlich eins mit ihm sein. Hastig entledigte er sich seiner Shorts und sah ihr fest in die Augen, als er ihre Oberschenkel erneut ergriff und um sich legte. »Bereit für ganz neue Perspektiven?«

Lara nahm sein Gesicht in ihre Hände und wartete ungeduldig darauf, bis sie ihn endlich spürte. Ein Seufzer entwich ihrer Kehle. Félix' Atem ging schneller, während ihre Körper einander lockten und verführten. Laras Gedanken verabschiedeten sich, die Anspannung in ihr wuchs ins Unermessliche. Sie wollte mehr, wollte loslassen, wollte sich hingeben, wollte nur noch fühlen. Ihr Körper fieberte nach Berührung, sehnte sich nach dem Gegenpart, der ihr die lang ersehnte Erleichterung verschaffen würde. Als die Wellen über ihr zusammenschlugen, klammerte sie sich Hilfe suchend an den Mann, den sie nie wieder loslassen wollte. Der ihr den Glauben an die Liebe wiedergeben könnte.

20

»Bonjour, ma belle.«

Lara spürte Félix' weiche Lippen auf ihrem rechten Schulterblatt, während sie träge in das einfallende Sonnenlicht blinzelte. Seine Berührungen jagten ihr erneut Schauder über den Rücken. Es war also nicht nur ein schöner Traum gewesen. Die Ereignisse des gestrigen Abends und der letzten Nacht tauchten vor ihrem geistigen Auge auf. Félix und sie auf der Terrasse, Félix, wie er sie kurz darauf ins Schlafzimmer getragen hatte, da er nicht wollte, dass sie sich in der kühlen Abendluft erkältete. Die Erinnerung an die Leidenschaft zwischen ihnen zauberte ihr ein Lächeln auf die Lippen. »Bonjour«, murmelte sie glücklich und drehte sich auf den Rücken. Überrascht bemerkte sie, dass er bereits angezogen war.

»Ich muss zur Arbeit«, erklärte er leise, bevor er sie erneut zärtlich küsste.

»Wie spät ist es?« Lara stützte sich auf die Ellenbogen.

»Gleich acht.« Er strich ihr über die Wange. »Bleib ruhig noch liegen, schließlich hast du Urlaub.« Félix setzte sich lächelnd zu ihr ans Bett.

Lara musterte sein Gesicht. Vorsichtig streckte sie ihre Hand aus und fuhr seine Konturen nach.

Er schloss die Augen und stöhnte. »Lara, ich muss zur Arbeit.«

»Ich hindere dich nicht, obwohl ich mir wünschen würde, du kämst zurück zu mir ins Bett.« Sie lupfte ein wenig die Decke und präsentierte ihm ihren nackten Körper.

»Warum quälst du mich so?«

Sein lodernder Blick ließ Laras Herz einen Sprung machen.

»Du bist so wunderschön, chérie.« Er verdrehte die Augen. »Wie soll ich mich bei diesem Anblick nur losreißen?«

»Gar nicht«, erwiderte Lara verschmitzt und schlang ihre Arme um seinen Nacken. »Küss mich.«

Als er ihrer Aufforderung nachkam, verspürte sie sofort das mittlerweile vertraute sehnsuchtsvolle Ziehen in ihrem Unterleib. Félix' Atem beschleunigte sich. Lara drängte sich dichter an ihn, bis er von ihr abließ und sie frustriert ansah. »Ich erwarte gleich einen Gastwissenschaftler aus Japan.« Er verzog bedauernd sein Gesicht.

Sie hauchte ihm einen Kuss auf die Wange.

»Du kannst dich gern noch mal hinlegen«, erwiderte er, während er über ihr Haar strich. »Fühl dich wie zu Hause.«

Lara schüttelte den Kopf. »Allein?« Sie warf die Decke zurück und setzte sich neben Félix. »Kann ich kurz bei dir duschen?«

Er lachte. »Du willst es wissen, nicht wahr?«

»Ohne dich«, betonte sie kokett. »Aber ich habe dir doch gestern von dem Telefonat erzählt. Dass Julies Freundin mit uns reden möchte. Deshalb muss ich auch gleich los.«

»Ich kann mich gerade nur sehr schwer konzentrieren.« Demonstrativ ließ Félix den Blick über Laras Körper wandern. »Aber ich erinnere mich dunkel.«

»Ich werde Oma abholen und mit ihr zum Heim fahren.«

»Klar kannst du hier noch duschen. Frische Handtücher liegen in dem kleinen Schrank neben dem Waschbecken.«

»Danke«, erklärte Lara, hauchte ihm einen Kuss auf die Nasenspitze und wollte aufstehen. Doch Félix war schneller und umfasste ihr Handgelenk. »Hiergeblieben.«

»Musst du nicht zur Arbeit?« Belustigt verfolgte sie, wie er sein Hemd aufknöpfte.

»Mir ist gerade siedend heiß eingefallen, dass ich das dringende Bedürfnis nach weiterer Körperhygiene verspüre.« Grinsend erhob er sich und zog Lara mit ins Bad, während er sich auf dem Weg durch den Flur gleichzeitig seiner Hose entledigte.

Eine Stunde später nahm Lara ihre Tasche von der Garderobe und drehte sich im Flur noch einmal um, um zu prüfen, ob sie auch nichts vergessen hatte. Félix war bereits vor zwanzig Minuten gegangen. Als sie gerade die Wohnung verlassen wollte, klingelte es an der Tür. Sie öffnete und blickte einer attraktiven rothaarigen Frau ins Gesicht. Die musterte sie unverhohlen von Kopf bis Fuß. »Ist Félix da?« Keine Begrüßung, keine Vorstellung.

»Bonjour«, stammelte Lara irritiert. »Nein, er ist schon bei der Arbeit. Soll ich ihm etwas ausrichten?«

Die Frau verzog missbilligend das Gesicht. »Danke, ich rufe ihn selbst an.« Sie zögerte. »Wer sind Sie?«

Irgendetwas an dem merkwürdigen Verhalten der Frau ließ sämtliche Alarmglocken in Lara klingen. Sie schluckte. War sie nicht vor Kurzem in einer ähnlichen Situation gewesen? Warum tauchte diese Frau so früh an Félix' Wohnungstür auf?

»Ich bin Lara.« Sie fasste all ihren Mut zusammen. »Darf ich auch fragen, wer Sie sind?«

Die andere lachte gekünstelt. »Véronique Arnaud, Félix' Ehefrau.«

• • •

»Das muss ja gestern Abend ein echter Reinfall gewesen sein«, beendete Béatrice das Schweigen, das seit ihrem Aufbruch von Collioure zwischen den beiden Frauen herrschte.

Lara blickte kurz zu ihrer Oma, die neben ihr auf dem Beifahrersitz saß, während sie mit den Tränen kämpfte.

»Was ist denn los?«, wollte Béatrice mit ernster Miene wissen. »Hat es dir die Sprache verschlagen? Du siehst aus wie sieben Tage Regenwetter. Nachdem du nicht nach Hause gekommen bist, dachte ich ...« Sie beendete den Satz nicht. »Du hattest dich doch so auf den Abend gefreut.«

»Félix ist verheiratet«, platzte Lara schließlich heraus, bevor sie zu weinen begann.

Béatrice sah sie voller Entsetzen an. »Was?«

»Ja, ich habe heute Morgen seine Frau kennengelernt, nachdem er schon zur Arbeit aufgebrochen war«, erwiderte Lara verzweifelt, während sie den Blinker setzte und links abbog.

»Das glaube ich nicht«, erwiderte Béatrice zögernd.

»Denkst du, ich habe mir das ausgedacht?«, brauste Lara auf.

»Nein«, versuchte ihre Oma, sie zu beschwichtigen. »Nein, natürlich nicht. Aber ich kann mir nicht vorstellen, dass ...«

Lara lachte bitter auf. »Ich kann mir auch so einiges nicht vorstellen. Und werde dann doch immer wieder eines Besseren belehrt. Sämtliche Männer dieser Welt können mir ab sofort gestohlen bleiben.«

»Was hat die Frau denn gesagt? War sie nicht genauso verärgert wie du?«

Lara schüttelte den Kopf. »Keine Ahnung. Nachdem sie sich mir vorgestellt hatte, sind bei mir sämtliche Sicherungen durchgebrannt. Ich habe sie einfach stehen lassen und bin gegangen.« Sie sah ihre Oma an. »Denkst du etwa, ich habe Lust, mich mit seiner Ehefrau zu unterhalten? Nein, danke.« Sie schluckte. »Betrügende Männer können mir gestohlen bleiben. Vielleicht führen die beiden ja eine offene Beziehung, und jeder darf vög ...«

»Lara«, unterbrach ihre Oma sie sanft. »Das ist bestimmt ein Missverständnis.«

»Ein Missverständnis?« Lara schüttelte den Kopf. »Nach dem Motto, ach, Lara, was ich ganz vergessen habe zu sagen, ich bin übrigens verheiratet. Meine Frau hat aber nichts dagegen, dass ich mich mit anderen treffe. Ich möchte nur, dass du eben weißt, dass du nicht die Einzige bist, die mein Bett warm hält.«

»Lara«, erklärte Béatrice tadelnd. »Das glaube ich nicht. Das sieht ihm doch überhaupt nicht ähnlich. Denk an euren Bootsausflug.«

»Sieht ihm nicht ähnlich, meinst du? Kennst du ihn etwa näher? Kannst du in seinen Kopf hineinblicken?« Sie schniefte.

»Nein, aber ...«

»Er hat mir diesen Fußabdruck geschenkt«, unterbrach Lara sie schluchzend. »Ich dachte wirklich, er nimmt mich ernst, interessiert sich für mein Hobby. Dass ihm etwas an mir liegt.«

»Sprich mit ihm.«

»Nein«, entgegnete Lara bestimmt und verzog die Mundwinkel. »Es gibt nichts mehr zu sagen. Nach unserem Besuch bei Lilou fahre ich nach Hause. Ich kann einfach nicht mehr ... die ganze Reise war ein Riesenfehler. Ich hätte niemals herkommen sollen.«

Sie spürte den Blick ihrer Oma auf sich.

»So solltest du nicht gehen, Lara.«

»Hast du es nicht verstanden, Oma? Félix ist verheiratet. Er hat mir so viel von sich erzählt. Wollte alles von mir wissen, aber dieses kleine unbedeutende Detail hielt er nicht für wichtig genug, um es mir mitzuteilen?«

»Seine Eltern haben bei dem Abendessen auch kein Wort von einer Frau erwähnt«, gab Béatrice zu bedenken.

»Vielleicht können sie sie nicht leiden.«

»Ach, Lara. Das ist doch jetzt an den Haaren herbeigezogen.«

»Ich fahre nach Hause. Punkt. Aus. Fertig.« Lara lenkte den Käfer auf einen freien Parkplatz. »Ich will nichts mehr von diesem Chaos wissen.«

Am Empfang des Heims wurden sie von derselben Angestellten begrüßt wie beim ersten Mal.

»Sie kennen den Weg ja«, ergänzte sie, nachdem Béatrice das gestrige Telefonat erwähnt hatte.

»Allerdings glaube ich nicht, dass sie sich noch daran erinnert, dass sie mit Ihnen sprechen wollte.«

»Warum? Geht es ihr nicht gut?«

Die Pflegerin schüttelte den Kopf. »Die Demenz ist eine sehr tückische Krankheit. Es gibt Tage, da können die Patienten aus ihrem Leben erzählen, erinnern sich an Familie und Freunde, an Ereignisse aus der Vergangenheit. Und dann gibt es wieder Phasen, wo sie sich in ihrer eigenen kleinen Welt aufhalten und keinen Zugang mehr zur Außenwelt finden. Das ist leider bedauerlich.«

Lara und ihre Großmutter wechselten einen sorgenvollen Blick, bevor sie sich auf den Weg zu Julies ehemaliger Freundin machten.

Eine Viertelstunde später musste Lara der Pflegerin vom Empfang im Stillen recht geben. Obwohl Béatrice die ganze Zeit behutsam auf Lilou einredete, zeigte diese kaum eine Reaktion. Ab und zu huschten ihre Augen durchs Zimmer, als ob sie sich vergewissern müsse, wo sie sich befand. Doch die meiste Zeit ließ die Heimbewohnerin nur stumm ihren Kopf hängen. Ob sie Béatrices Worte verstand, war nicht erkennbar.

»Julie hat dir einen Brief geschrieben«, probierte Laras Großmutter es gerade zum wiederholten Mal. »Sie hat dir darin mitgeteilt, warum sie ihre Familie verlassen hat. Erinnerst du dich?« Sie versuchte es auf gut Glück. Keine von ihnen wusste, ob es diesen Brief überhaupt wirklich gab.

Lilou hob den Kopf und sah erst zu Lara, bevor sie Béatrice fixierte. »Julies Brief«, erklärte sie schleppend.

Béatrice nickte heftig. »Genau, Julies Brief. Weißt du noch, was in diesem Brief stand?«

Lilou senkte wieder den Blick und starrte vor sich auf den Boden. Hilfe suchend sah Béatrice zu Lara.

»Julies Brief.«

»Ja, Julies Brief«, versuchte Béatrice erneut, Lilous Erinnerungsvermögen auf die Sprünge zu helfen.

»Julie und Samuel.«

»Samuel?« Béatrice runzelte die Stirn. »Wer ist Samuel?«

»Samuel ist tot. Julie ist tot. Rose ist tot.«

»Wer sind all diese Leute?«, wollte Lara von ihrer Oma wissen. »Ehemalige Bekannte deiner Schwester?«

Béatrice zuckte mit den Achseln. »Ich weiß es nicht. Ich höre die Namen zum ersten Mal.« Sie wandte sich erneut an Lilou. »Wer ist Samuel?«

»Samuel ist tot«, erwiderte Julies Freundin mit monotoner Stimme. »Lange tot.«

»Und was ist mit Julie?«

»Julie ist tot. Lange tot.«

Laras Telefon begann zu klingeln. Als sie Félix' Nummer erkannte, drückte sie den Anruf augenblicklich weg. Sie zitterte am ganzen Körper. Wie hatte sie sich bloß ein weiteres Mal derart an der Nase herumführen lassen können? Wie naiv war sie eigentlich?

Béatrice ließ die Schultern hängen. »Ich glaube, das hat heute keinen Sinn.«

Sie klang genauso frustriert, wie Lara sich seit der Begegnung mit Véronique Arnaud fühlte.

»Vielleicht können wir dem Personal sagen, dass sie dich das nächste Mal sofort anrufen sollen, falls Lilou wieder einen lichten Moment hat. Und dann fährst du auf der Stelle her.«

Béatrice schnaufte schwer, während sie sich erhob. Natürlich hatte sie Laras Formulierung verstanden. Traurig klopfte sie der Heimbewohnerin auf die Schulter. »Mach's gut, Lilou.«

»Julie ist tot. Samuel ist tot. Rose ist tot.«

Die beiden Frauen blickten sich an, während Julies Freundin weiterhin in monotonem Tonfall die drei Sätze wiederholte.

Lorraine hatte mir zum Abschied noch das Versprechen abgerungen, dass wir unseren Kontakt weiter aufrechterhalten sollten. Obwohl ich ihr zusagte, mich ab und an zu melden, war ich mir nicht sicher, ob ich mich tatsächlich mit der Bekannten eines Nazis austauschen wollte. Hans Reimann sah gut aus, er war nett, hatte sich mir gegenüber immer korrekt verhalten. Und wenn ich Lorraines Worten Glauben schenken mochte, war er privat noch zuvorkommender und charmanter als bei der Arbeit. Für mich jedoch war er schlicht und ergreifend die Verkörperung des Feindes. Er und sein Regime waren an Samuels und Rebeccas Schicksal schuld und an dem vieler anderer Opfer. Und Lorraine war jetzt seine Freundin.

Tief in Gedanken versunken, machte ich mich auf den Heimweg. Eine zentnerschwere Last fiel in diesem Moment von mir ab. Das war es gewesen. Ein letztes Mal hatte ich mich von meinen Kolleginnen verabschiedet, die alle annahmen, dass ich aus familiären Grün-

den meine Arbeit bei den Deutschen niedergelegt hatte. Keiner von ihnen, nicht einmal Lorraine, hatte ich von der Schweizer Entbindungsklinik in Elne erzählt.

Zu Hause berichtete ich Maman kurz von meinem letzten Tag, bevor ich erneut aufbrach. Samuel hatte mich gebeten, ihn mit meinem Rad am nördlichen Ende von Collioure zu treffen. Obwohl ich ihn gelöchert hatte, was er vorhabe, wollte er nicht mit der Sprache herausrücken.

Erwartungsvoll fuhr ich zu dem vereinbarten Treffpunkt. Von Samuel war weit und breit keine Spur. Unruhig sah ich mich um, steuerte auf die Steilküste zu und hielt an.

»Julie.«

Samuel! Ich blickte erneut hinter mich, sah jedoch keine Menschenseele. Wo war er?

Unter mir schnaufte und keuchte es plötzlich. Ungläubig linste ich über die Klippe und entdeckte Samuel, der mit einem alten Rad auf einem Felsvorsprung kauerte. »Was machst du da?« Ich konnte es nicht fassen.

»Hilf mir bitte kurz«, bat er statt einer Antwort und hievte mir fluchend das Fahrrad entgegen. Ich zog und zerrte, während Samuel das Gewicht von unten hochdrückte.

Nachdem ich das Rad neben meines gestellt hatte, kletterte Samuel hinterher und hauchte mir atemlos einen Kuss auf die Lippen. »Ich war zu früh und hatte Angst, dass mich jemand entdecken könnte.« Er beugte seinen Oberkörper nach vorn und stützte seine Hände auf die Oberschenkel.

Geduldig wartete ich, bis sich sein Atem wieder normalisiert hatte. »Warum bringst du dich unnütz in Gefahr?«

Samuel richtete sich wieder auf. Seine Augen funkelten mich schelmisch an. »Woher willst du wissen, dass es unnütz ist?«

Aufgebracht schüttelte ich den Kopf.

Samuel zeigte auf die Räder. »Lass uns losfahren.«

»Wohin wollen wir?«

Er lächelte nur und stieg auf.

Nachdem wir zwanzig Minuten schweigend an den Klippen entlanggefahren waren, machte der Weg eine leichte Linksbiegung von der Küste weg, die an dieser Stelle flacher wurde.

»Hier entlang«, wies Samuel mich an, nachdem er rechts abgebogen war. Der kleine, kaum erkennbare Pfad führte direkt ans Meer. Das Wasser rollte in sanften Wellen an einen lang gezogenen Kiesstrand. Ich sah diese Bucht zum ersten Mal.

»Überrascht?«, wollte Samuel wissen, während er sein Rad gegen einen großen Stein lehnte.

»Eher beeindruckt«, erwiderte ich lächelnd und ließ mir bereitwillig den Lenker aus der Hand nehmen.

»Komm«, forderte Samuel mich schließlich auf und fasste nach meiner Hand.

Wir liefen über den menschenleeren Strand und setzten uns auf einen Felsvorsprung, etwa zehn Meter vom Wasser entfernt. Es war Januar, und die Abende waren entsprechend kühl. Ich zog meine Jacke enger um mich.

»Frierst du?«, fragte Samuel leise.

»Es gibt keinen Ort, an dem ich jetzt lieber mit dir wäre«, raunte ich bedächtig. »Es ist wunderschön hier.«

»Das ist es, was du verdient hast, Julie.«

Ich sah ihn von der Seite an. Der Ausflug konnte für ihn lebensgefährlich werden. Die Bucht lag zwar einsam und still vor uns, doch niemand konnte wissen, wer sich um diese Uhrzeit auf der Straße befand. »Was wir hier tun, ist riskant.«

Samuel legte seinen Arm um meine Schultern und zog mich enger an sich. »Nicht riskanter, als in dieser Bruchbude zu sitzen und an die schimmeligen Wände zu starren.«

Ich umklammerte sein Knie. »Danke.«

»Wofür?«

»Für diesen Moment«, erklärte ich ihm lächelnd und zeigte auf das Meer. Etwa hundert Meter vom Ufer entfernt schaukelte ein kleines Ruderboot in der Brandung. Ich schloss die Augen und gab mich ganz den Geräuschen der Natur hin. Irgendwo schrie ein Eichelhäher. Das regelmäßige Schwappen der Wellen klarte meinen Geist auf. War die Welt nicht unglaublich schön? Hier an diesem kleinen versteckten Strand gab es nur Samuel und mich. »Ich wünschte, wir könnten hierbleiben und müssten nie wieder in die Realität zurückkehren«, setzte ich mit belegter Stimme an.

»Das wünschte ich mir auch«, entgegnete er ernst. »Dass wir unsere Räder nähmen und einfach weiterführen. Egal, wohin, einfach weg von hier, weg von diesem Ort. Irgendwohin, wo Nationalitäten und Religionen keine Rolle spielen.«

»Das klingt wundervoll.«

»Ein Traum«, seufzte Samuel. »Leider nur ein wundervoller Traum.«

»Aber warum?« Ich drehte mich zu ihm um. »Was hält uns hier?«

Er runzelte die Stirn. »Was meinst du?«

»Wir könnten doch überallhin!«

»Julie, in Frankreich herrscht Krieg. Und nicht nur in Frankreich. Außerdem haben wir kein Geld.«

»Du kennst Leute, die uns helfen könnten«, fuhr ich aufgeregt fort. »Du hast mir doch erzählt, dass ihr auf eurer Flucht viel Hilfe bekommen habt. Von Widerstandskämpfern, von einfachen Bauern, von ...«

»Das schon, aber ...«

»Nichts aber«, unterbrach ich ihn ungeduldig. »Auch hier habt ihr Leute, die euch helfen.«

»Julie, du bist Französin. Du hast dein ganzes Leben hier verbracht. Deine Familie wohnt hier. Warum solltest du freiwillig von hier fliehen?«

Meine Augen füllten sich mit Tränen. »Weil mein Leben ohne dich nichts wert ist, Samuel. Verstehst du das denn nicht? Ohne dich kann ich nicht mehr leben. Ich darf dich nicht verlieren!«

Samuel schloss kurz die Augen und hielt inne.

Ängstlich musterte ich sein Gesicht.

»Ich liebe dich, Julie«, erklärte er nach wenigen Sekunden mit rauer Stimme. Sanft fuhr er mit seinen Händen durch mein Haar.

»Ich liebe dich auch«, erwiderte ich schluchzend.

»Und genau deshalb kann ich dich nicht in Gefahr bringen«, fuhr er fort. »Niemals.« Er deutete aufs Meer. »Genieße den Augenblick. Egal, was die Zukunft für uns bereithält, diesen Moment jetzt und hier kann uns niemand mehr nehmen.«

Ich lehnte den Kopf gegen seinen Oberkörper und versuchte, jeden noch so kleinen Sinneseindruck in mir aufzunehmen. Die harte Oberfläche des Steins unter meiner Handfläche, Samuels Geruch in meiner Nase, die Wärme seines Körpers an meinem, die friedvollen Geräusche des endlosen Meeres und der sich langsam rot färbende Himmel vor uns. War es das, was uns ausmachte? Waren diese kurzen Augenblicke die Rettungsanker, die uns vor den Untiefen des Lebens bewahrten? Das Einzige, was zählte, waren wir. Samuel und ich und die Liebe, die uns untrennbar verband. Mit ihm fühlte ich mich vollkommen. Er war das Puzzlestück, das mich zu einem Ganzen ergänzte. An jenem Abend, als der Himmel sich dunkler färbte, als die Sonne langsam am Horizont verschwand und als das Meer diese unbeschreibliche Kulisse mit seinen friedlichen Geräuschen untermalte, wurde mir klar, dass ich alles für Samuel tun würde. Alles. Hier gab es nur ihn und mich … und zwischen uns die Hoffnung. Die Hoffnung auf ein Leben in Freiheit, in Sicherheit, in Liebe.

Die Arbeit in der Maternité bereitete mir von Anfang an große Freude. Ich lernte jeden Tag dazu, wurde in verschiedenen Bereichen unterwiesen und durfte den Schwestern bei allen anfallenden Arbeiten helfen. An Tagen, an denen in der Küche viel zu tun war, kam es vor, dass ich stundenlang am Herd stand und Suppe rührte oder Gemüse zubereitete. Wenn es viele Geburten gab, wusch ich die Babys und kleidete sie an. Ich kümmerte mich um die Reinigung der Bettwäsche und Handtücher. Oder ich saß am Bett einer Mutter, die jemandem das Herz ausschütten musste. Es war ein erfüllendes Gefühl, helfen und unterstützen zu können. Die Geburtsklinik war ein friedlicher Ruhepol voller Mitgefühl und Menschlichkeit. Die Welt außerhalb schien hier nicht zu existieren. Die Schwestern und Angestellten taten alles dafür, dass sich die frischgebackenen Mütter bei uns wohlfühlten. Dass sie sich ernst genommen fühlten und die Qualen ihres Lageraufenthalts zumindest für den Augenblick ein wenig vergessen konnten. Wir bastelten und malten. Wir sangen und probten kurze Theaterstücke.

An einem sonnigen Nachmittag bat mich Nancy, eine der Kinderschwestern, ihr zu helfen, die Säuglinge in den Garten zu stellen. Die frische Luft würde den Babys guttun. Jedes der Kinder lag in einer kleinen hölzernen Obststeige, die mit dicken Decken und einem Kissen ausgepolstert waren. Gemeinsam suchten wir eine windstille Ecke in dem weitläufigen Park, der das Château umgab, und trugen die Kleinen hinaus.

»Bleibst du bei ihnen?«, wollte Nancy von mir wissen, nachdem wir die beiden letzten Babys neben den anderen platziert hatten. »Ich muss gleich zu Señorita Isabel.«

»Ja, geh nur«, erwiderte ich. »Ich setze mich zu ihnen und behalte sie im Auge.«

Nachdem Nancy verschwunden war, legte ich eine Decke ins Gras und ließ mich bei den Babys nieder. Da sie gerade alle schliefen, hatte ich nichts zu tun und ruhte mich ein bisschen aus. Ich sah mich im Garten um und betrachtete die hohen Zypressen, die die Zufahrt zum Schloss säumten. Irgendwo aus dem Inneren des Gebäudes war Stimmengewirr zu hören. Spanisch, erkannte ich und ließ meine Hand durchs Gras wandern.

»Darf ich?«

Überrascht blickte ich auf und sah in das blasse Gesicht einer jungen hochschwangeren Frau, die vor drei Tagen zu uns gekommen war. Ich klopfte mit der flachen Hand neben mich und nickte. »Können Sie sich setzen?«

Sie lächelte. »Man gewöhnt sich an die überschüssigen Kilos.« Umständlich begann sie, ihren Körper neben meinen zu hieven.

»Susanna, nicht wahr?«

Die Schwarzhaarige nickte.

»Ich bin Julie«, erklärte ich ihr, während ich sie von der Seite ansah. Ich meinte, mich zu erinnern, dass Señorita Isabel die junge Frau in einem der Lager abgeholt hatte.

»Was Sie hier tun, gibt uns allen ein wenig Hoffnung«, begann Susanna zögernd.

»Wir tun, was in unserer Macht liegt, um Ihnen die nächsten Wochen so angenehm wie möglich zu gestalten.«

Die junge Frau nickte.

Als ich sie wieder ansah, erkannte ich, dass sie mit den Tränen kämpfte. »Was ist mit Ihnen? Haben Sie Schmerzen? Soll ich eine Schwester holen?«

Sie schüttelte den Kopf. »Nein, es ist schon gut. Es ist nur ...« Sie schlug eine Hand vor den Mund. »Ich hätte nie gedacht, dass ich mich jemals über ein sauber gekacheltes Badezimmer freuen könnte. Als ich hier ankam und man mir sofort anbot, ein duftendes Bad in Lavendelseife zu nehmen ...« Wieder versagte ihr die Stimme, und sie schluchzte auf.

Ich wusste nicht, was ich sagen sollte. Unbeholfen strich ich über ihren Arm.

»In dem Lager ... wir werden wie Tiere gehalten. Diese Baracken, in denen es ständig zieht, das karge Essen, die schmutzigen Latrinen ...«

»Es tut mir sehr leid«, bemerkte ich bestürzt. »Seit wann waren Sie dort?«

»Seit drei Monaten.« Susanna wischte sich über die Augen. »Drei Monate in der Hölle.«

Eines der Babys begann zu weinen. Ich erhob mich und holte den Säugling vorsichtig aus seiner Steige.

»Was ist passiert?«, wandte ich mich wieder der jungen Frau zu, während ich das Baby wiegte, um es zu beruhigen, und dabei auf und ab ging.

»Wir sind verraten worden«, setzte Susanna an. Abwesend starrte sie zum Château. »Wir waren zu dritt und wollten Räder besorgen, um unseren Radius zu erweitern. Jacques, Charlène und ich.« Sie legte die Hände auf ihren gerundeten Bauch. »Jacques ist der Vater von ...«

»Wo ist er?«

Susanna zuckte mit den Achseln. »Ich weiß es nicht. Als wir gerade dabei waren, auf die Räder zu steigen, tauchten plötzlich mehrere Deutsche hinter uns auf. Sie brüllten uns an und fuchtelten mit ihren Gewehren herum. Charlotte und ich wurden sofort in Gewahrsam genommen. Wohin sie Jacques verschleppt haben, weiß ich nicht.« Wieder begann sie zu weinen.

»Sie gehörten der Résistance an?«

Sie nickte.

»Das ist sehr mutig.« Ich musste an Samuels Worte denken. An die Dokumente der Nazis, die ich hätte ausspionieren sollen.

»Das hat nichts mit Mut zu tun«, wiegelte Susanna ab und

stützte sich nach hinten auf ihre Ellenbogen. »Wir taten, was getan werden muss.«

»Hatten Sie keine Angst?«

Sie lachte. »Natürlich hatten wir Angst. Oft genug haben wir mitbekommen, was die sales boches mit Leuten anstellen, die gegen sie sind.«

»Denken Sie ...« Ich schluckte. »Was vermuten Sie, was mit Ihrem ... mit Jacques geschehen ist?«

»Vielleicht haben sie ihn umgebracht. Oder gefoltert. Wer weiß das schon?« Ihre Stimme klang emotionslos. »Oder er wurde nach Deutschland verschleppt, in eines der Konzentrationslager.«

Betreten starrte ich auf ihren Bauch. Das Baby war wieder eingeschlafen, doch ich wagte noch nicht, es wieder abzulegen. Daher ging ich weiter mit ihm auf und ab, während ich es in meinen Armen schaukelte.

»Was hat all das hier für einen Sinn?« Sie blickte auf und fixierte mich eindringlich.

»Sie bekommen ein Baby«, bemühte ich mich um einen zuversichtlichen Tonfall. »Was könnte es Sinnvolleres geben?«

Susanna schüttelte den Kopf und senkte ihn. »Aber was wird mein Baby erwarten? Was wird mit uns passieren, wenn wir in wenigen Wochen ins Lager zurückkehren?« Sie schloss die Augen. »Sie werden mich nicht gehen lassen. Mich nicht und mein Kind auch nicht. Was soll ich ihm nur sagen, wenn es eines Tages nach seinem Vater fragt?«

»Warum haben Sie sich in Jacques verliebt?«, versuchte ich, sie abzulenken. »Was macht ihn aus?«

Versonnen schaute sie über die Wiese. »Er ist der gutherzigste Mensch, der mir je begegnet ist. Wir haben uns vor zwei Jahren in Bordeaux getroffen. Ich wusste sofort, dass da etwas Besonderes zwischen uns geschieht. Trotz des Krieges, trotz des Elends um uns herum versucht er immer, nach vorn zu schauen. Jacques ist ein unverbesserlicher Optimist.« Ihre Wangen färbten sich rot. »Er ist liebevoll, empathisch, immer für die Schwächeren da.«

»Das klingt sehr schön«, entgegnete ich ehrlich. »Und genau das sollten Sie Ihrem Kind erzählen. Eines Tages, wenn es Sie fragt.« Ich räusperte mich. »Vielleicht ist das aber auch gar nicht nötig, und Ihr Baby lernt seinen Papa ganz bald selbst kennen.«

»Denken Sie das wirklich?« Susanna sah mich Hilfe suchend an.

Für einen kurzen Moment war ich versucht, ihr von Samuel zu erzählen. Sicher würde sie mich verstehen, könnte meine Ängste nachvollziehen. Doch was wusste ich von dieser Frau? Nein, meine Beziehung zu Samuel musste ich für mich behalten. Alles andere wäre zu riskant.

21

Während Félix den Ausführungen des Japaners lauschte, kreisten seine Gedanken unaufhörlich um die letzte Nacht. Niemals hätte er nach dem unschönen Ende seiner Beziehung mit Véronique damit gerechnet, dass es ihn noch einmal so erwischen könnte. Und dann hatte Lara wie aus heiterem Himmel vor der Tür seiner Eltern gestanden. Beim Gedanken an diesen unglaublichen Zufall musste er innerlich schmunzeln. Doch im nächsten Moment zog er wieder unauffällig sein Smartphone aus der Kitteltasche und kontrollierte das Display. Er hatte heute Vormittag mindestens ein Dutzend Mal versucht, Lara zu erreichen. Félix war klar, dass er sich wie ein verliebter Teenager verhielt. Aber er sehnte sich nach der Frau mit den blonden Locken und wollte einfach nur kurz ihre Stimme hören. Vielleicht wünschte er sich auch einfach, dass es ihr genauso ging wie ihm. Dass sie ihn ebenso vermisste wie er sie. Er wusste es nicht. Sie hatte keinen seiner Anrufe angenommen. Und auf seine drei Nachrichten hatte sie auch nicht reagiert. Bereute sie die Nacht etwa?

»Monsieur?« Der Gastwissenschaftler sah ihn fragend an.

Félix fasste sich an die Stirn. »Können wir eine kurze Pause machen? Ich müsste einen sehr wichtigen Anruf tätigen.«

Der Japaner nickte höflich.

»Bin gleich wieder da.« Hastig verließ Félix das Labor. Ihm war klar, dass es nicht die feine englische Art war, seinen Gast einfach stehen zu lassen, doch er spürte, dass irgendetwas nicht stimmte. Er lehnte sich gegen die Wand und drückte die Wahlwiederholungstaste. Kopfschüttelnd lauschte er auf das Tuten. Wo war sie? Er erinnerte sich, dass sie mit ihrer Oma im Seniorenheim jemanden besuchen wollte. Das war aber Stunden her. Hatte sie vielleicht eine neue Spur wegen ihres Vaters gefunden? Aber warum antwortete sie dann nicht auf seine Nachrichten?

»Ja?«

»Lara, endlich. Ich habe mir schon ...«

»Ich bin nicht Lara. Hier spricht Béatrice, Laras Oma.«

Félix erstarrte. »Ist etwas passiert? Ich versuche schon den ganzen Morgen vergeblich, Lara zu erreichen.«

Am anderen Ende der Leitung erklang ein merkwürdiges Geräusch. Weinte Laras Oma etwa?

»Was ist denn geschehen?« Seine Unruhe wuchs ins Unermessliche.

»Ich fürchte, Lara wird nicht mit Ihnen sprechen, Félix.«

»Aber warum?« Seine Gedanken rasten. Was war bloß geschehen? »Ich verstehe nicht ganz ...«

»Ich möchte mich wirklich nicht in Ihre Angelegenheiten mischen. Aber ...« Wieder dieses merkwürdige Schnaufen.

»Lara packt gerade ihren Wagen. Sie möchte heute noch zurück nach Deutschland fahren.«

»Was?«, platzte es aus Félix heraus. Er verstand überhaupt nichts mehr. »Das kann doch nicht sein. Heute Morgen war doch noch alles in Ordnung.«

»Wie gesagt, ich möchte da nichts Falsches sagen.« Die ältere Frau schwieg einige Sekunden. »Sie wird gleich noch mal kommen, um ihre Handtasche und ihr Telefon zu holen. Aber in ... fünfzehn Minuten ist sie weg.«

Félix überlegte fieberhaft. Abwesend sah er durch die Glasscheibe zu dem Japaner hinüber. »Ich komme. Ich mache mich sofort auf den Weg.«

»Ich befürchte, es hat keinen Sinn. Ich habe auch versucht, sie zu überzeugen, aber …«

»Ich komme. Ich habe absolut keine Ahnung, was vorgefallen ist. Aber ich kann sie nicht einfach gehen lassen.«

»Ach, Félix …« Ja, jetzt schluchzte die ältere Frau tatsächlich.

Nachdem er sich für eine Stunde bei seinem Gast entschuldigt hatte, hastete Félix zu seinem Wagen. Er verstand die Welt nicht mehr. Warum um Gottes willen wollte Lara so überstürzt nach Deutschland zurück? Hatte sie ihm nicht gestern noch von ihrem Traum erzählt, eine kleine Crêperie zu eröffnen? Mit überhöhter Geschwindigkeit lenkte er seinen Wagen Richtung Collioure. Während der Fahrt rief er seine Eltern an und bat sie, bei Béatrice vorbeizuschauen. Die alte Dame hatte sich überhaupt nicht gut angehört. Und da er sich nicht sicher war, ob er Lara noch erwischen würde, wollte er zumindest ihre Oma nicht mit ihrem Kummer allein lassen.

• • •

Tränen rannen Lara über die Wangen, während sie ihre Reisetasche im Kofferraum des Käfers verstaute. Ihre Oma hatte endlos auf sie eingeredet, um sie zu überzeugen, noch einmal mit Félix zu sprechen und ihm Gelegenheit zu geben, die Sache aufzuklären. Doch was gab es da aufzuklären? Er war verheiratet und hatte es nicht für nötig erachtet, sie über dieses kleine Detail aus seinem Leben zu informieren. Was wollte er überhaupt von ihr? Ihr Zusammensein hatte sich so intensiv angefühlt, so vertraut und gleichzeitig unglaublich aufregend. Was führte dieser Mann im

Schilde? Seine rothaarige Frau tauchte vor Laras geistigem Auge auf. Wie sie ihr in arrogantem Ton mitgeteilt hatte, wer sie war. Lara schloss die Augen. Warum musste sie nur immer wieder an die Falschen geraten? Sie schluckte und warf einen letzten Blick auf die Bucht des kleinen Örtchens. Die Worte ihres Opas fielen ihr ein. Collioure habe seinen Frauen kein Glück gebracht. Nun konnte sie sich ebenfalls bei den Glücklosen einreihen. Sie würde nie wieder hierher zurückkehren. Um Amélie und Benjamin tat es ihr zwar leid, doch so lange hatten sie sich ja nun auch noch nicht gekannt. Entschlossen klappte sie den Kofferraumdeckel zu und setzte sich hinters Steuer. Sie musste so schnell wie möglich von hier weg. Wollte nichts mehr sehen und nichts mehr hören von diesem angeblichen Idyll. Wäre sie doch nur nie hergekommen! Sie konnte kaum noch klar denken.

Als sie rückwärts aus der Parklücke stoßen wollte, wäre sie fast mit einem anderen Wagen zusammengeprallt, der mit quietschenden Reifen scharf hinter ihr bremste.

»Sind Sie nicht ganz normal?«, begann sie loszuwettern und riss die Wagentür auf. Ein Unfall hätte ihr jetzt gerade noch gefehlt. »Würden Sie gefälligst Ihr Fahrzeug entfernen?«, empörte sie sich weiter, als sie den Fahrer des anderen Wagens erkannte. Zitternd verfolgte sie, wie Félix aus seinem Auto stieg. Seine Miene wirkte angespannt.

»Lara, Gott sei Dank.« Seine Schultern sanken herab. »Ich habe schon befürchtet, ich sei zu spät.«

Sie verschränkte die Arme vor dem Oberkörper und blieb stumm.

Mit unsicherer Miene trat er auf sie zu. »Was ist denn los? Als deine Oma mir gesagt hast, dass du sofort nach Deutschland zurückfahren möchtest, ist mir fast das Herz stehen geblieben.« Sein

Blick wurde intensiver. »Habe ich etwas falsch gemacht? Heute Morgen war doch …«

Sie lachte hämisch auf. »Ob du etwas falsch gemacht hast?« Ihre Stimme wurde lauter. »Du besitzt tatsächlich die Unverfrorenheit, mich zu fragen, ob du etwas falsch gemacht hast?«

»Ich verstehe einfach nicht …«

»Du verstehst nicht? Weißt du was? Ich verstehe es auch nicht.«

»Was ist denn passiert?« Er wollte nach ihren Armen fassen, doch Lara war schneller und machte einen Schritt zurück. »Lass mich.«

»Was ist los?«

»Hat Véronique dir nichts gesagt?«

Ihm entgleisten die Gesichtszüge. »Véronique? Was hat sie denn damit …?« Er schloss die Augen und legte seine Hände an die Stirn. »Woher weißt du von Véronique?«

»Das fragst du mich jetzt?« Lara schnappte nach Luft. »Weißt du eigentlich, wie ich mich gefühlt habe, als ich nach dieser …« Ein Schluchzen entfuhr ihrer Kehle. »Als deine Frau plötzlich vor mir stand.«

»Merde«, entfuhr es ihm leise.

Lara betrachtete ihn kopfschüttelnd. Unwillig wischte sie sich die Tränen weg. »Ich möchte jetzt fahren. Bitte park deinen Wagen woanders.«

»Nein, Lara. Bitte nicht.«

Sie zog die Brauen hoch. »Spinnst du? Ich habe keine Lust auf irgend so eine kranke Dreiersache. Ich fahre jetzt nach Hause und will nie wieder etwas von dir hören. Wie konnte ich mich nur auf dich einlassen?« Mit pochendem Herzen machte sie sich an ihrer Wagentür zu schaffen.

Doch Félix war schneller. Mit zwei Schritten stand er neben ihr und presste seine Hand auf die Tür. »Véronique und ich sind nicht mehr zusammen. Wir leben seit Längerem in Trennung.«

Lara blickte zu ihm auf und studierte seine Gesichtszüge. »Deshalb steht sie morgens um neun vor deiner Wohnungstür?«

Félix blickte zu Boden. »Ich habe keine Ahnung, was sie wollte. Vielleicht ging es wieder um die Scheidungspapiere. Als wir uns das erste Mal begegnet sind …« Er scharrte mit dem Fuß. »Als ich dich so angepflaumt habe, da war sie kurz vorher auch da. Deshalb war ich so genervt. Weil ich dachte, sie ist noch mal zurückgekommen.« Er sah Lara wieder in die Augen. »Bitte geh nicht!«, flüsterte er.

»Du wolltest alles von mir wissen. Und ich habe dir alles erzählt. Die Sache mit Frank, Mamas Tod, die Suche nach meinem Vater …« Lara wusste nicht mehr, was sie denken sollte. »Warum hast du mir nicht erzählt, dass du in Scheidung lebst? Du wusstest, was mir in meiner letzten Beziehung widerfahren war. Ich hasse Lügen.«

»Lara, hör zu. Es ist kompliziert.« Er presste die Lippen zusammen. »Was hältst du davon, wenn ich heute Abend nach der Arbeit zu dir komme und dir alles erkläre?«

»Ich fahre nach Hause«, beharrte Lara.

»Nein, Lara.« Er berührte sie an ihrem Oberarm. »Bitte, bleib. Ich möchte dir wirklich alles erklären. Ich bin ein solcher Idiot.«

»Dem kann ich nicht widersprechen.« Ihre Gedanken rasten.

»Das Problem ist, dass ich sofort zurückmuss. Der Japaner wartet auf mich. Wenn mein Chef erfährt, dass ich den Mann einfach habe stehen lassen …« Wieder fuhr er sich über die Stirn. »Egal. Ich muss das jetzt klären.« Er schüttelte den Kopf.

In Lara regte sich ein Funken Mitleid. »Ich möchte nicht, dass du meinetwegen deinen Job verlierst.«

Félix verzog das Gesicht. »So schnell verliere ich meine Arbeit nicht.« Er sah sie eindringlich an. »Und ich bin ja selbst schuld an dem ganzen Chaos.«

Lara schluckte. »Warum hast du bloß nicht mit mir geredet?«

»Weil ich ...« Er zögerte. »Ich konnte nicht. Unser Kind ...«

»Du hast ein Kind?«

Er schüttelte den Kopf. »Nein. Aber ich bin schuld, dass unser Kind nicht leben durfte.«

• • •

»Wir wollten Sie wirklich nicht so überfallen«, erklärte Bernadette Arnaud, während sie Lara beim Backen über die Schulter schaute.

»Das haben Sie doch gar nicht«, erwiderte sie. »Ich bin sehr froh, dass Sie nach Oma geschaut haben, nachdem ich ...« Sie wusste noch immer nicht, was sie von der ganzen Situation halten sollte. Doch nachdem Félix ihr nochmals beteuert hatte, dass die Beziehung zwischen ihm und seiner Frau endgültig beendet sei, hatte sie es schließlich zugelassen, dass er ihr Gepäck wieder aus dem Wagen gehievt hatte. Da sie ihm angesehen hatte, wie er mit sich kämpfte, hatten sie vereinbart, heute Abend zu reden. Seine Worte verursachten ihr selbst jetzt noch eine Gänsehaut. Was war mit dem Kind passiert? Und warum gab sich Félix die Schuld an seinem Tod?

»Mein Sohn hat mir erzählt, dass er sich mit Ihnen getroffen hat und aufs Meer hinausgefahren ist.«

Lara verdrängte die Gedanken an den völlig aus dem Ruder gelaufenen Vormittag. Bei der Erinnerung an die Bootsfahrt konzentrierte sie ihren Blick wieder auf die Pfanne vor sich. »Es war wundervoll«, erwiderte sie leise.

Seine Mutter lächelte. »So ähnlich hat er sich auch ausgedrückt.« Sie machte eine Pause. »Wissen Sie, zu Beginn hat er sehr unter der Trennung von Véronique gelitten.« Sie hob die Hände. »Damit möchte ich auf keinen Fall andeuten, dass er noch an seiner Ex-Frau hängt. Gott bewahre. Das Kapitel hat er endgültig abgehakt. Aber die Vorstellung, seinen Lebensplan zerstört zu sehen ... er wollte so gern eine eigene Familie gründen. Félix ist sehr kinderlieb. Für seine Familie würde er wirklich alles tun.«

Lara hob den Kopf und blickte Félix' Mutter in die Augen. »Ich mag Ihren Sohn. Aber er hat mir verschwiegen, dass er verheiratet ist.« Sie wandte den Blick ab. »Und fast wäre ich jetzt schon auf dem Rückweg nach Deutschland gewesen. Er hat mir noch nicht erzählt, was zwischen seiner Frau und ihm schiefgelaufen ist.«

»Ich bin Bernadette.« Die Frau streckte Lara die Hand hin und nickte.

»Lara«, erwiderte diese unsicher.

»Ich weiß.« Bernadette lachte. »So ist es doch einfacher. Und ich versichere dir, was auch immer er getan oder nicht getan hat, er ist kein schlechter Mensch. Félix macht sich selbst die größten Vorwürfe wegen dem, was damals geschehen ist. Und er mag dich sehr. Da bin ich mir ganz sicher.«

Lara holte einen fertigen Pfannkuchen vom Crêpes-Eisen und füllte ihn mit der Tomaten-Mozzarella-Mischung.

»Eine tolle Kombination«, bemerkte Félix' Mutter anerkennend.

»Danke. Ich hoffe, sie trifft euren Geschmack.«

»Wenn die Crêpes so schmecken, wie sie aussehen ...«

Lara drehte sich um und blickte in den Hinterhof hinaus. Benjamin und Amélie, die sie gestern eingeladen und über dem Ärger mit Félix komplett vergessen hatten, unterhielten sich beim Essen mit Paul Arnaud, während Béatrice schweigend vor sich hin starrte. Lara hätte ihre Oma nicht allein zurücklassen dürfen. Als sie zu ihrem Wagen aufgebrochen war, waren Béatrice vor Kummer die Tränen übers Gesicht gelaufen. Wie hatte Lara sich nur so rücksichtslos verhalten können? Hätte sie es tatsächlich übers Herz gebracht, ihre Oma allein hier in Collioure sitzen zu lassen? Sie schüttelte über sich selbst den Kopf. »Die vier sind noch versorgt. Also bist du jetzt dran.«

»Danke. Mmh, riecht der lecker.«

»Du kannst dich gern zu den anderen setzen. Ich bereite noch die Restlichen zu und komme dann auch gleich nach.«

»Soll ich dir nicht helfen?«

Lara schüttelte den Kopf. »Nein, es ist alles gut. Heute seid ihr unsere Gäste.«

Lara schämte sich für ihr Verhalten. Sie musste dringend unter vier Augen mit ihrer Oma reden und sich entschuldigen.

»Deiner Oma geht es nicht gut.« Amélie trat hinter Lara.

»Nein«, bestätigte sie ernst. »Der Besuch bei der Freundin ihrer Schwester hat sie sehr mitgenommen. Und noch dazu meine Aktion heute früh ...«

»Redet miteinander«, erklärte Amélie mitfühlend. »Sicher fügt sich alles.«

»Als diese Frau sich mir vorgestellt hat ...«, setzte Lara an.

»Vergiss sie. Er hat dir doch versichert, dass sie nicht mehr zusammen sind.«

»Seine Mutter hat mir ebenfalls gerade bestätigt, dass die Beziehung seit Längerem beendet ist.«

»Siehst du. Manchmal sind es einfach nur blöde Missverständnisse, die uns das Leben schwer machen.« Sie lächelte schwach. »Frag nicht, was sich zwischen Benjamin und mir abgespielt hat, als wir uns zum ersten Mal begegnet sind. Dagegen ist euer Start harmlos.«

»Er hätte es mir sagen müssen.«

»Ja, natürlich hätte er das. Aber Menschen machen Fehler. Du weißt nicht, aus welchem Grund er damit noch warten wollte.«

»Er muss mir später eine Menge erklären«, erwiderte Lara bestimmt.

»Benjamin hat deiner Oma übrigens mehrfach angeboten, euch zu helfen.«

»Dafür bin ich auch sehr dankbar«, erwiderte Lara ehrlich. Sie hob die Schultern. »Oma hat nie etwas von einer Schwester erzählt. All die Jahre hat sie mit der Tatsache gelebt, nichts mehr über das ungewisse Schicksal Julies zu erfahren. Aber seit ich diese Notiz gefunden habe ...« Sie schüttelte den Kopf. »Die ganze Sache nimmt sie sehr mit.«

Amélies Miene nahm einen mitfühlenden Ausdruck an. »Und eigentlich seid ihr ja wegen etwas ganz anderem hergekommen.«

Lara nickte. »Heute Nachmittag suche ich diesen Chorleiter auf.« Sie seufzte. »Aber ich fürchte fast, die Identität meines Vaters bleibt wohl genauso im Dunkeln wie der Verbleib von Omas Schwester.«

»Das tut mir sehr leid. Es muss schwierig sein, nicht die Antworten zu finden, die man sucht.«

Lara nickte. »Wenn dieser Besuch wieder keine neuen Informationen bringt, gebe ich die Suche auf«, erklärte sie im nächsten Moment, während sie den fertigen Crêpe auf Amélies Teller legte.

»Das ist aber der Letzte«, protestierte diese schwach.

»Gut, dann mache ich mir jetzt noch einen und komme zu euch raus.« Routiniert füllte Lara die letzten Pfannkuchen und brachte sie in den Hof hinaus. »Voilà! Greift zu.«

Sie setzte sich neben ihre Oma und begann zu essen.

»Lara, die Crêpes schmecken fantastisch«, bekannte Bernadette kurz darauf begeistert.

Amélie begann zu grinsen. »Ihr Traum ist es ja, eine Crêperie zu eröffnen. Der Laden würde sich zweifellos zu einer echten Goldgrube entwickeln.«

Lara winkte ab. »Da bin ich mir eben nicht so sicher. Ich habe leider überhaupt keine Kenntnisse der Gastronomiebranche.«

»Das kann man lernen«, merkte Benjamin an und legte seiner Freundin einen Arm um die Schultern. »Und bei Fragen hättest du gleich nebenan eine Ansprechpartnerin.«

Amélie zwinkerte ihr belustigt zu.

»Ja, ein Traum ist es schon sehr lange ... ich liebe das Backen.« Lara blickte zu ihrer Oma. »Was meinst du denn?«

»Dass du backen kannst, Kind, weiß ich schon seit Jahren«, erwiderte diese leise und tätschelte ihre Hand. »Ob du dir vorstellen könntest, hier zu leben ... diese Entscheidung musst du selbst treffen. Gerade noch ...« Sie brach ab und tupfte sich über die Augen.

Lara sah zu ihr. »Es tut mir leid, Oma. Ich hätte dich nicht so aufregen sollen.« Sie hob die Hände. »Aber ich habe derzeit das dumpfe Gefühl, dass mein Leben gerade in einem riesigen Chaos versinkt. Als diese Frau heute Morgen ...«

»Es ist gut, Kind.« Béatrice drückte ihre Hand. »Du hast es momentan nicht leicht.« Sie hielt inne. »Aber ich bin sehr froh, dass Félix noch rechtzeitig gekommen ist.«

»Ich weiß nicht, wie das mit uns weitergeht.«

»Redet miteinander«, erwiderte Béatrice leise. »Es wird sich sicher alles klären.«

»Ein solcher Schritt will wirklich gut überlegt sein«, griff Amélie in diesem Moment Laras Idee mit der Crêperie wieder auf. »Manchmal ist es nicht verkehrt, einen klaren Schnitt zu machen.«

»Diese Crêpes schmecken wirklich köstlich.« Bernadette deutete auf den Teller, den Lara in die Mitte gestellt hatte. »Darf ich mir noch einen nehmen?«

»Natürlich.« Lara überlegte. »Wenn Oma und ich unsere offenen Fragen geklärt haben, muss ich mir ernsthaft Gedanken machen, wie es weitergeht.«

»Ich kann euch helfen«, wiederholte Benjamin sein Angebot.

Lara nickte ihm unmerklich zu.

»Ich musste meine Tochter beerdigen«, setzte Béatrice an. »Diesen Verlust werde ich bis an mein Lebensende nicht überwinden. Mehr kann ich kaum ertragen. Ich möchte endlich wissen, was Julie zugestoßen ist.«

Mit Schrecken bemerkte Lara die erneuten Tränen auf den Wangen ihrer Großmutter. Ihre Kehle schnürte sich zu. Behutsam umfasste sie die Hand der Älteren und drückte sie. »Ich helfe dir, Oma. Ich weiß noch nicht, wie, aber wir werden alles versuchen.«

22

Jérôme Moustiers öffnete die Tür und blickte Lara fragend an.

»Monsieur Moustiers?« Sie streckte dem weißhaarigen Mann die Hand hin und stellte sich vor. »Madame Dufruit hat mir Ihre Adresse mitgeteilt.«

»Um was geht es?«

Lara schluckte und fasste sich ein Herz. Obwohl der Mut sie beim Anblick des älteren Mannes schlagartig verlassen hatte, würde sie diesen letzten Versuch wagen. »Es geht um meine Mutter, Vanessa Eriksen. Sie hat vor etwas mehr als dreißig Jahren einige Monate lang in dem Chor gesungen, den Sie damals geleitet haben. Sie kam aus Deutschland.«

Die Miene des Mannes hellte sich auf. »Vanessa.« Er nickte. »Ja, ich erinnere mich an sie.«

»Sie erinnern sich an meine Mutter?« Damit hatte Lara nicht gerechnet. Sie schätzte das Alter des Mannes auf annähernd achtzig.

»Ich kenne noch alle Mitglieder, die irgendwann einmal unter meiner Leitung gesungen haben. Und Vanessa …« Sein Gesicht nahm einen schwärmerischen Ausdruck an. »… ist mir besonders im Gedächtnis geblieben.«

Lara berichtete ihm in kurzen Sätzen von ihrem Anliegen, der

Suche nach ihrem unbekannten Vater und der Odyssee, die sie bereits hinter sich hatte.

»Kommen Sie doch herein, Mademoiselle.« Mit wackeligen Schritten trat Jérôme Moustiers zur Seite und bedeutete ihr, in die Wohnung einzutreten.

»Merci.«

»Kommen Sie, kommen Sie.« Er ging vor und betrat eine Küche mit dunklen Holzmöbeln. An der Wand stand ein kleiner, rechteckiger Esstisch. »Bitte, setzen Sie sich.«

Lara rückte sich einen der Stühle zurecht und nahm Platz.

Moustiers nahm eine Flasche Wasser von der Küchenplatte und stellte sie zusammen mit zwei Gläsern auf den Tisch. »Ich bekomme nicht allzu oft Besuch«, erklärte er bedauernd. »Ich hoffe, Sie mögen Wasser.«

Lara verschränkte die Hände im Schoß und nickte. »Wasser klingt sehr gut.«

Mit zittrigen Fingern füllte der ältere Mann die Gläser, bevor er sich ebenfalls setzte. »Das ist ja eine interessante Geschichte, die Sie mir da erzählt haben.«

Lara zog die Brauen hoch und seufzte. »Ich hatte gehofft, hier in Collioure meine Wurzeln zu finden. Aber mittlerweile schwindet meine Hoffnung, der Vergangenheit meiner Mutter auf die Spur zu kommen, immer mehr.«

»Ihre Mutter war eine herausragende Sängerin.« Er lächelte. »Ich erinnere mich noch genau daran, als sie das erste Mal zu uns kam. Sie war mit …« Er schien zu überlegen. »Ich meine, Louise hatte sie mitgebracht.«

Lara nickte. »Louise Richard. Sie war damals mit meiner Mutter befreundet.«

»Richtig. Die Tochter des damaligen Bürgermeisters.« Moustiers streckte einen Zeigefinger in die Luft. »Ich bat Vanessa um eine Kostprobe ihres Könnens. Manche sind dabei sehr aufgeregt. Aber Ihre Mutter ... Vanessa trat vor die anderen und begann, ein deutsches Volkslied zu singen.« Er schloss die Augen. »Wie lautete es noch?« Er rieb sich über die Stirn. »Der Mond ist aufgegangen.« Er nickte. »Ja, so hieß es.« Der ältere Mann blickte zu Lara. »Sie müssen sich vorstellen, im ganzen Raum war es mucksmäuschenstill. Alle standen da und lauschten andächtig Ihrer Mutter, die mit dieser unverwechselbaren, unglaublich berührenden Stimme ein simples altes deutsches Lied vortrug.« Er schüttelte den Kopf. »Das war einer dieser großen Gänsehautmomente.«

»Ja, das klingt ganz nach meiner Mutter«, bestätigte Lara mit Stolz. »Jeder hat sie um ihre Stimme beneidet.«

»Zu Recht, Mademoiselle. Zu Recht. Sie war eine der begabtesten Sängerinnen, mit denen ich jemals arbeiten durfte.« Er lächelte. »Und sie war Deutsche. Sie müssen wissen, ich bin mittlerweile zweiundachtzig Jahre alt. Meine Frau ist leider vor fünf Jahren verstorben. Unsere Kinder leben am Atlantik. Ich selbst bin seit vielen Jahrzehnten ein sehr großer Deutschlandfan. Obwohl ich der Kriegsgeneration angehöre, die die Besatzung unseres Landes noch hautnah miterlebt hat, liebe ich die deutsche Sprache und Kultur. Viele meiner gleichaltrigen Landsleute können das nicht verstehen. Einige haben noch immer Vorbehalte wegen damals.«

»Das ist absolut nachvollziehbar«, erwiderte Lara und nippte an ihrem Wasserglas.

»Ich habe oft mit Vanessa über ihre Heimat gesprochen.« Er lächelte. »Sie hat mir vom deutschen Essen erzählt, von den Traditionen.« Er stockte. »Wobei ... war die Mutter nicht Französin?«

Lara nickte. »Meine Oma ist Französin, sie kommt hier aus Collioure, und mein Opa ist Däne.«

Moustiers nickte. »Stimmt. Ich erinnere mich. Eine interessante Konstellation.«

»Wissen Sie denn, ob meine Mutter sich damals mit einem Mann getroffen hat? Ob sie zu der Zeit einen Freund hatte?«, kehrte Lara zu ihrer eigentlichen Frage zurück.

Der ehemalige Chorleiter kratzte sich an der Nase. »Wir haben uns über vieles unterhalten, aber über ihre Bekanntschaften …« Er schüttelte den Kopf. »Das hätte ich auch befremdlich gefunden. Vanessa war ein junges Mädchen, ich ein Mann über fünfzig. Ich denke, für derlei Themen hatte sie andere Ansprechpartner.«

Lara ließ die Schultern sinken. Eine weitere Sackgasse. Die letzte Möglichkeit, etwas über das Liebesleben ihrer Mutter herausfinden zu können, hatte sich soeben erledigt. »Das dachte ich mir schon«, bemerkte sie resigniert. »Aber Sie waren mein allerletzter Strohhalm …«

»Das tut mir sehr leid«, bedauerte Moustiers. »Vielleicht versuchen Sie es mal bei meinem Nachfolger, Gérard Wullot.«

Lara seufzte stumm. Ein weiterer Name, der ihr nichts sagte. »Ihr Nachfolger? Was meinen Sie damit?«

»Ende 1988 musste ich beruflich für eine Weile nach Nordfrankreich. Meine Familie blieb in Collioure, die Mädchen mussten ja zur Schule, und meine Frau hatte ebenfalls ihr Leben hier. Aber da ich nur die Wochenenden bei meiner Familie verbringen konnte, musste ich damals die Leitung des Chores abgeben.«

»Hielt sich meine Mutter denn damals noch in Collioure auf?«

»Ja«, nickte er. »Ich erinnere mich an ein Gespräch zwischen Gérard und mir, bei dem ich ihm von der Deutschen mit der wunderschönen Stimme erzählt habe. Er hat sie ebenfalls kennengelernt. Und auch später, wenn wir uns zufällig über den Weg gelaufen sind, sprachen wir immer wieder einmal über den Chor, seine Entwicklung und die Mitglieder, unter anderem auch über

Vanessa.« Er lachte. »Sie sehen also, Ihre Mutter hat hier unten nicht nur Ihrem unbekannten Vater den Kopf verdreht, sondern auch uns Chorleitern.«

»Wissen Sie, ob Monsieur Wullot noch in der Gegend lebt?«, wollte sie ohne jeden Enthusiasmus wissen. Sie würde ihren Vater höchstwahrscheinlich nicht finden. Doch solange noch ein winziger Hoffnungsschimmer blieb, war ihr klar, dass sie die Chance nicht ignorieren konnte.

»Ja, natürlich. Er ist um einiges jünger als ich.« Moustiers erhob sich schwerfällig, zog eine der Küchenschubladen auf und kramte darin herum. Dann kehrte er mit einem kleinen Zettel zu Lara zurück. »Das ist seine Nummer.«

Lara tippte sie in ihr Handy ein. »Vielen Dank, Monsieur. Ich glaube zwar nicht, dass er mir helfen kann, aber ein letzter Anruf schadet nicht.«

• • •

Eine Viertelstunde später setzte sich Lara auf die Mauer an der Uferpromenade und blickte aufs Meer. In dem intensiven Blau des Wassers konnte sie sich sonst verlieren, aber nicht heute. Es war zu viel geschehen. Sie kam sich vor, als sei sie in einem falschen Film gelandet. Wie viele ihr völlig wildfremde Menschen sollte sie noch aufsuchen und befragen? Ihre Unruhe wuchs. Fieberhaft versuchte Lara, ihre Gedanken in eine andere Richtung zu lenken. Doch während sie an das Treffen mit Félix dachte, stieg ihre Anspannung nur weiter. Was würde er ihr erzählen? Wie würde es zwischen ihnen weitergehen? Sie beobachtete eine Möwe am Strand, die unnachgiebig ein Stück Baguette mit dem Schnabel bearbeitete. Ein Artgenosse beobachtete den Seevogel aus sicherer Entfernung, wahrscheinlich hoffte er auf Restkrümel.

Lara musste einen Abschluss finden. Diese Jagd nach einem Phantom tat ihr nicht gut. Es war schön, mit Menschen zu sprechen, die Vanessa gekannt hatten. Die sich nach so langer Zeit noch an ihre Mutter erinnerten. Doch letztlich hatte Lara nichts herausgefunden, was sie verstehen ließe, warum Vanessa ihr all die Jahre ihren leiblichen Vater vorenthalten hatte. Immerhin schien es zwischen ihrer Mutter und diesem Mann stark geknistert zu haben. Lara dachte wieder an das Foto, das sie bei ihren Großeltern entdeckt hatte. Der verträumte Blick ihrer Mutter. Das Leuchten in ihren Augen. An dem Bild war klar erkennbar, dass die Person hinter der Linse Vanessa Eriksen nicht gleichgültig gewesen war. Diese Szene hatte sich vor mehr als dreißig Jahren hier ganz in der Nähe abgespielt. Jetzt lebte ihre Mutter nicht mehr. Lara kämpfte mit aufsteigenden Tränen. Ja, sie musste endlich einen Abschluss finden. Sie würde diesen Monsieur Wullot anrufen und sich danach ganz auf die Suche nach Julie konzentrieren.

Vielleicht konnte Benjamin ihnen wirklich helfen. Béatrice war knapp achtzig. Ihrer Oma blieb nicht mehr allzu viel Zeit. Und statt in der Vergangenheit ihrer Mutter herumzukramen, würde sich Lara endlich hinsetzen, um sich ernsthaft Gedanken über ihre eigene Zukunft zu machen.

Entschlossen sprang sie von der Mauer und machte sich auf den Nachhauseweg.

»Eine Tarte au citron«, rief Béatrice verzückt, als Lara ihre neueste Errungenschaft aus der Pâtisserie der Innenstadt präsentierte.

»Ich dachte, ein wenig kulinarische Aufmunterung könnte uns heute nicht schaden.«

Der Blick ihrer Großmutter wurde kritischer. »So schlimm?«

Lara zuckte mit den Schultern, während sie die Tür zum Hinterhof öffnete und die Platte mit den Törtchen auf den Tisch stellte. »Kaffee?«

Béatrice zeigte auf den Tresen, wo eine Thermoskanne stand. »Ist schon fertig.«

»Das war dann wohl Gedankenübertragung«, bekannte Lara und rückte die Stühle zurecht.

»Magst du es mir erzählen?«

Lara berichtete von ihrem Besuch bei Monsieur Moustiers. »Es ist zum Verzweifeln. Jedes Mal habe ich das Gefühl, Mama ist allgegenwärtig, wenn ich mit jemandem über sie spreche. Jeder schwärmt mir von ihrer Stimme vor, davon, was für ein toller Mensch sie war. Und am Ende erfahre ich nur wieder, dass mir niemand weiterhelfen kann.« Lara nahm die Gabel auf und schwang sie durch die Luft. »Doch halt, sprechen Sie mit XY, der kann Ihnen vielleicht mehr sagen.« Sie schüttelte den Kopf. »Wenn es so weitergeht, habe ich halb Collioure interviewt und weiß immer noch nicht, wer der geheimnisvolle Fotograf von Mamas Bild ist.«

Sie brach das erste Stück der Tarte ab und schob es sich in den Mund. Genießerisch schloss sie die Augen. »Mmh. Schmeckt definitiv nach mehr.«

Béatrice lächelte. »Was die französische Backkunst doch ausrichten kann.«

»Das ist fantastisch.« Lara deutete auf ihren Teller. »So etwas Leckeres …«

»Willst du diesen … wie hieß er noch?«

»Wullot«, erwiderte Lara, während sie das Gesicht verzog. »Monsieur Gérard Wullot.«

»Willst du trotzdem mit ihm reden?«

»Bleibt mir etwas anderes übrig? Vielleicht hat genau er den entscheidenden Hinweis.« Lara zog sich ihre Kaffeetasse heran. »Probieren muss ich es, oder?«

»Es ist ja nur ein Anruf«, warf Béatrice ein, während sie sich ebenfalls der Tarte widmete.

»Ich habe bereits versucht, ihn zu kontaktieren, aber ich konnte ihn nicht erreichen.«

»Eine komplizierte Situation.«

»Ich weiß nicht«, relativierte Lara. »Vielleicht habe ich mir einfach etwas vorgemacht. Bisher habe ich doch auch sehr gut ohne Vater gelebt.« Sie schüttelte den Kopf. »War meine Idee möglicherweise nicht nur eine Flucht? Vor dem Alltag? Vor den Problemen, die in Bremen auf mich warten? Vor der Zukunft ohne Job?«

Ihre Oma musterte sie eindringlich. »Du möchtest etwas über deine Herkunft erfahren, Kind. Für mich klingt das nicht nach Flucht. Natürlich hat dein Leben zu Hause momentan einige Lücken, die du wieder füllen solltest. Aber das hat Zeit.« Sie legte ihre Gabel beiseite. »Und das braucht auch seine Zeit, Lara.«

Sie seufzte. »Ich kann mich nicht erinnern, wann ich mich je so verloren, so losgelöst gefühlt habe.«

»Was ist mit Félix?«

Lara lehnte sich in ihrem Stuhl zurück. »Er möchte heute Abend vorbeikommen. Wenn es dir recht ist.« Lara spürte, wie ihre Wangen zu glühen begannen. »Ich habe keine Ahnung, was er mir sagen wird. Ich weiß momentan gar nichts mehr.«

Ihre Oma sah sie nachdenklich an. »Sprecht euch aus. Das war doch sicher nur ein dummes Missverständnis.«

»Mir zu verheimlichen, dass er noch verheiratet ist, empfinde ich als etwas gravierender als nur ein dummes Missverständnis. Die Sache mit Frank …«

»Félix ist nicht Frank. Er hat dich nicht betrogen.«

Lara schnaufte. »Betrogen nicht, aber belogen.«

»Ach, Lara. Menschen machen Fehler. Ich glaube, diesem jungen Mann liegt sehr viel an dir. Und ich meine zu erkennen, dass es dir mit ihm ähnlich geht.«

Lara nickte langsam. »Ich habe mich wirklich gut mit ihm gefühlt.«

»Das hat man gesehen«, erklärte ihre Großmutter. »Wenn du von ihm sprichst, beginnen deine Augen zu strahlen, und dein Gesicht nimmt diesen leicht entrückten Ausdruck an.«

Lara schnaubte verlegen. »Wie soll das nur mit uns werden?«

Béatrice beugte sich vor und legte eine Hand auf die ihrer Enkelin. »Warte einfach ab. Alles wird sich finden. Glaub mir.«

»Meinst du wirklich?«

Laras Oma nickte.

Während sie einträchtig die Stille im Hof genossen und sich ein wenig ausruhten, klingelte auf einmal Laras Telefon.

»Ja?«

»Bonjour, Madame Eriksen. Hier ist Yvonne Chagalle. Aus der Maternité in Elne. Wir hatten vor Kurzem wegen der Schwester Ihrer Großmutter miteinander gesprochen.«

»Madame Chagalle«, erwiderte Lara überrascht und blickte zu ihrer Oma. »Wie schön, von Ihnen zu hören.«

»Ich hatte Ihnen ja versprochen, dass ich die alten Dokumente sichten würde.«

»Konnten Sie etwas über Julie Lambert finden?«

Béatrice rückte auf ihrem Stuhl vor und fixierte Lara.

»In der Tat. Julie Lambert hat, wie Sie bereits wussten, Anfang 1944 in der Maternité gearbeitet. In den Akten steht, dass sie keine Pflegerinnenausbildung hatte, aber als Helferin angestellt worden war. Sie betreute die Mütter, wusch die Babys, kümmerte sich darum, dass sie an die frische Luft kamen, half bei Bedarf in der Küche oder bei Reinigungsarbeiten.«

»Das klingt … sehr bewegend. Dass Sie nach so langer Zeit eine Spur von Julie entdecken konnten …«, erwiderte Lara. »Ehrlich gesagt hatte ich nicht damit gerechnet, dass Sie fündig würden.«

»Ich sagte Ihnen ja bereits bei Ihrem Besuch, dass die Geschehnisse in der Maternité zu jener Zeit sehr gut und ausführlich dokumentiert wurden.«

»Ich danke Ihnen für diese Informationen und werde sie gleich an meine Oma weitergeben.«

»Moment!«

»Ja?« Lara blickte zu Béatrice und zuckte mit den Schultern.

»Da Sie mir von dem merkwürdigen Verschwinden Julies berichtet hatten, bin ich etwas tiefer in die Dokumente eingestiegen. Und ich habe tatsächlich eine Notiz gefunden, in der jemand vermerkt hatte, dass Julie Lambert ohne Erklärung von heute auf morgen nicht mehr zu ihrem Dienst erschienen ist.«

»Stand dabei, ob man versucht hat, mit ihr Kontakt aufzunehmen?«

»Nein. Nur eben, dass sie sich nie wieder gemeldet hat.«

»Seltsam«, murmelte Lara.

»An diesem Tag«, fuhr Yvonne Chagalle fort, »beziehungsweise in der Nacht davor muss in der Klinik etwas vorgefallen sein.«

»Wie meinen Sie das?«

Die Angestellte seufzte. »Ich weiß es noch nicht genau. Ich muss morgen noch mal einige Unterlagen durchsehen. Ich habe heute drei Stunden im Archiv verbracht, bin aber nicht schlauer geworden. Außer einigen Andeutungen, aus denen ich aber keine aussagekräftigen Zusammenhänge rekonstruieren konnte, habe ich nichts Relevantes gefunden.«

»Sie meinen, in der Maternité ist etwas geschehen, das mit

dem Verschwinden von Julie zusammenhängen könnte?« Lara warf ihrer Oma einen alarmierten Blick zu.

»Ich kann es Ihnen noch nicht genau sagen. Wie erwähnt, ich habe den Nachmittag mit der Dokumentensichtung verbracht. Ich schaue morgen noch mal danach.«

»Herzlichen Dank für Ihre Bemühungen.« Lara beendete das Telefonat.

»Was hat sie gesagt?« Béatrices Aufregung war fast mit den Händen greifbar.

Lara berichtete ihr von den Erkenntnissen, die Yvonne Chagalle ihr mitgeteilt hatte.

»Wenn sie etwas herausfindet ...« Aufgewühlt schlug Béatrice eine Hand vor den Mund. »Dass sie wirklich etwas über Julie entdeckt hat.«

Auch Lara fühlte sich mitgenommen und bewegt, obwohl sie die Schwester ihrer Oma nie kennengelernt hatte.

Wieder klingelte ihr Handy.

»Die Maternité noch mal?«, fragte Béatrice erschrocken.

Lara schüttelte den Kopf. »Unbekannte Nummer. Ja?«

»Hallo, wer spricht denn da?«

Sie kannte die männliche Stimme nicht. »Lara Eriksen. Wer ist denn bitte am Telefon?«

»Ich hatte Ihre Nummer auf meiner Anrufliste. Eriksen, sagten Sie?«

Lara kam ein Verdacht. »Monsieur Wullot?«

»Der bin ich.«

»Ich wollte mit Ihnen sprechen. Danke, dass Sie mich zurückgerufen haben«, begann Lara ein weiteres Mal. »Wegen meiner Mutter, Vanessa Eriksen.«

»Vanessa?« Sie hörte ihn am anderen Ende der Leitung ungläubig schnaufen. »Und Sie sind ihre Tochter?«

23

Lara erkannte Gérard Wullot auf Anhieb. Er saß an einem der äußeren Tische des kleinen Cafés und blätterte in einer Zeitschrift. Wie vom Donner gerührt blieb sie stehen und betrachtete den Mann, dem sie sich als seine Tochter vorstellen würde. Wullot hatte die gleichen Locken wie Lara, wenn er im Gegensatz zu ihr auch dunkles Haar besaß. Das schmale Gesicht, die hohen Wangenknochen, die Ähnlichkeit zwischen ihnen war frappierend. Obwohl sie endlich am Ziel ihrer Suche angekommen war, fühlte sie in diesem Moment weder Erleichterung noch Freude. Die Situation war ... irreal. Was sagte man, wenn man nach dreißig Jahren zum ersten Mal seinem Vater gegenübersaß? Wahrscheinlich gab es nicht allzu viele Menschen, denen Ähnliches widerfuhr.

Laras Herz pochte wild. Wie würde er reagieren, wenn sie ihm sagte, warum sie hier war? Am Telefon hatte er ihr keine Möglichkeit gelassen, ihm den Grund für ihren Anruf zu erklären. Seine Stimme hatte sich fast überschlagen, als sie ihm erneut bestätigt hatte, dass sie Vanessas Tochter sei. Ohne weitere Begründung hatte er sie um ein Treffen gebeten. Und Lara hatte beschlossen, ihm im persönlichen Gespräch zu erzählen, was es mit ihrem Besuch in Collioure auf sich hatte. Wullot war weder irritiert noch verwundert gewesen. Seine Reaktion hatte bei Lara alle Alarmglocken schrillen lassen. Was war zwischen ihm und Vanessa vorgefallen?

Wieder musterte sie den Mittfünfziger und fragte sich, was wohl in diesem Moment in ihm vorging. Ahnte er, was sie ihm gleich eröffnen würde? Wenn sie sich bei dem Telefonat trotz seiner seltsamen Reaktion auch noch nicht sicher gewesen war, sein Aussehen sprach Bände. Lara hatte ihn gefunden, daran bestand kein Zweifel mehr. Den Fotografen, dem Vanessa vor mehr als dreißig Jahren in der Bucht von Collioure diesen verträumten Blick geschenkt hatte.

Sie atmete tief durch und näherte sich dem Tisch. Als er ihren Schatten bemerkte, blickte er auf. »Mademoiselle Eriksen?«

Lara räusperte sich und nickte.

Gérard Wullot erhob sich. Er hatte den gleichen schlanken und hochgewachsenen Körperbau wie Lara. Mit ihren ein Meter siebenundsiebzig war sie überdurchschnittlich groß. Es passte alles. Sie atmete tief durch und setzte sich.

»Ich kann es immer noch nicht glauben«, setzte Gérard Wullot in diesem Moment an. »Was möchten Sie trinken, Lara?«

»Nur ein Wasser«, erwiderte sie zurückhaltend. Wie sollte sie weiter vorgehen?

Er schüttelte den Kopf. »Es ist mehr als dreißig Jahre her, seit ich Ihre Mutter das letzte Mal gesehen habe.«

»Ich weiß.« Er schien nichts zu ahnen. Woher auch? Im Gegensatz zu Lara wusste Wullot schließlich nicht, was Vanessa ihm verschwiegen hatte.

»Ist Vanessa auch in Collioure?« Er sah sie fragend an.

Sie musste sich zusammenreißen, um ihn nicht allzu auffällig anzustarren. Mit bemüht ruhiger Stimme erzählte sie ihm von der Krankheit ihrer Mutter und ihrem kürzlichen Tod.

Gérard Wullot fasste sich an die Nasenwurzel. Die Nachricht

schien ihn sehr aufzuwühlen. »Sie war doch noch so jung«, erwiderte er leise.

Lara nickte. »Sie fehlt mir unendlich.«

»Das glaube ich Ihnen.« Er schüttelte den Kopf. »Nach unserem Telefonat hatte ich gehofft, dass ich ...« Er winkte ab. »Ich dachte, ich könnte einiges zwischen uns klarstellen. Was damals schiefgelaufen ist.«

»Dafür ist es leider zu spät.« Laras Stimme klang belegt.

Er presste seine Lippen zusammen und starrte auf die Tischplatte, während die Kellnerin Lara das bestellte Wasser brachte.

»Möchten Sie etwas essen? Kuchen vielleicht?«

»Nein, danke«, entgegnete Lara und beschloss, ihr Vorgehen zu ändern. »Ich bin mit meiner Großmutter nach Collioure gereist, weil ich erst vor Kurzem erfahren habe, dass meine Mutter vor langer Zeit für mehrere Monate hier gelebt hat.«

»Sie war als Au-pair hier«, bestätigte Gérard Wullot nachdenklich. »Das ist so unglaublich lang her, und doch ...« Er stockte. »Ich habe sie nie vergessen.«

»Ich habe in den letzten Tagen bereits mit mehreren Leuten gesprochen, die meine Mutter damals kannten. Von Monsieur Moustiers habe ich Ihren Namen mitgeteilt bekommen.«

Er blickte Lara direkt an. »Jérôme, ja. Er hat den Chor geleitet, in dem Vanessa sang, bevor ich ihn übernommen habe.«

»Das hat er mir gesagt.«

»Vanessa.« Wullot schüttelte den Kopf. »Ich kann es immer noch nicht glauben.« Er lächelte Lara an. »Sie sehen ihr ähnlich.«

»Das habe ich schon öfter gehört«, entgegnete sie unverbindlich. »Sie kannten meine Mutter durch das Singen?«, stellte sie sich ahnungslos.

Er nickte. »Darüber sind wir uns begegnet.« Er schien zu überlegen. »Hat sie mich Ihnen gegenüber je erwähnt?«

Lara schüttelte bedauernd den Kopf. »Nein. Wie bereits gesagt, es war Monsieur Moustiers, der mir Ihren Namen nannte.«

Er sah Lara in die Augen. »Ich habe Ihre Mutter geliebt, müssen Sie wissen. Sehr geliebt. Als wir uns damals trafen, hat es sofort …« Er zuckte mit den Achseln. »Gefunkt, geknallt. Nennen Sie es, wie Sie wollen. Ich habe Vanessa gesehen …«, er lächelte, »… und gehört. Und es war um mich geschehen.«

»Aber sie hatte bereits einen Freund«, erinnerte Lara sich an ihr Gespräch mit dem sympathischen Hotelangestellten in Banyuls-sur-Mer.

»Pascal, ja«, bestätigte Wullot. »Sie hat sich kurz darauf von ihm getrennt, und wir beide …« Er zog seine Brauen hoch. »Sie sind Ihre Tochter, ich verschone Sie mit Details. Aber es hat einfach zwischen uns gepasst. So etwas war mir bis dahin noch nie passiert.« Wieder machte er eine Pause. »Und auch danach nie wieder. Sie war zauberhaft. Intelligent, charmant, witzig.« Er kniff die Augen zusammen. »Ist sie Ärztin geworden?«

Lara musste lachen. »Sie war Kinderärztin.«

Er nickte. »Ja, es hätte mich auch gewundert, wenn sie von ihrem Weg abgekommen wäre. Sie war sehr stark, wusste stets, was sie wollte. Ich habe in meinem Leben selten einen so konsequenten Menschen getroffen.«

»Das klingt in der Tat wieder einmal ganz nach Mama.«

»Und jetzt ist sie tot.«

Lara betrachtete ihren Vater. Die tiefe Betroffenheit war ihm ins Gesicht geschrieben. Was war geschehen? Sie glaubte ihm ohne Zögern, dass er ihre Mutter geliebt hatte. Doch warum war Vanessa so überstürzt nach Deutschland zurückgekehrt? War es ihr ähnlich ergangen? War sie, wie Lara schon einmal vermutet hatte, vor ihren eigenen Gefühlen geflohen? Lara versuchte, sich ihre Mutter und den Mann, der ihr gegenübersaß, zusammen vorzustellen. Wie die beiden gemeinsam an der Uferpromenade entlangschlenderten, wie Gérard Vanessa aufforderte, stehen zu bleiben, damit er ein Foto von ihr aufnehmen konnte. Wie Vanessa sich durch ihr vom Wind zerzaustes Haar strich und ihn verliebt anblickte.

»Was ist passiert?«, wollte sie nun wissen. »Wenn meine Mutter Ihnen so viel bedeutet hat, verstehe ich nicht, warum sie dann Hals über Kopf nach Deutschland zurückgekehrt ist?«

»Hat sie Ihnen doch …?«

»Nein, das weiß ich nur von meinen Großeltern. Wenn Sie beide eine so innige Beziehung hatten, kann ich mir nicht erklären, warum Vanessa ihren Aufenthalt hier unten vorzeitig abgebrochen hat. Warum sind Sie nicht zusammengeblieben?«

Er nickte gedankenverloren. »Diese Frage habe ich mir während der letzten drei Jahrzehnte zigmal gestellt.«

»Und?« Ihre Stimme klang fordernd, doch er schien sich an ihrem Tonfall nicht zu stören.

»Ich war zu jener Zeit verlobt«, erklärte er mit betretenem Gesichtsausdruck.

»Sie haben meine Mutter betrogen?« Lara schnappte nach Luft.

»Es war eher umgekehrt. Als ich Vanessa traf, waren Elaine und ich seit zwei Jahren zusammen. Ein halbes Jahr vorher hatte ich sie gefragt, ob sie mich heiraten wolle. Die Beziehung mit Vanessa …« Er überlegte. »Wir waren nicht lang zusammen. Zwei, drei Wochen, vielleicht vier. Ich hätte Elaine längst reinen Wein einschenken müssen, aber in der Hinsicht war ich wohl ein Feigling.«

»Sie wollten sich von ihr trennen?«

»Von Elaine, ja. Das mit Vanessa, das war etwas anderes, das ging viel tiefer, als ich es mit Elaine je erlebt hatte. Obwohl wir uns erst so kurz kannten, war mir klar, dass ich mit Vanessa mein Leben verbringen wollte.«

»Sie hat es herausgefunden, nehme ich an. Dass Sie zweigleisig gefahren sind.«

Er lachte bitter auf. »Zweigleisig. Ja, aber Sie haben recht. Obwohl ich Elaine in der Zeit kaum sah, war ich offiziell eigentlich noch mit ihr zusammen.«

»Sie konnte Ihnen nicht verzeihen?« Laras Gedanken überschlugen sich, sie musste an Félix' Heimlichtuerei denken.

»Ich bekam keine Möglichkeit mehr, mit Vanessa zu reden«, bekannte Gérard Wullot. »Mein Vater hatte zu jener Zeit einen schweren Autounfall in der Nähe von Montpellier. Ich war mit Vanessa verabredet, musste aber kurzfristig in die Klinik zu meiner Familie. Er lag im Koma, und die Ärzte erklärten uns, er würde die Nacht nicht überstehen.« Er schüttelte den Kopf. »Sein Todeskampf zog sich schlussendlich fünf grauenvolle Tage hin.«

»Das tut mir sehr leid.«

»Es war furchtbar. Mein Vater war damals jünger als ich heute. Meine Mutter war völlig am Ende. Mein Bruder und meine Schwester sind jünger als ich, und ich musste mich um sie kümmern.« Er räusperte sich. »Als ich eine Woche später wieder nach Hause kam, war Vanessa weg. Ohne Nachricht, ohne Adresse. Ich hatte absolut nichts von ihr.«

»Wie hat sie von Ihrem Doppelspiel erfahren?«

»Viele Wochen später erzählte mir Elaine, dass während meiner Abwesenheit eine junge Frau am Haus meiner Eltern geklingelt und nach mir gefragt habe. Elaine hatte sich ein wenig um die Post und den Garten gekümmert, während wir in Montpellier waren. Sie muss Vanessa gesagt haben, dass sie meine Verlobte sei.«

»Daraufhin hat meine Mutter ihre Sachen gepackt und ist nach Deutschland zurückgekehrt«, murmelte Lara nachdenklich. Der

Kreis begann, sich zu schließen. Die Begegnung mit Véronique fiel ihr schlagartig ein. Auch Lara wäre fast überstürzt abgereist, hätte Félix sie nicht noch rechtzeitig angetroffen. Wie sehr sich die Geschichten ähnelten ...

»Sie muss sich furchtbar gefühlt haben«, stimmte Gérard Wullot zu. »Immer wieder habe ich mir diese Szene vorgestellt. Vanessa, die sich Sorgen macht, weil ich mich nicht mehr bei ihr gemeldet habe. Und dann erfährt sie wie aus heiterem Himmel, dass ich sie belogen habe. Von meiner Verlobten persönlich.«

»Keine schöne Geschichte«, bemerkte Lara und versuchte, sich wieder auf das Gespräch zu konzentrieren.

»Nein, weiß Gott nicht.«

»Wie ging es mit Elaine weiter?«

»Wir haben uns kurz darauf getrennt. Es funktionierte nicht mehr. Ich musste immerzu an Vanessa denken. Es wäre Elaine gegenüber nicht fair gewesen.«

»Haben Sie Familie?«

Gérard Wullot sah sie eindringlich an. »Warum interessiert Sie das?«

Lara zuckte mit den Achseln. »Ich bin neugierig.«

Er lachte. »Das könnte auch Vanessa gesagt haben.«

»Und?«

»Ich war verheiratet. Mittlerweile bin ich seit fünf Jahren geschieden.«

»Haben Sie Kinder?«

Er schüttelte den Kopf. »Sie sind wirklich neugierig.« Er zog die Brauen hoch. »Und nein, ich habe keine Kinder.«

»Ich kam im August 1989 auf die Welt«, ließ Lara die Bombe platzen, während sie Gérard Wullots Gesicht beobachtete.

»Warum erzählen Sie mir ...?« Er verstummte.

»Ich kam nach Collioure, um meinen Vater zu suchen.« Sie schluckte. »Und ich glaube, ich habe ihn gefunden.«

•••

In Laras Gedanken herrschte ein heilloses Chaos. Wie oft hatte sie sich die Szene vorgestellt, wenn sie ihrem Vater das erste Mal entgegentreten würde? Hatte sich ausgemalt, wie sie sich in die Arme fallen und gegenseitig beteuern würden, wie sehr sie sich nach diesem Moment gesehnt hatten. Wie sie sich dem Mann, dem sie ihre Existenz verdankte, sofort verbunden fühlen würde.

Nichts davon entsprach der Wirklichkeit. Gérard Wullot hatte es im ersten Moment nicht fassen können. Ihre Offenbarung hatte ihm buchstäblich die Sprache verschlagen. Ihr anschließendes Gespräch war sehr holprig verlaufen.

Gedankenversunken schloss sie die Tür auf und trat ins Innere des Hauses. Als sie Félix' Stimme aus dem Hinterhof hörte, blickte sie erschrocken auf die Uhr. Wo war nur die Zeit geblieben? Hastig durchquerte sie den Raum und erblickte den Meeresbiologen, der mit Béatrice am Tisch saß, vor ihnen Reste der Tarte au citron vom Nachmittag.

»Entschuldigung«, keuchte sie. »Ich hatte total vergessen, dass ...«

Die beiden sahen sie fragend an.

»Er ist es«, stellte ihre Oma knapp fest.

Lara nickte stumm.

Félix erhob sich und trat auf sie zu. Lara blickte ihn Hilfe suchend an, während sie spürte, wie Tränen in ihr aufstiegen.

Vorsichtig nahm er sie in die Arme. Trotz der morgendlichen Ereignisse ließ sie es geschehen, genoss einen Moment seinen Trost. »Magst du uns von ihm erzählen?«

Lara schloss kurz die Augen und sog Félix' Duft ein. Seine Anwesenheit beruhigte sie, auch wenn nichts zwischen ihnen geklärt war. Als sie über seine Schulter hinweg in das Gesicht ihrer Großmutter sah, löste sie sich verlegen und nickte. Félix rückte ihr einen Stuhl neben sich zurecht.

Während sie sich setzte, schob er ihr sein Wasserglas hin. Dankbar nahm sie einen Schluck daraus.

»Er ist dir unsympathisch«, folgerte Béatrice ernst.

Lara schüttelte den Kopf. »Nein, überhaupt nicht.« Sie fasste in ihr Haar. »Er hat meine Locken.«

»Wohl eher umgekehrt«, widersprach ihre Oma.

»Wie auch immer. Er ist ...« Lara stockte. »Keine Ahnung. Ich kann es euch nicht sagen. Er hat mir von damals erzählt. Wie er Mama kennengelernt hat und was vor ihrer Abreise geschehen ist.« Sie erzählte ihnen von Gérards Verlobter und dem Autounfall seines Vaters. Von den widrigen Umständen und davon, dass er keinerlei Kontaktdaten ihrer Mutter gehabt hatte.

»Vor dreißig Jahren gab es kein Internet, kein Google, keine sozialen Netzwerke«, brachte Félix vorsichtig an. »Wie hätte er sie finden sollen? Wenn sie ihm vielleicht nur erzählt hatte, dass sie aus Norddeutschland kam, wo hätte er beginnen sollen?«

»Ich wünschte mir, Mama wüsste, was damals geschehen ist«, erklärte Lara mit tränenerstickter Stimme. »Der Gedanke, dass sie mit dem Wissen starb, von ihrer großen Liebe dermaßen getäuscht und hintergangen worden zu sein, ist unerträglich.« Ihre Stimme versagte.

Félix berührte sie am Arm. »Sie war doch glücklich, hast du gesagt. Sie hatte ihre Arbeit, ihr Umfeld, dich.«

Béatrice wischte sich verstohlen über die Augen.

»Warum hat sie bloß nie etwas gesagt?« Lara schüttelte den

Kopf. »Wenn ich Gérard nur schon früher hätte ausfindig machen können ...«

»Deine Mutter war sehr konsequent«, bemerkte ihre Großmutter mit zittriger Stimme. »Ich bin mir nicht sicher, ob sie ihn überhaupt angehört hätte.«

»Er ist der Vater ihres Kindes«, brauste Lara auf. »Hätte sie nicht auch an mich denken müssen?«

»Ich selbst kann mich gar nicht mehr an sie erinnern. Aber ich glaube wirklich, du solltest ihr Verhalten akzeptieren. Sie war deine Mutter. Und ich bin mir sicher, dass sie alles getan hat, um dir eine unbeschwerte Kindheit zu bescheren. Um dich glücklich zu machen.«

»Félix hat recht. Vanessa hat dich so sehr geliebt.« Béatrice schluchzte leise.

»Ich wollte dich nicht traurig stimmen, Oma.« Lara verfluchte sich selbst für ihre Worte, zum zweiten Mal an diesem Tag. »Es ist nur ...«

Béatrice erhob sich. »Ich gehe zu Bett. Der Tag war lang und aufregend. Und ich brauche jetzt ein wenig Ruhe.« Sie blickte erst Lara, dann Félix an. »Du kannst gern hierbleiben.«

»Danke, Béatrice.« Félix nickte der älteren Frau zu.

»Schlaft gut, ihr beiden.«

»Gute Nacht, Oma.« Betreten blickte Lara ihr hinterher, wie sie humpelnd im Haus verschwand. »Béatrice?« Mit fragender Miene wandte sie sich wieder an Félix.

»Sie hat mir das Du angeboten«, erklärte er achselzuckend.

»Sie mag dich.«

»Ich mag sie auch.«

»Ich habe sie verletzt.«

Félix' Gesichtsausdruck nahm eine ernste Miene an. »Ich habe dich verletzt, Lara.«

Sie musterte ihn. »Ja, das hast du. Du kannst dir nicht vorstellen, wie ich mich heute Morgen gefühlt habe, als deine Frau sich mir vorgestellt hat.«

Er atmete tief durch. »Ich schulde dir eine Erklärung.«

»Allerdings.«

»Véronique ist Meeresbiologin, wie ich. Vor zwei Jahren bekam sie von der Universität die Chance, mehrere Monate im Pazifik zu forschen. Ich habe sie unterstützt, da das wirklich eine großartige Chance für sie war. Frauen haben es in unserem Beruf noch immer sehr viel schwerer. Leider. Als sie nach ihrem Aufenthalt nach Hause kam, war sie völlig verändert. Alles, was wir uns für unser zukünftiges Leben ausgemalt hatten, unsere Pläne, unsere Träume, nichts davon zählte mehr. Sie sprach darüber, nach Paris zu gehen. Dort habe sie bessere Möglichkeiten, ihre Forschungen voranzutreiben.« Er hielt inne. »Véronique und ich sind gleich alt. Sie wollte sich für weitere sechs Jahre verpflichten, Auslandsforschungen zu betreiben und entsprechend Gelder einzuwerben.«

»Ihre Karriere war ihr auf einmal wichtiger als eure gemeinsamen Pläne.«

Er nickte. »Ich hätte sie niemals unter Druck gesetzt, wegen der Familienplanung ihren Beruf aufzugeben. Véronique ist gut in dem, was sie tut. Herausragend. Aber noch mal sechs Jahre warten? Und wer weiß, wie sie mit Ende dreißig zu unseren Plänen gestanden hätte.«

»Ihr habt euch getrennt.«

Félix überlegte. »Nein, erst nicht. Wir haben versucht, eine Lösung zu finden. Irgendwie.« Er schwieg einige Sekunden, bevor er wieder zu Lara sah. »Bis sie ungeplant schwanger wurde.«

Lara umschlang mit den Armen ihren Oberkörper.

»Als sie die Schwangerschaft bemerkt hatte, dachte ich, das könnte unsere Chance sein. Dass sie jetzt spürt, worauf es im Leben ankommt.« Er starrte an die Hausmauer. »Sie hat das Kind abtreiben lassen«, erklärte er schließlich tonlos. »Und sie hat mir erst nach dem Eingriff davon erzählt.«

»Das ist ja furchtbar.« Lara beugte sich vor.

»Seitdem frage ich mich, ob ich wirklich alles getan habe, um sie von einem Leben als Familie zu überzeugen.« Er schüttelte den Kopf. »Ich bin schuld, verstehst du? Hätte ich ihr mehr Unterstützung zugesagt, ihr öfter gezeigt, dass ich für sie und das Kind da sein würde ...« Seine Stimme brach.

Als sie den Schmerz in seinen Augen erkannte, löste sich ihr Ärger vollends auf. »Ihr habt euch getrennt?«

»Wir haben gemeinsam entschieden, dass unsere Vorstellungen nicht mehr zusammenpassen. Es war nicht nur die Abtreibung, nicht nur unsere Pläne. Véronique war ein völlig anderer Mensch. Alles war ihr hier plötzlich zu provinziell, zu klein, zu eng.« Er fuhr sich über die Stirn. »Ich hätte es dir von Anfang an sagen sollen.« Er griff nach ihrer Hand. »Es tut mir unendlich leid. Ich wollte dich nicht hintergehen, das musst du mir glauben.« Er unterbrach sich. »Bei unserem ersten Telefonat wollte ich es dir fast sagen, aber dann dachte ich, welcher Esel jammert denn über seine Probleme, über seine Vergangenheit, wenn er gerade einer solchen Frau wie dir begegnet ist?« Er schüttelte den Kopf. »Es erschien mir unpassend. Und danach ... es wurde so schnell so intensiv zwischen uns. Ich hätte nie damit gerechnet, dass du ähnlich empfindest wie ich. Die ganze Situation hat mich völlig überrumpelt. Normalerweise gehe ich Beziehungen etwas gemächlicher an.«

»Liebst du sie noch?«, rutschte Lara die Frage heraus, die sie schon den ganzen Tag beschäftigte. »Wenn sie plötzlich doch ein Kind wollte, wenn ...«

»Kein Wenn, Lara«, unterbrach er sie sanft. »Zwischen Véronique und mir ist nichts mehr. Gar nichts. Du brauchst dir keine Sorgen zu machen. Die Scheidung ist nur noch reine Formsache.« Er machte eine Pause. »Es tut mir unendlich leid, dass ich dir mit meiner Geheimniskrämerei solchen Kummer bereitet habe. Und deiner Oma gleich mit.«

»Meine Mutter ist damals abgehauen« setzte Lara nachdenklich an. »Und ich fast auch.«

»Aber nur fast.« Er schüttelte den Kopf, schob seinen Stuhl näher zu Lara und griff nach ihren Fußknöcheln. »Darf ich?« Behutsam legte er ihre Füße auf seinen Schoß und zog ihr die Sandalen aus. Vorsichtig massierte er Laras Zehen.

»Hast du auch noch eine Ausbildung zum Masseur?« Sie schloss die Augen und legte ihren Kopf zurück.

Félix lachte. »Nein, das ist eine Exklusivleistung nur für dich.«

»Wow«, bemerkte sie genießerisch. »Da muss ich mir ja etwas richtig Spektakuläres einfallen lassen, um mich zu revanchieren.«

»Ich lasse mich gern überraschen.«

»Was für ein Tag«, seufzte Lara, während sie sich seinen Berührungen hingab. »Und was für ein Abschluss.«

»Der Tag ist noch nicht zu Ende.«

Als sie die Augen öffnete, bemerkte sie sein Grinsen. »Ich fühle mich so ... leer.«

»Leer?« Seine Augen fixierten sie ungläubig. »Der Mann deiner Träume beschert dir die Massage deines Lebens, und du fühlst dich leer?«

»Entschuldige, so habe ich das nicht gemeint.« Sie verdrehte die Augen. »Ich bin ... ein Schussel. Die Massage meines Lebens vom Mann meiner Träume ist seit Langem das Beste, was mir widerfährt.«

Félix' Mundwinkel zuckten. »Seit Langem?« Er sah auf seine Uhr und rechnete. »Seit zwölf Stunden, würde ich mal vermuten.«

Lara musste lachen.

»Wie fühlst du dich? Ich meine, wegen deines Vaters?«

Lara dachte nach. »Ich weiß es nicht«, gab sie schließlich zu. »Ich glaube, ich hatte mir etwas erhofft, das nicht eingetreten ist. Ich dachte, die Begegnung mit meinem Vater würde alles ändern. Und jetzt habe ich gemerkt, dass sich gar nichts dadurch ändert.«

»Bist du enttäuscht?«

»Nein, nicht direkt. Es ist einfach ... ja, es ist unwirklich. Ich habe ihn gesehen, mit ihm gesprochen, kenne seinen Namen. Und doch ...«

»Du hattest dir etwas Besonderes vorgestellt«, folgerte Félix, während er ihr Schienbein streichelte.

»Vielleicht. Hätte sich nicht der Himmel öffnen müssen, und Engel hätten auf ihren Geigen spielen sollen, wenn ich nach dreißig Jahren zum ersten Mal meinem Vater begegne?«

Félix musterte sie. »Gib euch Zeit. Es ist doch ganz normal, dass ihr euch fremd seid. Ihr kennt euch nicht, wisst absolut nichts voneinander. Aber du bist jetzt hier. Du kannst die Zeit nutzen, um ihn kennenzulernen, kannst dich mit ihm treffen. Ich glaube, ihr habt eine Chance, zusammenzuwachsen.«

Sie seufzte. »Du hast recht. Vielleicht habe ich wirklich zu viel erwartet. Ich dachte, wenn ich ihn erst mal gefunden habe, wird alles gut. Kommt alles wieder in Ordnung.« Sie unterbrach sich. »Aber Mama ist tot, daran ändert auch Gérard nichts.«

Félix setzte ihre Füße auf dem Boden ab und beugte sich vor. »Aber ich bin da, Lara.« Er legte seine Arme um sie und zog sie näher. »Und ich würde dir jetzt sehr gern zeigen, wie sich der Himmel für uns öffnet und die Engel für dich musizieren.«

24

»Bonjour, ma chère«, flüsterte Félix neben ihr, als Lara schläfrig blinzelte.

Sie rückte enger an ihn heran und hauchte ihm einen Kuss auf die Lippen. »Bonjour. Wie hast du geschlafen?«

Er verzog den Mund. »Die Matratzen sind etwas gewöhnungsbedürftig.«

Sie lachte leise. »Das ist das Erste, was ich austausche, wenn ich weiß, wie es mit dem Haus weitergeht.«

Félix sah sie stirnrunzelnd an. »Was meinst du?«

»Oma hat mir das Haus geschenkt. Wegen des Chaos der letzten Tage habe ich ganz vergessen, es dir zu erzählen.«

»Dieses Haus gehört jetzt dir?« Er ließ seine Hand über ihren Rücken wandern.

»Ja, Oma wollte es verkaufen, aber als ich ihr gesagt habe, wie sehr es mir gefällt, hat sie sich umentschieden. Also, es ist noch nicht offiziell, wir müssen noch zum Notar gehen.«

»Wow.« Während er ihren Po liebkoste, küsste er sie zart.

»Was tust du da?«

Félix grinste. »Nach was sieht es denn aus?«

»Ich bin mir nicht sicher, ob Oma schon wach ist.«

»D'accord. Dann verschieben wir die Himmelsöffnung auf später.«

Lara nahm sein Gesicht in ihre Hände und musterte ihn schweigend.

»Was?«

Sie schüttelte den Kopf. »Ich kann es noch immer nicht glauben.«

»Was meinst du?«

»Das mit uns, mit meinem Vater ...«

»Sprich noch mal mit ihm«, schlug Félix ihr vor. »Sicher hat er sich mittlerweile von seinem Schock erholt.«

»Schock?« Lara setzte einen entrüsteten Gesichtsausdruck auf. »Du meinst also, die Tatsache, mich zur Tochter zu haben, kann einen Schock auslösen?«

»Wenn man sich bisher für kinderlos gehalten hat, definitiv.« Er drückte ihr einen Kuss auf die Nasenspitze, bevor er die Decke zurückwarf. »Und jetzt stehe ich auf und mache uns Kaffee.« Demonstrativ fasste er sich an den Rücken.

»Ja, wir gehen neue Matratzen kaufen«, lachte Lara hinter ihm.

»Oder du schläfst bei mir«, entgegnete er schmunzelnd, während er seine Shorts anzog.

»Mal sehen«, erwiderte Lara vage und zeigte zur Tür. »Oma geht es nicht besonders gut.«

Er nickte. »Wir finden eine Lösung.«

»Erst mal muss ich Julies Verschwinden klären«, erklärte sie, während sie daran dachte, wie ihre Oma gestern Abend so traurig und verloren ins Haus gehumpelt war. Ihr schlechtes Gewissen wegen ihrer Abreiseaktion nagte noch immer an ihr.

Félix drückte vorsichtig die Türklinke hinunter und drehte sich erneut um. »Sie scheint schon unterwegs zu sein. Ihr Zimmer ist leer.«

Lara trat hinter ihn und blickte zu der offenen Tür gegenüber. »So früh? Ich habe sie gar nicht gehört.«

»Das heißt, wir beide sind ganz allein in diesem großen Haus«, erklärte Félix mit rauer Stimme, während er Laras nackte Hüfte umfasste.

Sie lächelte. »Hast du noch nicht genug?«

Er zog sie dichter an sich. »Niemals.«

Laras Körper erzitterte, während Félix' Hände über ihre Seiten strichen. »Und was ist mit der unbequemen Matratze und deinen Rückenschmerzen?«

»Wer redet denn vom Bett?«, raunte er ihr ins Ohr, während er sie zum Badezimmer lotste.

Als Lara eine halbe Stunde später die Treppe hinunterstieg, roch es vertraut nach Kaffee.

Félix stand hinter dem Tresen und holte gerade Tassen aus dem Schrank.

»Musst du heute nicht arbeiten?« Sie trat neben ihn und schlang den Arm um seine Hüfte.

Er küsste sie. »Nein, heute habe ich frei. Aber ich muss später zu meinem Vater. Er wollte das Gartentor reparieren, und ich habe ihm meine Hilfe angeboten.«

»Braver Sohn.«

»Ja, so bin ich.«

»Ich weiß.« Lara stellte sich hinter ihn und schmiegte ihren Oberkörper gegen seinen Rücken.

»Was denkst du über uns?« Er berührte sie am Arm und zog sie behutsam vor sich. Mit ernster Miene blickte er ihr in die Augen.

»Ich fühle mich sehr wohl mit dir«, antwortete Lara ehrlich.

»Mir geht es genauso.« Zärtlich strich er ihr übers Haar.

»Und ich möchte keinen Tag mehr ohne dich sein«, ergänzte

sie lächelnd und küsste ihn. Genoss seinen Geschmack, seinen Duft, seine Wärme. Sie wünschte, dieser Moment würde nie zu Ende gehen. War sie endlich angekommen? War Félix der Mann, der ihr Leben vollkommen machte?

»Bleib hier bei mir«, bat er sie leise. »Ich helfe dir, einen Job zu finden.«

»Vielleicht eröffne ich die Crêperie.«

»Auch dabei helfe ich dir.«

»Meine Großeltern leben in Deutschland.«

»Du kannst sie jederzeit besuchen, sie können hierherkommen.«

Lara schloss die Augen und hörte in sich hinein. Ihr Herz kannte die Antwort bereits. Ihr Verstand war es, der sie noch zögern ließ. »Ich überlege es mir.«

»So lange du möchtest.«

Dankbar legte sie den Kopf an seine Schulter und genoss die Wärme, die er ausstrahlte.

Als es an der Tür klopfte, fuhren sie auseinander.

»Wer ist das?«, wollte Félix skeptisch wissen.

»Benjamin«, erklärte Lara, während sie eine Hand hob und in Richtung Eingang winkte. »Der Lebensgefährte meiner Nachbarin. Der Journalist, von dem ich dir erzählt habe.«

Sie gingen zur Tür und öffneten ihm. Nachdem die beiden Männer sich einander vorgestellt und begrüßt hatten, drückte der Journalist ihnen zwei Baguettes in die Hand. »Mit lieben Grüßen von Amélie.«

»Die kommen wie gerufen.« Félix grinste.

»Ich wollte euch nicht stören, aber ich bin gerade auf dem Weg zu einem Kollegen, der hier in der Gegend gut vernetzt ist, und wollte fragen, ob ich bei euren Nachforschungen noch behilflich sein kann.«

Lara warf Félix einen verschwörerischen Blick zu, bevor sie ihrem Nachbarn von ihrer gestrigen Begegnung mit Gérard Wullot berichtete.

»Das ist toll«, bemerkte Benjamin. »Ich freue mich sehr für dich. Wenn ich Amélie davon erzähle ...«

»Aber vielleicht könntest du mit deinem Kollegen wegen Julie sprechen«, fuhr Lara unsicher fort. »Ihre Freundin wiederholte bei unserem letzten Besuch ständig die Sätze: ›Julie ist tot. Samuel ist tot. Rose ist tot.‹ Béatrice hat die beiden anderen Namen noch nie zuvor gehört. Vielleicht liegt es an Lilous Demenz, dass sie Namen von Menschen verknüpft, die überhaupt nichts miteinander zu tun haben. Aber vielleicht ist es auch ein Hinweis auf ein Ereignis in der Vergangenheit, das mit Julies Verschwinden zu tun hat. Vielleicht waren es Freunde von Julie, und ihnen ist gemeinsam etwas zugestoßen.«

»Samuel«, wiederholte Félix nachdenklich. »Ein jüdischer Name.«

Lara zuckte mit den Achseln. »Wie gesagt, vielleicht befinden wir uns völlig auf dem Holzweg.«

»Vielleicht aber auch nicht«, widersprach Benjamin. »Ich schaue mal, ob ich etwas herausfinden kann. Samuel ist kein alltäglicher Name und war es damals sicher auch nicht. Und in Kombination mit den beiden anderen Namen findet sich vielleicht ein Hinweis.«

»Ich glaube, Oma macht sich sehr viele Gedanken wegen damals. Diese Notiz hat uralte Erinnerungen in ihr wachgerufen. Obwohl sie damals noch zu jung war, nimmt die Konfrontation mit der Vergangenheit sie sehr mit.«

»Es ist ein dunkler Fleck in ihrer Familiengeschichte«, erklärte Benjamin ernst. »Ein offenes Ende, auf das sie gern eine Antwort hätte. Ich kann das sehr gut nachvollziehen.«

Félix legte einen Arm um Laras Schultern. »Es ist ihre Schwester, der letzte Teil ihrer Familie. Der Tod deiner Mutter muss ihr schwer zu schaffen machen. Sie musste ihr eigenes Kind beerdigen. Es gibt Zeitpunkte im Leben, die uns unsere eigene Vergänglichkeit deutlicher als sonst vor Augen führen. Du hast das Puzzlestück gesucht, das deine Herkunft vollständig macht. Sie sucht das Teil, das die jahrzehntealte Lücke in ihrer Familie endlich schließen könnte.«

Benjamin nickte. »Félix hat recht. Ich rede mit Pierre. Vielleicht fällt ihm noch etwas ein, wo wir ansetzen können.«

Lara blickte von Benjamin zu Félix. »Danke.« Sie verdrehte die Augen. »Und bevor ich Gefühlsdusel gleich wieder in Tränen ausbreche, weil ich mich so sehr über eure Hilfsbereitschaft und Unterstützung freue, lasst uns schleunigst Kaffee trinken.«

• • •

»Ein Brief?« Béatrice blickte verunsichert zu Lara. »Ich verstehe nicht ganz.«

Lara spülte das Geschirr und lauschte mit einem Ohr dem Telefonat ihrer Großmutter.

»Ja, gut. Wir kommen vorbei. Au revoir.«

»Wer war das?« Besorgt verfolgte Lara, wie Béatrice nach einer Stuhllehne griff und sich umständlich abstützte. Im Zeitlupentempo holte sie ein Taschentuch aus ihrer Strickjacke und wischte sich über die Stirn.

»Oma, geht es dir nicht gut?« Lara legte den nassen Teller auf die Anrichte, eilte um den Tresen herum und fasste die Ältere am Oberarm. »Setz dich.«

Alarmiert ging sie vor ihrer Großmutter in die Hocke. »Wer hat da eben angerufen?«

Béatrice seufzte. »Das Heim.«

»Das Seniorenheim, in dem Lilou wohnt?«

Ihre Oma nickte, während sie leicht mit dem Tuch vor ihrem Gesicht wedelte.

»Was wollten sie?«

Béatrices Lippen bebten. »Die Angestellte meinte, sie habe einen Brief für mich.«

Sofort fiel Lara das letzte Gespräch während ihres Besuchs bei Julies Freundin ein. Lilou hatte doch ständig von einem Brief gesprochen. »Was für ein Brief?«

Béatrice kämpfte sichtlich mit ihrer Fassung. Sie schüttelte den Kopf. »Ich weiß es nicht. Und ich verstehe es auch nicht. Sie meinte, Lilou habe ihr gestern am späten Abend einen Brief gegeben. Auf dem Umschlag stehe mein Name.«

»Dein Name? Béatrice Eriksen?«

»Béatrice Lambert«, korrigierte ihre Großmutter sie.

»Was ist das für ein Brief? Wer hat ihn verfasst? Lilou?«

Béatrice hielt sich das Taschentuch vor den Mund und begann zu schluchzen.

»Oma.« Hilflos betrachtete Lara die ältere Frau, die völlig aufgelöst wirkte.

»Er scheint von Julie zu sein«, stieß ihre Oma in dem Moment hervor, während ihr die Tränen über die Wangen liefen.

Lara richtete sich überrascht auf und kniff die Augen zusammen. »Von Julie? Von deiner Schwester?« Sie verstand überhaupt nichts mehr.

Béatrices Körper bebte. »Ich weiß auch nicht, wie ein Brief von Julie zu Lilou kommt. Jetzt, nach so vielen Jahren.« Sie bedeckte das Gesicht mit den Händen. »Ich habe Lilou in den letzten Jahrzehnten immer wieder mal getroffen. Aber sie hat nie auch nur ein Wort darüber verloren, dass sie nach Julies Verschwinden Kontakt mit ihr hatte. Dass sie wusste, was mit ihr geschehen ist, warum sie von daheim weggegangen ist.« Ihr schmerzerfülltes Weinen berührte Lara tief. »Wir fahren hin«, beschloss sie schließlich. »Jetzt sofort. Vielleicht erfahren wir vor Ort mehr. Wenn wir Glück haben, hat Lilou einen ihrer lichten Momente und kann uns sagen, woher sie diesen ominösen Brief hat.« Vorsichtig half sie Béatrice beim Aufstehen.

Nachdem Lara ihre Tasche geschnappt hatte, hakte sie ihre Oma unter und verließ mit ihr das Haus. Das Humpeln der Älteren wurde immer schlimmer, und sie benötigten mehr als doppelt so viel Zeit, bis sie Laras Käfer auf dem Parkplatz erreichten.

»Du solltest mit deinem Knie schleunigst zum Arzt gehen«, brach Lara zehn Minuten später das Schweigen.

»Das ist nichts«, wiegelte Béatrice gereizt ab. »Ich habe mir einfach etwas zu viel zugemutet.«

»Du kannst kaum noch laufen, Oma.« Konzentriert blickte Lara auf die Fahrbahn.

»Ich werde nächstes Jahr achtzig. Viele meiner Bekannten benötigen schon seit Jahren einen Rollator.«

»Trotzdem«, beharrte Lara. »Ich sehe doch, dass du starke Schmerzen hast.«

Ihre Oma legte eine Hand auf Laras rechten Arm. »Ich bin froh, dass Félix und du, dass ihr euch wieder so gut versteht.«

Lara lächelte und ließ ihr den Themenwechsel durchgehen. »Er hat mich gefragt, ob ich hierbleiben möchte.«

»Das ist keine wirkliche Überraschung«, erwiderte Béatrice erfreut.

»Findest du?« Lara warf ihrer Großmutter einen kurzen Blick zu. »Ich könnte mir gut vorstellen, nach Collioure zu ziehen. Aber wir kennen uns noch nicht so lange.«

»Es kommt nicht auf die Dauer an, wie gut man sich kennt. Ich habe dir ja von Opa und mir erzählt.«

Lara blieb skeptisch. »Am Anfang sieht man doch immer alles durch die rosarote Brille. Was wäre, wenn wir uns in einem halben Jahr nicht mehr verstehen?«

Béatrice lachte. »Ja, was wäre dann? Ich denke, die Frage kannst du dir selbst beantworten. Dann würdet ihr euch trennen und wieder eure eigenen Wege gehen. Du könntest entscheiden, ob du weiter in Collioure bleibst oder nach Deutschland zurückkehrst.«

»Ach, Oma. Wenn ich das Leben nur auch so leichtnehmen könnte wie du. Was du sagst, klingt so einfach. Wenn ich mich tatsächlich entscheiden sollte, in Frankreich zu leben, wird mir jetzt schon ganz schwindlig.«

»In Frankeich zu leben«, wiederholte ihre Oma mit finsterer Stimme. »Das klingt ja gerade so, als sprächest du von einer drakonischen Bestrafung. Wir leben in Europa, die Grenzen sind offen. Es war nie leichter, woanders etwas Neues zu wagen. Du bist jung, Lara. Du bist klug und weißt, was du willst.«

»Tu ich das wirklich?« Lara grinste. »Momentan fühlt es sich nicht so an.«

»Liebst du Félix oder nicht?«

Lara drückte Béatrices Hand. »Danke, Oma.«

»Wofür?«

»Dass du mir gerade die alles entscheidende Frage gestellt hast.«

»Ich möchte, dass du glücklich bist, Kind. Und ich habe das starke Gefühl, dass Félix dich sehr glücklich macht.«

»Ja, das macht er«, bestätigte Lara versonnen, während sie den Käfer auf den Parkplatz des Heims lenkte.

Nachdem sie Béatrice beim Aussteigen geholfen hatte, steuerten die beiden Frauen auf den Eingang zu.

»Bonjour, Sie hatten mich vorhin angerufen«, setzte Béatrice an, als sie am Empfangstresen ankamen.

»Ich?« Die Pflegerin zog die Brauen hoch. »Wie ist Ihr Name?«

Laras Oma antwortete ihr und nannte ihr den Grund für ihr Kommen.

»Das war nicht ich«, erwiderte die Angestellte. »Moment, ich hole Virginie.«

Kurz darauf tauchte eine junge dunkelhaarige Frau auf, die Lara auf Mitte zwanzig schätzte.

»Madame Lambert?«

»Ich heiße mittlerweile Eriksen, aber ja, mein Name war Béatrice Lambert.«

Die Schwester kramte sekundenlang unter dem Tresen herum, bis sie einen prall gefüllten DIN-A4-Umschlag hervorzog.

»Sagten Sie nicht, es ginge um einen Brief?«, hakte Lara irritiert nach.

Schwester Virginie lächelte. »Das hier ist der Brief.«

»Ich verstehe nicht ...«

Die Pflegerin legte das braune Kuvert auf den Tresen, öffnete es und zog das erste Blatt hervor. »Meine liebe Béatrice, meine geliebte Schwester«, begann sie zu lesen. »Sie sind Béatrice, richtig?«

»Woher haben Sie das?« Béatrice begann zu schwanken. Hastig umfasste Lara ihren Arm und stützte sie.

Die Schwester atmete aus. »Lilou war in den letzten Tagen sehr unruhig. Meine Kollegin hat mir erzählt, dass sie mehrmals Besuch bekommen hätte.« Sie blickte die beiden Frauen an. »Von Ihnen.«

Lara nickte, erwiderte jedoch nichts.

»Immer wieder erwähnte sie einen Brief. Aber ich wusste überhaupt nicht, um was es ging. Gestern Abend brachte ich ihr wie immer das Abendessen. Dabei fing sie wieder an, von Julies Brief zu erzählen. Und gegen zehn drückte sie auf den Notfallknopf, da sie unbedingt noch einmal mit mir sprechen wollte.« Sie zuckte mit den Achseln. »Es war einer dieser Momente, in denen ihr Verstand recht klar zu sein schien. Sie wies mich an, an ihren Schrank zu gehen, nannte mir das Fach, wo ich nachschauen sollte, und erklärte mir, dieser Brief sei sehr wichtig. Ihre beste Freundin hätte ihr diesen gegeben, falls sie jemals wieder Kontakt zu ihrer kleinen Schwester haben sollte.«

»Wann?«, stammelte Béatrice atemlos. »Wann hat sie ihr den Brief gegeben?«

»Brief?«, merkte Lara fassungslos an. »Das sieht eher nach einem Roman als nach einem Brief aus.«

»Es sind in der Tat mehr als hundert Seiten«, bestätigte Schwester Virginie.

»Hundert Seiten?« Béatrice schüttelte ungläubig den Kopf. »Ich verstehe das alles nicht.«

»Vielleicht lesen Sie den Brief erst einmal. Womöglich finden Sie darin einige Antworten«, schlug die Angestellte vor. »Lilou war es sehr wichtig, dass ich Ihnen das Kuvert persönlich aushändige.«

Als ich wenige Tage später auf dem Weg zu Samuel war, traf ich am Hafen zufällig Lilou, meine beste Freundin. Nachdem wir uns begrüßt hatten, schob sie mich ein Stück von sich weg und grinste. »Dich bekommt man ja überhaupt nicht mehr zu Gesicht. Es gibt doch nicht etwa einen Mann in deinem Leben?«

»Ich arbeite seit Kurzem in Elne.«

Sie zog die Brauen hoch. »Das ist ja eine halbe Weltreise. Was machst du da?«

Ich erzählte ihr von meiner Arbeit in der Maternité suisse, von Señorita Isabel, den jungen Müttern und ihren traurigen Schicksalen.

»Das klingt sehr bedrückend«, bemerkte meine Freundin, nachdem ich mit meinen Ausführungen geendet hatte.

»Sie sind unglaublich dankbar«, entgegnete ich, während mein Blick zur Wehrkirche wanderte. Die Bucht von Collioure lag an diesem Nachmittag friedlich und ruhig vor uns. Fast hätte man vergessen können, dass wir uns im Krieg befanden. »Ich mag die Atmosphäre dort«, fügte ich wehmütig hinzu.

»Ja, das sieht man dir an.« Lilou lächelte. »Die anderen haben sich auch schon gefragt, warum du nicht mehr zu unseren Treffen kommst.«

Die anderen, das waren eine Handvoll junger Frauen, die im letzten Jahr gemeinsam mit Lilou und mir ihren Schulabschluss gemacht hatten. Wir kannten uns von Kindesbeinen an und trafen uns unregelmäßig, um uns gegenseitig auf dem Laufenden zu halten, Dorftratsch auszutauschen und in alten Erinnerungen zu schwelgen. Doch seit ich Ende des letzten Jahres bei den Deutschen zu arbeiten begonnen hatte, war mir kaum Freizeit geblieben. Wenn ich nicht bei Samuel war, half ich Maman und kümmerte mich um dich. »Es war sehr viel zu tun in letzter Zeit«, murmelte ich abwesend.

»Wie gesagt, wir haben spekuliert, ob ein junger Mann hinter deinem Abtauchen steckt«, frotzelte Lilou weiter.

Ich wandte den Kopf zur Seite, da meine Augen zu brennen begannen.

»Julie? Habe ich etwas Falsches gesagt?«

Zögernd schüttelte ich den Kopf. Wie gern hätte ich mein Geheimnis endlich mit jemandem geteilt, mein Herz ausgeschüttet und meinen Sorgen Luft gemacht? Doch ich durfte nicht. Jeder, der von Samuel wüsste, schwebte in Gefahr. »Nein, schon gut.« Ich räusperte mich. »Wann trefft ihr euch wieder?«

»Wir hatten nächsten Samstag geplant, gegen vier.«

Ich nickte traurig. »Wenn ich nicht arbeiten muss, versuche ich zu kommen.«

Lilou griff nach meiner Hand. »Ist wirklich alles in Ordnung, Julie?«

»Nein«, erwiderte ich leise. »Nichts ist in Ordnung. Aber ...« Resigniert schüttelte ich den Kopf.

»Es ist der Krieg, nicht wahr?«, wollte sie voller Mitgefühl wissen. »Er macht etwas mit den Menschen. Mit uns allen.«

Erneut musste ich an Samuel denken, der in dem zerfallenen Gemäuer hauste und in diesem Moment auf mich wartete. »Wie konnte es nur so weit kommen mit Frankreich?«

»Diese Hoffnungslosigkeit ist es, die uns ganz langsam zerstört«, bestätigte Lilou ernst. Sie zeigte aufs Meer. »Früher saß ich oft stundenlang am Hafen, starrte auf das Türkis des Wassers und beobachtete die Möwen bei ihrer Jagd. Heute kommt mir das alles unglaublich falsch vor.«

Ich schüttelte heftig den Kopf. »Nein, das ist nicht falsch, Lilou. Genau das ist der wahre Sinn des Lebens. Diese Uniformen, die scharfen Stimmen der Nazis, die uns ihre Befehle entgegenbellen, die vielen unschuldigen Menschen, die um ihr Leben bangen müssen, das ist falsch. So falsch, wie nur etwas falsch sein kann.«

»Du hast recht.«

Ich umarmte sie. »Ich muss weiter, Lilou. Aber ich versuche, Samstag da zu sein.«

Sie lächelte. »Das wäre schön, Julie.«

In jenem Moment ahnte keine von uns, dass dies für viele Jahre unsere letzte Begegnung gewesen war.

Als ich an dem alten Haus ankam, stand Samuel im Freien und blickte mir mit ernstem Gesicht entgegen. »Es tut mir leid, dass ich so spät bin«, rief ich schon von Weitem. »Aber ich wurde aufgehalten.«

Fahrig winkte er ab.

Im Näherkommen bemerkte ich seinen ängstlichen Blick. »Ist etwas passiert?« Ich hauchte ihm einen Kuss auf die Lippen, doch er schien mit seinen Gedanken ganz woanders zu sein.

»Rebecca«, stieß er mit bebender Stimme hervor.

»Was ist mit ihr?« Ein Zittern ergriff meinen Körper.

Samuel schüttelte den Kopf.

»Bitte rede mit mir«, forderte ich ihn sanft auf und strich über seinen rechten Oberarm.

»Ich weiß es nicht«, zischte er nervös. »Sie ist gestern Abend weggegangen und wollte eigentlich gegen Mitternacht zurück sein.«

Ich überlegte. »Vielleicht wurde sie aufgehalten«, versuchte ich mich an einer schwachen Erklärung. »Wohin wollte sie denn?«

Samuel warf mir einen tadelnden Blick zu. »Es ist etwas passiert.« Seine Stimme klang tonlos.

»Das weißt du nicht«, widersprach ich vehement. Vor meinem geistigen Auge tauchte Rebeccas ebenmäßiges Gesicht auf. Sie hatte die gleichen dunklen Locken und Augen wie ihr Bruder. Ihr durfte nichts passiert sein.

»Wir hätten den Anweisungen folgen sollen«, murmelte Samuel zu sich selbst.

»Welchen Anweisungen?« Ich verstand überhaupt nichts mehr. Wut stieg in mir hoch. Warum vertraute Samuel mir immer noch nicht?

»Letzte Woche wurde uns geraten, uns ein neues Versteck zu suchen. Hier werde es zu gefährlich.«

»Was soll das heißen?« Ich zog an seinem Hemdsärmel und zwang ihn, mich anzusehen. »Rede endlich mit mir, verdammt.«

Er musterte mein Gesicht. Vorsichtig strich er mit seinen Fingern über meine Stirn. »Es gibt nicht viel zu reden«, erklärte er kaum hörbar. »Wir hätten gehen sollen, aber ich ...« Er schloss kurz die Augen. »Ich konnte nicht ... Ich wollte nicht ...«

»Warum nicht?«, fragte ich atemlos.

»Kannst du dir das nicht denken?«

Ich begann zu schluchzen.

»Rebecca war wütend, weil ich mich geweigert habe.«

»Du wolltest meinetwegen nicht weg von Collioure«, stellte ich entsetzt fest. »Ich habe euch in Gefahr gebracht.«

»Nein!« Er packte mich an den Oberarmen. »Nein! Das will ich nicht hören, verstanden? Selbst wenn du wolltest, könntest du gar niemanden in Gefahr bringen. Es sind diese verfluchten Nazis.«

»Was willst du jetzt tun?«, flüsterte ich ängstlich. »Kannst du sie nicht suchen?«

Samuel schüttelte den Kopf. »Mir bleibt nichts anderes übrig, als zu warten. Rebecca war nicht allein unterwegs. Falls etwas geschehen ist, wird man mich darüber informieren, früher oder später.«

»Es tut mir so leid.« Ich schlang meine Arme um seinen Nacken und legte den Kopf in seine Halsbeuge. »Wenn ich nur irgendwie helfen könnte ...«

»Du hilfst mir genug, Julie. Du bist hier.«

Der raue Hemdstoff rieb an meiner Wange. Mein Herz pochte so laut, dass ich meinte, Samuel müsse es ebenfalls hören. Ich durfte mir gar nicht ausmalen, was geschähe, wenn Rebecca etwas zugestoßen war. Die Geschwister hatten bereits ihre Eltern verloren. Sie waren aus ihrer Heimat vertrieben und sämtlicher Zukunftspläne beraubt worden. Rebecca war alles, was Samuel noch an Familie hatte.

Der Tag, der mein komplettes bisheriges Leben auf den Kopf stellen sollte, begann mehr als katastrophal. Ich hatte an jenem Tag im Januar 1944 Spätdienst in der Maternité, musste erst um sechzehn Uhr in Elne sein. Den Vormittag nutzte ich, um nach Samuel zu sehen in der Hoffnung, dass Rebecca wieder aufgetaucht war.

Während ich den Hügel erklomm, wirbelten tausend Gedanken in meinem Kopf herum.

Als ich an dem alten Haus ankam, war von Samuel nichts zu sehen. Alarmiert steuerte ich auf die Tür zu und klopfte. »Ich bin es.«

Während ich ein schwerfälliges Schlurfen hinter der Tür hörte, begann ich zu zittern. Das war nicht Samuels normaler Gang. Als die Tür geöffnet wurde und ich den Mann erblickte, der in den letzten Wochen mein Herz höherschlagen ließ, erschrak ich fürchterlich. Dunkle Schatten hatten sich unter Samuels Augen eingegraben. Seine bleiche Gesichtshaut wirkte wächsern, fast leblos. Das Haar stand ihm wirr vom Kopf ab. Er trug dieselbe Kleidung wie gestern.

»Was ist passiert?«

Schweigend schüttelte er den Kopf und drehte sich wieder um.

»Samuel, was ist mit Rebecca?« Frustriert folgte ich ihm.

»Sie wurde verhaftet«, erklärte er tonlos, als er zwischen den Matratzen stehen blieb.

»Nein!«, rief ich entsetzt aus und schlug eine Hand vor den Mund. »Nein!« Ich überlegte fieberhaft. »Vielleicht …«

»Sie wurde verhaftet«, wiederholte Samuel mit Grabesstimme. »Gestern Nacht hat man mir die Nachricht überbracht.«

»Aber …« Mir fehlten die Worte. Das konnte nicht sein! Das durfte nicht sein! Nicht Rebecca!

»Man hat sie mit drei anderen Frauen nach Montpellier gebracht, um sie zu verhören.« Er ließ sich auf den Boden nieder und legte den Kopf in die Hände.

»Nach Montpellier?« Ich wollte es nicht glauben. »Aber … was passiert denn jetzt mit ihnen?«

Als Samuel zu mir aufsah, zerriss es mir beinahe das Herz. In seinen Augen mischte sich tiefe Verzweiflung mit schmerzerfüllter Trauer und einer solchen Hoffnungslosigkeit, wie ich sie bei ihm noch nie gesehen hatte. »Samuel ...« Ich ging vor ihm in die Hocke und griff nach seinen Händen. »Samuel, wir müssen für sie beten. Wir dürfen Rebecca nicht aufgeben.«

Er schüttelte den Kopf. »Es ist zu spät. Erst meine Eltern, und jetzt habe ich es auch nicht geschafft, meine Schwester zu beschützen.«

»Das stimmt nicht«, widersprach ich heftig. »Du hast alles getan, um euch das Leben zu retten. Du hast ...«

»Wir hätten von hier weggehen sollen«, unterbrach er mich mit finsterer Miene. »Ich bin schuld daran, dass sie ..." Wieder schüttelte er den Kopf. »Sie musste unbedingt überall mitmischen. Wie oft habe ich ihr gesagt, dass das zu gefährlich ist, dass wir in unserer Situation nichts tun können? Hundertmal? Ich weiß es nicht. Mir war immer klar, dass es früher oder später schiefgehen würde.«

»Rebecca ist eine sehr mutige Frau«, brachte ich vorsichtig an, während ich mich neben ihm niederließ.

»Und was hat sie jetzt davon?« Samuel sah mich an. »Was hat sie von ihrem Mut?«

Ich wusste keine Antwort darauf.

»Sie wissen zwar nicht, dass sie Jüdin ist«, fuhr er fort. »Aber sie werden sie mit Sicherheit in eines der Lager bringen.« Er fluchte lautstark.

»Können eure Helfer nicht vielleicht versuchen, etwas auszurichten?«, merkte ich vorsichtig an.

»Unsere Helfer«, wiederholte er mit sarkastischem Unterton. »Sobald eine Aktion schiefläuft, ist jeder auf sich selbst gestellt. Keine Namen, keine Informationen über andere Sabotageakte. So lauten die Regeln. Niemand kann Rebecca jetzt noch helfen.«

Die Endgültigkeit seiner Worte ließ mich zusammenzucken.

»Was wirst du jetzt tun?«, hauchte ich traurig.

Samuel wandte den Kopf und musterte mich. »Ich muss weg, Julie.«

Ich nickte. Mir war klar, dass er sich ebenfalls in größter Gefahr befand. Niemand wusste, was die Nazis Rebecca antun würden, um Antworten zu bekommen, und wie lange sie den Befragungen der Deutschen würde standhalten können. Tränen stiegen in mir auf.

»Aber ich kann nicht«, raunte Samuel in dem Moment und küsste mich sanft. »Ich kann dich nicht verlassen.«

Ich schluchzte auf. »Sie werden dich finden.«

»Sie finden mich auch, wenn ich mich woanders verstecke«, entgegnete er leise. »Sie finden mich überall.« Er strich mit seinem Daumen über meine Wange. »Und ich habe keine Kraft mehr.«

»Du musst weiterkämpfen«, beschwor ich ihn und legte meine Hand auf seine. »Hörst du? Du musst kämpfen. Für dich, für Rebecca und für uns.«

Als ich an diesem Nachmittag nach Elne aufbrach, konnte ich während der Fahrt an nichts anderes als an Samuels leeren Blick denken. Natürlich verstand ich die Resignation, die sich in ihm breitmachte. Rebecca war alles, was er noch hatte. Die schreckliche Sorge um seine Schwester musste ihn fast umbringen.

In der Maternité angekommen, wies mich eine der Schwestern an, Wäsche zu waschen. Ich musste mich dringend zusammenreißen und auf meine Arbeit konzentrieren. Am Morgen hatte eine Spanierin ihr Kind tot auf die Welt gebracht. Während die Hebamme mit allen Mitteln um das Leben der Mutter gekämpft hatte, war für das Baby, dessen Nabelschnur sich um den kleinen Hals gelegt hatte, jede Hilfe zu spät gekommen. Leid und Verderben, wo auch immer ich hinsah. Schweigend half ich der Köchin, das Abendessen zuzubereiten. Die Stimmung unter den Frauen war gedrückt. Alle trauerten und weinten mit der Mutter des toten Säuglings. Señorita Isabel sah ich an jenem Abend überhaupt nicht. Sie war auf ihrem Zimmer, um Schreibarbeiten zu erledigen, die nach ihrer eigenen Aussage von Tag zu Tag umfangreicher wurden.

Kurz bevor ich Feierabend hatte, hörte ich plötzlich lauten Tumult in der Eingangshalle. Ich verließ den Waschraum, um nachzusehen, was los war.

Als ich die Treppe hinuntereilte, erblickte ich drei junge Frauen, die sich augenscheinlich bereits in den Wehen befanden. Zwei von ihnen wurden von den Angestellten in die Gebärräume gebracht. Die Dritte schien ohnmächtig zu sein, zumindest hing ihr Kopf kraftlos nach vorn auf ihr Schlüsselbein. Es handelte sich um zwei französische Widerstandskämpferinnen und eine deutsche Jüdin, die aus einem der Lager kamen.

»Was ist mit ihr?«, wollte ich ängstlich wissen und deutete mit dem Kinn auf die Bewusstlose.

»Es sieht nicht gut aus«, entgegnete die Hebamme, die gerade aus einem der Gebärzimmer kam, leise. »Sie ist sehr schwach.«

Der uniformierte Soldat, der an der Eingangstür stand, fiel mir erst jetzt ins Auge. Hastig wandte ich den Kopf ab, während er begann, auf Deutsch mit einer der Schweizer Schwestern herumzubrüllen. Dann wollte er von mir wissen, ob ich ebenfalls aus der Schweiz stamme.

»Ich bin mir nicht sicher, ob sie es schafft«, flüsterte die Hebamme neben mir, während wir die Schwangere zwischen uns nahmen und vorsichtig auf eines der Eisenbetten legten.

Noch heute wird mir fast schwindlig, wenn ich an die Aufregung und den Schrecken jenes Abends denke.

Die beiden Französinnen hatten die Geburten nach stundenlangen Schmerzen tapfer überstanden.

Sara Rosenbaum, die deutsche Jüdin, überlebte die Geburt ihrer kleinen Tochter jedoch nicht. Sie starb, ohne das kleine Mädchen überhaupt gesehen zu haben. Die kräftezehrende Flucht während ihrer Schwangerschaft, die Ermordung ihres Mannes, die sie hautnah miterleben musste, als sie auf der Flucht von den Nazis erwischt worden waren, und der von Angst und Verzweiflung geprägte wochenlange Aufenthalt in dem Internierungslager hatten die Frau jeglichen Lebenswillens beraubt. Als die Schwestern mich jedoch beauftragten, der frischgebackenen Mutter in den letzten Augenblicken ihres Lebens ein wenig Trost zu spenden und beizustehen, konnte keine der Angestellten ahnen, welch schicksalhafte und folgenschwere Bitte Sara Rosenbaum auf ihrem Sterbebett an mich herantragen würde.

25

»Danke, dass du gekommen bist, Lara.« Unbeholfen streckte Gérard Wullot erst die Hände aus, bevor er sich Lara näherte und sie vorsichtig umarmte.

Auf dem Heimweg vom Seniorenheim hatte ihre Oma kein Wort gesprochen. Lara hatte aus dem Augenwinkel bemerkt, wie Béatrices Finger unaufhörlich über den dicken Briefumschlag strichen. Die Ältere war tief in Gedanken versunken gewesen.

Als Laras Handy geklingelt hatte, war sie für die Unterbrechung der angespannten Stille fast dankbar gewesen. Nachdem sie die Nummer ihres Vaters erkannte, hatte sie jedoch sofort wieder das mulmige Gefühl der Unsicherheit erfasst.

»Kein Problem.«

»Wollen wir ein paar Schritte gehen?« Gérard zeigte zum Château Royal hinüber.

»Gern«, willigte Lara ein.

»Ich wollte mich wegen gestern entschuldigen«, setzte er kurz darauf an.

»Entschuldigen? Weswegen?« Lara stutzte und sah ihn von der Seite an. Er trug ein blau kariertes Hemd zu einer dunklen Jeans. In seinem schwarzen Haar entdeckte sie einzelne silbrige Fäden. Trotz seiner greifbaren Nervosität strahlte er Ruhe und Zuversicht aus.

Gérard lachte und erwiderte ihren Blick. »Na ja, ich habe mich nicht gerade wie ein Vater verhalten.«

»Meine Offenbarung muss ein ziemlicher Schock für dich gewesen sein.« Sie blieb stehen. »Wenn du mir nicht glaubst, können wir gern einen Test machen lassen. Zur Sicherheit.«

Er betrachtete ihr Gesicht. »Ich denke, wir sind uns einig, dass das nicht nötig ist, oder?« Amüsiert deutete er erst auf Lara, bevor er einen Zeigefinger auf sich richtete. »Du hast meine Haare und meine Nase. Dein Gesicht …« Er schüttelte den Kopf. »Ich dachte, ich hätte mich einigermaßen an den Gedanken gewöhnt, aber …« Gérard fasste sich an die Stirn. »Es tut mir leid, aber ich wollte heute souverän und gefasst erscheinen.« Er verzog seine Mundwinkel. »Wie ein richtiger Vater eben.«

Lara musste lachen. »Ich glaube, die Situation ist für uns beide mehr als … ungewöhnlich.«

»Ein Schock war deine Verkündigung nicht, eher eine ziemliche Überraschung. Meine Ex-Frau und ich haben jahrelang versucht, ein Kind zu bekommen.« Er zuckte mit den Schultern. »Aber es sollte wohl nicht sein.« Wieder betrachtete er Lara eingehend. »Ich kann es immer noch nicht glauben. Du bist eine erwachsene Frau.«

»Ja«, nickte Lara schmunzelnd. »Dem kann ich nicht widersprechen. Und ich erwarte nichts von dir. In meinem Leben gab es nie einen Vater. Mama war meine Familie. Und ich denke, ich kann guten Gewissens behaupten, dass wir ganz gut zurechtkamen.«

»Das glaube ich dir gern. Deine Mutter war eine sehr charakterstarke Frau. Ich wünschte nur, sie hätte mir von dir erzählt.«

Sie wandten sich um und schlenderten weiter zum Château.

»Sie muss sehr verletzt gewesen sein«, setzte Lara an. »Dass sie sofort abgereist ist und nie wieder versucht hat, Kontakt zu dir aufzunehmen …«

»Ich habe sie zutiefst enttäuscht.« Seine Stimme war voller Bedauern. »Wir hatten eine wunderbare Zeit miteinander. Obwohl wir uns erst kurz zuvor begegnet waren, fühlte es sich an, als würden wir uns schon ein Leben lang kennen. Wenn sie mir von ihren Plänen erzählte, von ihren Träumen und Hoffnungen, erkannte ich mich selbst darin. Wir haben uns stundenlang unterhalten können. Uns gingen die Themen nie aus.«

»Das klingt sehr schön«, erwiderte Lara leise.

»Ich hätte sie niemals hintergehen dürfen«, bekannte Gérard. »Ich hätte Elaine sofort reinen Wein einschenken und Vanessa von der gelösten Verlobung erzählen müssen. Dass sie nichts mehr von mir wissen wollte, kann ich ihr nicht verdenken. Es ist allein meine Schuld.«

Er hatte recht. Doch Menschen machten Fehler. Das gehörte zum Leben dazu. Und viele falsche Entscheidungen waren korrigierbar. In ihrem Fall bestand die Möglichkeit, die letzten Jahre aufzuarbeiten und zu versuchen, eine Beziehung zwischen ihnen aufzubauen. Vanessa war tot. Sie würde niemals erfahren, dass ihre große Liebe genauso für sie empfunden hatte wie sie selbst. Die tragische Unumkehrbarkeit spürten beide.

»Du kannst dir nicht vorstellen, was ich dafür geben würde, nur einmal noch mit ihr sprechen zu können. Ihr erklären zu dürfen, warum ich mich damals so unmöglich verhalten habe.«

»Ich kann dich gut verstehen«, bekannte Lara traurig. »Seit ich dieses Bild bei meinen Großeltern gefunden habe, sind so viele Fragen aufgetaucht, die ich Mama gern stellen würde, dass ich nicht weiß, wie ich damit umgehen soll, niemals eine Antwort darauf zu bekommen.«

»Welches Bild?«, wollte Gérard wissen.

Lara drehte sich um und deutete zur Uferpromenade. »Sie stand da vorne, im Hintergrund die Wehrkirche. Der Wind hatte ihr Haar zerzaust, ihre Wangen waren gerötet, und ihr Gesicht strahlte mit der Sonne um die Wette.«

»Das habe ich aufgenommen«, entgegnete Gérard nachdenklich. »Es entstand nach einer unserer Chorproben. Wir kannten uns erst drei oder vier Tage, aber …« Er verstummte. »Ich hätte niemals gedacht, dass es so etwas gäbe. Dass mir so etwas passieren könnte.«

»Hattest du keine Angst, dich in aller Öffentlichkeit mit ihr zu zeigen? Wegen deiner Verlobten?«

»Nein. Vielleicht hatte ich sogar insgeheim gehofft, dass es herauskäme. Dass mich jemand sehen und es Elaine erzählen würde. Dann wäre mir das erspart geblieben.« Bekümmert schüttelte er den Kopf. »Mein Verhalten war zutiefst schäbig. Ich war damals dreiundzwanzig Jahre alt. Das soll keine Entschuldigung sein, aber heute würde ich es anders machen.«

Lara musste an Félix' Heimlichtuerei denken. »Und jetzt?«

Gérard deutete auf eine Sitzgelegenheit an der Festungsmauer. Nachdem sie Platz genommen hatten, ergriff er erneut das Wort: »Ich würde dich gern kennenlernen. Natürlich nur, wenn du das auch möchtest.«

Lara nickte. »Dieses Vater-Tochter-Ding scheint ein wenig Zeit zu brauchen.«

Er sah sie an. »Auch wenn ich es vielleicht nicht so zeigen kann, aber mir gefällt der Gedanke sehr, eine Tochter zu haben. Vielleicht kannst du mir ein wenig aus deiner Kindheit und Jugend erzählen. Wie es dir ergangen ist. Bist du selbst schon verheiratet? Hast du eine eigene Familie?«

»Dreißig Jahre sind eine sehr lange Zeit.« Lara kickte einen Kiesel weg.

»Und doch kommt es mir vor, als sei es erst gestern gewesen, dass ich mit Vanessa hier entlangspaziert bin.«

»Sie hat nie geheiratet, hatte nie eine längere Beziehung«, erzählte Lara. »Ich glaube, sie ist nie wirklich über dich hinweggekommen.«

Gérard ballte eine Hand zur Faust und schlug auf die Fläche neben sich. »Mit dieser Schuld werde ich leben müssen.«

»Ich hoffe, es würde ihr gefallen, wenn sie wüsste, dass ich in diesem Moment neben dir sitze und mit dir rede.«

»Da bin ich mir nicht so sicher«, entgegnete er mit ernster Stimme.

»Sie ist tot«, erklärte Lara leise. »Die Trauer um sie kann ich manchmal kaum ertragen. Sie hat so unglaublich viel für mich getan, war immer für mich da. Ihr Leben lang habe ich ihr Schweigen respektiert.« Sie blickte aufs Meer, beobachtete, wie ein kleines Kind mit einem dürren Stock im Wasser herumstocherte. »Aber du bist mein Vater. Und ich möchte wissen, was ich von dir habe. Du bist der fehlende Teil in meinem Leben. Ich finde, ich habe ein Recht darauf, auch die andere Hälfte meiner Herkunft kennenzulernen. Unabhängig davon, was Mama darüber denken würde.«

»Ich würde mich sehr freuen, wenn du mir diese Chance gibst.«

»Deshalb bin ich hier«, flüsterte Lara kaum hörbar. »Ich habe alles verloren, was mir in meinem Leben wichtig war. Ich muss von vorn beginnen, aber ich bin kein Kind mehr. Collioure hat mich bereits verändert. Dieser Ort übt eine merkwürdige Faszination auf mich aus. Ich liebe die Lebensart, die Menschen, habe aber gleichzeitig Angst, die Kontrolle zu verlieren über mein wohlgeordnetes Leben zu Hause.« Sie machte eine Pause. »Obwohl ich weiß, dass es dieses Leben in dieser Form gar nicht mehr gibt.«

»Wenn ich dir bei einem Neuanfang helfen kann, egal wie, dann bin ich da«, erklärte Gérard ernst. »Die letzten Jahrzehnte kann ich nicht mehr zurückholen, aber vielleicht habe ich die Möglichkeit, dir in Zukunft zu beweisen, dass ich ein guter Vater sein kann, auf den du dich verlassen kannst. Was meinst du?«

Lara lächelte ihn unter Tränen an. »Solange du nicht erwartest, dass ich dich Papa nenne.«

»Bist du von allen guten Geistern verlassen?« Fassungslos starrte Samuel mich in der Dunkelheit an.

Es war weit nach Mitternacht. Ich war direkt von der Maternité statt nach Hause zu ihm gefahren, da ich dringend mit ihm reden musste. Während der Rückfahrt nach Collioure hatte ich keinen klaren Gedanken mehr fassen können. Sara Rosenbaums letzte Worte ließen mich nicht los. Was sollte ich tun? Obwohl ich die Antwort darauf fürchtete, war mir längst klar, wie ich mich entscheiden würde. Die dunklen Augen des schutzbedürftigen Säuglings, die kleinen, zu Fäusten geballten Fingerchen, die unvergleichlich zarte Haut unter meinen Händen ... Das Baby hatte so frisch und rein gerochen. Obwohl es erst wenige Minuten alt war, war sein Schicksal bereits auf so unerbittliche Weise besiegelt gewesen.

»Wir werden uns um den Bastard kümmern. Ich hole ihn morgen Vormittag ab. Sorgen Sie dafür, dass alles vorbereitet ist.« Wut, vermischt mit Trotz und Entschlossenheit, war in mir aufgestiegen. Wut auf den Nazi, der dieses winzige bezaubernde Wesen als Bastard bezeichnete. Trotz wegen dessen unbarmherziger Arroganz. Und Ent-

schlossenheit darüber, das Baby nicht tatenlos seinem bitteren Los zu überlassen.

»Julie, denk doch bitte mal nach«, versuchte Samuel jetzt erneut, zu mir durchzudringen.

»Er wird dieses Kind umbringen«, erklärte ich bestimmt. »Du hättest ihn sehen sollen. Dieser …« Ich suchte nach dem richtigen Ausdruck. »Dieses Ungeheuer. Die Kleine ist kein Bastard. Dieses Mädchen hat gerade seine Mutter verloren. Der Vater wurde schon vor Monaten erschossen.«

Samuel packte meine Handgelenke und zwang mich, ihn anzusehen. »Was du da sagst, ist Wahnsinn.«

»Was in diesem Land geschieht, ist Wahnsinn«, konterte ich zornig. »Diese Frau hätte nicht sterben müssen.« Ich spürte, wie meine Augen zu brennen begannen, doch ich wollte jetzt nicht weinen.

»Ich verstehe dich ja. Aber es geht nicht«, erklärte er ein weiteres Mal.

»Warum?«, wurde ich lauter. »Warum geht es nicht?«

»Weil es nicht dein Kind ist«, erwiderte er leise.

»Dieses Baby hat niemanden mehr. Da ist keiner, der es beschützen wird.«

Samuel wandte sich ab und tigerte unruhig durch den Raum. »Ich weiß nicht, wie du dir das vorstellst. Du kannst doch nicht mit dem Kind aus der Klinik marschieren und das Mädchen mit zu deinen Eltern nehmen. Jeder in deinem Umfeld wüsste doch, dass es nicht deine Tochter ist. Und Señorita Isabel? Sie würde in Teufels Küche kommen, wenn das herauskäme. Das ist Kindesentführung.«

»Kindesentführung?« Ich glaubte, meinen Ohren nicht zu trauen. »Hast du mir nicht zugehört, was ich dir erzählt habe? Der Vater der Kleinen wurde vor den Augen seiner Frau erschossen. Ohne Grund. Weil er Jude ist. Genau wie du. Was ist das, bitte schön?«

Samuel schloss kurz die Augen. »Wir leben im Krieg, Julie. Die

Zeiten sind furchtbar, das weiß ich doch. Denkst du nicht, dass ich vor Sorge um Rebecca fast verrückt werde?« Er blickte mich verzweifelt an. »Vielleicht lebt sie in diesem Moment schon nicht mehr.«

Ich presste die Lippen aufeinander und ging auf ihn zu. Über die Aufregung um das kleine Mädchen hatte ich die Angst um Rebeccas Schicksal völlig verdrängt. »Es tut mir leid«, raunte ich leise und legte meine Hände in seinen Nacken. »Es tut mir so unendlich leid.«

»Du kannst dieses Kind nicht retten, Julie«, wiederholte Samuel eindringlich. »Sobald sie dich fänden, würdest du verhaftet und weggesperrt. Das könnte ich niemals zulassen.«

»Sie werden uns nicht finden«, behauptete ich trotzig. »Nicht, wenn wir gemeinsam untertauchen.«

»Du weißt, dass das nicht geht«, entgegnete Samuel resigniert. »Du stellst dir ein großes romantisches Abenteuer vor, aber ...«

»Nein!«, unterbrach ich ihn wütend. »Das hier fühlt sich weder wie ein Abenteuer an, noch wirkt es auf mich romantisch.« Ich musste an die Worte meines Vaters denken. ›Wenn ich nur einen von ihnen retten könnte ...‹ Jetzt war ich in der Situation, ein Kind retten zu können. Seine Mutter hatte mich in den letzten Sekunden ihres Lebens gebeten, auf ihr Baby aufzupassen, mich um es zu kümmern und es nicht allein zu lassen. War das nicht eine Art Testament? Der Letzte Wille einer Sterbenden? Ich rang um Fassung, nahm Samuels Hände in meine und blickte ihn fest an. »Ich werde in einigen Stunden zur Maternité zurückkehren, das Baby holen und mit ihm verschwinden. Irgendwohin. Meinen Eltern hinterlasse ich eine Nachricht, damit sie sich keine Sorgen um mich machen. Du kannst mich begleiten und uns mit deinem Fluchtwissen helfen. Oder du bleibst hier, und ich muss mich allein durchschlagen, was wesentlich gefährlicher wird, da ich über keinerlei Kontakte und Erfahrung verfüge.«

Samuel schüttelte nur stumm den Kopf.

»Ich muss die Kleine retten. Sie ist vollkommen allein. Niemand wird sich in dem Lager ihrer annehmen, wenn sie es überhaupt bis dorthin schafft.«

»Warum sprichst du nicht erst mit Elisabeth?«, versuchte Samuel ein weiteres Mal, mich umzustimmen.

»Señorita Isabel ist Schweizerin, leitet diese Einrichtung und hat sich neutral zu verhalten. Wenn sie es nicht schafft, das Kind zu retten, habe ich keine Möglichkeit mehr zu reagieren.« Ich schob den Unterkiefer vor. »Nein, ich muss mich jetzt entscheiden.«

»Was willst du deinen Eltern sagen?«

»Das weiß ich noch nicht genau.« Ich klang zuversichtlicher, als ich mich fühlte. Würde ich es tatsächlich schaffen, meine Familie zu verlassen? Mich mit dem Gedanken abfinden können, dich, Maman und Papa auf unbestimmte Zeit nicht mehr zu sehen?

Damals ahnte ich nicht, dass es ein Abschied für immer werden würde.

»Das ist gefährlich, Julie.« Abwesend streichelte Samuel meinen Rücken.

»Denkst du, das weiß ich nicht?«

»Bist du dir wirklich sicher, dass du das durchziehen möchtest? Ein Leben im Untergrund ist kein Zuckerschlecken. Es wird verdammt hart werden, sich mit einem kleinen Kind durchzuschlagen.«

Ich rückte ein Stück von ihm ab. »Heißt das, du kommst mit uns?«

Er lächelte schwach. »Meinst du, ich lasse dich je wieder allein?« Er tippte mit dem Zeigefinger auf meine Nasenspitze. »Eine starke Frau wie dich finde ich nirgendwo mehr. Ich kann dich also gar nicht gehen lassen. Und außerdem würdest du als Alleinstehende mit Kind wesentlich stärker auffallen, als wenn wir zu dritt als Familie unterwegs sind.« Er legte den Kopf schief. »Wenn du mir die Vaterrolle überhaupt zutraust.«

Ich küsste ihn. »Ich könnte mir keinen besseren Papa für Rose vorstellen.«

Er runzelte die Stirn. »Rose?«

»Die Eltern heißen Rosenbaum. Ich finde, das Mädchen sollte sich einen Teil seiner Identität bewahren.«

Samuel nickte anerkennend. »Du bist wirklich ein ganz besonderer Mensch. Die kleine Rose hatte mehr als Glück, dass du bei ihrer Geburt anwesend warst.«

»Ich bin so glücklich, dass du mich nicht alleinlässt«, flüsterte ich ihm ins Ohr, während mich Trauer über den bevorstehenden Abschied von euch überkam.

»Ich lasse dich niemals allein«, erwiderte er leise. »Nicht, solange ich lebe.«

»Seit wir vom Heim nach Hause gekommen sind, liest sie diesen Brief«, bemerkte Lara besorgt, während sie den Crêpe wendete.

»Hat sie schon etwas über den Inhalt gesagt?« Benjamin stellte sich neben sie und beobachtete, wie Lara den Käse würfelte.

Sie schüttelte den Kopf. »Kein Wort. Sie sitzt im Hof und liest.«

»Vielleicht habe ich auch etwas für euch.«

Lara hielt inne und sah ihn an.

»Mein Kollege kennt jemanden, der jemanden kennt …« Benjamin wedelte mit der Hand. »Na ja, um es abzukürzen: Wir sind auf ein Ehepaar gestoßen, Julie und Samuel Sternberg.«

»Sternberg?« Lara überlegte. »Also wirklich ein jüdischer Name.«

Benjamin nickte. »Die beiden waren jahrelang in einem kleinen Dorf in den Pyrenäen gemeldet. Sie haben zwei Töchter, Rose und Fleur.«

»Samuel, Julie und Rose?« Lara blickte ihn fassungslos an. »Das kann kein Zufall sein. Nicht in der Kombination.«

»Das dachten wir auch.«

Sie stellte die Pfanne beiseite und fuhr sich mit den Händen über die Augen. »Das gibt es doch nicht.«

»Möglicherweise handelt es sich bei jener Julie Sternberg tatsächlich um Julie Lambert, die Schwester deiner Oma.«

Lara tigerte unruhig durch den Raum. »Aber warum hat sie ihre Familie verlassen? Irgendetwas muss doch vorgefallen sein. Ich kann mir nicht vorstellen, dass die Eltern etwas gegen einen jüdischen Schwiegersohn gehabt hätten.« Sie blickte zu Benjamin. »Oder doch? Ist das vielleicht der Grund, warum sie ihre Tochter nie vermisst gemeldet haben? Weil sie ahnten, dass sie mit ihrem Geliebten durchgebrannt ist?«

»Lara, Béatrice meinte, ihre Schwester sei 1944 verschwunden. Ich kann mir nicht vorstellen, dass es in jener Zeit für eine junge Französin einfach gewesen wäre, sich auf einen Juden einzulassen.«

»Vielleicht haben sich die beiden auch erst nach dem Krieg kennengelernt«, mutmaßte Lara. »Oder sie hat ihn versteckt und ihm zur Flucht verholfen?«

Ihr Handy klingelte. »Warte.« Sie nahm das Gespräch an.

»Hier spricht Yvonne Chagalle von der Maternité in Elne.«

»Madame Chagalle«, erwiderte Lara erfreut. »Konnten Sie noch etwas herausfinden?«

»Nicht direkt«, entgegnete die Angestellte zögernd. »Ich habe mir nochmals die Unterlagen von jenem Tag vorgenommen, an dem Julie Lambert nicht zum Dienst erschienen ist. In der Nacht davor gab es einen tragischen Todesfall. Eine deutsche Jüdin hatte ihr Baby zur Welt gebracht, ist aber kurz nach der Geburt gestorben.«

»Oje.«

»Das kam schon ab und zu vor. Die medizinische Versorgung war damals sehr schwierig. Die Frauen, die aus den Lagern nach Elne kamen, waren oft sehr geschwächt, unterernährt, krank oder sogar verletzt. Das Neugeborene der Verstorbenen ist am gleichen Tag verschwunden wie Ihre Angehörige.«

»Wie bitte?«

»Ja, ich finde das auch sehr merkwürdig. Als das Kind am nächsten Tag von den Deutschen abgeholt werden sollte, war es nicht mehr auffindbar. Elisabeth Eidenbenz hat einen langen und ausführlichen Bericht darüber verfasst.«

»Was hat das zu bedeuten? Was sollte das Verschwinden eines Babys mit dem Verschwinden von Julie zu tun haben?«

»Das kann ich Ihnen nicht sagen. Vielleicht überhaupt nichts. Ich wollte es Ihnen nur mitteilen.«

Lara bedankte sich für die Informationen und beendete das Gespräch. In knappen Sätzen berichtete sie Benjamin von den neuen Erkenntnissen.

»Das klingt alles sehr mysteriös.« Benjamin grinste. »Aber auch sehr spannend.«

Lara verzog das Gesicht. »Ich verstehe noch immer nicht, was es mit diesem Brief auf sich hat. Sobald Oma ihn zu Ende gelesen hat, erhoffe ich mir einige Antworten von ihr.«

»Ich muss gehen.« Er drückte Lara einen Zettel in die Hand. »Das sind die Adressen der beiden Töchter der Sternbergs. Sie leben mittlerweile beide in Perpignan. Falls ihr mit ihnen Kontakt aufnehmen möchtet.«

»Was ist mit den Eltern?«, stellte Lara die Frage, die sie am brennendsten interessierte.

Benjamin schüttelte bedauernd den Kopf. »Samuel ist bereits vor einigen Jahren gestorben. Zu Julie Sternberg haben wir nichts gefunden. Aber ich gehe davon aus, dass sie ebenfalls ...« Er verstummte.

Lara nickte. »Sie war einige Jahre älter als Oma. Sollte es sich bei Julie Sternberg tatsächlich um ihre Schwester handeln, müssen wir wohl davon ausgehen, dass sie nicht mehr lebt. Aber die Töchter wären Béatrices Nichten. Sicher würde Oma sich freuen, die Kinder ihrer Schwester kennenzulernen.«

Mit zitternden Fingern steckte ich den Zettel in den Umschlag. Vier kurze Sätze, mehr konnte ich meinen Eltern nicht verraten. Ich hoffte von ganzem Herzen, dass sie mich verstehen würden. Aber wie sollten sie? Ich konnte ihnen auf keinen Fall sagen, was ich vorhatte. Sie durften durch mein Vorhaben nicht in Gefahr geraten. Du, meine geliebte Béatrice, durftest nicht in Gefahr geraten. Ein Blick auf die Uhr verriet mir, dass es kurz nach halb fünf war. Im Haus herrschte noch friedliche Stille. Ich holte eine große Tasche aus der Kammer, kehrte in meinen Schlafraum zurück und begann leise, meine Kleidung einzupacken. Ein Kloß bildete sich in meiner Kehle. Hatte ich mir meinen Plan wirklich gut überlegt? Wieder musste ich an das Baby denken, das gestern so hilflos nach meinem Daumen gegriffen hatte. Dessen große dunkle Augen mich fast flehend angeschaut hatten. Ich rieb mir über die Stirn. Meine Entscheidung stand. Dieses Kind benötigte dringend Hilfe. Und ich war die Einzige, die es retten könnte. Eine sterbende Mutter hatte mir ihre Tochter anvertraut. Ich durfte sie nicht enttäuschen.

Ein letztes Mal sah ich mich in meinem Zimmer um und fragte mich, ob ich dieses Haus jemals wieder betreten würde.

Ich schlich mich aus der Haustür und strampelte los. Zu dieser Tageszeit waren Collioures Gassen noch menschenleer. Ich trat kräftiger in die Pedale und beeilte mich, nach Elne zu kommen. Obwohl mein Dienst heute erst nachmittags beginnen würde, machte ich mir keine Sorgen, dass sich eine der Schwestern über meine Anwesenheit wundern würde. Viele lebten nur für die Geburtsklinik und kamen lange vor Schichtbeginn, um nach ihrem Dienst ebenfalls länger zu bleiben. Die Arbeit in der Maternité war mehr Berufung als Beruf. Auch ich war in den letzten Wochen immer gern hergekommen. Die Frauen und ihre Babys, die Geschichten, die die Bewohnerinnen umgaben, das nette Miteinander unter den Krankenschwestern … all das würde mir sehr fehlen. Doch mein Entschluss stand fest, jetzt gab es kein Zurück mehr. Rebecca war meinetwegen verhaftet worden. Anstatt mit seiner Schwester das Versteck zu wechseln, war Samuel meinetwegen in Collioure geblieben.

Jetzt hatten wir die Möglichkeit, einem Kind eine Zukunft zu geben. Wie diese aussehen würde, darüber hatte ich mir bis jetzt keine Gedanken gemacht. Ich stellte mein Rad in einiger Entfernung zur Klinik ab, da ich Señorita Isabel nicht sofort mit der Nase darauf stoßen wollte, wer hinter der Entführung der Kleinen steckte.

Als ich durch das Tor schlüpfte, lag der weitläufige Garten menschenleer vor mir. Ich huschte die Auffahrt hinauf und drückte die schwere Eingangstür auf. Im Gebäudeinneren war es vollkommen ruhig. Die Mütter und ihre Babys schliefen noch. Nur aus der Küche hörte ich gedämpftes Tellerklappern. Ich eilte die Treppe hinauf in den ersten Stock und schlich mich in das Säuglingszimmer. Die kleine Rose lag in ihrer Obststeige am Ende des Raumes. Als ich näher trat, bemerkte ich, wie sie leise schmatzte. Im Schlaf zuckten die kleinen Finger ununterbrochen. Mein Herz machte einen Sprung, als mir bewusst wurde, wie abhängig das Mädchen von mir war. Plötzlich verzog die Kleine ihre Lippen, sodass es schien, als lächele sie. Ich hatte dieses Phänomen auch schon bei anderen Säuglingen gesehen, doch in jenem Moment beschlich mich das überwältigende Gefühl, Rose lächle nur für mich. Verstohlen schaute ich mich um, niemand hatte mein Eindringen bemerkt. Vorsichtig nahm ich die Steige hoch und verließ den Raum, während ich die ganze Zeit darauf bedacht war, Rose durch das Geschaukel nicht aufzuwecken. Leise schloss ich die Tür und hastete die Treppe wieder hinunter. Ich ließ den Blick ein letztes Mal durch die Eingangshalle wandern, als im oberen Stockwerk plötzlich eine Tür geöffnet wurde. Mit pochendem Herzen verließ ich das Gebäude und rannte im Schatten der Zypressen Richtung Tor zurück. Als ich das Grundstück hinter mir gelassen hatte, lehnte ich mich kurz gegen die Mauer und wartete, bis mein Puls sich wieder normalisiert hatte. Geschafft! Rose schlief noch immer seelenruhig in ihrem provisorischen Bettchen und hatte glücklicherweise nichts von unserer Flucht mitbekommen. Mit Samuel hatte ich verabredet, dass ich mich in einer der Seitenstraßen verstecken würde, bis er mit seiner Kontaktperson gesprochen und ein Fahrzeug für uns organisiert hatte. Hoffentlich würde alles gut gehen. Ich mochte mir gar nicht ausmalen, was passieren würde, wenn Samuel nicht käme. Wenn er aufflöge, bevor er mich abholen konnte. Was sollte ich allein mit einem fremden Baby tun? Ich hatte keine Ahnung, wo ich hingehen könnte, wer mir helfen würde.

Nachdenklich nahm ich die Steige auf und lief durch die Dunkelheit zu dem vereinbarten Treffpunkt. Sicher würde es noch einige Stunden dauern, bis Samuel unsere weitere Flucht organisiert hatte.

Ich betrat die nächste Hofeinfahrt und kauerte mich nervös in eine Ecke.

Es kam mir vor, als sei eine kleine Ewigkeit vergangen, bis ich endlich ein Motorengeräusch vernahm, das abrupt langsamer wurde und nur wenige Meter von mir entfernt schließlich ganz erstarb. Ich erhob mich und verließ den Durchgang.

In dem Moment wurde die Beifahrertür des Wagens geöffnet, und Samuel stieg aus. Mit ernster Miene kam er auf mich zu. »Julie«, stieß er hervor und breitete die Arme aus. »Ist alles gut gegangen?«

Vor Glück und Dankbarkeit versagte meine Stimme, und ich nickte nur.

»Wo ist sie?«

Ich deutete hinter mich. Samuel drehte sich um und gab dem Fahrer ein kurzes Handzeichen.

»Meine Tasche«, stammelte ich aufgeregt, während Samuel sich über die Steige beugte.

»Ich nehme alles mit«, flüsterte er sichtlich aufgewühlt, während er Roses Gesicht musterte. »Sie ist so winzig.«

Ich nahm seine Hand. »Sie braucht uns.«

Er blickte zu mir. »Ein Kind bedeutet unglaublich viel Verantwortung.«

»Ich weiß.« In dem Augenblick musste ich an dich denken. An unsere gemeinsamen Lesestunden, wenn wir die Abenteuer der kleinen Maus in Paris verfolgt hatten. Doch die Gegenwart verdrängte meine Wehmut, und ich fasste mich sofort wieder. Unsere Eltern würden gut für dich sorgen im Gegensatz zu diesem kleinen Wesen, das so hilflos vor uns in seinem Bettchen lag. Rose hatte außer uns niemanden, der sich für ihr Wohlergehen interessierte. Wir hatten keine Wahl. Es gab keine andere Lösung.

»Steig ein«, forderte Samuel mich wenige Augenblicke später auf, als er hinter mich trat, in der einen Hand die Steige mit Rose, in der anderen meine Tasche.

»Bonjour«, grüßte ich den Fahrer, nachdem ich auf die hintere Bank gerutscht war, doch der Mann erwiderte nichts. Samuel öffnete die gegenüberliegende Tür, schob Rose neben mich und setzte sich ebenfalls auf die Rückbank.

»Wohin fahren wir?« Auf einmal beschlich mich ein mulmiges Gefühl.

Samuel sah mich warnend an und deutete unmerklich mit dem Kinn nach vorn. »Alles klar«, bemerkte er dann.

Der Wagen setzte sich in Bewegung. Ängstlich schaute ich aus dem Fenster. Wo würde man uns hinbringen? Wer war dieser Fahrer? Und warum redete er nicht mit uns? Ich spürte, dass es im Moment besser war, keine Fragen zu stellen. Auch Samuel schien meine Unruhe zu bemerken. Er streckte seinen Arm aus und strich mir kurz über die Wange. »Es wird alles gut«, raunte er mir leise zu und nickte aufmunternd.

26

»Es ist wundervoll hier oben«, bekannte Lara, während sie spürte, wie das tonnenschwere Gewicht, das schon den ganzen Tag auf ihr lastete, allmählich von ihr wich. Hinter ihnen thronten die dicken Mauern der Festung Saint-Elme.

Félix legte seinen Arm um ihre Schulter, und sie lehnte sich gegen ihn.

»Wie fühlst du dich nach dem erneuten Treffen mit deinem … mit Gérard Wullot?«

Lara schmunzelte. »Mir geht das Wort ›Vater‹ auch kaum über die Lippen. All die Jahre war der Begriff etwas vollkommen Abstraktes für mich. Sehr weit weg und ohne größere Bedeutung in meinem Leben. Und jetzt? Jetzt kenne ich ihn, weiß, wie er aussieht, und kann ihn nicht so nennen.« Sie schüttelte den Kopf. »Die neue Situation überfordert mich komplett.«

»Kein Wunder.« Félix strich über ihre Taille. »Ihr seid schließlich Fremde.«

»Ja, das dachte ich erst auch. Aber nachdem ich ihm heute mein Leid geklagt habe«, sie lachte, »hatte ich den Eindruck, dass er sogar mit mir fühlt.«

»Das klingt doch toll. Ich denke, je öfter ihr euch trefft, desto vertrauter werdet ihr euch. Immerhin seid ihr Vater und Tochter.«

»Vater und Tochter«, sinnierte Lara fasziniert. »Obwohl mir

nie etwas gefehlt hat, ist es ein schönes Gefühl, zu wissen, dass es da noch jemanden gibt, mit dem man verwandt ist.«

»Ich freue mich für dich.« Félix küsste sie auf die Wange. »Und ich bin schon sehr gespannt auf den Mann, dem ich dieses zauberhafte Wesen zu verdanken habe.«

Lara drehte sich um und schlang die Arme um Félix' Nacken. »Kann das Leben wirklich so einfach sein?«

Er verzog die Mundwinkel. »Manchmal ja. Wenn man es mit der richtigen Person verbringt. Ich kann mich durchaus an Phasen erinnern, in denen ich deine Frage ohne Zögern mit Nein beantwortet hätte.«

Sie nickte und starrte sekundenlang auf die Bucht von Collioure, die durch das Licht der untergehenden Sonne in unzähligen Orange- und Rottönen erstrahlte. Das pittoreske Städtchen wirkte verträumt, fast malerisch. Das Meer schien in weiter Ferne übergangslos mit dem Horizont zu verschmelzen. Die Wehrkirche thronte allgegenwärtig am Ufer, als wolle sie den kleinen Ort beschützen. »Ja, als ich hierherkam, hätte ich mir niemals träumen lassen, dass ich wenige Tage später mit dem tollsten Mann hier oben stehe, den ich mir überhaupt nur vorstellen kann. Dass ich tatsächlich meinen Vater finde. Und dass wir ganz nebenbei noch das Schicksal von Omas verschollener Schwester klären würden.« Wieder schüttelte sie den Kopf. »Verrückt.«

»Apropos verrückt«, grinste Félix. »Wie geht es jetzt weiter?«

Lara musterte sein Gesicht und fuhr behutsam mit dem Zeigefinger über seine Konturen. Sie genoss das Kribbeln im Bauch, spürte ihr Herz schneller schlagen. »Ich weiß nicht, ob ich das schaffe«, erklärte sie leise. »Ich bin kein mutiger Mensch. In meinem Leben war bisher immer alles geplant und vorhersehbar. Nach Frankreich zu ziehen«, sie kaute auf ihrer Unterlippe, »war nie ein Thema für mich. Bis vor Kurzem habe ich dieses Land noch nicht einmal selbst gekannt.«

»Aber jetzt kennst du es«, erwiderte Félix ernst. »Und jetzt kennst du mich.«

Sie spürte, wie ihre Augen zu brennen begannen. Nicht schon wieder. Sie kämpfte mit ihrer Fassung, da sie auf keinen Fall schon wieder weinen wollte. »Ich habe Angst.«

»Angst gehört dazu.«

»Diese Idee mit der Crêperie würde mir schon sehr gefallen. Gérard hat mir seine Hilfe angeboten. Aber was ist mit meinem Studium?«

Er streichelte ihren Rücken. »Dein Studium nimmt dir niemand, Lara. Genauso wenig wie deine Leidenschaft für Dinosaurier übrigens«, setzte er amüsiert hinzu.

»Du machst dich über mich lustig«, empörte sie sich und boxte ihn sanft in die Seite.

»Niemals«, beteuerte er mit aufrichtiger Miene. »Ich liebe dein Wissen über die Großechsen.«

»Nur mein Wissen?«, erwiderte sie herausfordernd, bevor sie überhaupt über ihre Frage nachdenken konnte.

Er schüttelte den Kopf. »Nein, nicht nur dein Wissen. Vielleicht ist es dafür noch viel zu früh.« Er legte seine Hand auf ihre Wange. »Aber ich liebe dich.«

Lara schmiegte sich an ihn. »Ich liebe dich auch«, flüsterte sie leise. »Das ist wirklich völlig verrückt.«

»Das Gefühl habe ich nicht. Ich fühle mich dir so unglaublich nah, vermisse dich schon, sobald wir uns nur voneinander verabschieden.« Er fixierte ihren Blick. »Wenn ich mir vorstelle, dass du irgendwann nach Deutschland zurückkehrst, dass ich nicht einfach bei dir vorbeikommen, dich sehen, dich berühren kann …«

Lara erging es genauso. Allein der Gedanke, Félix in Collioure zurücklassen zu müssen, zerriss ihr beinahe das Herz. Noch nie hatte sie sich mit einem Mann so wohlgefühlt. »Ich überlege wirklich ernsthaft hierzubleiben«, raunte sie an seiner Brust, »ich werde alles versuchen, um eine Lösung zu finden.«

»Das musst du nicht«, widersprach Félix ihr sofort. »Wir müssen uns gemeinsam überlegen, wie es mit uns weitergehen soll. Gemeinsam, Lara, hörst du?«

Sie nickte dankbar und blickte in seine warmen braunen Augen. »Gemeinsam. Das klingt fantastisch.«

»Magst du mir von deiner Oma und dem Brief erzählen?«

Lara überlegte kurz. »Sie liest, seit wir zu Hause angekommen sind. Bisher hat sie mir nur gesagt, dass Julie damals einen jüdischen Mann namens Samuel kennengelernt hat, in den sie sich wohl verliebt hat.«

Félix' Augen weiteten sich. »Das klingt sehr gefährlich.«

»Scheint es auch gewesen zu sein«, erwiderte Lara nachdenklich. »Nach allem, was wir bisher wissen, ist die Wahrscheinlichkeit groß, dass es sich bei dem Ehepaar Samuel und Julie Sternberg tatsächlich um Béatrices Schwester handelt.«

»Die ungewöhnliche Namenskombination deutet stark darauf hin«, stimmte Félix kopfschüttelnd zu. »Das würde aber bedeuten, dass sie damals nicht umgekommen ist, wie ihre Eltern und deine Oma angenommen haben.«

Lara lachte bitter auf. »Was meine Urgroßeltern vermuteten, können wir heute nicht mehr nachvollziehen. Oma meint, sie hätten ihr immer vermittelt, dass ihre große Schwester tot sei.«

»Was sie wussten oder ahnten, wird wohl ihr Geheimnis bleiben.«

»Das befürchte ich auch.«

»Was wollt ihr jetzt tun?«

Lara zog die Brauen hoch. »Omas Augen sind nicht mehr die

besten, aber sie wollte es sich nicht nehmen lassen, diesen ellenlangen Brief allein zu Ende zu lesen. Ich hatte ihr angeboten, ihr die Seiten vorzulesen. Aber du kennst sie ja mittlerweile ein wenig.« Sie verdrehte die Augen. »Ich gehe davon aus, dass sie so lange aufbleibt, bis sie alles durchgelesen hat.« Sie ließ den Blick über die Bucht schweifen. Am Horizont trafen die letzten Sonnenstrahlen auf die unergründlich wirkende Wasseroberfläche des Mittelmeers. »Ich fahre morgen mit ihr nach Perpignan. Die beiden Töchter der Sternbergs können uns sicher weiterhelfen. Wenn sie uns bestätigen, dass der Geburtsname ihrer Mutter Lambert war, haben wir Gewissheit.«

»Was für eine tragische Geschichte«, merkte Félix an.

»Unsere Familie scheint die Tragik anzuziehen«, bekannte Lara traurig. »Aber vielleicht bringt Julies Brief endlich Licht ins Dunkel, und Oma kommt wieder zur Ruhe, wenn sie die damaligen Geschehnisse besser einordnen kann.«

»Dagegen erscheint mir meine Familiengeschichte geradezu eintönig.« Félix lächelte schwach. »Außer einer gescheiterten Ehe gibt es bei uns nichts Interessantes zu entdecken.«

»Die gescheiterte Ehe interessiert mich, ehrlich gesagt, weniger«, erwiderte Lara kokett, während sie sich an ihn drängte. »Dafür der interessante Meeresbiologe mit seinem kleinen großen Universum umso mehr.« Sie hielt inne und kramte in ihrer Tasche herum.

»Was ist denn jetzt?« Félix sah sie verdattert an.

»Mir ist gerade etwas eingefallen.« Triumphierend hielt sie ihm das kleine Seepferdchen entgegen, das sie vor einigen Tagen in Collioure erstanden hatte. »Das hatte ich ganz vergessen. Dieser Stegosaurusabdruck hatte mich völlig aus der Bahn geworfen, als ich zum ersten Mal bei dir war.«

»Der Abdruck oder unsere anschließende Besprechung?« Er grinste.

»Beides«, bekannte sie amüsiert. »Und die Begegnung mit deiner Frau danach …«

»Ich war so ein Idiot.« Er winkte ab. »Danke. Das ist sehr hübsch. Du hast dir also ebenfalls Gedanken über mich gemacht.« Er hauchte ihr einen Kuss auf die Nasenspitze, bevor er das Seepferdchen wieder in ihrer Tasche verschwinden ließ und sie an sich zog. »Wie war das noch mit dem interessanten Meeresbiologen?«

»Nun, ob er so interessant ist, wie es der erste Anschein vermuten lässt, müsste ich dann doch noch einmal persönlich überprüfen.«

»Nur zu, chérie«, erwiderte Félix und drängte sie gegen die Mauer der Festung.

Meine liebe Béatrice, ich bin nun am Ende meiner Geschichte angekommen. Während ich in den vergangenen Nächten unermüdlich all meine Erinnerungen niedergeschrieben habe, durchlebte ich ein weiteres Mal die damaligen Ereignisse. Ich kann es kaum glauben, dass sie schon Jahrzehnte zurückliegen, meine Gedanken fühlen sich so lebendig und aufwühlend an. Und obwohl ich noch immer befürchte, dass dich diese Zeilen niemals erreichen werden, möchte ich dir doch das Ende oder doch lieber die wundervolle Fügung nach all diesen dramatischen Ereignissen nicht vorenthalten. Der Kreis muss sich noch schließen. Und er hat sich damals geschlossen …

An jenem dunklen Januarmorgen brachte uns der Wagen in ein kleines Dorf in den westlichen Pyrenäen. Stundenlang fuhren wir über holprige Serpentinenstraßen, teils endeten sie in unebenen

Waldwegen, denen wir folgten, bis wir erneut auf eine schmale Bergstraße stießen. Schon nach kurzer Zeit hatte ich völlig die Orientierung verloren, die Gegend war mir gänzlich unbekannt. Doch Samuel lächelte mich immer wieder aufmunternd an, drückte meine Hand und signalisierte mir so, dass ich mir keine Sorgen machen sollte. Den Namen unseres Fahrers erfuhr ich auch später nicht, Samuel sagte nichts dazu, ich fragte nicht.

Wir kamen bei einer freundlichen Bauernfamilie unter, die uns für die nächsten Wochen zwei kleine Räume über einer der Scheunen zu Verfügung stellte. Obwohl ich im ersten Moment über die einfachen Wohnverhältnisse erschrak, musste ich nur die kleine Rose ansehen, um zu wissen, dass ich das Richtige getan hatte. Und Samuel? Ich liebte ihn von Tag zu Tag ein wenig mehr, wenn das überhaupt noch möglich war. Er versuchte alles, um mein Heimweh zu lindern, um mir über den Verlust meiner Familie hinwegzuhelfen.

Als der Frühling endlich kam, durchstreifte er mit uns täglich die nähere Umgebung. Rose wuchs zu einem wunderschönen Mädchen heran. Die Bäuerin, die selbst sechs Kinder hatte, stand mir mit Rat und Tat zur Seite, wenn Rose die Nächte durchbrüllte, weil sie ein kommender Zahn plagte, wenn sie aufgrund eines Wachstumsschubs stark fieberte oder wenn ihre Verdauungsprobleme uns wieder einmal den Schlaf raubten.

Wenn ich an damals zurückdenke, kann ich beinahe behaupten, die Zeit in den Pyrenäen war die schönste meines Lebens. Ich konnte ohne ständige Angst mit der Liebe meines Lebens zusammen sein. Rose war unser ganzer Stolz, wir freuten uns über jeden noch so kleinen Entwicklungsschritt, den sie machte. Mehr und mehr wurde sie zu unserem eigenen Kind, ihre eigentliche Herkunft rückte immer stärker in den Hintergrund.

Als der Krieg zu Ende war, beschlossen Samuel und ich, ins Ausland zu ziehen. Wir konnten nicht in Frankreich bleiben, die Erinnerungen an die ständige Todesangst, die Samuel während seiner Flucht hatte ausstehen müssen, wurden zu übermächtig. Der Beginn in Südamerika war schwierig, wir mussten eine neue Sprache lernen, uns an eine andere Kultur gewöhnen. Doch endlich brauchten wir uns nicht mehr zu verstecken. Samuel konnte als Waldarbeiter für uns sorgen, während ich stundenweise in einer Bäckerei aushalf. Niemand zweifelte je an, dass Rose unsere leibliche Tochter war. Viele Menschen hatten durch den Krieg alles verloren. Dass wir keine Papiere vorzeigen konnten, war damals nichts Ungewöhnliches. Wir beantragten neue Ausweise und Roses Geburtsurkunde und bekamen die Dokumente ohne weitere Nachfragen ausgestellt.

Natürlich habe ich euch nie vergessen. Dich nicht und auch Maman und Papa nicht. Immer wieder spielte ich mit dem Gedanken, irgendwann nach Collioure zurückzukehren, um euch wiederzusehen. Ich malte mir unser Aufeinandertreffen in den buntesten Farben aus. Überlegte, wie groß du mittlerweile sein würdest. Was sich in unserem Städtchen verändert hatte. Ob Maman wieder arbeitete. Ja, nächtelang wälzte ich mich im Bett herum und dachte über die verschiedenen Szenarien nach. Doch zu jener Zeit hatten wir keine Möglichkeit, nach Frankreich zurückzukehren. Das Geld war knapp, das Leben hart und voller Entbehrungen.

Heute muss ich mir traurig eingestehen, dass es auch meine beschämende Feigheit war, die mich von einer Rückkehr abgehalten hat.

Wir lebten mehr als zehn Jahre in Südamerika. 1950 kam unsere zweite Tochter Fleur dort auf die Welt. Samuel hielt kurz nach ihrer Geburt um meine Hand an, und sieben Jahre nach unserer ersten Begegnung heirateten wir. Nur Samuel, ich, die Mädchen und ein paar Freunde waren bei der Zeremonie anwesend. Und was soll ich sagen? Es war der wohl romantischste Tag meines Lebens.

Das Heimweh nach Frankreich nahm aber dann doch irgendwann überhand, und wir entschlossen uns, nach Europa zurückzukehren. Viele Jahren lebten wir erst in der Normandie, bis es uns schließlich wieder in den Süden zog.

Ja, falls du diese Worte liest, wunderst du dich sicherlich über mein Verhalten. Fragst dich, warum ich damals für ein wildfremdes Kind mein gesamtes Leben hinter mir gelassen habe. Béatrice, ich kann dir keine befriedigende Antwort darauf geben.

Wie kam es nun, dass ich mich überhaupt dazu entschloss, meine Geschichte aufzuschreiben? Wie vieles im Leben war es purer Zufall.

Wir wohnen bereits seit vielen Jahre wieder in Perpignan. Die Mädchen sind lange erwachsen, haben eigene Familien. Samuel und ich leben in einer kleinen Wohnung am Rand der Stadt.

Vor drei Wochen bin ich zum wiederholten Mal, seit wir wieder hier leben, nach Collioure gefahren und an unserem Elternhaus vorbeigelaufen. Ich wusste bereits, dass es vermietet war, doch es zog mich immer wieder magisch an. Als ich vor dem Gebäude stand und es wehmütig ansah, kam eine Frau auf mich zu, deren Gesicht mir irgendwie entfernt bekannt vorkam. Doch mir wollte auch bei längerem Überlegen nicht einfallen, woher ich sie kannte. Zu unserem Glück erging es ihr mit mir ähnlich, und sie sprach mich beherzt an. »Wir kennen uns.«

Ich nickte lächelnd. »Ja, aber ich weiß nicht, woher.«

Mit einem Mal fiel es mir beim Klang ihrer Stimme jedoch wie Schuppen von den Augen. Vor mir stand meine ehemals beste Freundin Lilou. Wie hatte ich sie nur nicht erkennen können? Ich rechnete nach. Wir hatten uns mehr als sechzig Jahre nicht gesehen. Sechzig Jahre! Mittlerweile waren wir zwei alte Frauen. Ich kann es immer noch kaum glauben. Unsere letzte Begegnung war am Geburtstag von Rose gewesen. Damals ahnte ich nicht, welch gravierende Wendung mein Leben nur wenige Stunden später nehmen sollte.

Wir fielen uns in die Arme, drückten uns und weinten, als gäbe es kein Morgen. Die Gefühle, die mich übermannten, waren unbeschreiblich. Obwohl wir uns so furchtbar lang nicht gesehen hatten, erschien es uns beiden doch, als sei es erst gestern gewesen, dass wir am Hafenkai über unser nächstes Treffen sprachen.

Lilou erzählte mir, dass unsere Eltern vor langer Zeit schon gestorben seien. Ich bin mittlerweile über achtzig Jahre alt. Obwohl mir bewusst war, dass sie nicht mehr leben konnten, versetzte mir die Endgültigkeit ihrer Worte doch einen Stich. Es war tatsächlich zu spät. Ich würde ihnen nie mehr erklären können, warum ich damals mein Zuhause, meine Familie verlassen hatte.

»Was ist mit Béatrice?«, wollte ich wissen.

Lilou wusste nur, dass du schon vor vielen Jahren ins Ausland gegangen warst. Wenn ich an dich dachte, sah ich immer noch das knapp vierjährige Kind auf meinem Schoß. Wie mochtest du aussehen? Wie war es dir in all den Jahrzehnten ergangen? Ich konnte mir dich beim besten Willen nicht als erwachsene Frau von über sechzig vorstellen. Eine große Traurigkeit ergriff mich. Da Lilou mir erzählte, sie habe dich ab und zu in Collioure gesehen und ein paar Worte mit dir gewechselt, keimte in mir ein wenig Hoffnung, und ich entschloss mich zu diesem Brief. Wir beide würden uns wohl kaum zufällig über den Weg laufen. Aber vielleicht würde Lilou dich treffen, wenn du wieder deine Heimatstadt besuchen kämst. Da ich befürchtete, dass du dich überhaupt nicht an mich erinnern könntest, wenn sie dir von mir erzählt, hielt ich es für das Beste, dir alles in einem Brief zu erklären. Solltest du Lilou eines Tages wiedertreffen und sie dir dieses Schreiben geben, und solltest du dann sogar gewillt sein, meine Zeilen zu lesen, hoffe ich sehr, dass dir meine Geschichte vermitteln kann, warum ich damals so handeln musste. Vielleicht hast du selbst

Kinder und kannst meine Entscheidung ein wenig nachvollziehen. Mir ist bewusst, dass sehr viele Wenns eintreffen müssten, um diesen Brief in deine Hände zu leiten. Doch die Wege des Schicksals sind oft unergründlich.

Wie wäre mein Leben verlaufen, wenn ich Samuel an jenem besagten Abend nicht wegen des gestohlenen Baguettes angesprochen hätte? Keines der späteren Ereignisse, die zu meinem jetzigen Leben führten, wäre eingetroffen. Ich hätte niemals in der Maternité angefangen, wäre somit nicht Sara Rosenbaum begegnet und hätte Rose nicht als Tochter angenommen. Ja, es sind oft die kleinen Entscheidungen, die unserem Dasein überraschende Wendungen geben. Wenn ich heute zurückblicke, bin ich sehr dankbar für alles, was mir das Leben geschenkt hat. Ich habe einen wundervollen Mann, der mich noch immer liebt und mir dies auch jeden Tag aufs Neue zeigt. Und ich habe zwei bezaubernde Töchter, auf die ich sehr stolz bin. Mein Leben ist erfüllt und reich an Erinnerungen. Das Einzige, was mir immer gefehlt hat, ist meine Familie, bist du, meine teuerste Béatrice. Doch das ist wohl der Preis, den ich für mein Glück zahlen musste.

Deine in tiefer Liebe mit dir verbundene Schwester Julie

27

»Sie hat das Kind genommen und ist mit ihm einfach so unbehelligt aus dieser Klinik marschiert?« Lara schüttelte ungläubig den Kopf, während sie auf den Wagen vor ihnen achtete, der mit fünfzig Stundenkilometern über die Route Nationale ruckelte. »Madame Chagalle von der Maternité hatte mir gestern von dem Verschwinden des Kindes erzählt, aber ich hatte eher befürchtet, dass ihnen zusammen etwas zugestoßen ist, als dass Julie dieses Baby aus eigenem Antrieb entführt hat.«

»Ich kann mir nicht annähernd vorstellen, was in jenen Tagen in ihrem Kopf vorgegangen sein muss«, erwiderte Béatrice, während sie sich über die Augen wischte. »Diese Entscheidung muss ihr unglaublich schwergefallen sein.«

»Sie hat gehandelt«, stellte Lara voller Anerkennung fest. »Sie hat getan, was sie für nötig hielt, um dieses Kind zu retten.«

»Ich glaube nicht, dass unsere Eltern davon wussten.«

»Deine Schwester war eine echte Heldin, Oma. Allein der Gedanke, einen Mann zu lieben, den man nicht lieben darf …« Lara schüttelte den Kopf, konnte sich kaum vorstellen, wie sich eine solche Situation anfühlen musste. »Und dann dem Kind und ihm zuliebe unterzutauchen und das gesamte bisherige Leben aufzugeben, das ist einfach unglaublich.«

Béatrice klappte den Sonnenschutz herunter und betrachtete

sich in dem kleinen Spiegel. »Was ihre Tochter wohl sagen wird? Ich weiß nicht einmal, ob Julie ihr jemals von ihrer wahren Herkunft erzählt hat.«

»Wenn sie es dir in diesem Brief offenbart hat, würde ich davon ausgehen, dass ihre Töchter ebenfalls die Wahrheit kennen«, vermutete Lara. »Aber ich würde erst mal nichts in diese Richtung erwähnen.«

»Nein, auf keinen Fall«, stimmte ihre Großmutter zu. »Wenn Julie die Wahrheit mit ins ...« Ihre Stimme brach ab.

Als ein leises Schluchzen erklang, drehte Lara sich besorgt um. »Wir müssen das hier nicht tun, Oma. Vielleicht wäre es besser gewesen, wenn wir noch ein paar Tage gewartet hätten. Bis sich die ganze Geschichte ein wenig setzen konnte.«

Béatrice hatte ihr und Félix heute Morgen am Frühstückstisch den Inhalt des Briefes zusammengefasst. Julies Geschichte hatte sie alle drei sprachlos zurückgelassen. Eine verbotene Liebe zur Zeit der Nazibesatzung in Südfrankreich und der unglaubliche Mut einer jungen Frau. Als Amélie ihnen vor Kurzem von ihrer Großmutter und deren tragischem Leben berichtet hatte, erschienen die damaligen Ereignisse abstrakt und weit weg. Jetzt plötzlich war es viel näher. Was würden Béatrices Nichten sagen, wenn sie so unverhofft und überraschend mit ihrer Tante konfrontiert würden?

»Vielleicht hat Julie ihnen überhaupt nichts von mir erzählt«, mutmaßte Laras Großmutter mit tränenerstickter Stimme. »Ich weiß nicht, ob ich das schaffe ...«

»Ich bin doch bei dir, Oma. Selbst wenn sie nichts von dir wissen, wenn Julie ihnen tatsächlich nie von ihrer Familie berichtet hat, dann wirst du das jetzt nachholen.« Lara suchte die Straßennamen ab, während sie der Älteren beruhigend zuredete. »Sie werden sich mit Sicherheit sehr freuen.«

»Was sollen die Mädchen nur denken?«

Lara schmunzelte innerlich. Die Mädchen ... Rose war Anfang 1944 geboren, folglich nur knapp vier Jahre jünger als Béatrice. Und die jüngere Tochter Fleur war mittlerweile sicher auch im Rentenalter. Doch sie ließ die Bemerkung ihrer Großmutter unkommentiert.

»Wir sind gleich da«, bemerkte Lara kurze Zeit später und zeigte in eine Sackgasse. »Hier muss Rose mit ihrem Mann wohnen.«

»Mon Dieu, bin ich aufgeregt.« Béatrice fasste sich an ihr Haar und strich eine kurze Strähne glatt. »Hoffentlich bekommt die Kleine keinen Schock.«

Lara musste lachen, obwohl auch sie nervös und aufgewühlt war.

Sie parkte den Käfer am rechten Straßenrand, stieg aus und eilte um den Wagen herum, um Béatrice beim Aussteigen zu helfen. Die krallte sich sofort an ihrem Arm fest.

»Das Haus da muss es sein.« Lara zeigte auf ein dreistöckiges gelbes Gebäude aus den Siebzigerjahren, bevor sie die Hausnummer auf dem Zettel abglich. »Rose und Serge Mallon.«

Ihre Oma zitterte. »Ich glaube, ich schaffe das nicht.«

Lara blieb stehen und sah sie an. »Es ist fünfundsiebzig Jahre her. Ich kann mir gar nicht vorstellen, wie sich eine so unglaublich lange Zeitspanne anfühlen muss. Du hast zwei Nichten, Oma. Sie können dir endlich von deiner Schwester Julie erzählen.«

Wieder begann Béatrice zu schluchzen.

»Was sollen wir tun?« Laras Blick wanderte von der Eingangstür zu ihr und wieder zurück.

Béatrice schniefte. »Wir klingeln. Vielleicht ist ja sowieso niemand da.«

Lara schüttelte den Kopf, steuerte aber mit ihrer Oma in kleinen Schritten auf das Haus zu. Ihre Hand zitterte, als sie neben »Mallon« auf den Klingelknopf drückte. Sie schluckte hastig, um den Kloß in ihrer Kehle loszuwerden.

»Ja?« Eine weibliche Stimme. Rose Mallon schien zu Hause zu sein.

Lara wechselte einen Blick mit der weinenden Béatrice, bevor sie sich vorbeugte, um etwas zu erwidern. Doch in diesem Moment wurde die Tür bereits geöffnet. Lara atmete aus und trat in den Hausflur. »Komm.«

»Ja?«, ertönte es erneut aus dem Stockwerk über ihnen.

»Moment, wir kommen hoch«, rief Lara und verfolgte besorgt, wie ihre Oma schwerfällig die Stufen erklomm.

»Ja, bitte?« Eine ältere Frau mit einem grauhaarigen Bob blickte ihnen mit skeptischer Miene entgegen. »Ich dachte, es sei die Postbotin.«

Da Béatrice nichts erwiderte, überlegte Lara unsicher, wie sie beginnen sollte. »Bonjour, mein Name ist Lara Eriksen«, begann sie schließlich. »Das ist meine Oma, sie heißt Béatrice Lambert.«

»Béatrice Lambert?«, warf die ältere Frau ein, während ihr die Gesichtszüge entgleisten.

Lara nickte. »Sie ist die Schwester Ihrer Mutter Julie.« Sie wollte nicht um den heißen Brei herumreden, obwohl sie nicht abschätzen konnte, wie Rose Mallon auf ihre plötzliche Offenbarung reagieren würde.

»Béatrice Lambert«, stammelte Béatrices Nichte, während sich ihre Augen mit Tränen füllten. »Aber … das kann nicht sein.«

Laras Oma kramte in ihrer Tasche herum und zog den braunen Umschlag mit dem Brief hervor. »Den habe ich von Lilou, Julies Freundin.«

Rose Mallon schüttelte unentwegt den Kopf. »Das kann nicht sein … das …«

Lara betrachtete die ältere Frau, die ein roséfarbenes wadenlanges Leinenkleid trug, als ein Mann hinter ihr erschien. »Was ist los?« Mit besorgtem Ausdruck wandte er sich an seine Frau.

»Das ist Mutters Schwester.«

Seine Augen weiteten sich, während er irritiert von Béatrice zu Lara sah. »Wie bitte?«

Lara nickte und erklärte den beiden kurz, wie sie sie ausfindig gemacht hatten.

Urplötzlich trat die Frau aus der Tür, näherte sich Béatrice und schloss sie fest in ihre Arme.

Lara presste die Lippen aufeinander, während ihr ebenfalls Tränen in die Augen stiegen. Hier musste nichts überprüft oder bewiesen werden. Es schien, als spürten alle Anwesenden tief in ihrem Inneren, dass sich in diesem Augenblick Menschen fanden, die zueinandergehörten, die die gleiche Vergangenheit teilten, das gleiche Schicksal.

»Möchten Sie ... möchtet ihr hereinkommen?«, fragte Serge unbeholfen.

Rose und Béatrice hielten sich noch immer eng umschlungen, während Lara nach einem Taschentuch suchte, um sich die Wangen zu trocknen. »Ich glaube, das ist eine sehr gute Idee«, erwiderte sie mit zittriger Stimme. »Bevor wir hier noch den Flur überfluten.«

Hintereinander betraten sie die kleine Wohnung. Rose ging voran und führte sie in das gemütliche Wohnzimmer. »Seit unser Sohn nicht mehr bei uns lebt, reicht uns das Apartment«, erklärte sie fast entschuldigend. »Ich kann das immer noch nicht glauben.« Wieder schüttelte Rose den Kopf, während sich Lara und Béatrice auf eine hellblaue Couch und sie selbst und ihr Mann sich auf die beiden Sessel setzten. »Maman hatte uns von diesem Brief erzählt.« Sie hielt inne. »Aber das muss Ewigkeiten her sein, sicher mehr als zehn Jahre. Maman traf Lilou irgendwann zufällig in Collioure vor eurem Elternhaus. Als diese ihr erklärte, sie habe dich in der Vergangenheit immer mal wieder getroffen, keimte die Idee in ihr, dir über Lilou einen Brief zukommen zu lassen. Lilou meinte, dass du im Ausland lebst. Maman ist immer wieder nach Collioure gefahren, um nach dem Haus zu sehen. Doch es war vermietet, und sie hat sich nie getraut, Kontakt zu der Mieterin aufzunehmen.«

Béatrice nickte, während sie sich ein Taschentuch vor den Mund presste. Noch immer war sie nicht in der Lage, auch nur ein Wort zu sagen.

»Oma … Béatrice hat einen Dänen geheiratet und ist mit ihm nach Deutschland gezogen«, erklärte Lara leise. »Dort kam meine Mutter auf die Welt, die vor Kurzem verstorben ist.« Wieder spürte sie die Trauer in ihrem Inneren wie eine spitze Nadel. Warum war es Vanessa nur nicht vergönnt gewesen, sie auf dieser Reise zu begleiten? Mitzuerleben, wie sich die losen Enden der Familie letztlich zu einem Ganzen verbanden?

»Verstorben?« Roses Blick wurde mitfühlend. »Das tut mir sehr leid.«

Béatrice schluchzte erneut auf.

In kurzen Sätzen berichtete Lara von ihren Beweggründen, nach Collioure zu reisen, von Julies Notiz und von ihren Besuchen bei der dementen Lilou.

»Maman war lange nicht bei ihr«, wandte Rose sich an ihren Mann. »Als sie sie das letzte Mal besucht hatte, ging es Lilou schon sehr schlecht. Ich erinnere mich, dass Maman danach noch meinte, sie wisse gar nicht, was Lilou mit ihrem Brief gemacht hätte. Ob sie ihn überhaupt mit in das Seniorenheim genommen hatte. Schon damals war Lilou nicht mehr in der Lage, die Gegenwart zu erkennen und auf Fragen zu reagieren. Maman wusste einfach nicht, wo sie nach dir hätte suchen sollen.«

»Wann ist Julie gestorben?«, wollte Béatrice in diesem Moment mit bebender Stimme wissen.

Rose verzog kurz das Gesicht. »Wie kommst du darauf, dass sie gestorben ist?«

»Lilou hat es angedeutet«, warf Lara ein.

»Lilou«, stieß Rose hervor. »Maman lebt. Sie sitzt zwar im Rollstuhl und kann nicht mehr laufen. Aber im Kopf ist sie noch klar und fit.«

»Julie lebt?« Erneut begann Béatrice zu weinen.

Auch Laras Augen brannten wieder. »Das ist ... wundervoll.« Sie sah zu ihrer Oma. »Du kannst mit ihr reden. Ihr könnt ...« Ihre Stimme versagte.

»Ich muss vorher bei Fleur anrufen«, überlegte Rose laut. »Sie muss Maman darauf vorbereiten.« Sie erhob sich. »Das würde ihr Herz nicht verkraften, wenn ... ich kann es immer noch nicht glauben.« Sie blickte wieder zu Béatrice. »Ihr seht euch sehr ähnlich. Sie hat uns immer erzählt, wie sie dir früher aus einem Kinderbuch vorgelesen hat. Es ging um Paris.«

»Die kleine braune Maus.« Béatrice nickte, während sie ihre Hand vor den Mund schlug.

»Genau.« Rose lächelte. »Das ist ... was sage ich nur Fleur?«

»Wo lebt Julie?«, wollte Lara wissen.

»Bei meiner Schwester«, erwiderte Rose. »Sie hat einen großen Bungalow, wo Maman zwei Zimmer bewohnt. Ins Heim wollten wir sie nicht geben, daher haben wir entschieden, uns gemeinsam um sie zu kümmern. Ich bin fast jeden Tag dort. Wir gehen mit ihr spazieren oder setzen uns in den Park. Wir trinken gemeinsam Kaffee und lesen ihr etwas vor.«

»Ich möchte sie sehen«, hauchte Béatrice kaum hörbar. »Bitte.«

Lara konnte nicht sagen, wie sie sich ein Wiedersehen zweier Menschen vorgestellt hatte, die sich seit mehr als fünfundsiebzig Jahren nicht gesehen hatten. Julie war vierundneunzig Jahre alt. Als sie ihre kleine Schwester zum letzten Mal gesehen hatte, war sie ein junges Mädchen gewesen. Und Béatrice? Sie konnte sich nicht einmal mehr an damals erinnern.

Als sie vor dem gepflegten Bungalow parkte, war ihr klar, dass sie gleich einem ganz besonderen Moment beiwohnen würde. Rose und Serge stiegen vor ihnen aus ihrem Renault, während Béatrice die Beifahrertür öffnete und Lara ansah. »Passiert das gerade wirklich?«

Lara nickte. »Ja, Oma. Es passiert. Du wirst gleich deine große Schwester kennenlernen.«

»Wenn ich das Sigurd erzähle ...« Sie fuhr sich über die Stirn. »Es fühlt sich unwirklich an.«

Lara lachte. »Ja, für mich auch. Die ganze Situation ist völlig verrückt.«

»Verrückt. Das trifft es.« Béatrice erhob sich langsam aus dem Wagen.

Lara verschloss den Käfer und folgte den drei Älteren zur Eingangstür.

»Ich hoffe, Maman hat die Neuigkeit einigermaßen verkraftet.« Rose blickte von Serge zu Béatrice.

Als die Tür geöffnet wurde, erschien eine dunkelhaarige Frau im Rahmen. »Maman ist außer sich«, begann diese ohne Begrüßung. »Sie zittert am ganzen Körper und fragt seit zehn Minuten ununterbrochen, wann Béatrice endlich kommt.« Sie wandte sich an Laras Oma. »Ich bin Fleur«, erklärte sie lächelnd und umarmte sie. »Als Rose angerufen hat, dachte ich erst, sie mache einen Scherz. Maman hat die Hoffnung nie aufgegeben. All die Jahre hat sie davon gesprochen, wie sehr sie es bereut, dass sie sich nicht früher um Kontakt zu dir gekümmert hat. Bevor du weggezogen bist. Als sie noch fitter war.«

Béatrice blickte von ihr zu Rose. »Ich weiß nicht, was ich sagen soll. Nie im Leben hätte ich damit gerechnet, nochmals etwas von Julie zu erfahren. All die Jahre dachte ich, sie sei ...« Sie rang sichtlich um Fassung.

»Vielleicht wäre es gut, wenn sich die beiden jetzt sehen könnten«, brachte Lara vorsichtig vor.

»Ja«, entgegnete Fleur sofort. »Ja, natürlich. Kommt herein.«

Sie folgten ihr durch einen langen schmalen Flur, der in ein geräumiges Wohnzimmer mündete. Eine kleine Frau saß zusammengesunken in einem Rollstuhl vor einer breiten Fensterfront.

»Julie«, hauchte Béatrice voller Wehmut. »Julie. Ich bin es, Béatrice.«

Lara blieb stehen und verfolgte gerührt, wie sich Béatrice vor den Rollstuhl stellte und nach der Hand ihrer Schwester griff.

»Béatrice«, flüsterte Julie kaum wahrnehmbar. »Kleine süße Béatrice.«

Beiden Frauen liefen Tränen über die Wangen. »So klein bin ich nicht mehr«, erwiderte Béatrice leise und lachte. »Und süß auch nicht.« Vorsichtig beugte sie sich vor und strich ihrer Schwester über das dünne weiße Haar. »Julie.«

»Du hast mich gefunden.«

Béatrice nickte und zeigte zu Lara. »Das ist meine Enkelin. Sie hat mir geholfen.«

»Ich habe auch drei Enkel.«

»Ich setze mal Kaffee für uns auf«, ergriff Fleur das Wort. Auch ihre Stimme klang belegt.

»Du wolltest mit mir nach Paris. Erinnerst du dich?«

Béatrice schüttelte den Kopf. »Sehr undeutlich, aber Maman und Papa haben mir oft davon erzählt.«

»Und ich habe dir versprochen, dass wir gemeinsam in die Hauptstadt fahren.«

»Das ist jetzt nicht wichtig, Julie.« Béatrice war kaum noch zu verstehen.

»Doch, doch.« Julie drückte Béatrices Finger. »Ich habe dich im Stich gelassen, Kleine.«

Lara fasste sich an den Hals.

»Du hast ein Leben gerettet.« Unsicher blickte Béatrice zu Rose.

»Sie weiß es.« Julie schien die Gedanken ihrer Schwester zu ahnen. »Samuel und ich haben es ihr vor ihrer Hochzeit gesagt.«

»Was geschah mit Rebecca?«

Julie schwieg einige Sekunden.

Lara hielt unwillkürlich den Atem an. Béatrice hatte ihnen heute Morgen von Samuels Schwester erzählt, die kurz vor Julies Untertauchen verhaftet worden war.

»Habe ich das nicht im Brief erwähnt?«

Béatrice schüttelte den Kopf. »Nein.«

»Sie kam nach Gurs ins Lager und sollte zurück nach Deutschland deportiert werden. Aber dank einiger Mitglieder der Résistance gelang ihr die Flucht, und sie ist in den Norden gegangen, der wenige Monate später von den Alliierten befreit wurde.«

»Sie hat es geschafft.«

Julie nickte. »Sie hat es damals geschafft, ist aber Ende der Sechzigerjahre bei einem Autounfall ums Leben gekommen.«

»Wie furchtbar.«

Rose holte hastig einen der Esszimmerstühle und stellte ihn neben Julies Rollstuhl. Dankbar setzte sich Béatrice. Wieder griff ihre Schwester nach deren Händen und hielt sie fest. »Béatrice. Meine Béatrice.«

»Ich kann es noch gar nicht glauben.«

»Wie viel gemeinsames Leben ist uns verloren gegangen?« Julies Worte hingen bleischwer im Raum.

Lara blickte zu Rose, die ihr aufmunternd zulächelte.

»Es ist nicht zu spät.«

Julie nickte. »Es ist nie zu spät. Solange wir leben, ist es nie zu spät.«

28

»Sie haben überhaupt nicht mehr aufgehört zu reden«, erzählte Lara, während sie sich mit ihren Ellenbogen auf der Brüstung des Bootes abstützte und den Kopf in den Nacken legte. Wasser schwappte gegen die Schiffswand. Lara genoss die Abendsonne auf ihrem Gesicht. »Du hättest die beiden sehen sollen. Sie sahen so ... rührend miteinander aus.« Sie rief sich die Szene bei Fleur erneut ins Gedächtnis. »Und die zwei sehen sich wirklich ähnlich.«

Félix lächelte, während er den Motor abstellte. »Na ja, sie sind Schwestern. Dass man das erkennt, sollte keine große Überraschung sein.«

»Ja, aber in dem Alter ...«

»Sind sie trotzdem Schwestern.« Er grinste.

»Als sie nichts mehr zu erzählen wussten, haben sie einfach nebeneinandergesessen und sich an den Händen gehalten.« Lara seufzte.

»Sie haben viele Jahrzehnte verloren.«

»Ich kann mir das überhaupt nicht vorstellen.« Lara blickte zum Ufer, musterte die Hügel um Collioure. Blickte zum Fort Saint-Elme, wo sie mit Félix gewesen war. Zarte Schleierwolken, die die Form von drei aus dem Wasser springenden Delfinen besaßen, zogen über den Himmel.

Félix streichelte ihre Wange. »Es wird ähnlich sein wie bei dir und Gérard.«

»Du hast recht«, entgegnete sie und legte ihre Hand auf seine.

»Eine Wahnsinnsgeschichte«, stimmte Félix zu. »Julie muss eine sehr mutige Frau sein.«

»Das ist es eben«, erklärte Lara. »Ich sehe diese kleine schmächtige Frau vor mir, die zusammengesunken in ihrem Rollstuhl sitzt. Wenn ich mir überlege, was sie getan hat. Welche Gefahren sie eingegangen ist. Was für einen Lebenswillen sie gehabt haben muss.« Sie schüttelte den Kopf.

»Wir kennen keinen Krieg. Ich glaube, es ist für uns kaum nachvollziehbar, was diese Zeit mit den Menschen gemacht hat. Béatrices Schwester hat sich an ihren eigenen moralischen Maßstäben orientiert. Natürlich war es Kindesentführung, als sie dieses Baby aus der Maternité mitgenommen hat. Aber was wäre die Alternative gewesen? Die Mutter des Kindes hat sie um Hilfe gebeten. Und Julie hat getan, was sie für richtig hielt.«

Lara nickte. »Ja, Julie hat gehandelt. Sie hat ein jüdisches Kind gerettet und ihren jüdischen Geliebten geheiratet. Gegen jede Vernunft.«

»Klingt irgendwie romantisch«, bekannte Félix, während er Laras Blick mit seinen Augen fixierte.

»Sie muss Samuel sehr geliebt haben«, bestätigte sie. »Du hättest hören sollen, wie sie von ihm sprach.« Sie legte den Kopf an seine Schulter. »Am liebsten würde ich für immer hier draußen bleiben. Hier auf deinem Boot, mit dir an meiner Seite, und den ganzen Tag abwechselnd aufs Wasser schauen und die Aussicht auf diese überwältigende Landschaft genießen.«

»Träumerin«, neckte er sie liebevoll.

»Bisher hatte ich in meinem Leben nicht viele Träume.«

»Dann wird es höchste Zeit, damit anzufangen.«

»Hier und jetzt?« Sie sah zu ihm auf.

»Heißt das, du bleibst?« Seine Miene nahm einen hoffnungsvollen Ausdruck an.

»Habe ich eine Alternative?«

Er lachte. »Nein. Nicht, wenn du weiterhin in diesem Boot sitzen und aufs Wasser schauen möchtest.«

»Denkst du wirklich, die Leute möchten Crêpes von einer Deutschen essen?«

»Genau genommen bist du gar keine Deutsche – zumindest keine richtige, oder? Dein Vater ist ein waschechter Südfranzose. Und deine Mutter war ebenfalls eine halbe Französin. Ergibt nach meiner Rechnung fünfundsiebzig Prozent französischen Anteil.«

Lara musste lachen. »Soll ich das auf das Werbeschild schreiben? Crêpes von einer echten fünfundsiebzigprozentigen Französin?«

Félix stimmte in ihr Gelächter ein, als Laras Handy klingelte. »Gérard«, erklärte sie und nahm das Gespräch an.

»Bonjour, Lara.«

»Bonjour.« Sie warf Félix lächelnd eine stumme Kusshand zu.

»Ich wollte dich fragen, ob du Lust hast, später mit mir zu Abend zu essen. Ich lade dich ein.«

»Das klingt nett. Vielen Dank.«

»Du hast mir doch gestern von diesem jungen Mann erzählt, den du hier kennengelernt hast. Félix, nicht wahr?«

»Ja, genau. Der Sohn von Vanessas Au-pair-Familie.«

»Bring ihn doch mit. Ich würde mich freuen, wenn du ihn mir vorstellen würdest.«

»Er sitzt gerade neben mir. Ich frage ihn gleich, aber ich denke, dass er dich ebenfalls gern treffen würde.«

Gérard erklärte ihr, wie sie zu dem Restaurant kämen, und sie verabredeten sich für halb neun.

»Antrittsbesuch beim Schwiegervater?« Félix grinste, nachdem Lara das Telefonat beendet hatte.

»So in etwa. Er möchte mit uns essen gehen.«

»Das ist toll«, befand Félix. »Er möchte dich sehen. Er interessiert sich für dein Leben. Ich finde, das ist ein sehr gutes Zeichen.«

»Ja, ich freue mich auch. Traurig bin ich trotzdem, dass Mama nicht mehr dabei sein kann.«

»Das Leben ist leider nicht immer gerecht.«

»Vielleicht sollten wir versuchen zu schätzen, was wir haben. Ich bin hergekommen, um meine Wurzeln zu erkunden und den Ort kennenzulernen, wo meine Mutter so glücklich war. Und nun habe ich dich gefunden und Familie, von deren Existenz ich bis vor Kurzem überhaupt nichts ahnte.«

»Was den Tod deiner Mutter nicht ungeschehen macht.« Er küsste sie sanft. »Aber ich werde alles in meiner Macht Stehende tun, um dir deinen Neubeginn so wundervoll wie möglich zu gestalten.«

Sie drehte sich zu ihm und blickte übers Wasser. »Sind um diese Uhrzeit viele Boote hier draußen?«

Er runzelte die Stirn. »Warum fragst du?«

»Na ja, mir würde da gerade etwas einfallen, wie du mir meine Entscheidung ein wenig versüßen könntest.« Sie erhob sich und setzte sich rittlings auf Félix' Schoß.

»Oh, là, là. Da fallen mir doch auf Anhieb hundert Dinge ein, die ich dir zeigen könnte.«

»Hundert?« Lara zog ihr T-Shirt über den Kopf. »Nehmen Sie den Mund nicht gerade etwas zu voll, Monsieur Arnaud?«

»Keineswegs, Mademoiselle Eriksen.« Geschickt öffnete er ihren BH. »Gern trete ich unverzüglich den Beweis an.«

»Ich bitte darum.« Sie schlang die Arme um seinen Nacken und drängte sich dichter gegen ihn.

Epilog

»Wo bleibt Félix?« Amélie stellte sich neben Lara und schnupperte demonstrativ.

»Er wollte längst hier sein«, erwiderte sie, während sie die nächste Portion Teig auf dem Crêpes-Eisen verteilte. »Keine Ahnung. Vielleicht wurde er aufgehalten.«

»Sie sind total süß miteinander.« Amélie deutete auf Julie und Béatrice, die Händchen haltend an einem der aufgestellten Tische saßen.

»Ich hoffe sehr, dass sie sich über unsere Überraschung freuen.« Lara wendete das Gemüse in der vorderen Pfanne, bevor sie Hackfleisch in die hintere gab.

»Mir kannst du es doch verraten«, bettelte Amélie lächelnd.

Lara deutete einen Reißverschluss vor ihrem Mund an und schüttelte den Kopf. »Überraschung.«

Amélie seufzte.

Der Raum war mit einer Mischung aus Teig-, Zwiebel-, Käse- und karamellisiertem Zuckergeruch erfüllt.

Es war Laras Generalprobe. Die Genehmigung des Gesundheitsamts stand noch aus, aber sobald diese vorlag, konnte sie die Crêperie eröffnen. Um ihre Kapazitäten zu testen, hatte sie all ihre Bekanntschaften, die sie in den letzten Wochen geschlossen hatte, zu einer großen Einweihungsparty eingeladen. Amélies

Tante war mit ihrem Mann gekommen, ebenso wie Julie mit ihren Töchtern und deren Kindern. Auch Gérard und die Arnauds waren vor einer Viertelstunde eingetroffen und unterhielten sich angeregt im Hinterhof, wie Lara mit einem Ohr registrierte.

»Charlotte würde gern mit dir wegen des Crêpes-Abends sprechen«, wechselte Amélie das Thema. »Da sie heute eine große Geburtstagsfeier ausrichten müssen, konnte sie leider nicht kommen. Vielleicht telefoniert ihr nächste Woche mal miteinander?«

Amélies Cousine hatte vor zwei Wochen bei Lara angefragt, ob sie sich vorstellen könne, einmal die Woche bei ihnen im Restaurant einen Crêpes-Abend zu veranstalten. Eine bessere Starthilfe für ihren Neubeginn konnte Lara sich überhaupt nicht vorstellen. Noch immer war sie allein bei dem Gedanken an die immense Hilfsbereitschaft ihrer Familie und Freunde völlig überwältigt. Seitdem sie verkündet hatte, dass sie in Collioure bleiben würde, hatten ihr sowohl Julies Töchter als auch die Arnauds und Gérard mehrfach und nachdrücklich ihre Unterstützung angeboten.

»Das riecht ja fantastisch.« Ihr Opa trat hinter sie. Sigurd Eriksen war vor zwei Tagen in Collioure angekommen. Auch er wollte sich den großen Moment seiner einzigen Enkelin auf keinen Fall entgehen lassen.

»Ja, es ist schon eine kleine Koordinierungsherausforderung«, lachte Lara, während sie in einem Moment die Festigkeit des Crêpes prüfte, im nächsten das Fleisch wendete und sofort danach frisch gewürfelte Tomaten in die zweite Pfanne gab.

»Deine Oma ist sehr glücklich«, merkte ihr Opa an, während er seine Frau andächtig betrachtete. »Dass sie nach all der Zeit den verlorenen Teil ihrer Familie wiedergefunden hat, grenzt fast an ein Wunder.«

»Hätten wir Lilou nicht besucht, wären wir niemals fündig geworden.« Lara stellte vier Teller nebeneinander, gab die Crêpes darauf und rief in die Runde: »Die ersten Gäste dürfen sich bedienen. Es gibt Crêpes mit Gemüse und angebratenem Schafskäse.«

Fleur trat an den Tresen. »Ich denke, Maman und Béatrice sollten den Anfang machen.«

»Eine gute Idee«, befand auch Sigurd und half Fleur, die Teller zu verteilen.

»Ich habe vorhin mit einem Maler und einem Fliesenleger gesprochen.«

Lara wandte sich an Gérard. »Und? Hätten sie Zeit?«

Er nickte. »Im Herbst und im Winter werden für gewöhnlich nicht so viele Renovierungsarbeiten durchgeführt. Jetzt im Oktober haben sie etwas Freiraum. Sie könnten nächste Woche vorbeikommen und sich das Haus mal anschauen. Danach würden sie dir ein Angebot machen, und du kannst dir überlegen, ob du die Arbeiten durchführen lassen möchtest oder nicht. Dann hast du zumindest einen Anhaltspunkt.«

»Das klingt gut«, erwiderte Lara dankbar, während sie erneut Teig auf dem Eisen verteilte. »Wichtig wäre, dass sie sich das Erdgeschoss zuerst vornehmen. Félix hat mir angeboten, dass ich für die Dauer der Arbeiten bei ihm wohnen kann. Aber wenn die Genehmigung des Gesundheitsamts endlich eintrudelt, könnte ich zumindest die Crêperie eröffnen. Und da es im Winter doch weniger Touristen hierher verschlägt, wäre der Einstieg nicht allzu stressig, und ich könnte mich langsam einarbeiten.« Sie grinste.

»Wenn du magst, kann ich auch gern zu dem Termin dazukommen. Ich kenne Maurice und Luc seit Jahren und werde ihnen auch nochmals sagen, dass sie dir einen guten Preis machen sollen.«

»Danke.« Sie drehte sich zu ihrem Vater und sah ihn lange an. »Obwohl ich die ersten dreißig Jahre dachte, ich sei gut ohne Vater zurechtgekommen, belehrst du mich tagtäglich eines Besseren. Ich bin wirklich sehr froh, dass ich dich gefunden habe.«

»Und ich bin sehr stolz, so unverhofft eine solch tolle Tochter wie dich bekommen zu haben.«

Seine Worte bedeuteten Lara viel. In den letzten Wochen hatten Gérard und sie sich regelmäßig gesehen, und ihr Umgang miteinander hatte sich immer ungezwungener entwickelt. Natürlich konnten sie die dreißig Jahre nicht einfach überspringen. Aber sie hatten viel geredet und sich gegenseitig aus ihrem Leben erzählt. Gérard war ihr immer vertrauter geworden. Und wenn sie eine Gemeinsamkeit feststellten, die sie verband, war das Gelächter bei ihnen oft groß.

»Pardon.« Die Tür wurde aufgerissen, und Félix' erhitztes Gesicht erschien im Rahmen. Er eilte auf Lara zu. »Es tut mir leid, chérie. Ich …« Er schüttelte den Kopf. »Bis ich alles organisiert hatte, hat es doch länger gedauert als erwartet.«

Lara nahm sein Gesicht in ihre Hände und küsste ihn. »Jetzt bist du ja da.« Sie hob ihre Hand und rief: »Die nächsten Crêpes warten auf ihre Vernichter.«

Die Leute lachten.

»Diesmal ist die Fleischfraktion angesprochen.«

Während sie die Teller Amélie und Benjamin reichte, die Valérie und François damit versorgten, begann Félix: »Ich habe alles bekommen, Lara. Alles!«

Sie sah ihn überrascht an. »Auch das …?«

Er nickte. »Deshalb hat es so lange gedauert.«

»Das ist fantastisch«, jubelte Lara und umarmte ihn stürmisch. »Ich freue mich so. Du bist ein Schatz.«

Félix zog die Brauen hoch. »Gern mehr davon.«

Sie beugte sich vor und raunte ihm ins Ohr: »Später, wenn wir allein sind.«

»Können wir die Party bitte auf der Stelle beenden?«

Sie lachte. »Nein. Erst kommen wir unseren Verpflichtungen nach.«

Nachdem sie eine halbe Stunde später die letzten Crêpes unter ihren Gästen verteilt hatte, nahm Lara Félix an der Hand und trat vor den Tresen. »Jetzt, da alle satt sind, möchte ich mich noch mal ganz herzlich bei euch dafür bedanken, dass ihr heute Abend gekommen seid, um meinen Neubeginn in Collioure entsprechend zu feiern. Ich kam hierher, um meinen Vater zu suchen.« Sie warf Gérard einen dankbaren Blick zu. »Was ich dann aber fand, war so viel mehr. Ja, ich habe meinen Papa gefunden.« Zum ersten Mal nahm Lara dieses Wort in Bezug auf Gérard in den Mund. »Und ich bin überglücklich, dass er ein so fürsorglicher und liebevoller Vater ist. Da ist aber noch mehr. Ich habe tolle Freunde gefunden.« Sie winkte Amélie und Benjamin zu. »Und meine Oma und ich haben einen verschollen geglaubten Teil unserer Familie ausfindig machen können.« Sie verdrehte die Augen. »Ihr merkt, ich backe lieber Crêpes, anstatt Reden zu halten. Aber es ist mir ein großes Bedürfnis, mich bei meiner Familie zu bedanken. Opa und Oma, ihr seid immer für mich da. Ich könnte mir keine besseren Großeltern vorstellen. Und da ich weiß, dass du, Oma, als Kind den Traum hattest, mit deiner Schwester nach Paris zu reisen, habe ich …« Sie blickte zu Félix, der in diesem Moment seinen Arm um ihre Schultern legte. »… haben wir für euch eine kleine Reise organisiert.«

Die beiden älteren Frauen hoben die Köpfe und horchten auf. Julie blickte Hilfe suchend zu Rose, die ihr aufmunternd zunickte. Béatrice schlug ihre Hand vor den Mund, da sie zu ahnen schien, was Lara gleich verkünden würde.

»Übermorgen geht es für vier Tage nach Paris. Opa kommt auch mit. Und Félix und ich werden euch begleiten. Wir haben einen Wagen organisiert, mit dem man problemlos einen Rollstuhl transportieren kann. Auch das Hotel ist barrierefrei.« Sie nickte ihrem Freund zu, der fünf Karten in die Höhe streckte. »Und es geht für euch auf den Eiffelturm.«

»Auf den Eiffelturm?« Julies Stimme klang schwach, ihre Augen füllten sich mit Tränen. »Das ist …« Fleur trat hinter sie und legte eine Hand auf die Schulter ihrer Mutter. »Es ist alles organisiert, Maman.«

»Wir fahren nach Paris«, murmelte Béatrice andächtig, während sie ihre Schwester am Arm berührte. »Wir beide gemeinsam.«

Lara nickte. »Genau, die Lambert-Schwestern erobern Paris – so, wie es vor vielen Jahren eine kleine Maus namens Pepe gemacht hat.«

Félix drehte sich zum Tresen, auf dem eine braune Papiertüte lag.

»Voilà.« Mit triumphierendem Gesichtsausdruck zog er ein großformatiges Buch hervor. Auf dem Deckel war ein vergilbter Eiffelturm zu sehen, daneben stand eine kleine braune Maus, die einen Koffer in der Hand hielt. »Pepe erobert die Welt.«

Julie stieß einen schrillen Schrei aus. Béatrice begann zu schluchzen. Hilfe suchend beugte sie sich zu ihrer Schwester hinüber und küsste sie auf die Wange.

Lara musste ebenfalls mit den Tränen kämpfen. Beruhigend strich Félix ihr über den Rücken. »Bevor ich das Buch an unsere beiden Parisbesucherinnen übergebe, wünsche ich uns allen noch einen wunderschönen Abend. Danke, dass ihr hier seid.«

»Danke«, hauchte Lara und trocknete ihre Tränen.

»Dafür bin ich doch da.« Er nahm ihre Hand und steuerte mit ihr und dem Buch auf Julie und Béatrice zu. Unter dem Applaus der Gäste übergab er es in einer feierlichen Geste an Julie. »Ob ihr es zusammen lest oder eine der anderen vorliest, überlassen wir euch.«

Rose sah über die Schulter ihrer Mutter und betrachtete das Buch in deren Händen. »Dass ihr das tatsächlich auftreiben konntet.«

»Es war nicht leicht«, bestätigte Félix. »Aber meine Kollegen aus Paris haben sämtliche Antiquariate durchstöbert und …«, er deutete auf das Buch, »… waren erfolgreich.«

Béatrice streckte eine Hand aus und griff nach Laras Arm. »Ich danke dir von ganzem Herzen, Kind.« Sie musterte das Gesicht ihrer Enkelin. »Deine Mutter wäre unglaublich stolz auf dich.«

Lara nickte wehmütig. »Sie wird immer bei uns sein.«

Béatrice wischte sich über die Augen. »Ja, das wird sie. Wo auch immer sie jetzt ist.«

Die beiden älteren Frauen schlugen das Buch auf und vertieften sich in die Seiten, interessiert begleitet von Julies Töchtern.

Lara zog Félix in eine ruhigere Ecke. »Papa hat für nächste Woche zwei Handwerker bestellt. Wegen der Renovierung.« Sie legte ihre Hand an seine Wange. »Ich möchte dich fragen, ob du bei diesem Termin dabei sein willst. Schließlich soll das Ergebnis doch auch dir gefallen.«

»Meine Wohnung war nach der Trennung sowieso nur als Übergangslösung gedacht – trotz des überwältigenden Ausblicks.«

»Dieses Haus soll aber keine Übergangslösung werden«, merkte Lara leise an.

»Nein, das wird es auch nicht.« Er zog sie an sich. Seine Lippen senkten sich auf ihren Mund.

»Ich kann es kaum abwarten, bis wir endlich allein sind«, raunte Lara atemlos, nachdem sie sich wieder voneinander gelöst hatten.

»Ich auch nicht – aber ich freue mich für dich, wie sich die letzten Wochen entwickelt haben. Genieße deinen Abend, du hast es dir verdient.«

»Dieser Abend markiert meinen Neubeginn in Collioure.« Lara fuhr Félix durchs Haar. »Meinen Neubeginn mit dir.«

»Du kannst dir gar nicht vorstellen, wie sehr ich mich freue, dass du dich dazu entschieden hast, hierzubleiben«, erklärte er mit ernster Stimme. »Ich hätte dich niemals mehr gehen lassen können.«

»Ich möchte auch nicht mehr gehen«, flüsterte sie an seinem Ohr. »Und ohne dich wäre das alles nur halb so viel wert.«

»Ich erinnere dich an deine Worte, sobald wir unseren ersten Streit haben.«

Félix grinste und zog sie mit sich zu den Gästen zurück.

Danksagung

Liebe Leserinnen und Leser,

die Idee zu dem zweiten Band der Trilogie *Die Frauen von der Purpurküste – Julies Entscheidung* entstand während meiner Recherchen für Band 1 *Isabelles Geheimnis*. Ich habe sehr viel zum Thema Besatzungszeit in Südfrankreich während des Zweiten Weltkriegs gelesen und stieß dabei eher zufällig auf die Maternité in Elne, eine Entbindungsklinik für schwangere Frauen, die Anfang der Vierzigerjahre von der Schweizerin Elisabeth Eidenbenz geleitet wurde.

Ich hatte den Tatsachenbericht einer Spanierin entdeckt, die als Flüchtling nach Südfrankreich kam und nach der Geburt ihres Kindes weiter in der Mütterklinik gearbeitet hat. Die Handlung zu »Julies Entscheidung« stand zwar in jenem Moment schon und ist fiktiv, allerdings hat mir dieses Buch dann vor Augen geführt, dass es tatsächlich viele ähnliche Schicksale auch in der Realität gab.

Ein Besuch der Maternité hat diesen Aspekt weiter unterlegt. Es war für mich sehr merkwürdig, diese Treppe hinaufzugehen, die so viele Frauen vor mir unter teils tragischen Bedingungen erklommen haben. Im obersten Stock befand sich das Büro von Elisabeth Eidenbenz, der Leiterin. Daneben war ein kleines gekacheltes Bad. Ich habe meine Hand auf die Fliesen gelegt und daran denken müssen, dass diese mutige Frau vor vielen Jahrzehnten ebenfalls diese Fläche berührt hat. Der Aspekt des realen und zutiefst traurigen Hintergrunds hat die Recherchen, aber auch das Schreiben und das Überarbeiten zu einer sehr emotionalen Angelegenheit für mich werden lassen. Die Maternité muss in jener Zeit ein Ort der Hoffnung, der Menschlichkeit gewesen sein. Und genauso erschien mir dieses Gebäude auch, als ich die Räume besichtigte und die Tafel mit den dort geborenen Babys entdeckte. Ein Ort, der Leben geschenkt hat.

Zwischen der geschilderten Idee, den Recherchen und dem fertigen Buch liegt eine weite Strecke, auf der mich wieder sehr viele Menschen begleitet und tatkräftig unterstützt haben.

Allen voran möchte ich von Herzen meiner Familie danken, meinem Mann und meinen Kindern. Ohne ihre Rücksicht und ihr Verständnis wäre es weder möglich, meine Rechercheideen in Reisen und Ausflüge umzusetzen, noch die Zeit im Alltag abzuzweigen, die das Plotten und Schreiben eines Romans benötigt, neben Hauptberuf, Familie und allem anderen, was uns den lieben langen Tag begleitet.

Hierfür möchte ich mich ebenfalls bei meinen Eltern und meinem Bruder bedanken, die stets bereitwillig einspringen, wenn im Familienalltag mal wieder »Not am Mann« herrscht.

Ein herzliches Dankeschön geht erneut an meine langjährige Testleserin Claudia Hugo, die mir ein weiteres Mal ihr ausführliches Feedback zu Handlung und Spannungsbogen gegeben hat. Es ist sehr beruhigend, an solchen Konstanten im doch oft aufwühlenden Schreibprozess festhalten zu können.

Ein großes Dankeschön geht an meine liebe Agentin Antje Hartmann und die Literaturagentur Kossack, die dieses wundervolle Projekt für mich auf den Weg gebracht hat.

Von Herzen bedanken möchte ich mich bei meiner lieben Lektorin Tabea Horst für ihre tolle Unterstützung, für ihre intensive

Arbeit am Manuskript und den scharfen Blick, mit dem sie die Textstruktur begutachtet.

Weiterhin danke ich Catherine Beck, dass sie die Geschichte sprachlich veredelt und dadurch noch mal eine Stufe nach oben gehievt hat.

Last but not least danke ich dem Ullstein Verlag für die umfassende Unterstützung, u. a. das traumhafte und so wundervoll passende Cover und all den Einsatz im Hintergrund.

Liebe Leserinnen und Leser, ich hoffe sehr, dass ich Sie mit dieser Geschichte ein wenig berühren konnte, dass Sie ein paar schöne Lesestunden genießen und mit den Protagonisten mitleiden und mitlieben konnten und dass Sie neugierig darauf geworden sind, wie es ganz bald in dem kleinen Örtchen Collioure weitergeht.

Liebe Grüße
Ihre Silke Ziegler